공직 45년
도지사 12년

牧民實書
목민실서

이의근의

히말라야시다의
證言을 들으리라

한울

국립중앙도서관 출판시도서목록(CIP)

(이의근의 목민실서)히말라야시다의 證言을 들으리라 / 이
의근 지음. -- 파주 : 한울, 2006
    p. ;   cm

표지관칭: 공직 45년 도지사 12년
ISBN   89-460-3458-0 03810

350.04-KDC4
351.02-DDC21   CIP2006000243

그림자가 굽어질까 염려하며

2002년 9월, 태풍 루사 때 대형 다목적댐인 성주댐이 곧 무너질 것 같다는 급보를 받고 헬기로 현장을 찾아간 적이 있다. 저 멀리서 우리를 향해 손을 흔드는 주민들을 발견하고 조종사를 강권하다시피 하여 댐 옆 언저리에 헬기를 착륙시켰다. 그러나 헬기에서 내린 나는 순식간에 진흙탕에 푹 빠지고 말았다. 가슴까지 진흙을 뒤집어 쓴 채 조종사의 도움으로 겨우 걸어 나와, 황망해 하는 주민들의 손을 이루만지면서 그들의 비통한 처지를 위로했다.

반평생이 넘는 공직생활을 돌아보니 먼저 그때의 장면이 떠올랐다. 나는 왜 위험을 무릅쓰고 헬기를 착륙시켰을까. 그것은 지난 45년 동안 공직에서 일하면서 내 자신이 일관되게 믿고 실천한 명제 때문이었다. 모름지기 행정이란 인간의 가치에 중심을 두어야 한다는 것, 어느 한 편에 치우치지 않으면서도 가능하면 낮은 곳으로 임해 필요로 하는 자의 목소리에 귀 기울이는 행정이어야 한다는 것이었다. 고립무원의 처지에 놓인 딱한 수재민들을 눈앞에 두고 그냥 떠날 수 없다는 생각이 본능적으로 떠올랐기 때문이 아닌가 생각한다.

이제 공직생활을 마무리하면서 평범한 시민의 한 사람으로 돌아감에 그동안 내가 살아오면서 경험하고 실천하고 고뇌했던 삶의 뒷이야기들을 전하고자 한다.

이 수월치 않은 일을 시작하게 된 동기는 주변의 권유 때문이었다. 나는 지금으로 치면 9급에 해당하는 지방서기로 공직을 시작하여 직업공무원으로서는 최고위직인 1급 관리관을 거쳐 오늘에 이르렀다. 공직생활 45년 동안 지방과 중앙, 청와대를 두루 거쳐 네 차례 12년간이나 도지사의 자리에 있었으니 나의 공직생활이 결코 평범했다고는 말할 수 없을 것 같다. 사업가가 사회로부터 얻은 재물을 사회로 환원하는 것이 온당하듯이, 공직생활 과정에서 얻은 지혜와 경험을 젊은 세대와 후배 공직자들에게 나누어주는 것이 옳지 않느냐는 것이었다.

이런 주변의 권유에 내심 수긍을 하면서도 엄두를 내지 못하던 차에 마침 지역의 대표적인 언론이라 할 수 있는 매일신문사에서 회고록 연재를 요청해 왔다. 지역의 존경받는 원로 몇 분을 선정하여 그들이 살아온 인생의 뒤안길을 소개하는 '나의 꿈, 나의 삶'이라는 기획코너에 첫 필자가 되어 달라는 것이었다. 그렇게 시작한 것이 2005년 8월부터 10월까지 매주 두 차례씩 20회에 걸쳐 연재가 되었다. 처음에는 소재도 잘 떠오르지 않고 글 솜씨도 없어 마감시간을 맞추기가 여간 힘들지 않았으나 시간이 지나면서 '참 재미있더라', '그런 인간적인 면도 있었네' 하는 반응도 있어 주말마다 아내와 함께 원고를 다듬는 일이 내심 즐거운 일이 되었다. 그러나 신문 연재라는 것이 어차피 제한된 지면이다 보니 하고 싶은 말을 다 옮기지 못하는 한계가 있어 내친 김에 틈틈이 써본 글이 책 한 권은 족히 될 분량이 되었다.

자신을 돌아보는 일은 언제나 두려운 일이다. 자칫 사소한 업적을 치장하여 자랑으로 삼지 않을까 두렵고, 허물이 있으면서도 감추고 싶은 마음이 생길까 또한 두려워진다. 또한 어차피 나를 중심으로 쓴 이야기다 보니 본의 아니게 남에게 누를 끼치지 않았는지 걱정도 된다. 혹 오류가 있다면 전적으로 필자의 책임이다. 이 글은 내 개인적인 삶보다는 지난 45년 공직생활 동안 내가 겪고 감당해온 공적인 일들을 중심으로 써내려갔다. 나의 번뇌와 노력과 경험들이, 땀과 용기와 얼마간의 지혜들이, 이 글을 읽는 젊은이들에게 혹은 후배 공직자들에게 귀감은 못 되더라도 앞날을 위한 참고가 되었으면 하는 바람이다.

책의 제목과 관련하여 약간의 설명이 필요할 것 같다. 내 집무실에 앉아 창밖을 보면 도청 담장을 따라 푸른 하늘을 향해 우람차게 서 있는 히말라야시다 숲이 한눈에 들어온다. 우리말로 '설송(雪松)'이라 불리는 이 나무는 하늘을 향해 본가지를 올곧게 뻗고 있을 뿐 아니라 사시사철 변함없는 푸른 잎이 장관이고, 특히 겨울철 가지 위에 하얀 눈을 이고 있는 모습은 히말라야의 원시림을 보듯 장엄함마저 느껴지게 하는 품위와 기상이 있다. 이 나무를 보면서 '곧게 뻗은 나무는 자신의 그림자가 굽어질까 염려하지 않는다'는 『정관정요(貞觀政要)』의 한 구절이 떠올라 민선 6년을 다짐하는 한 편의 자작시를 지은 바 있는데 이 시의 제목을 따 책 이름을 『히말라야시다의 증언(證言)을 들으리라』로 하였다.

육 년 전 그날,
민선지사로 취임하던 그날도
머리 위엔 저토록 파란 하늘이 있었습니다.
내 자리에서 의자를 돌려 앉아
창을 열었습니다.

세월을 막아주는 벽처럼
히말라야시다 몇 그루
거기에 서 있었습니다.
언제나 변함없는
그를 닮으리라 생각했습니다.
그의 증언을 들으리라 생각했습니다.

········ (중략) ········

그렇게 육 년이 흘렀습니다.
다시금 창을 열고 하늘을 봅니다.
파란 하늘에 솜털구름 몇 개 흘러갑니다.
걱정과 염려, 그리고 가슴속 다짐을
솜털구름에 실어
도민의 가슴마다에 띄워 드립니다.

같은 눈높이로 서 있던
히말라야시다 몇 그루가 증언을 하듯
여전히 그 자리에 버티고 서서
지켜보고 있습니다.
변함없이 그를 닮으리라
다짐 다짐합니다.

책의 부제로는 감히 '이의근의 목민실서(牧民實書)'라 붙여보았다. 다산 정약용의 『목민심서(牧民心書)』는 백성을 보살피는 관리들이 걸어야 할 바른 길을 제시한 책으로서, 공직생활 한평생 나에게 변함없는 가르침을 주었다. 오랜 유배생활로 인해 목민(牧民)할 마음은 있으나 몸소 실행할 수 없음을 아쉬워하여 심서(心書)라 이름 지을 수밖에 없었던 선생에 비해 지방행정의 실천현장에 오래 몸담을 수 있었던 나는 얼마나 행복한 사람인가! 일평생 바른 나라를 꿈꾸며 백성 사랑하는 마음으로 일관하셨던 선생의 높은 뜻과 지혜를 어찌 다 좇을 수 있을까만, 그 책을 본받고 일선 책임자로서의 내 실제 경험을 전하고자 감히 실서(實書)라 하였다. 이해가 첨예하게 부딪히는 갈등의 현장에서 화해와 조정을 이끌어내었던 여러 사안들, 현안문제를 해결하기 위해 몸으로 뛰었던 급박한 순간들, 변화의 트랜드에 뒤지지 않고자 고뇌하던 시간들, 공직생활의 이 많은 체험들이 백 분의 일이라도 이 책을 읽는 독자들의 마음에 다가간다면 바랄 바가 없으리라.

글 쓰는 동안 수고한 분들이 여럿 있다. 일일이 거명할 수는 없지만 이분들은 어딘가 숨어 있던 자료와 사진을 찾아내고 서툰 문장도 잘 손질해주었다. 특히 이 책이 발간되는 데 계기를 마련해준 매일신문사의 조환길 사장 신부님을 비롯한 관계자 여러분께 감사를 드린다. 여러 힘든 사정이 있을 텐데도 출판을 허락해준 도서출판 한울에도 고마운 뜻을 전한다. 그리고 무엇보다 긴 세월동안 경황없이 일에만 쫓겨온 남편을 묵묵히 내조해준 아내와 아버지의 따스한 손길 한 번 제대로 주지 못한 두 아들 내외, 귀여운 손자들에게 이 책 한 권으로 그동안의 미안함을 대신하며 나의 깊은 사랑과 정을 전하고자 한다.

2006년 2월

이 의 근

차례

1

물을 차고 거슬러 오르리라

'그래! 무슨 일을 하든 물을 차고 오르는 사람이 되자' 하고
다짐하며 벌떡 일어났다. 그때 생명의 역동성이 온몸에 퍼져오는 느낌이었다.
나는 광활하게 펼쳐진 산야를 향해 한껏 고함을 내질렀다.

대곡리의 산골 소년

대구에서 남쪽으로 가다 보면 팔조령이라는 험준한 고개가 나타난다. 이 고개를 넘으면 청도와 밀양으로 이어지는데, 바로 그 청도의 대곡리(大谷里)가 내 고향이다. 첩첩이 포개진 높은 산 사이로 계곡이 흐르고, 그 계곡을 따라 작은 마을이 띄엄띄엄 이어져 있다. 대곡리에서 가장 안쪽 마을인 '한실'은 내가 태어날 때만 해도 제법 큰 축에 속했다고 한다. 마을이 크다 해서 한실 큰마을이라 불렀다.

내가 태어난 1938년은 중일전쟁이 한창이었고, 태평양전쟁을 앞두고 일제의 강압통치가 극에 달해 있던 때였다. 일제는 '국가총동원법'을 공포하여 놋그릇, 놋수저는 물론 벼 한 톨까지 세어가며 수탈을 했다고 하니 그 참상을 알 만하다.

태평양전쟁을 일으킨 일제가 패망하고 마침내 광복이 찾아왔다. 우리

마을에서도 수탈로 황폐해진 농토를 정비하기 시작했고 숨겨놓은 쇠붙이들을 대장간으로 가져가 농기구를 만들었다. 마을 뒤쪽으로 흐르는 계곡물을 막아 저수지를 만드는 대공사도 진행되었다.

내 또래의 아이들은 소쿠리를 들고 개울에서 고기를 잡았고, 가끔씩 지나가는 산판 트럭의 꽁무니에 매달려서 펑펑 뿜어나오는 시커먼 매연의 톡 쏘는 냄새를 좋아라고 들이마시기도 했고, 들판 한적한 풀밭에서 소싸움을 벌이기도 했다.

어릴 때 추억 중에는 예배당과 관련된 것이 많다. 그때는 교회를 예배당이라 불렀다. 크리스마스가 다가오면서 활동사진을 보여준다는 소문에 귀가 번쩍 트여 5리 밖 대곡리 입구에 있는 예배당까지 한달음에 내달리기도 했다. 그날은 평소 예배당에 눈길도 주지 않던 아이들뿐만 아니라 동네 아저씨들과 할아버지, 할머니들까지 몰려와 조그마한 마룻바닥에 모여 앉았다.

그 몇 달 전까지만 해도 신사참배 때문에 곤욕을 치렀던 곳이었지만 예배당은 광복과 더불어 다른 어느 곳보다 더 희망으로 넘쳐나고 있었다. 젊은 청년들이 예배당에 몰려들어 기발한 아이디어로 아이들에게 새로운 즐거움을 주었는데, 활동사진 상영도 그 중 하나였다.

말이 활동사진이지 사실은 환등기였다. 슬라이드를 한 컷씩 넘기면서 예배당 선생님들이 변사가 되어 그럴듯한 대사를 읊어주었다. 그래도 나는 마냥 신기하기만 했다. 슬라이드가 넘어갈 때마다 그림이 움직이는 것 같았고 선생님들이 읊는 대사가 실제 주인공이 말하는 것처럼 생생했다.

예배당도 요즘의 교회와는 많이 달랐다. 규모부터 비할 바가 못 되었지만, 어떤 배타성도 없이 가족처럼 따뜻하고 안온한 분위기였다. 학교에는 일제시대부터 물려받은 낡아빠진 책상밖에 없었지만, 예배당에는 잘 손질된 마룻바닥과 반짝거리는 유리창, 저녁 늦게까지도 무지개 햇살이 머물러 있는 스테인드글라스가 있었다. 그리고 선생님들은 아이들에게 노래와 율동을 가르쳤다. 예배당은 교회라기보다 신교육기관과 같은 곳이었다.

또한 예배당 선생님들은 학교공부보다도 하나님의 사랑과 평등을 가르쳤다. 젊은 그들은 매우 열심이었다. 마룻바닥에 앉아 있는 꼬맹이들의 발 냄새가 코를 찔렀지만 한 번도 불쾌해한 적이 없었던 것 같다. 크리스마스 때는 콩알만한 전구를 구해와 장식을 했고, 어떤 선생님은 집에서 이불솜을 뜯어와 잣나무 가지에 눈 장식을 만들었다.

이런 애틋한 편린들 뒤에는 가슴 아픈 추억들도 있다. 당시에는 한센병(나병) 환자가 매우 많았다. 우리 동네 외곽에도 한 무리의 환자들이 판자와 흙으로 얼기설기 이어 붙이거나 볏짚으로 허름한 움막들을 지어 살고 있었다. 그들은 아침이면 깡통을 들고 마을로 동냥을 다녔다. 아이들은 이들의 움막을 멀찍이 피해 다녔다. 등교 길에 그들과 마주치기라도 하면 길섶에 바짝 붙어 섰다가 내달렸다.

어느 봄날이었다. 늘 움막 앞에 앉아 햇볕을 쬐던 한센인들이 그날따라 눈에 띄지 않았다. 개구쟁이 꼬마였던 우리는 여럿이 모이자 장난기가 발동했다. 돌을 집어 한센인들의 움막을 향해 던지기 시작했다. 누가 움막을 잘 맞추는지 내기라도 하듯이 차례로 나서서 돌팔매질을 했다. 한 바퀴 돌고 나서 다시 내 차례가 되었다.

"더 멀리 던져봐, 저기까지 맞춰보라구."

친구들의 채근에 다시 돌을 집어서 던졌다. 하지만 내가 던진 돌멩이는 아까의 절반지점까지도 채 날아가지 않았다. 친구들이 나를 놀려댔다. 나는 주머니에 손을 넣고 돌아서 버렸다. 돌팔매질 솜씨도 좋지 않았지만, 왠지 더 이상 던질 수가 없었다.

저녁나절에 집으로 돌아왔을 때였다. 어머니(文順祚)가 대문간에 서 계셨고 그 앞에 한센인 서너 명이 얼씬거리는 게 보였다. 깡통을 하나씩 들고 시커먼 누더기를 콧잔등에까지 당겨 올린 초라한 모습들이었다. 겁이 덜컥 났다. 나를 잡으러 온 게 아닐까 싶어 골목에 몸을 숨긴 채 그들이 밥을 얻어 사라질 때까지 기다렸다가 대문을 열고 들어갔다.

"난 죽어도 못하겠데이…."

어머니께서 고개를 절레절레 흔드시며 한탄조로 하시는 말씀이었다. 어머니의 이런 모습을 긴장하며 잠시 지켜보다가 나는 비로소 안도의 한숨을 내쉬었다. 내가 걱정하던 일은 아닌 것 같았다. 나는 시치미를 떼고 무슨 일이냐고 물었다. 어머니께서는 그들 중 한 사람이 다리가 많이 불편한데도 밥만 주고는 아무런 조치도 해주지 못했다며 안쓰러워하셨다.

"네 할아버지가 계셨으면 저 사람들을 그냥 보내지 않았을 낀데."

어머니는 이 말을 하시곤 한참 동안 다른 말이 없으셨다. 그때 내 나이 열 살이 채 안 되었으니 어머니는 아직 새댁 같을 때였다.

할아버지(李文觀)께서는 내가 다섯 살 때 세상을 떠나셨는데, 부모님뿐 아니라 예배당 선생님들과 동네 어른들도 내게 할아버지에 대한 말씀을 해주시던 기억이 아련히 남아 있다.

할아버지와 한센인들

대구에 처음 기독교가 전래된 것은 1895년 미국인 선교사 아담스(James E. Adams, 한국명 안의와)에 의해서이다. 할아버지께서는 그를 만나 하나님의 제자가 되기로 결심하여 즉석에서 상투를 자르고 집에 돌아오셨다고 한다. 어른들이 질겁하고 크게 꾸짖었지만, 할아버지께서는 오히려 그 어른들에게 다가올 새로운 세상에 대해서 차분하게 이해시키려고 하셨다고 한다. 깊은 산골에 사는 사람들은 신문물이 밀려온다는 얘기는 들었어도 '기독(基督)'이란 말은 여전히 낯설어 옛날의 서학(西學, 천주교)이라 여겼을 터이다. 서학은 조선시대에 당국으로부터 계속 박해를 받아왔으니 집안 어른들께서 상투 자른 할아버지를 보시고 얼마나 불안해하셨을지 짐작이 된다.

이담스 선교사는 대구 최초의 교회인 제일교회를 비롯해 여러 교회를 설립하고, 서양식 교육의 도입에도 정성을 쏟았다. 1905년에 그가 설립한 계성학교는 신지식인의 산실 역할을 했다. 한강 이남의 최초 서양식 2층 건물로 아름답고 단아한 '아담스관'(계성학교 건물, 대구시 유형문화재 제45호)도 그가 세웠는데, 그 무렵 허물어졌던 대구성(大邱城)의 돌들을 옮겨와 기초를 깔고 미국에서 건축 자재를 가져와서 지었다고 한다.

할아버지께서는 아담스의 그러한 열정적 헌신에 감명을 받았을 것이다. 대구의 제일교회가 개척된(1896년) 지 3년 만인 1899년에 할아버지께서는 신도들과 함께 고향인 이서면 근방 풍각에 송서교회(지금의 풍각제일교회)를 설립하고 뒤이어 칠곡교회도 세우셨다. 할아버지는 서양식 정규교육을 받지는 않았으나 신문명이 가져다주는 어떤 정신세계를 확신하셨던 것 같다.

어릴 때 나는 할아버지가 세운 칠곡교회에 다녔다. 어린 시절의 조그마한 예배당 모습을 추억해보면, TV에 나오는 아프리카 오지에서 의료봉사와 교육활동에 쓰이는 작은 통나무집이 연상된다. 첩첩 산골마을의 예배당은 젊은 선생님들의 이루 말할 수 없는 헌신과 봉사에 의해 유지되었다. 내가 어렸을 때도 그랬으니, 할아버지께서 젊으셨을 때는 말할 필요도 없었으리라.

지난 1999년 4월, 풍각제일교회에서 창립 100주년 기념행사가 열렸는데, 교회 설립자 명단에 들어있는 할아버지의 함자를 보고 가슴이 울컥해진 적이 있다.

할아버지를 말할 때는 한센인들을 빼놓을 수 없다. 할아버지는 한센인들을 정성을 다해 돌보셨다고 한다. 한센인들은 대부분 떠돌이 생활을 했는데, 이들을 치료하는 시설로는 서양 선교사들이 1910년대부터 운영해온 자선병원이 있었고, 일제 총독부가 이들을 강제로 격리시키기 위해 소록도에 설립한 수용시설이 고작이었다. 그나마 이런 손길이라도 미치는 사람은 전체 숫자에 비해 미미한 정도였다.

한센인들은 떼를 지어 몇 명씩 같이 다니며 아침 식사가 끝날 시각에 맞춰 대문 앞에서 동냥을 청하곤 했다. 할아버지께서는 한센인들을 불러들여 음식을 나눠주셨고, 상처가 도진 곳에 직접 손으로 약을 발라주셨다는 이야기를 어머니한테서 여러 번 들었다. 그렇게 하는 것이 하나님의 말씀을 전파하는 것이라고 믿으셨기 때문이었다고 한다. 나는 어머니에게 할아버지께서 치료해주신 한센인들의 병이 나았냐고 철없이 물은 적이 있었다.

"나병은 낫는 병이 아니데이. 아픈 게 잠시라도 덜했으면 하고 그러셨을 기라. 치료해주시면서 위로의 말씀도 해주시고, 성경 말씀도 들려주시고 하셨제….”

그렇게 회상하시면서 할아버지처럼 진심으로 그들을 사랑하지 못하시는 당신을 자책하시곤 하셨는데, 어느 정도 나이가 들고 나서야 어머니의 진정을 이해할 수 있었다.

요즘 내가 성탄절에는 거르지 않고 한센병 환자(한센인)들을 찾아가는 것도, 어릴 때 듣고 보았던 할아버지와 어머니의 영향이 아닌가 싶다. 업무에 지쳐 건너뛰고 싶을 때도 있고, 성탄절을 가족들과 함께 큰 교회에서 보내고 싶은 마음도 없지 않으나, 매년 습관처럼 한센인 정착촌이나 교회를 찾아가게 된다. 그런데 음성 나환자들과 마주앉아 애기를 하다가도 식사시간이 되면 으레 밥상이 따로 차려져 나온다. 그럴 때는 내가 한마디 농을 건넨다.

"같이 즐겁게 애기하고 나서는, 밥은 니 혼자서 묵어라 하면 되능교?"

나는 웃으며 말하지만 그들은 난감해한다. 내가 몇 번이나 재촉한 뒤에야 진심을 이해하고 불편한 몸으로 밥과 반찬을 자기들과 같은 상으로 옮긴다. 겸연쩍은 표정과 불편한 입술로 웃는 그들의 순박한 웃음이 참으로 해맑다는 것을 매번 느끼곤 한다. 그들이 나를 의례적으로 다녀가는 고위인사쯤으로 여기는 것은 어쩔 수 없는 노릇이다. 한자리에서 밥을 먹고 서로 친숙해진 후에는, 내가 대단한 박애정신을 가진 사람인 줄로 여기는 표정이다. 그러나 그들을 만나면서 나는 내 가슴속에 오랫동안 갈무리된 할아버지와 만나고 있음을 그들이 어찌 알겠는가.

격동의 시대, 폭풍의 나날들

할아버지와는 달리 아버지(李萬浩)께서는 무척 활달한 분이셨다. 할아버지께서 젊어서 기독교에 입교하셨으니, 아버지는 일찌감치 자유주의 정신이 몸에 배어 있었을 것이다. 밀려드는 신문물에 관심이 많아서, 정규학교에서 공부하진 못하셨지만 젊은 시절을 온통 평양으로 만주로 날아다니다시피 하셨다고 한다. 지방 특산물을 가져다 압록강 너머에서 장사도 하셨다는데, 돈을 벌기 위해서라기보다 일제의 검문을 피하기 위해서였다고 한다. 독립운동가라고는 할 수 없겠지만 적어도 짙게 드리운 속박의 굴레를 벗어던지고 드넓은 만주벌판에 나가 새 희망을 찾고자 했던 혈기왕성한 청년이셨던 것은 분명하다.

가혹했던 일제 말엽, 아버지는 연합군에 입대하기 위해 국내로 들어오셨다. 연합군 부대가 부산에 있다는 말을 듣고 부산으로 내려가셨다가, 양산쯤에 이르렀을 때 일본군이 항복했다는 소식을 듣고 발길을 돌리셨다고 한다.

"해방이 되고 며칠 지나지 않을 때였제. 니 아버지가 방문을 열고 쑥 들어오지 뭐냐. 부산에 내려가다가 일본이 망했다기에 되돌아오는 길이었대. 역마살이 끼었는지 처자식을 집에 두고 어딜 그렇게 쏘다니셨는지…."

내가 철이 든 뒤에 어머니께서 일러주신 말씀이지만, 어린 나의 기억에도 아버지가 돌아오신 날의 풍경은 생생하게 살아 있다. 그때 내 나이 여덟 살이었다.

아버지는 훤한 얼굴에 기골도 장대한 분이셨다. 해방이 되어 집으로 돌아와 구장(요즘의 마을 이장)을 맡으셨는데 모든 일에 열성적이었다. 마을 뒤에 저수지가 있는데, 아버지는 정식으로 토목이나 측량을 배운 적도 없었지만, 책을 보고 공부하면서 직접 저수지를 설계하고 제당공사를 지휘하셨다. 항상 집안에 일할 것을 부지런히 끝내고, 남는 시간에는 마을 사람들을 돕는 일을 하셨다.

이 무렵이 우리 가족에게는 그나마 가장 행복했던 시절로 기억된다. 광복의 기쁨은 그리 오래가지 않았다. 그 해를 넘기지 못하고 들이닥친 혼란과 불안은 걷잡을 수 없었다.

1946년 10월 1일 대구에서는 '10월 폭동'이 일어났다. 좌익계열인 대구 '노동평의회'가 파업을 모색하던 중에 경찰과 유혈충돌이 일어났고, 이튿날 대구에 계엄령이 내렸다. 이후 살상과 방화와 습격이 대구뿐만 아니라 경상도와 전라도에까지 확산되어 광복 1년 후의 삼남지방은 혼란의 도가니로 변해버렸다. 누군가가 대구의 '10월 폭동'을 '폭풍의 10월'이라고 표현했는데, 내게 있어서도 이 무렵부터 몇 년 동안은 '폭풍의 10대'였다고 할 수 있다.

해방 후 좌우익 간 대립이 극심하게 전개되다가 마침내 1950년 6.25 동란이 발발한 것이다. 순식간에 낙동강 전선까지 후퇴한 국군은 전열을 재정비하여 반격을 시작했다. 이때 인민군 패잔병들이 지리산, 팔공산 등 깊은 산속으로 숨어들어 이른바 '빨치산'이 되었다. 그들은 주로 밤에 활동했는데, 우리 가족에게는 공포의 대상이었다.

우리 식구들은 산이 긴 그림자를 늘어뜨리면 매일 마당에 나가서 산등성이를 쳐다보았다. 산 능선에 사람들이 지나가는 모습이 보이면, 그날 밤 또 우리 집에 그들이 들이닥치지나 않을지 어머니께 묻곤 했다. 어머니는 '며칠 전에 다녀갔으니 오늘은 안 오겠지' 하며 우리 형제들을 안심시켜 주셨지만 당신도 초조한 얼굴빛을 감출 수는 없었다.

빨치산들은 우리 마을에서 유독 우리 집만 찾아왔다. 처음에는 마을 이장이었던 아버지를 포섭하기 위해서였지 해치려는 것은 아니었던 것 같다. 어깨 뒤로 총을 세운 자가 앞서고 죽창을 든 이가 뒤를 따랐다. 자정 무렵에 방문을 열어젖히며 "이만호 씨 어딨소?" 하고 소리치면 우리 온 식구는 겁에 질려 간이 콩알만 해졌다.

그들은 자신들에게 동조해줄 마을 사람들의 명단을 내놓으라고 아버지에게 요구했고 아버지는 절대로 내줄 수 없다고 버텼다. 아랫동네만 해도 희생당한 사람들이 계속 생겨나고 있었기 때문에 우리 식구들의 불안감은 날로 커져갔다.

아버지는 빨치산이 내려온다는 소식이 전해지면 읍내로 피신하곤 하셨다. 그래서 빨치산들은 자주 헛걸음질을 했다. 그렇게 숨바꼭질을 하던 어느 날 아버지께서 산으로 끌려가신 적이 있었다. 하루가 지나도 돌아오시지 않자 우리 식구는 아버지가 돌아가셨다고 생각했다. 아버지의 곧은 성격으로 보아 '나는 공산주의에 협력하지 않겠소' 하고 단호하게 말해버렸을 것만 같았기 때문이었다.

그러나 아버지께서는 살아 돌아오셨다. 그 뒤로는 더 신중하게 피해 다니느라 며칠씩 집에 들어오시지 못하는 일이 잦아졌다.

그 당시 청도읍내 옆으로 흐르는 한내천변에서는 종종 소싸움이 벌어지곤 했다. 청도는 예로부터 소싸움의 고장이었다. 아버지가 그렇게 며칠째 집에 들어오시지 못하던 어느 날, 친구가 천변에 소싸움 구경을 가자고 제안했다. 추석 무렵에 한다는 것이었다. 나는 아버지도 안 계신데 조금이라도 멀리 집을 비우는 것이 어머니께 미안하다는 생각이 들었다. 그래서 친구에게 불쑥 말했다.

"그때까지 기다릴 것 없이, 우리끼리 소를 데려와서 여기서 한판 벌이는 게 어떻겠노?"

이윽고 친구와 나는 겁도 없이 비탈진 풀밭에서 소싸움을 붙이게 되었다.

우리의 키는 고작 황소의 어깨쯤에 미쳤는데, 소가 볼 때는 우리가 한 주먹거리밖에 되지 않는 덩치였을 것이다. 우리는 각기 자기 소의 코뚜레를 잡고 마주섰다. 소들은 순해서 싸우지 않을 것 같지만 서로 이마를 맞대면 흥분을 하여 싸움이 붙는다는 것을 알고 있었다.

집채만한 황소가 콧김을 내뿜으며 힘을 겨루기 시작했다. 거대한 황소가 서로 이마를 비비며 뛰어오르는 것은 여간 장관이 아니었다. 소들이 서로 이마를 쿵쿵 부딪치자 드디어 겁이 났다. 겁이 난 것만으로도 모자라 이유도 없이 눈물이 날 지경이었다. 그러면서도 소 곁에 붙어서 고함을 지르며 목이 터져라 응원했다.

엉뚱하게 시작하게 된 소싸움이었지만 싸움이 진행될수록 그때는 왜 그렇게 이기고 싶었는지 모르겠다. 우리 소가 이기면 세상이 다 내 마음대로 될 것 같았다. 아버지도 숨어 지내지 않으셔도 되고 빨치산도 없어질 것 같았다. 그러나 우리 소가 이겼어도, 아버지는 그 후로도 오랫동안 더 숨어 지내셔야 했다. 그래서 우리 집은 어머니 혼자서 어린 자식들을 데리고 밤을 맞는 경우가 잦아졌고, 어머니의 마음고생은 더욱 심해졌다.

언제부턴가 빨치산들은 아버지를 포섭하려던 계획을 포기했는지 매우 난폭하게 대하기 시작했다. 아버지의 거처를 말하지 않는 어머니는 헤아릴 수 없는 고초와 수모를 겪어야 했다.

실제로 어떤 날엔 그들이 어머니에게 총을 겨누었다. 아버지의 거처를 말하지 않으면 쏘겠다는 것이었다. 어머니는 아버지의 거처를 실제로 알지 못하셨다. 모른다고만 하자 그들은 어머니의 가슴에다 총구를 대고 방아쇠를 당겼다. 순식간의 일이었다. 탕 소리가 나자 우리들은 자지러졌다. 다행히 그것은 공포탄이었다. 그러나 어머니나 우리들이나 그때만큼 놀란 적은 없었다. 나는 며칠 동안이나 정신을 차리기 어려웠다.

그 후로도 어머니는 우리들을 재운 뒤 머리맡 희미한 불빛 앞에 앉아 작은 소리로 기도를 하셨다. 바느질이라도 하실 때면 찬송가를 부르시기도 하고, 기도하고 싶은 내용을 찬송가 곡조에 맞춰 흥얼거리기도 하셨다.

이 땅 위에 험한 길 가는 동안
참된 평화가 어디 있나
우리 모두 다 예수를 친구 삼아
참 평화를 누리겠네

어머니와 함께한 우리 내외와 두 아들

평화 - 평화로다

하늘 위에서 내려오네

그 사랑의 물결이 영원토록

내 영혼을 덮으소서

대략 이런 내용이었는데 그때부터 어머니는 당신과 가족을 위해서만 기도하는 것이 아니라 이웃과 나라를 위해서, 그리고 이 땅에 전쟁이 없는 참된 평화가 오기를 기도하셨다.

열 살 전후의 시절에 공포가 무엇인지, 분노가 무엇인지, 즐거움이 무엇인지 정확히 분간할 수야 없었겠지만, 이렇듯 해방정국의 피비린내 나는 격동의 시간은 순진한 산골 소년이라고 비켜가지 않았다. 몸과 마음의 안팎에서 요동치는 '폭풍의 10대'였다고 할 수 있다.

나무군중 앞에 선 부자

나는 참으로 많이 걸어 다녔다. 국민학교(초등학교)에 입학하고부터 고등학교를 마칠 때까지 걸었던 거리를 합하면 도대체 얼마가 될까. 국민학교까지 거리는 5리가 넘었고, 버스가 없던 시절 이서중학교를 다니기 위해 날마다 무려 40리를 걸었다. 게다가 고등학교 때는 팔조령을 일주일에 한 번씩 걸어서 넘었다.

이 거리를 대충 계산해본 적이 있다. 초등학교 시절을 빼더라도 대략 7만 리에 이르니, 환산하면 2만 8천 킬로미터가 된다. 450킬로미터인 서울과 부산을 왕복으로 30차례 이상을 걸은 셈이다. 이만하면 과거시험을 보려고 한양까지 오르내리던 옛 선비들과 겨룰 수 있지 않을까 하는 생각에 혼자 웃었다.

나는 아직도 꽤나 건강한 편에 속하는데, 아내와 함께 매일 새벽기도를 다녀오고 아침 산책을 하는 것 외에는 정기적인 운동을 하는 것이 없다. 지금의 건강은 학창시절에 이렇게 많이 걸은 덕분인 듯싶다.

이서중학교를 거쳐 나는 대구상고에 진학하게 되었다. 당시 대구상고는 대구·경북 지역의 시골 수재들이 주로 취업을 목적으로 진학하는 명문이었다. 취업반과 진학반이 따로 나뉘어 있었기 때문에 나는 꼭 취업을 목적으로 입학한 것은 아니었다.

당시 대구 상동교 근처에서 자취를 했는데, 집을 떠나 객지에서 생활한다는 게 요즘이나 그때나 크게 다르지 않은 듯싶다. 주말마다 쌀이나 반찬을 가지러 집에 다녀왔다. 늘 모자라는 용돈을 보충하기 위해 종종 싸전(쌀집)에 들러 집에서 가져온 쌀을 팔아 현금을 마련하기도 했던 기억이 아련하다. 이때 함께 자취하던 친구가 있었는데, 밤이 깊어가는 줄도 모르고 심각한 토론을 벌이곤 했다. 그리고 느닷없이 쓸쓸해지기라도 하는 날이면 바지 주머니에 손을 꽂고서 당시 젊은이들 사이에서 선망의 대상이었던 'S 누나'를 만날 수 있을지도 모른다는 막연한 기대를 하면서 시내 공원을 서성거리기도 했다.

자취방 잎 신천(新川) 변에 앉아 친구들과 장래에 관해 이야기를 나눈 적이 있다. 한 친구는 설계 기술자가 되겠다고 했고, 다른 한 친구는 사업가가 될 거라고 했다. 친구들은 어떤 기술을 익힐 것이며 또 무슨 사업이 자기 적성에 맞는다고, 아주 구체적인 인생 설계도를 제시했다. 한 친구가 나에게 장래에 뭐가 될 거냐고 물었다.

"너희들은 정말 빠르네. 난 아직 구체적으로 생각해본 적이 없는데…"

내 대답을 듣고 친구들은 의아해하는 표정이었다. 사실 내게는 그들처럼 가까운 장래의 계획이 구체적으로 있진 않았지만, '사람이 되겠다'는 생각만큼은 확신처럼 머릿속에 자리하고 있었다.

아버지께서는 장남인 나에게 '꼭 커서 무엇이 되라'는 식의 어떤 것도

고교시절 친구들과 함께(뒷줄 왼쪽에서 두 번째가 필자).

강요하지 않으셨다. 출세를 하라든지 돈을 많이 벌라든지 이런 말씀도 없으셨다. 다만 '사람이 있고 돈이 있다. 사람이 나면 돈은 저절로 따라온다. 무엇을 하느냐보다 어떻게 사느냐가 중요하다'라는 취지의 말씀을 자주 하셨다. 어머니 역시 마찬가지였다. 항상 가정에서의 모든 교육의 최우선을 '인간 됨됨이'에 두셨다.

구체적인 계획을 가지고 있는 친구들보다 나는 더 분주할 수밖에 없었다. 설계자가 되겠다는 친구는 제도나 수학공부에 집중하면 되었지만, 나는 내 앞에 놓일 많은 길을 모색하기 위해 다양하게 책을 읽고 깊은 사색을 하지 않으면 안 되었기 때문이다.

학창시절에 나는 문예부에서 활동하며 많은 책을 읽고 글을 썼다. 도서관과 헌책방을 드나들며 책을 고르는 일은 그 시절의 가장 멋진 즐거움이었다. 학교 수업은 느슨했지만 방과 후에는 문학이나 철학, 역사 등에 대한 탐구욕으로 닥치는 대로 책을 읽었다.

이때 인연을 맺은 동문들로는, 신문사 사장을 지낸 소설가 이상우 선배와 포항공대 교수를 했던 시인 김원중 선배가 있다. 동기생 중에는 지금도 각별한 사이인 산업자원부 장관을 지낸 김영호 군이 있었는데, 그는 공부도 잘했지만 웅변 솜씨도 일품이었다. 또 지금은 탤런트 오지명 이라는 예명으로 잘 알려진 오진홍 군과 기업가로는 불이통상의 장영수 군, 그리고 은행가 출신으로는 최상희 군이 있다. 이 시절은 낭만을 즐기면 서도 인생을 설계하는 데 소홀하지 않았던, 인생에서 가장 소중한 시절로 기억되고 있다.

그러면서도 대곡리의 집에는 거의 일주일에 한 번씩 다녀왔다. 이때 면의원에 출마하기도 하셨던 아버지께서는 마을일 등으로 여전히 바쁘셨 지만, 틈틈이 당신이 젊었을 때 만주 등지로 돌아다녔던 애기를 들려주셨 다. 아마 혼자 객지생활을 하는 장남에게 용기와 배짱을 불어넣어 주시려 는 의도였던 것 같다.

겨울방학의 어느 날이었다. 아버지께서는 땔감을 장만하기 위해 나를 데리고 뒷산으로 올라가셨다. 우리는 부지런히 땔감을 마련하여 지게가 휘어질 정도로 커다란 나뭇짐 두 개를 꾸렸다. 아버지께서는 이 짐들을 지게에 얹어 세우고는 허리를 펴시더니 문득 나를 돌아보면서 "근아, 이리 와서 내가 하는 거 봐라" 하셨다.

아버지는 손을 툭툭 털면서 심각한 표정을 짓더니 소나무와 떡갈나무들 앞에서 큰소리로 무슨 말인가를 하시기 시작했다. 나는 어리둥절해하면서 예사롭지 않은 사태를 지켜보았다. 아버지는 주먹을 불끈 쥐기도 하고, 이쪽 나무를 보다가 또 다른 나무에로 눈길을 돌리며 호소하듯이 열변을 토했다. 추운 날씨여서 하얀 입김이 아버지의 입에서 뿜어져 나왔다.

연설 내용이 무엇이었는지 또렷이 기억이 나지는 않지만, 당시의 시국과 관련된 내용을 나열한 뒤 희망적인 미래를 담아 멋지게 연설하셨던 것 같다. 한참 열변을 토한 뒤, 상기된 얼굴로 나를 돌아보시더니 한번 해보라고 하셨다. 나는 나무를 보고 어떻게 말을 하느냐고 겸연쩍은 표정으로 반문했다. 혹시라도 누가 보기라도 한다면 어떻게 생각할지 걱정스럽기도 했다.

그러자 아버지께서는 말씀하셨다.

"나무가 아니다. 저 나무들이 앞으로 네가 만날 사람들이고, 또 군중들이라고 상상하거래이. 금방 내가 했던 것처럼, 무슨 내용이든 니가 하고 싶은 말을 자연스럽게 해보면 되는 기라."

아버지께서 하시는 모습을 보기는 했지만 막상 하려고 하니 어색하기 짝이 없었다. "여러분, 우리가 지금…" 하고 입을 뗐으나 그 다음 말이 떠오르지 않았다. 키가 큰 아버지는 서글서글한 눈망울로 이런 나를 바라보고만 계셨다. 그때 이상한 기분이 나를 엄습했다. 면의원에 출마하셨지만 뜻을 못 이루신 아버지에 대한 감정이 전율처럼 가슴을 파고드는 느낌이었다.

자유당 말기, 당시는 능력이 뛰어나고 성실한 사람이 선거에서 당선된다고 보기 어려운 시절이었다. 권력과 연줄이 필요하기도 했지만 아직 민주주의가 뿌리내리지 못하여 한 지역에서 같은 성씨나 친척이 많으면 당선되는 그런 식이기도 했다. 우리 마을에는 같은 경산(京山) 이씨가 얼마 없었다. 전부 다 해봐야 서른 가구 정도였다. 면의원 선거가 가문 대결의 양상을 띠다 보니 아버지는 능력과 관계없이 낙선하신 것이었다.

나는 이런 내용을 들어서 어렴풋이나마 알고 있었는데, 머릿속에 나름대로 그 이야기들이 정돈되면서 아버지를 위로하고 변론하는 듯한 내용으로 한참 연설을 했다.

그러자 아버지께서는 약간 놀라신 듯 나를 보며 흐뭇한 표정을 지으셨다. 지게를 지고서는 정말 사람과 악수라도 하듯이 나무 몇 그루를 손으로 툭툭 치시더니, 내 머리를 쓰다듬으시며 그만 내려가자고 하셨다. 내려올 때 내가 앞장을 섰는데 뒤에서 따라오시던 아버지께서는 몇 번이나 내 이름을 부르시며 소심하라고 하셨다. 그 목소리만으로도 아버지께서 나를 무척이나 대견스러워하신다는 것을 느낄 수 있었다. 나도 내가 한 연설 내용을 그제야 곱씹으며 생각이 많아지고 있었다. 참으로 생소한 경험이어서 지금도 뇌리에 생생하게 남아 있다.

중국의 전국시대에 장의(張儀)라는 유명한 유세가가 있었다. 한번은 그가 억울한 일로 수백 차례 매질을 당한 일이 있었다. 엉금엉금 기어 집으로 돌아와서는 아내에게 혀는 멀쩡한지 봐달라고 입을 벌렸다. 아내가 혀는 괜찮다고 하자 "그럼 되었소" 하고 안도했다는 이야기가 있다. 그는 뒷날 세 치의 혀를 가지고 합종책(合縱策)을 무너뜨리고 연횡책(連橫策)을 성공시켜서 진(秦)의 중국 통일에 기여했다고 한다.

어쨌든 아버지께서는 언변이 뛰어나셨다고 한다. 말씀이 조리 있고 누가 들어도 쉽게 알아들을 수 있게 얘기하는 재주가 있으셨다는 것이다. 빨치산에게 잡혀가셨을 때 살아 돌아오실 수 있었던 것도 이런 재능이 한몫했다고 한다. 마을 어른들의 말씀에 따르면, 빨치산들이 아버지를 잡아가서 포섭해보려고 했으나 설득될 가능성이 전혀 안 보이자 나중에는 해치려고 했는데, 아버지께서 워낙 입담이 좋아 빨치산들이 거꾸로 설득을 당했다는 것이다.

첩첩산중에 위치한 고향 마을에는 한국전쟁 전까지 좌익과 우익의 충돌로 인해 수많은 희생자가 발생했다. 민간인들은 빨치산들한테 희생되기도 했지만 보도연맹이다 해서 경찰한테 희생되기도 했다. 그야말로 동족 간에 죽고 죽이는 상황의 연속이었다. 그런데도 대곡리 가운데 가장 큰 마을인 우리 한살마을에서는 단 한 명의 희생자도 없었다. 마을 어른들은 한결같이 그것이 아버지가 슬기롭게 대처해 주고 희생을 막아준 덕분이라며 아버지의 공을 치하하셨다.

그런 아버지께서는 안타깝게도 내가 스물아홉 살 때 일찍 세상을 떠나시고 말았다.

그때 우리 가족은 집과 땅을 모두 팔고 고향을 떠나 대구로 나와 10년째 살고 있었다. 아버지께서 돌아가셨다는 소식이 전해지자 많은 고향 분들이 대구까지 조문을 오셨다. 장지가 대구에서 다니시던 교회의 묘지로 정해졌는데, 고향 어른들께서는 "고향을 위해 많은 애를 쓰신 분이니 고향에 묻혀야 한다"고 입을 모아 주장했다. 결국 아버지의 시신은 고향 젊은이들에 의해 운구되어 대곡리로 가게 되었다. 집안 친척분이 양지 바른 곳에

1995년 초대 민선지사 당선 후 아내와 함께 아버지 묘소를 찾아 풀을 뽑으며.

좋은 땅까지 제공하셨다. 외지로 떠난 지 10년이니 되어 돌아가신 이의 유해를 옛 이웃들과 집안어른들이 다시 고향으로 모신다는 게 흔한 일이겠는가. 이 일로 인해 아버지의 삶이 결코 헛되지 않았구나 하고 다시 생각하게 되었음은 물론이고, 평생 잊을 수 없는 고향 분들의 의리와 은혜를 가슴속에 담게 되었다.

나는 평소 스피치를 잘한다는 소리를 자주 듣는데, 이는 아마도 아버지의 영향 때문이 아닌가 생각된다. 민선 도지사가 되는 데에도 큰 도움이 되었음은 물론이다. 아버지의 '나무군중 연설'이 있은 지 10년도 안 되어 나는 대학 재학 중에 공직에 발을 들여놓게 되었다. 그 초기에 농촌개혁운동을 하면서 다중을 상대로 많은 강연을 했고 지금까지 여러 가지 연유로 강연이나 연설을 한 횟수는 헤아리기 힘들다. 특히 도지사 선거를 세 번 치르면서 시장(市場)이나 역 광장에서 연설을 할 때면 그 옛날 나무군중을 상대로 연설을 하시던 아버지의 모습이 떠오르곤 했다.

무심하게 지나가는 사람들, 전화를 하거나 수다를 떠는 사람들, 술 취해 소리를 지르는 사람들 등 남녀노소 각양각색의 사람들을 상대로 어수선한 상태에서 유세를 하는 것은, '나무군중'을 상대로 연설하는 것과 조금도 다를 바 없다는 것을 느끼곤 한다. 스스로 몰입할 수 있는 상상력을 갖지 않고는 이처럼 어수선한 공간에서 다중에게 감동을 줄 수 있는 연설을 한다는 것은 어려운 일이다. 연설로써 무심한 군중들을 설득하여 나를 향해 돌아서게 만들어야 하는 것이 선거유세다. 군중이 소나무로 보이고, 다시 소나무가 군중으로 변한다면 내 연설은 성공하는 것이었다.

지금도 나는 자주 즉석연설을 한다. 공식적인 연설의 경우는 원고가 있지만, 그 외의 경우에는 연설하게 된 자리의 특성이나 분위기를 고려하여 이런 이야기를 하면 좋겠구나, 하고 느끼는 내용을 가지고 이야기한다. 실제로 연설이 힘들거나 청중이 산만해질 때면, 지게를 받쳐둔 채 나무들을 상대로 연설하시던 아버지의 모습을 떠올리면서 어떤 영감이나 힘을 얻었던 적이 여러 번 있다. 인생에서 짧은 기간을 함께 사셨지만 이렇듯 나에게 아버지는 큰 스승으로 남아 계신다.

팔조령의 별, 그리고 꿈

고등학교 시절의 추억 가운데 빠뜨릴 수 없는 것이 팔조령(八助嶺)을 넘었던 일들이다. 대구에서 청도로 가는 가장 가까운 길이자 가장 가파르고 험한 길이 팔조령이었다. 옛날 이곳에 산적이 너무 많아 여덟 명이 모이지 않으면 넘어가기 어려웠다고 해서 팔조령이라는 이름이 붙여졌다고 한다. 그런 길을 나는 거의 일주일에 한 번씩 혼자 넘었다.

팔조령은 가도 가도 끝이 없었다. 청도에서 대구를 가려면 팔조령을 넘어 우록 삼거리까지 와서 버스를 타야 했는데, 버스를 놓치기라도 하면 가창 면소재지까지 10킬로미터를 더 걸어와서 대구행 버스를 타기도 했다.

내 어깨에는 대개 반찬그릇이나 쌀 포대 따위가 얹혀 있었다. 봄가을에는 옷가지와 이불 보자기를 둘러메고 끝이 없는 그 길을 오르내렸다. 주말이면 몇 가지 빨랫감과 빈 반찬통을 싸들고 고개를 넘어 고향 집을 다녀왔다.

2학년으로 올라가던 해, 어느 봄날은 특히 잊을 수가 없다. 그날따라 내가 메고 갈 짐이 꽤나 컸다. 겨울 옷가지와 솜이불을 보자기에 싼 뒤 그 속에 반찬통을 쑤셔 넣고 보니, 거짓말을 좀 보태면 크기가 집채만 했다. 나는 짐 보따리를 어깨에 메고 자취방을 나섰다. 솜이불은 요즘의 캐시미론 이불과는 비교할 수 없을 만큼 무거웠다. 더구나 덩치도 크지 않은 내가 그 짐을 감당하기는 쉬운 일이 아니었다. 어쨌든 버스를 타고 가창에서 내려서 걷기 시작했다.

한 해 동안 주말마다 줄곧 걸었던 길이었는데도 그날은 왠지 걸음이 무거웠다. 산들이 첩첩이 둘러 있고 그 사이로 난 길은 한없이 뻗어 있었다. 원래 먼 길을 갈 때 주위를 둘러보거나 가야 할 거리를 자주 가늠하면 더 힘들어지는 법이다. 시선을 조금 앞에 고정한 채 무념무상의 자세로 터벅터벅 걸어야 피곤을 느끼지 않고 오랫동안 걸을 수가 있다는 것을 터득하고 있었다. 그런데 이 날은 사방에서 풍겨오는 철쭉 향기가 자꾸만 코를 자극했고, 산중턱에 장화처럼 길게 내려와 있는 구름이며 산 아래 마을에서 피어올라 산을 가로지르는 연기가 시선을 빼앗았다.

왠지 모를 감정에 젖어 발걸음은 점점 느려졌다. 고갯길을 오르기 시작할 무렵에는 이미 어둠이 짙었다. 부엉이 소리가 아련하게 메아리져 들려왔고, 납딱바리(살쾡이 종류) 한 마리가 바위 위에서 눈에 벌건 불을 켜고 나를 쏘아보았다. 나는 전신에 소름이 돋으며 식은땀이 흘렀다. 잰 걸음으로 한참을 가다가 이제는 사라졌겠지 하고 돌아보면 어느 결에 내 뒤를 따르고 있었다. 내가 뒤돌아보면 뒷발로 흙과 돌멩이를 뿌려대며 나를 위협하기도 했다. 나는 너무 긴장한 탓인지 어깨에 얹혀진 짐의 무게조차 느끼지 못했다.

다시 몇 구비를 정신없이 걷다가 지쳐서 돌아보자 이번에는 그 놈의 모습이 보이지 않았다. 잠깐 길가 바위에 앉아 이마의 땀을 닦고 가쁜 숨을 골랐다. 어둠이 짙어 별이 더욱 초롱초롱한 밤인데도 이제는 무섭지가 않았다. 불시에 그 놈이 다시 나타나 덤벼든다 하더라도 한주먹에 쓰러뜨릴 수 있을 것만 같은 배짱이 솟아났다.

이윽고 고갯마루에 도달했다. 일주일쯤 지나면 보름달이 될 정도의 상현달이 서편 하늘에 떠 있는 걸로 보아 자정이 가까운 듯했다. 나는 이불을 내려놓고 마을을 내려다보며 참았던 소변을 보았다. 서늘한 바람이 비탈을 타고 올라왔다. 양쪽으로 시원하게 터진 고갯마루에서 맞는 바람은 여느 바람과 달리 상쾌했다. 이 바람을 쏘이며 이불 짐에다 등을 기대고 앉았다. 깍지 낀 손을 뒷머리에 베개처럼 받치고 하늘을 쳐다보았다. 하늘에 별들이 얼마나 많은지 흡사 자갈이 넓게 깔린 해변이 거꾸로 매달려 있는 것만 같았다. 북두칠성을 비롯한 온갖 별자리들이 눈에 박혀 왔고, 은하수는 유유히 흘렀다. 금방이라도 쏟아져 내릴 듯한 별을 바라보고 있자니 수많은 생각들이 머리를 스쳐갔다. 아버지와 어머니, 자취방에서의 생활과 학교, 그리고 내 앞에 놓여 있을 장래문제까지 한 편의 파노라마가 되어 다가왔다.

얼마 전 진학반과 취업반을 선택하기에 앞서 친구들과 나눴던 대화도 떠올랐고, 중학교 시절 도덕시간에 교장선생님(金容洙)이 하신 말씀도 생각났다.

"죽은 고기는 아무리 커도 물을 따라 흘러가지만 아무리 작은 피라미라도 살아 있는 한 물을 차고 거슬러 오른다."

물고기 떼가 지느러미를 흔들며 거센 물살을 차고 오르는 광경이 눈에 보이는 듯했다. '그래! 무슨 일을 하든 물을 차고 오르는 사람이 되자' 하고 다짐하며 벌떡 일어났다. 그때 생명의 역동성이 온몸에 퍼져오는 느낌이었다. 나는 광활하게 펼쳐진 산야를 향해 한껏 고함을 내질렀다. 고함소리가 산비탈 아래에서 은은히 메아리쳐 울리고 있었다. 머리가 유리처럼 맑아졌고 온몸의 근육들이 탱탱하게 부풀어 오르는 것 같았다.

내무부 지방행정국장 시절
아내와 함께 팔조령에서.

허먼 멜빌의 『백경』에 나오는 에이헤브 선장과, 헤밍웨이의 대표작 『노인과 바다』의 주인공인 산티아고 노인의 열정이 이렇지 않았을까 싶었다.

나는 짐 보따리를 어깨에 둘러메고 걷기 시작했다. 집에 도착한 게 자정 무렵이었으니, 문을 들어서자 부모님이 깜짝 놀라셨다. 밤늦은 시각에 저녁을 먹고 잠자리에 들어 이런저런 생각으로 뒤척이다 새벽녘에야 잠이 들었는데, 다음날 아침에 일어나자 고열로 온몸이 펄펄 끓었다. 혈기왕성한 고등학생 시절의 넘치는 에너지가 정신적 육체적으로 들끓고 있었던 것 같다.

나는 그 후 오랫동안 이날 밤 팔조령에서 느꼈던 기분을 잊지 못했다.

머리에서 발끝까지 알 수 없는 생기(生氣)가 가득 차올랐고, 무엇이든 물불을 가리지 않고 해낼 수 있다는 자신감이 치솟았다. 그 뒤로 자취생활이 피곤하거나 공부에 싫증이 날 때마다 팔조령의 일을 떠올리면 물고기가 물을 차고 오르듯 갑자기 힘이 솟곤 했다.

2

바르게 가면 길이 된다

중요한 점은, 탁상머리에서 하는 논쟁이나 교육 따위는
실천의 타작마당에서는 흩날리는 껍데기에 불과할지 모른다는 것이다.
내가 한 말들을 과연 내 자신이 실천으로 옮길 수 있을 것인가.

해임과 사표 사이

나는 대학 재학 시절 군에 지원하여 학보병으로 입대했다. 당시는 자유당 정부 시절이었는데, 전방에서 군복무를 마치고 제대하고 보니 세상이 완전히 바뀌어 있었다. 4. 19 혁명으로 인해 민주당의 장면 내각이 정권을 잡은 해 겨울이었으니 그럴 만도 했다. 매일같이 일어나던 격렬한 시위는 잠잠해졌으나 사회는 새 판을 짜느라 여전히 어수선했다.

나는 그간의 경험을 바탕으로 하여 장래의 진로에 관해 두 가지 방향으로 구체화시켜 놓고 있었다. 학자의 길을 가든가, 아니면 공무원이 되기로 한 것이었다.

학자의 길은 매력이 있었다. 4. 19 혁명의 도화선이 된 대구의 '2. 28 학생 운동'은 야당인 민주당의 강연회 참석을 막기 위해 일요일에 학생들을 등교시킨 것이 직접적인 발단이었다. 1,800여 명의 학생들이 '학원의 정치 도구화 반대'를 내세우며 시위를 일으켰다. 재학 중 군에 입대한 나는 이러한 일에 동참하지 못하고 소식으로만 접했을 뿐이지만, 이렇듯 정의감을 가슴에 담은 학생들을 가르치며 한평생을 보낸다면 얼마나 즐거울까 상상해보곤 했다.

그리고 무엇보다 4월 19일 유혈시위 후 계엄령이 선포되어 시민학생들이 위축된 상황에서 25일에 일어난 대학교수들의 시위는 매우 인상적이었다. 군사부일체(君師父一體)의 전통을 가진 한국사회에서 교수들의 시위는 일파만파의 효과를 자아냈다. '학생들의 피에 보답하자'는 교수들의 시위는 플래카드만 들고 행진하는 조용한 모습이었지만 아무도 거역할 수 없는 성스러움이 느껴졌다. 바로 이튿날 이승만 대통령이 하야성명을 발표했다. 나는 교수들의 정의롭고 아름다운 행동을 보며 '학자의 길을 걸을까' 하고 고심했다. 경제학을 강의한 교수(李潤根)님도 군 입대 전부터 강압에 가까울 정도로 교수가 되라고 권하셨다.

다음으로 고심한 것은 공무원이었다. 당시에는 기업체보다 공무원이 인기가 있었는데, 그때는 요즘처럼 변변한 기업도 없었을 뿐 아니라 관을 우대하는 사회적 분위기가 자연스럽게 받아들여지고 있었기 때문이다.

당시는 농경사회에서 초기산업사회로 이행하는 과도기로서 그에 맞는 새로운 질서가 요구되는 시점이기도 했다. 나는 그런 변화된 사회적 환경에서 공무원이 되는 것도 의미가 있으리라고 막연하게나마 느끼고 있었다. 물론 공무원이 된다 한들 말단에서부터 시작해야 할 터였지만, '작은 피라미라도 살아 있으면 물을 차고 오른다'는 중학교 시절 교장선생님의 말씀이 가슴속 깊이 각인되어 있던 터였다.

교수가 될 것인가 공무원이 될 것인가. 이 고민은 이듬해 대구시의 공채시험 공고를 접하면서 공무원 쪽으로 굳어졌다. 마침 정부에서도 민주행정에 대한 자각이 일어나고 있었고, 권위적이고 일방적인 상의하달형 행정에서 시민 중심의 행정으로 변화하는 조짐이 보이고 있었다. 그래서인지 공무원이 되어 직접 그 변화를 추동하고 싶은 마음이 들었다.

자유당 시절에는, 사람들이 죽을 때도 "빽" 하고 외치며 죽는다는 풍자가 유행할 정도로 공무원 사회는 무질서했다. 면서기도 '빽'이 있어야 된다고 할 정도로 청탁과 부정부패가 만연하던 시절이었다.

때마침 장면 정권이 시행한 지방자치단체장 선거에서 민주당의 김종환 씨가 대구시장에 당선되었다. 그는 기존의 공무원 질서를 과감히 해체시켰는데, 그것은 내가 생각하는 새로운 행정의 개념과 상당히 부합되는 측면이 있었다.

김종환 시장은 취임하자마자 온갖 부정한 청탁부터 분쇄해나갔다. 시청 공무원들의 절반이 촉탁직원이었는데, 시장은 이들을 모두 해임시켰다. 불만이 있으면 실력으로 정당하게 들어오라면서 공무원 공채시험을 공고했다. 비록 지방직이지만 그것이 우리나라 정부수립 후 일반공무원의 공개경쟁 채용시험의 효시인 셈이다. 그 전까지는 중앙정부가 실시하는 고등고시만이 유일한 공채제도였다.

당연히 그 시험은 대구시의 공직사회에 일대 혁신을 가져올 수밖에 없었다. 기존 촉탁직원들은 나이도 많은데다 사실 책과도 거리가 멀어 시험을 치를 여력이 없었다. 이때 시험에 합격하여 공무원이 된 사람은 대부분 대학생이거나 대학을 갓 졸업한 사람이었다. 새로운 제도 하나가 엄청난 혁신을 일으킨 것이었다.

대학생이었던 나도 응시하여 합격했다. 스물세 살의 나이에 대구 시청에서 처음 공무원 생활을 시작하게 된 것이다. 그렇지만 아직 공무원 공채제도가 미비하여 일정기간 동안은 '촉탁직 공무원'으로 불려야 했다.

김종환 시장은 새로 뽑힌 젊은 공무원들에게 자부심을 불어넣으려고 많이 고심했다. 채용된 공무원이 150명이었는데, 김 시장은 우리를 부정이 심한 부서에 배치했다. 수도, 환경관리, 세무 등 돈과 밀접하게 관련된 부서들이었다. 나는 남구청 상수도 담당요원으로 발령을 받았다. 모두에게 유니폼과 반듯한 모자가 지급되었다. 그는 우리에게 이렇게 말했다.

"이제 새로운 시대가 되었습니다. 여러분들은 이 시대 개혁의 기수입니다. 젊음과 정의감을 가지고 온갖 부정을 몰아내주기를 당부합니다…"

실제로 들어와서 보니 그동안 부패가 얼마나 심각했는지 실감할 수 있었다. 내가 맡은 상수도 요금 관리만 해도 시청의 촉탁직원 한 사람이 몇 명의 일꾼들을 데리고 있었는데, 그들은 각 가정을 돌며 일부 '수도꼭지'를 대장에서 누락시켰고, 그 누락시킨 '수도꼭지'의 요금을 개인적으로 징수하여 일꾼들 봉급을 주는 일도 있었고 어떤 경우에는 주민들에게 징수한 요금 중 일부만을 시에 납부하기도 했다.

집에서는 수도 검침원이나 하려고 어렵게 공무원시험에 합격했느냐며 아쉬워하는 눈치도 없지 않았지만, 나는 나름대로 공공부문의 부정을 일소하는 데 한몫한다는 자부심이 있었다. 나는 남구 골목을 샅샅이 훑고 다녔다. 걷는 데는 어지간히 단련이 되어 있었던지라 하루 종일 골목을 누벼도 피곤하지 않았다. 나뿐 아니라 다른 동료들도 상당한 자긍심을 가지고 일했을 것이다. 아무튼 몇 달 후에 통계가 나왔는데, 시의 세수(稅收)가 갑절이나 증가한 것으로 밝혀졌다.

아직 학생 신분으로 공무원 생활을 병행하려니 어려운 점도 있었다. 학교에서는 공무원이 된 재학생들이 한둘이 아니었기에 출석체크 등에서 배려를 해주었다. 그래도 자주 강의를 들어야 했고 시험도 쳐야 했다. 당시 노트 필기를 잘하던 과 동기 여학생이 며칠에 한 번씩 듣지 못한 수업의 필기노트를 빌려주어 나에게 큰 힘이 되었다. 낮에는 동네를 돌며 수도 검침을 하고 밤에는 공부를 하는, 그야말로 바쁜 주경야독의 세월을 보냈다. 요즘 대학생들처럼 낭만이 있는 대학생활과는 거리가 멀었지만, 젊음이 있고 기개가 있었기에 힘들다는 생각은 들지 않았다.

이렇게 열성을 다해 임했던 수도 검침원 생활은 그리 오래가지 못했다. 5. 16이 일어났기 때문이다. 하루아침에 김종환 시장은 옷을 벗었고, 시청 분위기는 일변했다.

1961년에 일어난 5. 16 정변을 쿠데타로 보든 혁명으로 보든, 입장에 따라 나름대로 이유가 있겠지만, 군부의 주장처럼 당시 사회가 혼란스럽기 그지없었다는 점은 사실이다. 다만 내가 직접 경험한 대구시청의 경우는, 새로운 체제에 적응할 기간이 부족했을 뿐 자유당 시절에 비해 진일보했음이 분명했다.

5. 16 후에 등장한 대구시장은 현역 대령으로 군복에 권총까지 차고 근무했다. 아침에 출근하려고 버스에서 내리면 맨 먼저 보이는 것이 청사 앞에 도열해 있는 군인들이었다. 치열한 전투를 치르고 점령지에 입성한 지휘부 같은 모습이었다. 상황이 이렇다 보니 시청의 분위기도 살벌할

수밖에 없었다. 더구나 군인시장이 아침마다 행하는 '집무검열'은 그야말로 군대식이었다. 군대 내무반을 검열하듯이 직원들을 자리에서 일어나게 하여 '혁명공약'을 외우게 했다.

강 시장은 시정의 업무를 파악하자마자 이번에는 군대를 만기 제대하지 않은 공무원들을 철저히 색출했다. 지금 생각해보면 그는 강직하고 훌륭한 군인의 면모가 엿보이지만, 당시는 5. 16 직후의 군정 때였으니 오로지 그가 무섭기만 했다. 또한 공무원들의 군 이력을 문제 삼은 것도, 당시 군이 매우 문란했고 시 공무원들 가운데 부당한 방법으로 제대한 사람들이 많았음을 감안하면 충분히 납득할 수 있는 조치였다. 부정하게 군 복무를 마친 사람이 공직자로서 공평무사하게 업무를 처리하는 것을 기대하기는 어려운 일일 것이다.

강 시장은 만기 제대하지 않은 직원들을 한 명씩 불러 직접 면담했다. "어디서 근무했어요? …무엇 때문에 일찍 제대했소?" 하고 위압적으로 물었다.

총상이나 지뢰가 터져 부상을 크게 입었다는 사람에게는, 그때의 정황을 캐물으며 상처 입은 부위를 살폈다. 인정할 수 있는 사람에게는 온화한 목소리로 수고했다고 어깨를 두드려주며 격려를 아끼지 않았지만, 아픈 시늉만 하고 상흔이 신통치 않으면 "돈 얼마 줬어!" 하며 당장 나가라고 호통을 쳤다.

그런데 학보제대한 직원들은 면담조차 하지 않았다. 이력서에 '학보제대'로 기입되어 있으므로 더 이상 확인할 필요가 없다는 얘기였다. 대학생으로서 제대한 것을 학보제대라 하고 교사로서 제대한 것을 교보제대라

논산훈련소 시절(1959. 7. 29). 뒷줄 오른쪽에서 아홉 번째가 필자이다.

한다.

당시 재학 중에 입대한 대학생은 1년 6개월을 복역하고 제대했는데, 나도 그 경우에 해당되었다. 나는 입대하여 논산 훈련소에서 병과 배치를 위한 테스트를 받은 결과 최상위 급수를 얻어 부관 병과를 받았다. 영천에 있는 부관학교를 졸업하고 성적이 우수하다 하여 그곳에서 근무하다 전방으로 가 나머지 기간을 복무한 뒤 제대를 했다.

병역법에 따라 합법적으로 제대한 나로서는 '아무리 군사정부라 할지라도 법을 초월할 수 없다'고 생각했다. 나는 시장 면담을 요구했다. 하지만 내 요청은 받아들여지지 않았다. 강 시장의 보좌관 중에 성품이 부드러운 김 소령이란 사람이 있었다. 내가 거듭 면담을 요청하자 그는 시장실로 들어갈 수 있도록 해주었다.

시장실에 들어서자 강 시장은 무슨 일로 왔느냐며 예의 날카로운 눈빛으로 나를 노려보았다. 군복에 권총을 차고 있는 그를 단독으로 대면하는 것만으로도 위압감을 느꼈지만 그래도 나는 반듯한 자세를 취한 채 정중하게 항의했다. 법에 따라 정상적으로 군복무를 마쳤는데 해임하는 것은 부당하다고 따졌다.

강 시장이 짜증스런 목소리로 말했다.

"정상적이라고? 3년 만기 제대하고서도 노는 사람이 부지기수야, 알겠어? 당신들은 절반만 있다 나왔잖아. 그만두고 학교나 다녀."

그렇지만 나는 물러서지 않았다.

"아무리 군정이지만 이래서는 안 되지 않습니까? 저는 합법적으로 제대하고 공채시험을 통해 들어왔습니다. 그런데도 해임시키는 법적 근거를 말씀해주십시오."

나는 감정을 그대로 드러내는 직선적인 성격이 아니다. 그러나 결정적인 순간에는 분명하게 따지며 누구와도 맞서는 것을 회피하지 않는다. 그때 동기들 중에도 학보제대한 사람들이 수십 명은 되었지만 시장실에 들어가 항의한 사람은 나 혼자뿐이었다.

"뭐, 근거를 대라고? 어디 이따위 녀석이 있어!"

나의 말이 끝나자마자 강 시장은 소리를 지르며 일어서더니 책상 위에 쌓인 이력서 뭉치를 집어던졌다. 고함을 듣고 비서들이 들어와서 나를 끌어냈다. 내팽개쳐지듯 복도로 끌려나온 나에게 김 소령이 다가와 경위를 물었다. 내가 전후를 설명하자, 자신이 알아서 처리하겠다면서 내 어깨를 툭툭 쳤다.

계단을 내려오자니 시장이 던진 이력서 뭉치가 흩날리던 모습이 자꾸만 눈앞을 어지럽혔다. 학자가 될 것인가 공무원이 될 것인가의 갈림길에서 공직사회에 몸을 담은 결과가 고작 이런 것인가 생각하니 서글픈 심정을 억누를 수 없었다. 곧 시청 내부에서는 쉬쉬하며 내가 시장과 맞섰다는 얘기가 돌았다.

그 일이 있고 며칠 후 발표된 최종 해임자 명단에는 내 이름이 빠져 있었다. 김 소령의 배려 덕분인 것 같았다. 하지만 나는 기쁘지 않았다. 뚫을 수 없을 것 같은 거대한 벽을 보았기 때문이었다.

때마침 공무원 제도가 일부 정비되면서 경상북도에서 공채시험 공고가 났다. 나는 대구시청에 사표를 내고 다시 시험을 치렀다. 한번 결심하고 내딛었던 공직자의 길을 포기할 수는 없었다. 몸과 마음을 추스르고 다시 시작해보자고 마음먹었다. 그리하여 경상북도 공무원으로 새롭게 출발하게 되었다.

첫아이가 준 선물

경상북도의 공무원이 된 뒤 청도군청 근무를 지원했다. 고향인 청도를 제대로 알고 고향을 위해 뭔가 해보자는 생각에서였다.

이 무렵 정부 주도로 국민재건운동이 한창 벌어지고 있었기 때문에, 정책적으로 공무원들이나 주민들에게 직접 '국민 계도'를 하는 일이 많았다. 내가 청도군청에서 한 업무는 주로 군청 동료나 상급 공무원들을 상대로 강의나 교육을 하는 일이었다. 막 임용된 하급 직원에게 왜 이런 일이 맡겨졌는지 정확히 알 수는 없지만, 아마도 대학 출신이라는 점 때문이었던 것 같다. 당시만 해도 대졸자들이 많지 않은 시절이었다. 나는 대내외 활동으로 눈코 뜰 새 없이 바쁜 나날을 보냈다.

그런 가운데서도 한편으로 나는 군청이 있는 읍내에서 다양한 어린 시절의 추억들과 만나고 있었다. 소싸움을 벌이며 구경하던 동네에 빼곡히 거리 양쪽을 채우고 있던 가게와 전봇대들을 다시 볼 수 있었다. 어머니를 따라 갔던 5일장이나 고등학교 시절 대구에서 팔조령을 넘지 않고 기차를 타고 올 때 읍내 구경을 위해 간간이 내리곤 하던 청도 역사를 보는 것도 즐거운 일이었다.

이 무렵 또 하나의 즐거움에 가슴 설레는 일이 있었다. 아침 출근 때면 어디선가 빨간 코트에, 어깨를 스칠 듯 말 듯한 단발머리를 찰랑찰랑 흔들며 청순한 숙녀가 청사 앞을 지나가는 것이었다. 반듯한 용모에다 사관생도처럼 어깨를 활짝 펴고 양팔을 절도 있게 흔들며 또박또박 걸어가는 모습이 퍽이나 호감이 갔다. 피곤한 일상과 잿빛 풍광 속에서 상큼한 그녀의 모습을 보는 것은 그 자체로 즐거움이었다. 그녀는 고개는 물론이고 눈동자조차도 움직이는 법이 없었다. 마치 자로 줄이라도 긋는 사람처럼 일직선으로 걸어서 군청 앞을 지나 청도 역사(驛舍) 안으로 사라지곤 했다.

나는 암암리에 그녀에 대해 좀 알아보았다. 그녀는 집이 군청에서 200미터 가량 위쪽에 있었고, 대구여고 시절 학도호국단 중대장을 맡았으며 청도에서 유일하게 대구교육대학을 다니는 여대생이었다. 기차로 통학을 하고 있었는데, 기차가 도착하는 시각에 맞춰 매일 같은 시각에 군청 앞을 통과하는 것이었다. 나는 난생 처음으로 혼자만의 사랑에 빠졌다. '학생이 지나가는 걸 보니 지금 8시 10분이겠네요' 하며 말이라도 건네보고 싶었지만 도도해 보이는 그녀를 보면 엄두가 나지 않았다. 처음 보는 사람에게도 말을 잘하는 내가 왜 유독 그녀한테는 한 마디도 걸지 못했는지 알 수 없는 노릇이었다. 그렇게 속을 태우며 지낸 지 1년쯤 뒤부터 그녀의 모습을 볼 수 없었다. 졸업을 하고 다른 곳으로 가버린 게 아닌가 싶었다. 그래서 나의 짝사랑은 한 마디 대화도 나눠보지 못한 채 싱겁게 끝나는 것 같았다.

현실은 나를 정신적으로나 시간적으로 바쁘게 했다. 1960년대 초엽이었던 당시, 우리 사회는 그야말로 격동의 시기였다. 1952년부터 줄곧 끌어온 한일회담은 김종필과 오히라 마사요시(大平正芳)가 교환한 '김·오히라 메모'를 통해 일단락되었다. 그러나 굴욕적인 협정 내용이 알려지자 시민과 학생들의 반대 시위의 강도가 4. 19에 버금갈 정도로 격렬해졌다. 급기야 1964년 6월 3일에 비상계엄령이 선포되었다. 정국은 한 치 앞을 내다보기 힘들 만큼 혼란했다. 내가 청도군청에 근무한 지 2년 정도 지났을 때였다.

겉으로는 조용해보였지만 중앙에서 밀려오는 격랑의 여파는 산골 소읍에도 직·간접적으로 영향을 주었다. 나는 5. 16 이후 군정의 영향을 직접 겪었던 경험이 있던 터라 사회의 변동에 예민하지 않을 수 없었다. 게다가 내가 맡은 내무과 일은 주민이나 공무원에게 강의나 교육을 하는 것이었기에, 이러한 데서 무슨 얘기를 할까 하는 문제는 늘 고민이었다. 세상을 보는 눈을 더 키우는 것이 내가 더 만족하는 길이고, 내 업무를 더 잘 수행할 수 있는 길이며, 젊은이로서 나라의 미래를 고민하는 일이라 생각되었다.

나는 몇몇 사람들을 규합하여 정기적인 토론회 모임을 결성했다. 청도에서 소위 대학 나온 엘리트라는 사람들 숫자는 얼마 되지 않았다. 그들을 모아 지역발전이나 사회문제 등에 관해, 또는 읽은 책에 관해 토론을 하고 대안을 모색해보자는 취지로 토론회를 만들게 되었다. 처음에는 한 손으로 꼽을 정도의 숫자였으나 토론이 활성화되면서 회원수가 늘어 10여 명이 되었다. 저마다 근무지와 직장이 달랐지만, 한 지역의 젊은이로서 '청도 정신의 사랑방'이 될 것을 결의했다. 요즘 식으로 말하면 청도의 소위 개혁 진보세대 모임이었다. 모임에는 청도군 공보실장 김옥곤 씨, 경북여고를 졸업하고 농촌지도사로 근무하던 양순영 씨, 청도초등학교 정의회 선생 등이 있었다.

나는 시간이 날 때마다 책을 읽고 토론회 모임을 구상했다. 우리는 문학과 철학, 사회과학 서적을 탐독하면서 사회 변동을 추적하고 정신적 갈증을 해소했다. 내 고향 청도와 같은 농촌의 개혁 방향, 사회에 깊이 배어 있는 권태와 나태함, 구조적인 문제와 훼손당할 수밖에 없는 이상(理想)과 훼손될 수 없는 젊은 기개 같은 것들을 토론을 통해 정립해갔다. 때로는 우려를 금치 못했고 때로는 벅찬 감격에 젖기도 했다. 그리고 그것은 내가 청도군에서 근무하던 6년 동안 공무원 교육과 주민계도를 통해 구현될 수 있었다.

하지만 인식과 실천은 다른 법이다. 인식이 없으면 실천의 손가락이 어느 방향을 지시하는지 알 수 없고, 실천이 없는 인식이란 한낱 공상일 뿐이다. 보다 중요한 점은, 탁상머리에서 하는 논쟁이나 교육 따위는 실천의 타작마당에서는 흩날리는 껍데기에 불과할지 모른다는 것이다.

내가 한 말들을 과연 실천으로 옮길 수 있을 것인가. 이 시험은 나도 모르는 사이에 다가오고 있었다. 토론회를 꾸리면서 터득한 지식과 소양 덕분에 나는 1966년에 경상북도 내 시군의 공무원을 상대로 실시한 소양고사에서 우수한 성적을 얻어 청도군에서 경북 도청으로 자리를 옮겼다. 영전인 셈이었다. 경북 도청으로 옮긴 후 나는 두 가지의 시험에 들게 되었다.

도청에서는 당시 인기부서인 '지방과'에서 근무를 시작했고, 얼마 지나지 않아 총무과 인사계로 옮겼다. 다소 일이 수월한 인사계로 이동시킨 것은 공채시험의 사고를 막으려는 상부의 뜻이었다. 그 무렵엔 인사계에서 관장한 공채시험에서 사고가 자주 발생했다.

내가 맡은 뒤 첫 번째 공무원 공채시험에서도 마찬가지로 문제가 터졌다. 채점된 농업직 답안지를 채점 관리하다가 아주 '미묘한' 부정의 흔적을 발견했다. 부정의 증거가 표면에는 드러나지 않았으되 그 여파는 심각했다.

당시의 채점 방식은, 응시자의 답안지를 각 부서에서 차출된 담당자가 채점하면 그것을 인사계에서 검사한 뒤, 마지막으로 확인하는 3단계 절차를 밟아 합격자를 결정하는 것이었다. 그런데 문제의 답안지에는 검사 과정에서 1차 채점이 잘못되었다고 수정 요구가 표기되어 있고, 적은 답은 정답으로 고쳐져 있었다.

예상할 수 있는 상황은 두 가지 경우였다. 한 가지는 1차 채점자가 잘못 채점한 것을 2차 검사에서 잘못을 지적하고 정상적으로 고친 경우인데, 이 경우라면 아무런 문제가 없다. 그러나 만일 2차 검사자가 답안지의 오답을 정답으로 고친 뒤에 수정 표기를 했다면 명백한 부정이 되는 것이다.

나는 그 날, 아내가 첫아이(昌勳)를 출산했다는 전화를 받고 답안지를 캐비닛에 넣어둔 채 병원으로 갔다. 돌아와서 보니 그렇게 2차 검사에 수정표기가 되어 있었던 것이다. 형식적으로는 전혀 문제가 없었다. 그러나 수정 채점을 인정하면 합격자가 바뀌게 된다. 누군가가 답안지에 손을 댔다는 심증을 지울 수 없었다. 만약 부정하게 채점을 했다면 그 때문에 떨어진 사람은 얼마나 억울할 것인가. 더군다나 공채시험에서의 부정은 어떤 이유로도 있을 수 없는 일이었다. 무엇보다도 나를 괴롭힌 것은, 만일 채점에 부정이 작용했다면 그것은 곧 인사계 동료 직원이 연루되어 있다는 점이었다.

나는 인사계장과 이 일에 대해 논의했다. 하지만 증거도 없는 데다 곤혹스럽기까지 해서 의견만 분분했다. 그런데 사건은 전혀 엉뚱한 방향으로 흘러가고 있었다. 인사계 내부에서 아직 입장이 정리되지 않았는데 모 기관에서 전화가 걸려왔다.

'도청의 공채 시험 관리에 문제가 있다는 제보가 접수되었다. 특정인을 합격시키기 위해 정당한 채점에 시비를 걸고 있다고 한다. 그게 사실이라면 수사에 착수하겠다.'

이런 요지였다. 내가 특정인을 합격시키기 위해 문제를 일으키고 있다니, 어이가 없었다. 더 놀라운 것은 인사계 안에서만 논의하고 있는 사건을 외부기관에서 알고 있다는 사실이었다.

나는 곧장, 아직 물증은 없지만 부정이 개입된 것은 분명하므로 떨어뜨려야 한다고 직속상관인 인사계장(權在卓)에게 보고했다.

그러자 인사계장은 난감해했다. 이미 검사 확인까지 마친 상태인데 재수정을 할 수는 없지 않느냐는 것이었다. 그리고 기관의 언질처럼 정말 수사를 해온다면 대처할 방법이 없으며, 답안지는 정상적인 절차에 의해 수정되고 정답으로 확인된 것이 아니냐는 이유였다.

내가 말했다.

"계장님, 공개경쟁채용시험이 이래 돼서는 안 됩니다. 답안지는 이미 처리되어서 어쩔 수 없지만, 면접을 볼 때 계장님께서 직접 그 사람을 면접 봐서, 낙제점수를 주십시오."

아주 특별한 경우가 아니라면 구두시험에서 떨어지지는 않았지만, 어쨌든 면접에서 낙제점수가 주어지면 필기시험과 상관없이 낙방하게 되어 있었다.

나는 이 요구가 무리라는 것을 알고 있었다. 그러나 공무원 공채시험마저 브로커와 연결되고 내부 부정이 개입된다면 나라의 장래는 없다는 생각이었다. 그게 아니라도 내 개인의 양심상 도저히 묵과할 수는 없는 일이었다. 나는 배수진을 쳤다. 이번 채점에 관한 결과에 대해 모든 책임을 지겠다며, 준비해간 사직서를 내밀었다. 사직서를 받아든 계장은 한동안 아무 말이 없었다.

한참 후에 "그렇게 하세!" 하며 계장은 나의 의견에 동의했고, 결국 그 응시자는 면접에서 낙제점을 받게 되었다. 그 응시자가 가만있을 리가 없었다. 다른 응시자를 합격시키기 위해 자신을 의도적으로 떨어뜨렸으니 고발하겠다며 적반하장으로 소동을 일으켰다. 그 일이 있은 지 일주일 정도 후에 사건에 개입된 직원 한 사람이 조용히 사표를 쓰고 떠났다. 사건은 내부적으로 그렇게 정리가 되었다.

당시로서는 이 사건이 사소한 것일 수도 있었다. 그러나 내가 대충 눈감고 덮어둔 채 넘어갔다면 나는 그 후 모든 일에서 적절히 타협하며 공직 생활을 마감했을지도 모른다. 그 사건을 계기로 나는 이와 유사한 절박한 상황에 직면하면 양심과 계속 대화를 나누었고, 하나의 위험한 선택을 했다. 돌아보면 그 사건은 내가 공직자의 길을 걷는 동안 어떻게 행동하고 무엇을 생각해야 하는지에 대해 교훈을 얻은 사건이었다.

내가 공무원으로 계속 남을 수 있게 해주었던 인사계장도 내 의견을 수용하는 데에는 상당한 용기가 필요했을 것이다. 10여 년 전에 작고하셨지만, 감사하게 생각하는 마음은 지금이나 그때나 변함이 없다.

사랑은 기차를 타고

경북 도청으로 자리를 옮기고 얼마 되지 않았을 즈음, 청도 토론회의 한 멤버였던 정의회 선생이 전화를 해왔다. 같은 학교 후배 여교사를 소개해주겠다는 것이었다. 그 즈음 나는 주변 사람들로부터 장가는 언제 갈 거냐는 말을 많이 들을 만큼 나이가 찼다. 업무가 바쁘다 보니 연애나 결혼에 대해 구체적인 계획을 갖지 못하고 있었던 차에, 정 선생의 호의에

짬을 내어 만날 약속을 잡게 되었다.

약속한 날 만나기로 한 장소인 제과점에 들어서니 정의회 선생이 먼저 나와 있었다. 다가가 정 선생과 인사를 나누는데, 옆자리에 앉은 여성이 나를 살짝 바라보았다. '낯이 익은 것 같은데?' 하는 생각이 들었다. 이어 정 선생이 옆자리 여성을 내게 소개했다. 얼굴을 똑바로 보자 내 입에서는 '앗' 하는 감탄사가 저절로 새어나왔다. 매일 아침 청도군청 앞을 곧은 자세로 지나가던 단발머리, 바로 그녀가 아닌가.

자리에 앉아서도 한동안 아무 말을 못했다. 정 선생은 의아해하면서도 이야기 많이 나누라면서 자리를 비켜주었다.

제과점을 나와서 대구 동남쪽의 저수지 수성못으로 함께 걸었다. 겉으로는 침착하고 격조 있게 말을 하려 하면서도 가슴 속에서는 심장이 방망이질을 했다. '청도군청 앞을 매일같이 지나는 모습을 봐왔다'고 말하니 그녀는 놀라면서도 재미있어 했다. 그러나 그 모습을 매일 보고 싶어했다는 얘기는 차마 하지 못했다. 많은 강연을 통해 사람들 앞에 서는 것이 익숙한 내가 이 여인 앞에서는 안절부절못하는 것이었다.

그녀는 처음에 생각했던 것과 상당히 달랐다. 용모나 걸음걸이로 보아서는 빈틈없고 까다로운 요조숙녀일 줄 알았던 그녀는 말솜씨가 재치 있었고, 목소리나 웃음에서 맑고 따뜻한 친근함이 배어나왔다. 나는 점차 그녀의 용모보다 푸근한 성격과 말솜씨에 더 매료되기 시작했다. 나중에 알았지만 그녀도 나를 제법 좋게 본 모양이었다.

우리 만남은 급물살을 탔다. 나는 그녀의 쉬는 시간에 맞춰 그녀가 근무하는 학교에 수시로 전화를 했고, 시간이 나면 청도로 달려갔다.

처녀 시절의 아내. 청도군청 앞을 단발머리로 지
나다니던 대학생 시절의 사진이다.

그러나 고향에서 교사를 하고 있는 그녀와 만나면서 남을 의식하지 않을
수 없었다. 당시엔 요즘처럼 드러내놓고 남녀가 연애를 하는 시절도 못
되었다. 그래서 생각해낸 것이 열차 데이트였다. 자가용이 없던 시절이어
서, 내가 '토요일 대구역에서 3시 20분'이라고 알려주면 그녀는 청도역에
서 기차에 합류했다. 마치 첩보 영화에서 기차 안에서 접선을 하는 공작원
이 된 기분이 들기도 했다. 우리는 밀양으로 가서 표충사를 거닐다가
밤 기차로 돌아오곤 했다.

한번은 청도에 출장을 갈 기회가 있어, 가을 운동회가 열리는 날 그녀의
학교를 찾아간 적이 있다. 그녀가 단상에 올라 매스게임을 지휘하고 있었
다. 나는 운동장 가에서 학부모들 틈에 끼어 그녀를 바라보았다. 그녀는
하얀 트레이닝복을 입고 매스게임에 열심이었다. 학생들이 그녀의 지휘에
따라 그림처럼 움직였다.

그녀가 내가 와서 지켜본다는 걸 알아차린 건 매스게임이 거의 끝나갈 무렵이었다. 나를 발견한 그녀는 갑자기 허둥대는 모습이 완연했다. 그녀가 허둥대자 그림처럼 움직이던 학생들의 모습이 한 순간 엉키기도 했다. 나는 슬며시 웃음이 났다. 한참을 더 즐겁게 그 모습을 바라보다가 학교를 빠져나왔다. 그녀는 계속 내가 지켜보고 있는 줄로 생각했던 모양이었다.

"오신다고 말이라도 하셨으면 내가 그리 당황하지는 않잖아요?"

나중에 운동회가 끝나고 그녀로부터 애교 어린 '추궁'을 당한 것도 즐거운 시간이었다.

그러던 어느 날 갑자기 그녀가 약속장소에 나타나지 않았다. 그녀의 어머니께서 귀히 키운 딸을 가난한 장남에게 줄 수 없다고 생각하신 모양이다.

그녀는 청도 읍내가 고향이며 유복한 고성 이씨 집안의 8남매 중 막내딸이었는 데 반해 나는 평범한 집의 6남매 중 장남이었다. 더구나 아버지께서 돌아가셨기 때문에 내가 뒷바라지를 해야 할 동생들이 여럿 있었다. 더 큰 걸림돌은 우리는 선대부터 기독교 집안이었고, 그녀의 집안은 불교를 믿는다는 점이었다. 나와 그녀의 마음을 제외한 모든 집안 환경이 우리에게 등을 돌리고 있었다. 그래서 특히 그녀의 어머니께서 반대가 심하셨던 것 같다. 당시만 해도 부모가 반대하면 당사자끼리 아무리 좋아해도 결혼이 성사되기는 어려운 시절이었다. 가슴 한구석에 먹구름이 드리운 채 불면의 밤을 보낸 적이 한두 번이 아니었다.

그런 와중에 나는 내무부 주관 연수대회 원고작성 관계로 여관방에 들었다. 방에 엎드려 비장한 마음으로 그녀에게 편지를 썼다.

真實된 한 男女의 약속이 어떤 外部的인 힘에 의해서 굽힐 수 있단 말입니까? 한 사나이의 거짓없는 마음의 태도는 절대 굽힐 수 없습니다. 이것이 지금껏 살아온 나의 信念이고 行動이었습니다. ……

참된 양심의 결합 앞에 불가능이란 있을 수 없습니다. 행복은 찾기를 努力하는 자에게 주어지는 법입니다. ……

그로부터 달포가 지난 뒤, 그녀는 기적처럼 다시 돌아왔다. 공무원이었던 그녀의 오빠들이 모친을 설득했다고 한다. 아내도 편지에 담긴 나의 진정을 헤아리고 감동을 받은 것 같았다. 나중에 다시 만난 그녀는 "글을 참 잘 쓰시데요" 하고 살짝 웃음을 흘려 보였다.

이 편지를 쓴 지 다섯 달 만에 우리는 마침내 부부가 되었다. 여러 친지들이 보는 앞에서 결혼식을 올린 것이다. 아내는 지금까지도 빛바랜 그 편지를 보관하고 있다. '사랑은 비를 타고'라는 영화가 있지만 나에게 있어 사랑은 기차를 타고 왔는가 보다.

새마을운동에 올인하다

경북 도청에서 근무한 지 3년 정도 지났을 무렵 내무부에서 실시하는 소양고사에 도 대표로 선발되어 시험을 치렀는데, 개인과 단체 부문에서 여러 차례 우승을 했다. 당시 내무부 근무는 모든 지방공무원의 선망의 대상이었고 시장, 군수, 도지사 등 목민관이 되기 위해서는 반드시 거쳐야 할 엘리트 코스였다.

이 소양고사로 인해 나는 1969년에 경상북도 도청을 떠나 내무부와 청와대 등에서 근무하면서 여러 업무를 맡았다. 그 중에서도 가장 심혈을 기울인 일은 '새마을운동'과 관련된 일이다. 1993년에 관선 도지사가 되어 다시 경상북도 도청으로 돌아오기까지 24년 동안의 세월이다.

1975년 1월 새마을운동의 조직이 확대 개편될 때 나는 초대 새마을 기획계장이 되었다. 그 전부터 새마을 기획분석관실에서 총괄업무를 맡고 있었지만, 새마을운동이 본궤도에 오르기 시작한 그때 그 중심에서 핵심적인 실무를 진행하게 되었다.

청노군청, 경상북노를 서쳐 중앙부처인 내무부로 선발되고 몇 닌 뒤, 청와대에서 당시 대통령이 가장 역점 사업으로 추진하고 있던 새마을운동에서 핵심적인 실무를 맡게 되었다는 것은 나에게 각별한 감회로 남아 있다.

새마을운동과 관련하여 나의 고향이 청도라는 사실이 또 하나의 감회를 불러온다. 세계가 주목한 이 경이로운 농촌 근대화 운동의 시발점이 바로 내 고향 청도라는 사실을 아는 사람은 드물다.

경부선 완행열차를 타고 대구를 지나면 남성현역, 청도역, 신거역이 나란히 이어진다. 특히 쉰 가구 정도 되는 작은 마을에 있는 신거역은 아마 우리나라에서 가장 작은 역사일 것이다. 큰 도시에 있는 역사의 화장실 크기 정도밖에 안 되는, 창문이 몇 개 달린 그 작은 역사에 내릴 때의 즐거움을 경험해보지 않은 사람은 상상하기 어려울 것이다. 단정한 마을길과 반듯한 집들이 이 궁벽한 시골에 어울리지 않는다기보다 도리어 깊은 산촌에 그림처럼 자리하고 있다는 느낌을 자아냈다.

1969년 8월 어느 날, 박정희 대통령이 경상남도 수해복구 현장을 시찰하기 위해 기차를 타고 부산으로 가던 중 철로변에 위치한 이 마을에 매료되어 잠시 내린 적이 있었다. 박 대통령은 마을의 안길과 하천, 뒷산 등 마을 전체가 잘 가꾸어져 있는 것을 보고 깊은 인상을 받게 된다. 이듬해인 1970년 4월 22일에 열린 지방장관 회의에서 이 마을(지금의 신도리)을 소개하면서, 역사적인 '잘살기 운동'의 방향을 제시했다. '새마을운동'이 막을 올리는 순간이었다. 그 후 전국에서 4천여 명의 지도자와 각계 인사들이 50여 가구밖에 안 되는 이 벽촌 마을을 방문하여 견학하게 되었다.

요즘에 새마을운동이라고 하면 낡은 느낌이 들 것이다. 정치적으로 이용되기도 하여 본래의 정신이 퇴색된 것도 사실이다. 그러나 1970년대의 새마을운동은 우리나라를 도약하게 하는 원동력이었다.

1960년대 농촌은 술과 나태와 쓰레기가 넘쳐났고, 천수답과 보릿고개로 상징되는 황량한 풍경이었다. 사람들은 오랫동안 그렇게 살아왔다. 이러한 오랜 구태를 혁명적으로 전환하겠다는 것이 새마을운동이었다. 새마을운동이 단지 소득증대만을 목표로 삼았다면 실패했을지도 모른다. 이것이 전국토를 들불처럼 태울 수 있었던 까닭은 정신적인 동력을 가지고 있었다는 점 때문이었다.

　새마을운동은 이미 1970년대 중반을 넘어서면서 수많은 발전도상국에 의해 농촌 근대화운동의 모델로서 각광을 받아왔다. 아시아와 아프리카 등 많은 나라에서 새마을운동을 시찰하기 위해 우리나라를 방문했는데, 그 숫자가 70개국에 7천 명이 넘는다는 사실은 이를 증명하고 있다.

　그때는 박정희 대통령을 비롯하여 모든 국민이 새마을운동에 매달렸다. 그러니 주무부서의 실무자인 나는 밤낮이 따로 없었다. 각 지방 현장에서 올라오는 무수한 보고서를 수합하고 정리하느라 여관에서 밤을 새우기가 일쑤였고, 수시로 현장 상황을 체크하느라 하루 스물네 시간이 모자랄 지경이었다. 또한 이론적인 체계를 정립하기 위해서 대학교수들을 만나 토론도 하고 연구를 부탁하기도 했다. 가히 새마을운동에 온몸을 던졌다고 해도 과언이 아니었다.

　나는 매월 대통령께 보고할 추진상황 슬라이드를 만들었다. 보고는 고건(선 국무총리) 지방국장이 했고 나는 사무관으로서 배석했다. 그 당시 새마을운동에 대 한 대통령의 열의가 상상을 초월할 정도여서 핵심 실무자인 나는 엄청난 중압감을 느낄 수밖에 없었다.

　나는 대통령이 질문할 가능성이 조금이라도 있는 모든 사안에 대해 빈틈없이 준비했다. 박 대통령은 실무자 이상으로 해박한 지식을 가지고 있는 경우가 많았기 때문에 매우 세부적이고 구체적인 것에 대해 질문을 하는 경우가 잦았다. 따라서 실무자들은 한낱 슬라이드 사진 속의 오동나무에 대해서도 그 위치나 수령, 심지어 열매의 숫자까지 파악할 정도로 치밀하게 대비했다. 한번은 국장이 나에게 슬라이드에 나오는 오동나무 열매의 양이 어느 정도냐고 물었다. 나는 며칠 동안 고민 끝에 두 되 반

정도는 될 것이라고 대답을 해버렸다. 얼마 후 오기가 난 나는 오동나무가 있는 곳으로 가서 주인의 동의를 얻고 열매를 모두 털어서 양을 재어보았다. 신통하게도 내가 말했던 대로 두 되 반이었다.

이 사건이 있고 나서 마음속에 한 가지 다짐한 것이 있었다. 어떤 일에 정성을 다하고 철저하게 임하면 통한다는 것이었다. 지금도 나는 직원들에게 이 일화를 소개하며 모든 일에 철저하게 임하라고 다그치곤 한다.

새마을운동은 사람이 사는 거의 모든 국토를 대상으로 삼았기 때문에 자연이나 산림이 훼손될 우려는 항상 있었다. 대통령은 자연의 개발과 훼손을 엄격하게 구별했다. 헬기를 타고 가다 산이 깎인 곳을 보면 그냥 지나치는 경우가 거의 없었다. 산을 개발하는 것은 시장 군수의 허가사항인데도, 대통령은 직접 보고하여 사전 결재를 받으라고 지시했다. 나는 수시로 헬기를 타고 다니며 훼손된 산림과 그 복원과정을 사진으로 찍어서 보고했다.

나는 1977년에 청와대로 근무지를 옮겨 대통령 비서실 행정관이 되었다. 그로부터 2년 후 1979년 가을에 10. 26 사건이 터졌다. 대통령이 세상을 떠나기 전날 저녁 나는 비서관실이 있는 3층에서, 충남 아산만 방조제 준공식에 참석했다가 헬기로 돌아오는 대통령 일행을 내려다보고 있었다. 평소 작은 키에 당차 보이는 모습과는 달리 이날따라 헬기에서 내려 맨 앞에서 걷고 있는 대통령의 모습은 왠지 초췌해 보였다. 창가에서 그런 대통령을 내려다보는 나의 마음도 착잡했다.

물론 그날 밤의 사태를 예감해서 그런 것은 아니었다. 그 무렵 이상스런 분위기가 청와대 안을 사로잡고 있었기 때문이었다. 그것은 대체로 경호실로부터 나오는 것이었다. 비서실 비표(秘標)를 걸고서도 경호실로 들어가지 못할 만큼 경호실의 힘이 막강했다. 퇴근하다 보면 갑자기 경호원들이 "그 자리에 서 있어"라고 소리치는데, '대통령이 지나가나 보다' 하고 예를 갖추려고 서 있으면 경호실장이 지나갔다. 부마민중항쟁이 일어난 뒤로는 분위기가 한층 더 뒤숭숭해졌다. 나는 그때 이호 전 내무부장관의 아들인 이동 전 서울산업대 총장과 같이 근무했는데, 서로 심각하게 이런 얘기를 주고받았던 적이 있다.

"비서실 옆 잔디밭 있잖아. 거기서 우리들만이라도 석고대죄를 하자."

대통령께서는 비등하는 여론을 알고 계시는지, 뭔가 결단을 내리셔야 한다고 직언하자고 분통을 터뜨렸었다. 늦게나마 대통령도 그런 분위기를 읽었던 것 같은데, 헬기에서 내리는 대통령의 모습이 초조한 것도 그런 데서 연유한 것이 아닌가 싶었다. 공교롭게도 그날 밤 궁정동에서 총성이 울렸다.

장기집권을 했던 박 대통령에 대한 평가는 사람마다 사뭇 다르다. 그러나 적어도 공직사회에 보여준 그의 모습은 아직도 많은 공무원들의 귀감이 되고 있는 것은 사실이다. 나는 그 뒤로 여러 대통령을 직간접적으로 보좌했지만 보고 안건에 대해서 구체적인 지침을 준 분은 박정희 대통령뿐이었다고 감히 말할 수 있다. 그는 확실한 신념을 가지고 있었고 정확한 지침을 내렸다.

박 대통령이 세상을 떠난 뒤로 새마을운동은 난관에 봉착하게 되었다. 신념과 열정으로 일하던 지도자가 사라지면 어떤 운동이든 굴절을 겪거나 퇴색하기 마련이다.

1981년에 5공화국이 들어서면서 '사회정화운동'을 새로운 국정철학으로 내세웠다. 3, 4공화국의 국정철학이 새마을운동이었다면 그 자리를 '사회정화운동'이 대신하게 된 것이다. 이 무렵 나는 내무부로 복귀하여 새마을지도과장을 맡고 있었다.

5공화국이 들어서자 전두환 대통령의 핵심세력들은 새마을운동을 사회정화운동으로 통합시키고자 했다. 나는 새마을운동을 지키기 위해 당시 실세라 일컬어지던 전경환 씨를 만나 설득했다.

새마을운동은 순수 국민정신운동으로 유지·계승되어야 한다. 사회정화운동으로 통합되면 정화운동도 안 되고 새마을운동도 안 될 가능성이 높다. 그리고 수많은 새마을 지도자들이 엄청난 허탈감에 빠질 것이며, 이것은 커다란 국가 에너지의 손실이다. 새마을운동은 지나간 시대의 유물이 아니라 아직도 많은 부분에서 필요한 운동이다. 이러한 취지로 그를 설득했다.

다행히 사회정화운동과 새마을운동을 이원화하기로 했다. 그러나 새마을운동이 민간주도 운동으로 바뀌면서 새마을운동중앙본부가 생기고 전경환 씨가 회장에 오르는 아이러니컬한 상황이 전개되었다. 이후 새마을운동이 권력과 혼재되어 지탄을 받는 안타까운 현실을 목도할 수밖에 없었다.

이후 문민정부에 들어서면서 새마을운동은 또 다시 존폐의 기로에 서게 된다. 김영삼 대통령의 문민정부는 '도덕성 회복운동'을 기치로 내걸었다. 집권층으로 흡수된 민주화 세력 사이에서는 새마을운동은 이미 정치화되었기 때문에 없어져야 한다는 논의가 비등했다. 아니면 적어도

'도덕성 회복운동'으로 통합시켜야 한다고들 했다.

이번에도 나는 새마을운동의 순수한 정신을 인정해야지 정권이나 정치 논리로 재단해서는 안 된다고 요로에 강하게 주장했다. 새마을운동의 이면에 정략적인 면이 있었다는 것을 수긍하더라도 세계가 주목해온 이 운동의 본질적인 가치는 시대를 넘어서서 인정해야 한다는 게 변함없는 나의 소신이었다.

여러 차례 힘든 고비를 딛고 이해구 내무부장관과 함께 김영삼 대통령의 재가를 받게 되었다. 새마을운동은 순수한 민간 주도의 영속적인 국민운동으로 존속시킨다는 것이었다. 박 대통령 사망 이후 국가 원수가 처음으로 새마을운동의 영구적인 존속을 인정해준 것이었다.

새마을운동은 누가 제창했고 누가 주도했다는 것을 떠나서 우리나라가 빈궁한 1960년대를 벗고 1970년대로 도약하게 하는 정신적인 운동이었다. 새마을운동이 아니었다면 짧은 시기에 우리 사회가 이만큼 성장하기는 힘들었을 것이다. 이 운동이 시작된 초기에, 전국 3만 5천여 마을마다 시멘트 335포대씩을 무상으로 배포하여 마을길을 닦는 '마을 기반시설'을 완료했다. 뒤이어 마을마다 특징적인 소득증대사업을 추진하고 도시의 직장과 공장에서까지 활발한 수익 확대사업으로 운동영역을 확장해나갔다. 하지만 모든 사회적 운동은 성숙기를 지나면 퇴색되거나 정치 논리로 이용되기 십상이다. 새마을운동도 예외가 아니었다.

요즘 나이든 사람들도 근대화의 발판을 만들어준 새마을운동을 까맣게 잊고 사는 것 같아 안타깝다. 젊은 세대들은 우리가 원래부터 이만큼 살았다고 착각한다. 그러면서도 우리의 잠재의식 속에는 1960년대와

1970년대를 뚜렷이 구분하고 있다.

예컨대, 1980년대 말 '죽의 장막'이 처음 개방되었을 때 중국을 다녀온 이들에게 소감을 물으면, 흔히 "중국은 우리나라의 60년대 수준이야"라고 대답하곤 했다. 우리나라가 60년대와 70년대는 그만큼 달랐다는 의미이다. 그것은 곧 1970년대의 시작과 더불어 일어났던 새마을운동이 우리나라를 얼마나 변화시켰는지를 반증하는 말이다.

불과 30년이라는, 인류 역사상 가장 짧은 기간에 대한민국을 전근대적 농업국가에서 근대 산업국가로 탈바꿈시킨 '한강의 기적'의 중심에 새마을운동이 있었고, 거기에 조금이나마 기여를 했다는 자부심은 평생 변하지 않을 것이다.

시장 부임의 첫날

부천 시장으로 임명된 것은 1985년 말이었다. 나에게는 첫 일선 기관장직이었다. 새해 신정 연휴를 마치고 1월 3일에 부임하기로 되어 있었지만 나는 임명을 받자마자 바로 부천으로 내려갔다. 정식으로 부임하려면 사흘이 남았지만, 그때까지 여관에서 묵기로 했다.

여관으로 시청 직원 두 사람을 불렀다. 그들은 아마 새로 부임한 시장이 괜찮은 잠자리나 식당을 알아보기 위해 불렀나보다 하고 왔는데, 내가 아예 여관에 짐을 풀고 있는 모습을 보고 어리둥절해하는 것 같았다. 새해 첫날 해맞이나 편안한 연휴를 방해한 것이 미안하기는 했지만 부임을 앞둔 내게도 소임이 있어 어쩔 수가 없었다.

"수고스럽겠지만 나와 함께 좀 돌아다닙시다. 부천은 서울과 인천 사이에 끼어 있어 경계도 모호하고 정체성도 모호합니다. 일단 내 눈으로 부천의 실정을 살펴봐야겠는데, 안내를 좀 맡아주세요."

나는 내무부 지방행정국에서 오래 근무했기 때문에 부천의 사정을 모르는 바는 아니었다. 그러나 시장에 부임하기 앞서 현장답사를 통해 감을 잡고 싶었다. 시장 집무실에서는 각종 수치가 나열된 보고서는 얼마든지 접할 수 있다. 하지만 현실의 문제점들은 보고서 수치만으로 파악될 수 없는 것이다. 나는 사흘 동안 시청 직원들과 함께 시의 경계지역을 살피고 재래시장과 공장, 낙후지역 등을 둘러보았다.

이윽고 1월 3일, 시장으로 취임하는 날 아침에 시청으로 들어서자 연휴 끝이어서인지 어수선했다. 청소원들이 빗자루와 걸레를 들고 현관 청소를 하다가 새 시장이 나타나자 우르르 문 쪽으로 붙어 섰다. 날씨가 매우 추웠다. 청소하는 아주머니들은 불그레한 낯으로 몸 둘 바를 몰라했고, 부속실 직원들도 안절부절못했다.

취임식이 끝난 뒤 제일 먼저 아침에 마주친 그 사람들을 시장실로 불렀다. 청소원과 수리공, 보일러공, 수위들이었다. 잠시 후 들어온 그들은 도열하듯 벽 쪽에 죽 늘어섰다.

"자, 다들 앉으세요."

내가 말했지만 사람들은 서로 눈치만 보면서 머뭇거렸다. 요즘은 그렇지 않겠지만 20년 전인 당시만 해도 사람들이 순박한 데다 관공서에는 권위주의적인 문화가 상당히 팽배해 있었다. 몇 번을 재촉해서야 그들은 소파에 앉았다.

"오늘 나는 시장으로 처음 부임했습니다. 여러분들이 시장실에서 만나는 첫 번째 직원들입니다. 앞으로 부천시의 모든 시정은 내가 책임집니다. 그러나 시의 일은 우리 모두가 함께 꾸려나가는 겁니다. 여러분들은 지금 청소를 하고 있지만, 사실은 그것도 내가 할 일인데, 여러분들이 대신 해주는 겁니다."

그들이 이해할 수 없다는 듯 멀뚱멀뚱 쳐다보았다. 나는 좀더 친근하게 말했다.

"문짝이 떨어진다면요, 내가 연장을 들고 고치지 못하잖아요? 시간도 없지만 솜씨도 없지요. 그래서 여러분들이 내 대신 문짝을 달아주는 겁니다. 바닥 청소도 마찬가지입니다. 청사가 깨끗하면 저나 여러분들이 기분이 좋지요. 들어오는 시민들도 좋아할 겁니다. 오늘부터는 내가 출근해도 여러분은 한쪽에 비켜서지 말고 자기 할 일만 하세요. 내가 먼저 보면 내가 인사를 할 테니, 여러분도 먼저 보면 인사합시다."

나는 차를 대접하고 3만 원씩을 건넸다. 그러고 나서 직장에서든 가정에서든 가리지 말고 어려운 점을 이야기해보라고 말했다.

처음에는 눈치를 보다가 곧 한 사람이 병든 노모에 얽힌 사연을 얘기했다. 그러자 옆사람이 난치병에 걸린 어린 아들에 대해 얘기하며 탄식을 했다. 이윽고 자식 학비 걱정에서부터 집 골목에 가로등이 없어 밤이면 불안하다는 등의 이야기가 봇물 터지듯 흘러나왔다. 절반쯤 이야기가 돌았을 때는 남녀를 불문하고 모두 훌쩍이고 있었다. 나 역시 눈시울이 뜨거워져 자주 찻잔을 입에 갖다 댔다. 만약 오늘날에도, 백성들의 속사정을 낱낱이 기록하여 상관에게 보고했던 옛날 중국의 패관(稗官)이 있었다면 손목에 열기를 느끼며 저들의 이야기를 종이에 옮겨 적었으리라.

나는 잠시 동안 작은 도시의 시정을 책임진 행정가에 불과하지만 저들의 눈물을 이해하는 것이 행정의 귀중한 단초가 되어야 한다는 것을 다시 한 번 깨달았다. 거창하게 목민관이라는 말을 들먹이지 않고 요즘 식으로 얘기하더라도 행정의 주 고객은 바로 이런 사람들이어야 하고 이들의 눈높이에 맞추어 낮은 곳으로 임하는 행정이어야 한다는 것이다.

장로와 스님의 만남

부천 시장에 부임한 해 4월 초 어느 날, 한 스님이 시장실로 나를 찾아왔다. 부천에서는 유명한 사찰인 석왕사에서 왔다고 자신을 소개했다(그는 동국대를 나온 임영담이라는 분이었다). 기독교인인 나는 그때까지 사찰을 제대로 찾아본 적이 없었다. 고작 수학여행을 갔을 때나 등산할 때 지나치는 정도였다. 그러니 승복을 입은 분과 마주앉는 것부터 어색했다.

그는 석가탄신일 행사를 부천역 광장에서 할 수 있게 해달라고 요청했다. 얼마 전에 개신교의 부활절 행사가 부천역에서 있었는데, 부활절 예배는 새벽 다섯 시에 행해졌기에 교통혼잡에 그다지 영향을 주지 않았다. 그러나 석가탄신일 행사는 저녁시간에 진행되므로 교통혼잡이 우려되었다. 그렇다고 거절하면 종교 간에 형평성 시비가 일 게 뻔한 일이었다. 결정하기가 난감하지 않을 수 없었다. 그래도 나는 행사 허가권을 가진 경찰서장과 협의하여 개최할 수 있게 해주었다.

그런데 이번에는 연등행사도 허가해주고 행사 당일에 축사를 해달라는 것이었다.

나는 "좋습니다!" 하고 흔쾌하게 승낙했다. 그 전까지는 다소 신중하던 내가 흔쾌히 나오자 이번에는 그 스님이 어리둥절한 표정이었다.

스님이 가고 난 뒤에 나는 바로 서점으로 가서 생전 처음으로 불교서적을 몇 권 구입했다.

기독교는 유일신인 하나님을 믿고 불교는 부처님의 가르침을 받들어 수행 정진한다. 기독교는 현세(現世)를 보여주면서 내세(來世)를 지향하는 반면, 불교는 내세를 보여줌으로써 현세를 각성시킨다. 한쪽은 부활(復活)이, 다른 쪽은 윤회(輪廻)가 현세와 내세를 잇는 핵심 고리이다. 불교가 자력(自力)종교라면 기독교는 타력(他力)에 의한 종교라 생각되었다.

이렇듯 불교와 기독교가 근본 교리는 다르나 일반인에게 다가오는 신앙적 감정은 충분히 이해할 수 있었다. 사랑을 자비로, 신자를 불자로 대입할 수 있을 것 같았다. 나는 꽤 신이 나서 행사 당일까지 일주일 동안에 이 책들을 독파했다.

행사 시각이 다가오자 부천역 앞에는 많은 스님과 신도가 모여들었다. 나는 부처님의 자비로움을 석가탄신일에 다시 한 번 되새기자는 요지의 축사를 원고도 없이 십 분이 넘도록 했다. 몇 권의 책을 깊이 읽다 보니 제법 장황한 축사가 돼버렸다. 행사가 끝난 뒤 내막을 알 리 없는 스님들은 '불자가 시장으로 왔다'며 기뻐했다.

무사히 행사를 마치고 며칠이 지났을 때였다. 임영담 스님이 답례차

와서 그간의 일들을 털어놓았다. 그제야 찜찜했던 의문이 풀렸다.

"청와대에 계시던 분이 새 시장님으로 오신다기에 저희들은 큰 기대를 했었어요. 헌데 경력을 보니까 교회 장로시더라구요. 그래서 걱정을 했지요."

"뭐가 걱정이 되신 거죠?"

"이번에 원미산 아래로 건설하는 순환도로가 우리 사찰 경내를 통과하게 되었습니다. 계획을 바꿔달라고 전 시장한테 수차례 건의했지만 받아들여지지 않았습니다. 그런데 새로 오신 시장님이 교회 장로라니 걱정이 된 거죠. 그래서 이것저것 요구를 했고요."

스님은 내가 먼저 자신들의 요구를 모두 들어주고 흔쾌히 축사까지 하자 사실을 고백해온 것이었다. 그러나 순환도로 문제는 여전히 남아 있었다.

나는 대화를 하면 안 될 게 없나며 임영담 스님을 안심시켰다.

"오랜 사찰의 경내를 도로가 관통하면 사찰이 상하게 됩니다. 또한 도로 노선을 바꾸게 되면 그 아래 민가들이 수십 채나 헐리게 되지요. 사찰도 오랫동안 여기에 있었고 그쪽 주민들도 마찬가지로 거기에서 살아왔던 사람들입니다. 그렇다고 도로를 내지 않을 수는 없지요."

전체적인 상황을 설명한 뒤 이렇게 덧붙였다.

"스님, 사찰을 보호하려고 민가를 수십 채 뜯어낸다면 그것은 어쩐지 부처님의 자비사상과 맞지 않는 것 같습니다. 부처님이 기뻐하실 리가 없지요. 그렇지 않습니까?"

임영담 스님은 나를 빤히 쳐다보았다.

"스님, 이렇게 하는 게 어떻습니까? 사찰마당 일부만 도로부지로 내주시고 법당은 그대로 유지한 채 노선을 조정한다면 큰 무리가 없지 않을까요?"

스님은 고개를 끄덕였다. 몇 차례 대화가 더 있은 뒤에 나의 제안대로 합의가 되었다.

아마 내가 석탄일 행사를 돕지 않았으면 내가 낸 대안도 설득력이 떨어졌을 것이다. 스님은 내가 돕고 있다는 것을 느꼈으므로 그 대안은 시장으로서 할 수 있는 최선의 제시일 것이라고 믿어준 것이다.

지금도 나는 사람이 하는 일은 어떤 문제든 당사자와 직접 마음의 빗장을 풀고 대화하면 다 해결할 수 있다는 믿음을 가지고 있다. 마주앉아 대화를 하지 않고 뒤에서 일을 꾸미면 서로 감정이 얽혀 쉽게 풀릴 것도 복잡하게 얽히기 마련이다. 갈등이나 이해관계가 충돌하는 사안들은 저마다 절박한 이유가 있다. 그것은 언제나 창과 방패[矛盾]의 관계이다. 창은 무엇을 뚫을수록 좋은 것이고 방패는 무엇이든 막을수록 좋은 것이다. 그래서 대화가 필요하다. 서로의 얘기를 들어보면 상대의 입장을 이해하게 되고 모순의 두께는 점점 엷어지는 법이다.

행정이란 다양하면서도 서로 다른 형편과 알력의 계곡을 지나가는 물줄기와 같다. 편견과 아집은 물줄기를 어지럽힌다. 서로가 믿음을 가지고 조화를 이룰 때(대화를 나눌 때) 아름다운 계곡의 경치를 만들어내는 것이다. 상호간에 신뢰를 쌓고 대화를 하려면 시간이 필요하므로 속도를 중시하는 정보화사회에서는 부작용이 생기기도 한다. 그렇다고 효율지상주의의 관료체계에만 의지하면 복잡한 이해관계로 얽혀 있는 시민들

사이에서 소외가 생겨난다. 프랑크푸르트학파의 한 거두인 위르겐 하버마스의 '의사소통이론'은 행정에서도 사회적 언어행위가 중요하다는 지적을 하고 있다. 행정은 일방적 지시체계가 아니라 쌍방소통적인 언어, 곧 대화라는 여과장치를 통해서 정치적·행정적 결정이 정당화되는 공적(公的) 확신을 얻는다고 보는 것이다.

이렇게 맺어진 불교와의 첫 인연은 이후 내가 다른 일선기관장을 할 때나 도지사 선거에 나설 때도 소중한 자산이 되었다. 내가 경북 지사가 된 이후는 서암, 녹원, 월주, 지관, 성타, 근일, 법타, 법등, 오현, 법조, 자광, 종상 큰스님 등 많은 스님들의 가르침과 도움을 얻을 수 있었다.

한강물을 끌어오다

내가 시장에 부임한 1985년 무렵, 부천시의 인구는 1년에 4~5만 명씩 폭증하고 있었다. 지방에서 올라오고 서울에서 쏟아져 내려오는 인구 때문에 가장 문제가 되는 것은 급수시설이었다. 연립주택을 지을 때 지하수를 팠지만 몇 개월이 지나지 않아 물이 나오지 않는다는 보고가 들어왔다. 여기저기 마구잡이로 관정을 뚫다 보니 지하수 물길이 흩어져 어느 한 곳에서도 제대로 물이 나오지 않는 것이었다. 이 때문에 봄이 지나면서 시청 앞에서는 연일 시위가 벌어졌다.

당시 부천의 물난리가 얼마나 심각했는지는 주민들이 신임 시장을 대하는 태도만 보아도 알 수 있었다. 한번은 물이 잘 나오지 않는 아파트

지역을 방문했다. 주민대표 몇 사람과 만나 물 사정을 들어볼 참이었다.

내가 아파트에 도착해서 대표들을 막 만나고 있을 때였다. 겨우 10분 남짓 지났을 때 분위기가 뒤숭숭해서 돌아보니 여기저기서 인근 주민들이 걸어오는 게 보였다. 그리고 순식간에 수백 명이 몰려들었다. 누군가가 관리실을 통해 시장이 왔다는 소식을 전한 모양이었다.

넓은 아파트 마당을 가득 메운 주민들의 분노는 극에 달해 있었다. 시청에는 물이 잘 나오느냐, 우리는 설거지도 못 하고 빨래도 못 한다, 남편은 생수를 사다가 얼굴에 찍어 바르고 출근했다는 등 아우성이 끊이지 않았다. 소변이라도 받아 마셔야 하느냐며 악다구니치는 부인도 있었다.

"곧 대책을 세울 테니 조금만 기다려주세요."

뚜렷한 대안이 없는 상황에서 달리 할 말이 없었다. 거칠게 항의하던 주민들도 나의 진심 어린 표정과 설득에 마음을 열고 내가 갈 수 있도록 길을 열어주었다. 수도꼭지를 틀어보지 않았어도 그 절박함을 알 수 있었다. 높지 않은 지대에 있는 아파트가 이 정도라면 고지대 쪽은 말할 나위가 없었다.

시의 대책이라는 게 오로지 급수차를 계속 동원하여 물을 공급하는 것이었는데 그것은 밑 빠진 독에 물 붓기나 다름없었다. 부천에는 맞벌이 부부가 많아서 그들에게는 그나마도 딴 나라 얘기였다. 퇴근하고 집에 오면 급수차를 만날 수 없기 때문이었다.

당시 팔당댐에서 서울을 지나 인천까지 가는 '광역 상수도' 공사가 한창 진행 중이었다. 그 공사가 끝나면 20만 톤의 물이 '자동적으로' 부천으로 오게 되어 있었다. 시에서는 그때까지만 참고 기다리면 문제는 저절로 해결된다고 판단하고 있었다. 그런데 공사 완료까지는 2년이나 기다려야 했다.

고민에 고민을 거듭했지만 해결할 방도가 없었다. 이런 사태를 초래한 것은 부천으로 들어오는 인구 유입량을 계산해서 적절한 정책을 펴지 못한 행정가들의 책임이었다. 전임자들의 책임이라고 회피할 수만 없었던 나는 고심 끝에 간부회의석상에서 대책을 내놓았다.

"성산대교 아래의 한강물을 끌어다 식수로 공급하도록 합시다."

서울 시민도 일부 한강물을 먹고 있었다. 마찬가지로 가까운 성산대교에 정수장을 설치하여 식수로 쓰자는 게 나의 생각이었다.

실무 과장들은 내 말에 아무도 동조하지 않았다. 2년 후면 팔당댐에서 물이 들어오는데 그런 공사를 왜 하느냐고 했다. 상수도 공사는 적어도 50억 원 이상의 공사비가 드는 큰 사업인 데다가 2년이 지나면 취수시설은 쓸모없게 되는데, 의자하면 예산을 낭비했다 하여 더 근 문제를 야기할 수 있다는 것이 간부들의 반대 이유였다. 부임한 지 몇 달 안 되는 시장은 팔당댐 물이 들어올 때쯤이면 부천을 떠나버릴 테고, 그때 무용지물이 된 성산대교 취수시설은 누가 책임지느냐는 내용도 내포되어 있을 터였다.

한편으로 이해가 되었지만, 나는 언성을 높였다.

"그렇다고 2년 동안 목을 빼고 기다리고 있으란 말이오? 절대적으로 물이 모자란다면 행정은 마비가 되고 주민들도 제대로 살 수 없게 됩니다. 슈퍼마켓에서 생수를 사다가 세수를 한다는 것이 말이 됩니까. 물 없이 사는 2년은 단순히 달력 페이지가 넘어가는 2년이 아닙니다. 그걸 모르겠어요?"

물은 삶의 절대적인 요소이므로, 물이 부족하다는 것은 사람들 특히 도시인들을 피폐하게 만든다. 물을 얻으려고 서로 다툼이 일 테고, 이로 인한 시간적 정신적 고통은 계량할 수 없이 심각하다. 내가 모든 책임을 지고 추진하기로 하고, 대신 정부를 납득시킬 수 있는 대안을 이렇게 제시했다.

부천은 서울 근교라서 앞으로 공장이 많이 들어설 것이고, 팔당댐 물이 들어오는 때가 되면 성산대교의 취수시설은 값싼 공업용수로 전환할 수 있을 것이다. 또한 팔당댐 하나에만 식수를 의존할 경우 만에 하나 여기에 문제가 생기면 대안이 없으므로, 그때는 성산대교 용수라인이 비상급수로 활용된다는 것이었다. 실제로 1983년 당시, 식수를 팔당댐에만 전적으로 의존하는 것은 안보상의 문제가 생길 수 있다는 주장이 제기된 바도 있었다.

나는 겨우 실무자들의 동의를 얻고 곧장 김용래 경기지사를 찾아가 전후 사정을 설명하여, 60억여 원의 공사비를 경기도와 부천시가 절반씩 분담하기로 합의했다. 완공 목표를 6개월로 잡고, 공사기간을 단축시키기 위해 대기업들에게 시설구간을 나누어 발주했다.

다음으로 주민들을 설득하는 일이 남았다. 나는 버스를 동원해서 물이 부족한 동네의 주부들을 태우고 팔당댐 상수도 공사현장과 성산대교를 둘러보게 했다. 그동안에 고통받은 주민들을 위로도 하고 또 공사 진행 현황과 현장을 직접 보여줌으로써 시에서 최선을 다하고 있음을 믿도록 하기 위해서였다.

당시 부천시청의 과장들이 이 업무를 맡았는데, 그들은 굳이 그런

일까지 해야 하느냐며 불만을 제기하기도 했다. 나는 간부급 공무원의 경직된 대민(對民) 태도를 나무라며 지시에 따르도록 설득했다.

현장견학을 시작한 지 2개월이 지나자 '물 시위'는 완전히 사라졌다. 여전히 수도꼭지에서는 물이 나오지 않았지만 시의 계획을 믿고 기다리게 된 것이었다. 이 일을 맡았던 한 간부가 나중에 이렇게 말했다.

"주민들의 불신이 그렇게 뿌리 깊은 줄 몰랐습니다. 현장을 직접 눈으로 보고 나서야 수긍하며 고개를 끄덕입니다."

행정은 권력이 아니라 공급자와 소비자라는 수평적 관계를 유지해야 한다. 가장 좋은 행정은 소비자인 주민을 행복하게 하는 것이다. 모든 주민의 불만을 다 해소할 수는 없으나 가능한 범위 안에서는 그런 수고도 마다하지 않는 서비스여야 한다는 게 나의 믿음이었다. 다행히 순조롭게 공사가 진행되어 6개월 후에 부천시는 식수난에서 완전히 해방될 수 있었다. 그 후 부천시는 도시의 급성장과 힘께 인구가 계속 늘어나 그때 건설한 성산대교 용수라인을 유용하게 사용하고 있다.

경찰이 없으면 누가 대신할 겁니까

여러 직종의 공무원 중에서, 온갖 궂은일을 도맡아 하면서도 여차하면 비난의 대상이 되는 직종이 경찰 공무원일 것이다. 과거 권위주의 정권 시절에 경찰은 시위 진압이 주업무처럼 비춰졌기 때문에 야당과 시민들부터는 정권의 시녀라는 비난을 면할 수 없었다. 그러나 경찰은 국민의 생명과 재산을 보호하기 위해 치안과 질서유지를 담당하는 최일선 조직이라는 점을 망각해서는 안 된다. 이러한 경찰공무원의 대우를 제대로 해주고 경찰로서의 자부심을 가지며 업무수행을 효율적으로 할 수 있어야한다는 것이 나의 소신이었다.

내가 청와대 행정수석 비서관으로 있던 1994년도 여름에 조계종에서 총무원장 문제로 심각한 내부 분규가 발생했다. 총무원장이 두 번 연임하고 다시 세 번째 연임을 하려 했으나 개혁파 승려들이 이를 저지하려하여 양측 간에 폭력사태가 발생한 것이었다. 화염병을 던지고 과격한 몸싸움을 하는 장면은 한동안 뉴스에 오르며 민심을 놀라게 했다. 그러자 야당은 이 문제를 정치 쟁점화하여, 경찰의 대처가 잘못되어 발생한 사건이므로 내무부장관이 사퇴해야 한다고 주장했다. 당시 내무부장관은 김영삼 대통령의 오른팔격인 최형우 씨였다.

이 문제를 가지고 청와대 수석들이 논의를 하게 되었다. 장관이 사퇴할수는 없고 조계사를 관할하는 종로경찰서에 책임을 물어 서장을 직위해제하자는 의견이 제시되었다. 더구나 정부 정보기관에서도 종로경찰서장을 직위해제해야 사태가 수습될 수 있을 것 같다는 보고를 해온 상황이었다. 종로경찰서는 청와대 관할 경찰서로서 청와대에서 직접 종로경찰서장을 관리했다. 이때 서장은 고시 출신으로 청와대에서 근무하다 종로경찰서로 발령을 받은 최기문 총경이 맡고 있었다.

당시 청와대 수석들의 구성을 보면 국회의장을 지낸 박관용 비서실장을 비롯해 김정남 수석 등 대부분이 김영삼 대통령의 측근이었고, 검사 출신인 김영수 민정수석과 행정수석인 나만 정통 관료 출신이었다. 나는 관선 경상북도 지사로 임명되어 내려간 지 1년도 채 안 된 상황에서 행정수석으로 발탁되었다. 수석들이 대부분 대통령과 코드가 맞는 정치인 출신인데다 야당을 오래 해왔던 사람들이었기 때문에 행정을 잘 아는 사람을 한두 명 넣어야 하겠기에 내가 발탁된 것이었다. 그래서 나는 행정 쪽에서 오랜 경험을 쌓은 입장에서 대통령을 보좌해야 한다는 책임감을 항상 느끼던 차였다.

평소에도 행정적인 문제에 정치 논리를 적용하려는 다른 수석보좌관들과 자주 충돌하곤 했지만, 이 문제에서 또 나는 의견이 다를 수밖에 없었다. 정치논리와 민심수습을 위해서 경찰을 희생시킨다면 일선 경찰들의 사기는 어떻게 추스를 것이며, 앞으로 경찰들이 무엇을 믿고 시위 진압을 하겠는가. 게다가 나는 행정수석으로서 경찰을 담당하고 있어서 실제 상황을 잘 알고 있었다.

"경찰은 공권력 집행에서 최일선 기관입니다. 요즘 크고 작은 시위가 늘어나면 늘어났지 줄어드는 추세가 아니지 않습니까. 경찰관을 국가에서 보호해주지 않으면 누가 시위를 막습니까? 우리들이 나가서 시위를 막을 겁니까? 최종적으로는 대통령이 나가서 시위를 막아야 하지 않겠습니까?"

나는 강력하게 주장했다.

"그런 걸 청와대가 통치 부문에서 보호를 안 해주고 정치 논리로 희생시키려 든다면 어느 경찰이 정부를 믿고 공권력을 행사하겠습니까? 정당한 법 집행 과정에서 발생한 사태에 대해서는 국가가 책임지고 보호를 해줘야 합니다. 그만큼 인재를 키워가지고 경찰서장까지 시켰는데 직위해제하면 더 이상 승진도 못하게 돼서, 개인의 인생도 문제지만 국가 공권력의 위엄도 서지 않습니다."

혼자서 여러 수석보좌관들을 설득하기엔 역부족이었다. 좀처럼 흥분하지 않는 나는 언성을 높이고 서류를 내팽개칠 정도로 흥분했다.

분위기가 험악해지자 박관용 비서실장이 나섰다. 박 실장은 야당생활을 오랫동안 했지만 합리적인 사람이어서 결국 내 의견이 일리 있다고 하여 수용해주었다. 그래서 결국 경찰서장은 직위해제가 아니라 전보를 시키기로 결론을 냈다. 단 종로경찰서장은 곧 경무관 승진을 앞둔 자리이므로, 승진이 가능한 자리로 전보를 해야 한다고 나는 단서를 달았다. 승진이 불가능한 자리로 전보를 시키는 것은 직위해제를 시키는 것과 다를 바가 없기 때문이었다.

그래서 결국 본청 전산담당관으로 자리를 하나 만들어 전보시키는 것으로 마무리되었다. 그는 얼마 동안 그 자리에서 근무하다 경무관으로 승진하고 최근 참여정부에서 경찰 총수까지 역임한 뒤 명예롭게 퇴직하게 되었다. 혹자는 한 사람의 구명을 위해서 위인설관한 게 아니냐고 할지 모른다. 하지만 이 경우는 그런 차원과는 다르다. 만약 그가 그때 정치적 희생양이 되어 직위해제가 되었다면 다른 경찰관들도 어떻게 맡은 바 소임을 다할 수 있겠는가. 어떤 정책결정에서 한순간에 잘못하면 개인만의 문제가 아닌 국가 공권력의 위신까지 문제가 되는 오류를 낳는 것이다.

당시 권력 핵심부의 분위기를 보면 김영삼 대통령은 물론이고 여러 수석보좌관을 비롯한 측근들이 모두 박정희, 전두환, 노태우 정권을 거치면서 오랫동안 경찰과 대립관계에 있었기 때문에, 부지불식간에라도 경찰에 대해 좋지 않은 인식을 떨쳐버리지 못하고 있었다. 그래서 당시 시위는 늘어나고 도둑은 들끓어 경찰에 대한 수요가 증가하는데도 무언가 경찰을 배려하는 정책을 건의하기가 어려운 분위기였다.

당시까지만 해도 파출소에는 순찰차가 없었다. 순찰은 오토바이를 타고 하는 것이 전부였으니, 범인은 승용차를 타고 도망 다니고 경찰은 오토바이를 타고 잡으러 다니는 형국이었다. 경찰이 기동력을 갖춰야 범죄를 예방하고 신속히 검거할 수 있는 것은 너무나도 당연했다. 또 순찰차가 있으면 경광등을 번쩍거리면서 관할구역을 수시로 순시하는 것 자체로도 범죄를 예방하는 효과를 거둘 수 있다.

또한 그때까지 경찰은 근무를 2교대로 하고 있었고, 수시로 경비업무와 시위진압에까지 차출되는 상황이었다. 그러니 경찰관들의 피로가 누적되어 충실한 근무가 이루어질 수 없었다. 경찰 인원을 충원하여 3교대 근무로 바꿔주어야 했다.

나는 기회 있을 때마다 이를 건의했는데, 결국 김영삼 대통령이 이러한 제안을 수용하기로 했다. 그런데 그것을 어떻게 실행할 것인가가 고민이었다. 나는 전국 파출소에 순찰차를 보급하는 문제와 함께 경찰인력을 보강하여 3교대 근무로 전환하는 정책을 입안한 뒤, 대통령을 모시고 일선 경찰서를 방문하여 상황을 직접 들어보고 결단을 얻어내기로 '작전'을 짰다.

그리하여 얼마 후 대통령을 수행하여 직접 서초경찰서를 방문하게 되었는데, 가는 도중에 앞자리에 동승한 수행비서(김기수)의 휴대전화가 울렸다. 전화를 걸어온 사람은 한이헌 경제수석이었다. 한 수석이 나를 바꿔달라고 하자 수행비서가 우물쭈물하고 있는데 대통령이 눈치를 채고

청와대 행정수석 시절 김영삼 대통령과 함께.

통화를 할 수 있게 해주었다. 내가 전화기를 건네받자마자 한 수석은 다급한 목소리로 말했다.

"대통령과 함께 계신 줄 알면서도 워낙 다급한 사안이라 전화를 했습니다. 꼭 당부 드릴 게 있습니다."

한 수석은 쉬지도 않고 말을 이었다.

"지금 대통령께서 서초경찰서에 가서 2교대 근무를 3교대 근무로 해주고 파출소마다 순찰차를 사준다는 공약을 하시면 안 됩니다. 당장 그 공약을 하면 예산상 도저히 감당할 수가 없어요. 대통령께서 그 말씀만은 하지 않게 해주십시오. 꼭 부탁드립니다."

원래 나의 의도는 즉석에서 대통령의 공약을 받아내어 정책을 굳혀버릴 심산이었는데, 참으로 난감했다. 그러나 예산을 담당하는 수석의 진심 어린 고민을 무시할 수는 없었다.

그래서 결국 서초경찰서를 방문한 자리에서 대통령은 경찰들을 격려한 뒤, 순찰차는 도시부터 순차적으로 보급하고, 3교대제 근무도 인구가 많은 도시지역부터 점진적으로 시행하기로 약속을 했다. 이에 도시지역부터 농촌지역까지 연차적으로 순찰차가 보급되고 근무도 3교대로 바뀌게 되었는데, 이로 인해 치안에 획기적인 변화가 왔다.

김영삼 대통령은 또한 야당 시절의 습관 때문에 전화에 대한 보안에도 매우 철저했다. 무선전화는 절대 사용하지 않고 항상 유선전화만을 사용했다. 이동 중에 무선전화를 받으면 반드시 내려서 공중전화나 파출소, 동사무소 등에 들어가 유선전화로 통화를 해야 했다.

김영삼 대통령은 뉴스를 철저히 보기 때문에, 만일 뉴스에 정부의 잘못된 내용이 보도되면 즉시 수석 비서관에게 전화하여 어떻게 된 거냐고 따져 묻곤 했다. 그때도 수석이 무선전화로 받으면 잠시 후에 유선전화로 다시 전화를 걸도록 했다. 그만큼 보안에 대한 불신이 높았다고 할 수 있다.

나는 김영삼 대통령과 참모들의 경찰에 대한 부정적 이미지를 바로잡아 주는 것도 행정수석으로서 나의 임무라고 생각했다. 대통령은 공권력의 '대상'이 아니라 '주체'이기 때문이었다. 나는 사안이 있을 때마다 대통령과 참모들을 꾸준히 설득했다. 6개월 정도 지나자 대통령의 경찰에 대한 생각이 완전히 바뀌어 경찰 지원 업무를 원활히 수행할 수 있었다.

3

변화와 혁신의 지도를 그리다

나는 경상북도에 대한 뚜렷한 비전을 가지고 있는가, 그리고 그것을 감당할 수 있는
자신이 있는가를 끊임없이 자문해보았다. 스스로 확신을 가져야만 내 말이 진정성을 가질 수 있고,
그래야만 도민들을 감화시킬 수 있다고 믿었기 때문이다.

새로운 도전

나는 뜻하지 않게 민선 경북 도지사에 출마하게 되었다. 1994년 10월경
쯤 되었을까, 박관용 당시 청와대 비서실장이 나를 찾았다.

"이 수석, 아무래도 당신이 경북 지사 후보로 나서 줘야겠어요. 대구,
경북이 우리 텃밭인데 상황이 좋지 않아요."

평생 순수한 공직자로 살아온 내가 선거에 나가는 것은 생각해본 적도
없었다. 당시 나는 관선 경북지사를 거쳐 청와대 행정수석을 맡고 있었기
때문에 관례대로라면 장관으로 입각하는 것이 정상적인 수순이었다. 더욱
이 문민정부 출범 후 2년 가까이 지나면서 여러 가지 스캔들이 불거지고
부산·경남 정권이 TK를 홀대한다고 해서 대구·경북의 정서가 그다지
좋지 못한 상황이었다. 그런데 당에서 여론조사를 해보니 내가 지지도가
가장 높게 나온다는 것이었다.

사실 나는 공직의 대부분을 내무부에서 보내면서 우리나라 지방자치에 대해 많은 관심을 가지고 있었다. 임명직이 아닌 민선 도지사를 해보는 것도 매력적인 일이었다. 그러나 막상 선거판에 뛰어들려고 하니 여간 망설여지는 게 아니었다. 우선 아내부터 정치판에 뛰어드는 것을 달가워하지 않았다. 지인들도 의견이 제각각이었다. 그러나 대체적인 의견은 출마하라는 쪽이었다.

며칠을 고민하다가 도지사 선거에 출마하기로 결심했다. 1년도 못 채우고 떠나온 경상북도 지사직에 대해 미련이 남았기 때문이었다. 사실 고향 경북의 발전을 위해 구상도 많이 했고 나름대로 일도 열심히 했지만, 1년은 너무 짧은 기간이었고 임명직으로는 한계가 있었다. 다시 도지사가 되어 못 다 이루고 온 경북 발전의 구상들을 한번 마음껏 펼쳐보고 싶었다. 또 다른 이유로는 30년 만에 부활되는 민선 지방자치제의 역사를 내 손으로 직접 써보고 싶다는 의욕도 있었다. 흔히들 지방자치제를 '민주주의의 꽃'이라고 하지만 예상되는 여러 가지 문제점으로 인해 차일피일 미루어지고 있었다. 그러나 이미 우리나라는 경제력이나 주민 의식수준 측면에서 중앙 집권체제로 움직여질 수 있는 단계를 넘어서고 있었고 국가발전의 단계상 주민의 자율과 참여를 바탕으로 하는 지방자치제를 실시하는 것은 필연이었다. 그렇다면 내 손으로 지방자치의 성공사례를 한번 보여주자, 오랜 역사의 굴곡을 거쳐 마침내 부활되는 풀뿌리 민주주의가 시들지 않도록 그 가능성을 보여주자는 생각이 들었다.

이런 과정을 거쳐 나는 역사적인 6. 27 지방선거에 출마하게 되었다. 나의 경쟁자 중 한 분은 자민련 소속으로 박정희 전 대통령의 장조카인

박준홍 씨였고, 다른 한 분은 나의 고교·대학선배이자 공직선배이기도 한 이판석 전 경북 지사였다. 나와는 달리 그 분들은 이미 지역에서 탄탄한 터를 닦아놓은 상태였고, 폭넓은 인지도와 좋은 평판을 얻고 있었다. 특히 수십 년간 동고동락하면서 서로 밀어주고 당겨주던 사이인 이판석 선배와 선거에서 한판 경쟁을 해야 한다는 것이 인간적으로는 마음에 걸렸다. 그러나 반장이나 동창회장을 뽑는 자리가 아니라 공당의 추천을 받아 지역의 대표를 뽑는 자리에 나선 만큼 어쩔 수 없는 일이었다.

예상한 대로 지역에 내려와 보니 선거판세가 영 불리하게 전개되고 있었다. 비록 여당 후보였지만 여당 프리미엄은 온데간데없고 대구·경북에서 불던 반여당 정서는 자민련 돌풍으로 이어지고 있었다. 특히 여당 후보가 대구시장에 당선될 가능성은 전혀 없어 보였다.

주변에서 모두 걱정하는 분위기였다. 대구의 정서가 곧 경북으로 넘어온다는 것이었다. 그러나 나는 선거에 전술적 책략을 갖고 임하지 않았다. 내 머릿속은 단지 경상북도의 미래에 대한 구상으로 가득 차 있었다. 1기 선거 때나 2, 3기 때나 나는 바람몰이 전략이라든가 상대의 전술에 대해 어떻게 대응할 것인가 하는 전략은 세워본 적이 없다. 오로지 낙후된 경북을 어떻게 일으켜 세울 것인가만을 생각했다. 지역의 벽촌 구석구석을 다니면서 유세에서든 좌담회에서든 나를 지지해달라기보다는 그들의 살림살이를 진심으로 걱정하고 대안을 제시했다. 남을 설득하기보다 나 자신을 설득할 수 있어야 승리할 수 있다고 확신했다. 나는 경상북도에 대한 뚜렷한 비전을 가지고 있는가, 그리고 그것을 감당할 수 있는 자신이 있는가를 끊임없이 자문해보았다. 스스로 그러한 확신을 가져야만 내 말이 진정성을 가질 수 있고, 그래야만 도민들을 감화시킬 수 있다고 믿었기 때문이다.

이런 나를 보고 주위에서는 안타까워하며 조언을 아끼지 않았다. 어떻게든 당선되고 봐야지, 낙선하면 그런 구상이 무슨 소용이냐는 것이었다. 선거를 여러 차례 치러본 캠프의 몇몇 참모들은 답답하다는 표정이었다. 그러나 나는 천성적으로 그런 '현실적인' 체질이 아닌지 그들의 말이 귀에 들어오지 않았다. 질 때 지더라도 정도로 승부하자는 생각이었다. 투표일은 점점 다가왔다. 유세를 마치고 늦은 밤 집에 돌아오면 출마 채비를 하면서 구해놓은 커다란 경북 지도를 방바닥에 펼쳐놓고 유세를 다녀온 곳과 앞으로 갈 곳을 꼼꼼히 살펴보았다. 그러면 유세를 듣는 청중들이 아니라 그곳에 살고 있는 주민들이 살아가는 모습, 그곳의 거리와 풍경이 또렷이 그려졌다. 내가 감당해야 할 경북의 살림살이 현황과 새롭게 변한 미래의 모습이 현실처럼 꿈틀꿈틀 느껴졌다. 선거는 막바지가 되면 언제나 혼탁해지기 마련이다. 그러나 나는 처음 다짐한 대로 그런 이전투구에 결코 흔들리지 않고 나의 원칙에서 한 발짝도 물러서지 않았다.

어렵사리 선거를 치르고 투표함을 열었을 때 나는 5만여 표라는 근소한 차이로 당선되었다. 3년 뒤 2기 민선에서 다시 재대결을 벌였을 때는 1기 선거와는 달리 72%의 득표율로, 2002년 3기 선거에서는 무려 85.5%라는 전국 최고의 득표율로 당선되는 영광을 누렸다. 이런 수치만 비교해보아도 첫 선거에서 얼마나 고전했던가를 짐작할 수 있을 것이다. 당선이 확정되고 나서 제일 먼저 한 일은 머릿속에 구상해두었던 경상북도에 대한 계획을 풀어놓는 것이었다. 그 계획은 하나하나 구체적이었고 이미 상당히 다듬어진 상태였다.

선거는 결코 혼자 치르는 게 아니어서 항상 어려운 것 같다. 이슬이슬한 표차였던 1기 때나 최고득표율을 기록한 3기 때나 마찬가지였다. 운동원들이 일사불란하게 움직여주어야 함은 물론이거니와 각계 인사들의 지지도 필요하다. 그보다 더 중요한 것은 각계각층의 유권자로부터 자연발생적으로 일어나는 지지와 성원이다. 나는 주위 사람들은 물론 얼굴도 모르는 수많은 분들로부터 분에 넘치는 사랑을 받았다.

가까이서 가장 많은 도움을 준 이는 물론 아내였다. 나와 마찬가지로 아내도 처음으로 선거를 치러보는지라 요령이 없어 하루 종일 굶는 경우도 다반사였다. 선거운동 기간 내내 따로 움직였으므로 늦은 밤이 되어서야 우리는 서로 만날 수 있었다. 그래도 아내는 피곤한 표정을 보인 적이 한 번도 없었다.

아내의 말에 따르면 함께 선거운동을 도왔던 사람들은 정말 열성이었다. 한 여성은 한참 정신없이 인사하고 악수하며 지지를 호소하다가 이상해서 고개를 들고 보니 자기 남편하고 악수를 하고 있더라고 했다. 그 얘기를 들으며 고맙기도 하고 재미있기도 하여 아내와 함께 한참 동안 웃었다.

출마를 위해 집을 경산에 있는 아파트로 이사했는데, 같은 아파트에 살고 있던 한 분이 자발적으로 친구들과 조를 짜 나의 유세를 따라다니면서 선거운동을 도와주었다. 이들은 2년 전인 1993년에 내가 한 해 동안 관선 경북 지사를 한 적이 있는데 그때 나에 대한 믿음을 가졌다고 했다. 애초에 아는 사이도 아니고 밥값 한 푼 드린 적이 없었는데도, 자기들끼리 비용을 추렴하여 내가 가는 곳마다 나타나서 지지를 호소했다.

도민들의 지지와 호응이 나에겐 언제나 큰 힘이 되었다.

3기 선거 때에는 아내가 포항에서 가장 큰 죽도 시장에 들렀을 때 이런 일이 있었다고 한다. 길이 복잡해서 어디서부터 시작해야 할지 몰라 다들 모여 구수회의를 하고 있는데, 옆 횟집에서 한 사람이 불쑥 나오더니, '내가 이 지사 팬입니더' 하며 따라오라고 하더란다. 엉겁결에 따라가자 그 분이 큰 소리로 "여기 보소 이의근 알지요?" 하고 소리를 치자, 상인들이 점포 밖으로 얼굴을 내밀며 다들 "예" 하고 외치더라는 것이다. 나중에는 자연스럽게 누군가가 '이의근 알제?' 하면, 다들 '예' 하고 합창하며 마치 파도타기 응원을 하는 모습이었다고 한다. '응원'이 끝난 뒤에는 회를 대접하는 등, 그 분들이 오히려 아내 일행에게 선거운동을 하는 모양새였다는 일화를 들려주며 아내는 매우 즐거워한 적도 있다. 아내는 초등학교 교사 출신이어서 그런지 표현력이 풍부해서 같은 이야기를 해도 사람들을 즐겁게 만드는 재주가 있다. 때문에 유세를 다니느라 피곤한 하루하루의 일정도 웃음잔치 속에서 마칠 수 있었다. 이렇듯 알지도 못하는 많은 분들의 도움이 있었으니, 나에게는 참으로 홍복이 아닐 수 없다. 그런 분들 덕택에 85%나 되는 전국 최고 득표율을 얻을 수 있었다.

경북을 그랜드 디자인하다

나는 당선의 기쁨을 뒤로 한 채 취임과 동시에 도민에게 제시할 경북 발전의 청사진을 마련하는 일에 착수했다. 민선 자치단체장은 임명직과 달라야 한다. 첫째로 주민들이 자기 손으로 뽑은 민선이기 때문에 주민을 기쁘고 행복하게 해주는 일에 초점을 맞추어야 한다. 즉 주민들의 바람과 욕구가 무엇인지 정확하게 파악해서 이에 신속하게 대응하는 것이 자치단체장의 역할이라고 생각했다. 둘째로 도민들이 미래에 대한 꿈과 희망을 가질 수 있도록 비전을 제시하고 이를 착실하게 추진하여 가시적인 성과를 보여주어야 한다. 그래야 주민들의 동참을 유도할 수 있고 체계적이고 계획성 있는 행정이 가능하다고 생각했다. 물론 선거를 치르는 동안 도민들 앞에 약속한 두꺼운 공약이 있었다. 이들 공약 중에는 미리 충분히 생각하고 준비를 해서 발표한 것도 있었지만 유세 현장에서 즉흥적으로 발표한 것도 없지 않았다. 공약에 얽매여서는 자칫 배가 산으로 갈 염려도 있기 때문에 공약은 참고사항으로 하고 백지상태에서 경북의 미래를 설계하기로 했다.

나에게 주어진 임기는 4년이지만 경북에는 50년, 100년 후를 내다보는 그랜드 디자인이 필요하다고 생각했다. 지금도 마찬가지만 급속한 행정환경 변화에 대응하기 위해서는 도정 자체가 변화하고 혁신하지 않으면 안 되는 것이었다. 나는 직원들 앞에 개혁의 필요성을 다음과 같이 설명했다.

"내가 보기에 우리 경북은 거대한 공룡 같습니다. 한때 공룡은 세계를 지배했지만 몸집이 너무 크다 보니 환경의 변화에 둔감하여 멸종하고 말았지요."

언젠가 책에서 읽은 '지브랏의 법칙(Gibrat's Law)'에 대해서도 설명을 했다. "미국 기업 수천 개의 흥망사를 분석한 지브랏은 신기한 사실을 발견했습니다. 기업이 얼마나 성장하느냐는 현재 기업규모와 관계가 없었다는 것이지요. 지금 덩치가 크고 잘나가는 기업이 앞으로도 계속 잘된다는 보장이 없다는 것입니다. 잘나가는 대기업이나 규모가 작은 중소기업이나 생존 확률은 같다는 게 바로 지브랏의 법칙입니다.

40년 전 국내 100대 기업 중 지금까지 남아 있는 것이 12개에 불과하다는 최근 조사결과가 나왔다지요? 이 결과도 지브랏의 법칙을 입증합니다. 덩치와 관계없이 오래 살아남는 비결은, 바로 유연한 적응력일 것입니다. 경제상황과 시장의 변화를 따라잡지 못하고, 과거의 묵은 습관과 전통에 얽매이면 살아남지 못하지요.

우리 행정도 마찬가지입니다. 늘 변화에 앞장서야 합니다. 변화에 앞서지 못하면 끌려갈 수밖에 없고, 어쩌면 경상북도가 사라지는 날이 올지도 모릅니다."

이런 식으로 위기의식을 불어 넣었다. 사실 역사적으로 우리 경상북도는 지난날 수많은 동량지재를 배출하여 학문과 예술의 찬란한 꽃을 피우며 민족사를 앞장서 이끌어온 자랑스러운 고장이었다. 그런데 산업화 사회를 거쳐 지식정보화 사회로 가는 길목에서 경상북도는 어딘가 모르게 주춤거리는 모습을 보이고 있었다. 특히 문민정부가 들어서고 권력의 중심축이 다른 지역으로 이동하면서 뭔지 모를 상실감과 냉소적인 패배주의가 주민들 사이에 만연해 있는 듯한 분위기였다. 마치 퇴락한 종가의 잡초 무성한 안뜰처럼 침울한 기운이 지역사회에 가득했다. 그래서 나는 지역유지들을 만날 때마다 다음과 같이 역설했다.

"우리 경북은 자타가 인정하는 양반의 고장입니다. 그러나 사랑방에 앉아서 담뱃대 꼬나물고 남 욕이나 하고 앉아 있는 게 진정한 양반은 아니라고 생각합니다. 자식 공부도 제대로 못 시키면서 책이나 읽고 있으면 양반이라도 아무 소용이 없지요. 지조와 절개를 지기면시도 시대의 변화에 적응해서 앞장서 지역사회를 이끌어나가는 게 진정한 양반, 선비가 아니겠습니까?"

그러나 말로는 한계가 있었다. 뭔가 그림이 필요했다. 다가올 변화의 모습을 예견하고 이에 대비해 지금 우리가 무엇을 해야 하는지를 구체적으로 설명해주는 나침반과 지도가 있어야 했다. 나는 절친한 고교동창이기도 하면서 경북대 교수로 있는 김영호 교수('국민의 정부' 시절 산업자원부 장관 역임)를 만나 이런 생각을 설명하고 경북의 21세기 그랜드 디자인을 짜는 일을 맡아달라고 부탁했다. 그는 흔쾌히 이 일을 수락하면서 영남대 이성근 교수, 우동기 교수(현 영남대 총장), 대구대 이해두 교수 등 몇몇 석학들을 소개해주었다. 물론 이 분들과는 임명직 지사 시절부터 잘 알고 지내면서 많은 도움을 받아오고 있는 터였다. 나는 저녁시간 틈틈이 이 분들과 만나 나의 구상을 설명하고 열띤 토론을 벌였다.

"21세기 뉴밀레니엄을 불과 5년 남짓밖에 남겨두지 않은 시점에서 우리 경북 도정도 이에 대비하지 않으면 안 된다고 생각합니다. '21세기의 경상북도는 어떤 모습이어야 하는가'라는 화두에 접근하기 위해서는 보편성과 특수성이라는 두 측면에서 접근해야 하겠지요. 보편성이란 넓은 의미, 즉 세계적 의미에서 21세기를 전망하는 것이고, 특수성이란 경상북도만의 특성을 정확히 파악하는 것입니다. 다시 말해 1995년 현재시점에서 21세기의 좌표를 정확히 설정하지 않으면 그 정책이 빗나갈 수밖에 없고, 또 경북의 본원적 특성을 고려하지 않고 21세기라는 미래의 화려한 좌표만을 고려한다면 그 정책은 결국 실패로 끝날 것이 분명하지요 21세기와 경상북도를 하나로 묶는 일이 핵심이라고 생각합니다."

이런 식의 대화가 밤늦도록 이어졌다. 물론 교수님들이 주로 말하고 나는 듣는 편이었지만 미래 경북의 모습을 설계하는 일은 큰 즐거움이었다. 마치 신혼부부가 알뜰히 저축한 돈으로 처음 새 집을 장만하게 되었을 때 하루에도 열두 번씩 궁궐집을 지어보는 것처럼 그런 들뜬 기분이었다. 비쁜 공직 생활 틈틈이 읽었던 피터 드러커나 앨빈 토플러 같은 미래학자들의 저서가 큰 도움이 되었다. 토론 끝에 우선 21세기는 세계화 시대가 열리고 정보화 시대와 문화의 시대, 환경의 시대, 여성의 시대가 된다는 점을 대전제로 삼기로 했다. 그 다음 해야 할 일은 경상북도의 정체성에 대해 파악하는 것이었다.

'경상북도는 가야 문화와 신라 문화의 중심지였으며, 조선시대에는 나라의 인재들이 많이 배출된 유학의 본거지였다. 이러한 문화적 자산 위에 아름다운 자연과 동해의 청정 해안을 결합하면 다가올 문화의 시대, 관광의 시대를 열기에 더없이 유리한 조건을 갖추고 있다. 그리고 경북은 수도권 다음으로 대학이 많아 풍부한 인적 자원을 보유하고 있고 전자, 철강, 섬유 등 국가적으로 중요한 산업기반을 이미 갖추고 있어 이를 잘 활용하면 IT, BT, NT 등 미래형 산업을 발전시킬 수 있다.'

이렇게 정리가 되자 이런 경북의 잠재력을 구체적으로 실현시킬 정책 대안이 필요했다. 나는 지역의 좀더 많은 두뇌들로부터 지혜를 구하는 게 좋겠다는 생각이 들었다. 그리하여 1995년 8월 말에 대학교수 등 각계각층의 전문가 72명으로 구성된 '21세기 경북발전위원회'를 발족했다. 위원회가 출범하는 날, 나는 위원들에게 그동안의 과정과 나의 구상을 소상히 설명하고, 21세기 경북의 희망찬 미래를 설계하는 데 두뇌를 빌려달라고 호소했다. 책정된 예산이 풍부하지 못했는데도 위원들은 귀한 시간을 내어 정말 열심히 일해 주었다. 그리고 마침내 5개월 후인 1996년 1월에 '21세기 신경북 비전'이 탄생했다. 전국 16개 시·도 가운데 가장 먼저 도정 장기발전계획이 발표되는 순간이었다.

'21세기 신경북 비전' 속에는 경상북도의 6대 시책, 13대 핵심 프로젝트가 담겼다. 민주주의를 성숙시키는 '참여지자체', 환경의 시대를 지향하는 '그린 - 복지공동체', 전통문화를 계승하는 '문화 경북', 첨단기술을 개발하기 위한 '정보 - 하이테크 경북', 그리고 '주식회사 경북'과 동북아의 중심지로 도약하기 위한 '아·태권(亞太圈) 관문 경북' 등이 그것이었다.

21세기 신경북 비전을 위한 장기발전계획 보고회에서.

'21세기 신경북 비전'에 '디지털 경북, 과기도 경북'이라는 당시로서는 다소 파격적인 도정 슬로건이 나오자 일부 언론에서는 '너무 앞서 가는 게 아니냐?'며 그 실현가능성에 의문을 제기하기도 했다. 그러나 지나고 보니 정보 지식사회로의 이행은 우리가 예측했던 것보다 훨씬 빨리 진행되고 있었다. 아무튼 이후의 모든 도정은 '21세기 신경북 비전'을 중심으로 입안되고 추진되었다. 시대의 트랜드를 정확하게 읽고 일관성 있게 계획하고 실행함으로써 시행착오를 크게 줄일 수 있었다. 우리 도의 '21세기 신경북 비전'은 그 후 다른 자치단체의 벤치마킹 대상이 되었을 뿐 아니라 '국민의 정부'가 출범할 때도 국가정책수립에 큰 참고가 되었다. 그만큼 내용이 보편성을 지니고 있었다는 증거일 것이다.

내가 이러한 정책들을 과감하게 구상하고 추진할 수 있었던 것은 무엇보다 도민에 의해 뽑힌 민선 지사였기 때문이다. 1993년도에 임명직 지사를할 때도 나름대로 21세기에 대한 전망을 가지고는 있었지만 중장기적으로계획을 세워 추진할 수는 없었다. 임명권자가 언제 불러들일지 모르는임명직이었기 때문에 시야가 제한될 수밖에 없고 마음껏 포부를 펼 수가없었다. 우리나라의 경우 아직 민선 자치단체장의 권한이 그리 많은 편은아니지만 그래도 임기 중에는 두 팔을 걷고 소신껏 시·도정에 몰입할수 있다. 이것이 지방자치제의 가장 큰 장점이 아닐까 생각한다.

신경북 비전을 처음 구상한 지 어언 10여 년이 흘렀다. 그리고 세상은10년 전보다 더욱 빠른 속도로 변화하고 있다. 변화하는 환경을 능동적으로 인지하고 정책으로 수렴하기 위해서는 모든 행정라인이 눈과 귀를열어놓아야 한다. 기존의 비전과 정책에 대해서도 아낌없는 점검과 보완이이루어져야 할 것이다. 21세기 신경북 비전은 그 후 시대변화를 반영하여'경북 새천년 만들기 구상'으로 수정, 보완되었다.

앞으로 경북이 해야 할 일은 크게 다음 세 가지로 요약할 수 있을것으로 생각한다. 첫째, 과거 산업화시대에 경북이 산업 거점 역할을했듯이, 다가올 정보기술 시대에서 신성장동력을 극대화하여 혁신 거점으로 도약하는 일이다. 이를 위해 지역대학을 혁신의 중심 주체로 육성하는일은 무엇보다 중요하다. 대학이 활성화되지 않으면 지역의 미래는 없다.지역대학과 사업체가 맞춤형 인력 양성체제를 형성하여 인재의 역외유출을 막으면서, 나아가 지역경제와 산업기술을 견인할 수 있도록 산학연대의 폭을 넓혀주는 일을 체계적으로 추진해야 한다. 둘째, 각 지역의 산업구조를 보다 특화하여 각 지역이 생기에 넘치도록 해야 할 것이다. 지역 특화의 경제적 결실이 직접 지역주민들에게 돌아가야 하며, 권역별 산업 혁신 클러스터가 형성되도록 하여 지역과 지역이 서로 연계되어 생산성을 극대화해야 한다. 셋째, 환동해 경제권에 대한 글로벌화 전략이다. 환동해 경제권은 머지않아 세계 경제의 한 축으로 부상할 수 있는 엄청난 잠재력을 지닌 곳이다. 환동해권의 '꼭지점'에 위치한 경북은 이곳 경제권의 전략적 허브로 등장해야 한다. 주변국과의 연계를 강화하는 교통·물류 인프라를 갖추고 지역 간 교류협력체계를 강화해야 한다.

21세기를 바라보며 지난 10년을 달려온 경북은 이제 새로운 환경을 적극 수용하면서 더 나은 비전을 펼쳐 보일 때이다.

정보화도 좋지만 육지 구경 좀 시켜주세요

'21세기 신경북 비전'이 발표되자 내용과 용어가 다소 생소하고 파격적이어서 비판하는 목소리도 없지 않았다. 가령 정보화와 관련해서 요즘은 '유비쿼터스'니 'RFID'니 하는 용어를 편하게 사용하고 있지만 당시로서는 '디지털'이니 'IT' 같은 용어조차 행정에서는 생소하게 여기는 분위기였다. 그만큼 시대변화에 뒤져 있었다고나 할까.

1998년 중소기업 시장개척단을 이끌고 말레이시아 셀랑고르 주를 방문할 때였다. 셀랑고르는 수도 콸라룸푸르를 에워싸고 있는, 우리나라의 경기도에 해당하는 주이다. 주지사를 만나 여러 가지 교류·협력 방안에 대해 의견을 나누고 있는데 주지사가 자신이 추진하는 '비전 2020'에 대해 열정적으로 설명하기 시작했다. 2020년까지 셀랑고르 주를 동남아시아의 IT산업의 중심지로 만들겠다는 야심찬 계획이었다. 놀라운 것은 이 계획이 내가 취임하면서 구상한 '21세기 신경북 비전'과 너무나도 흡사하다는 것이었다. 특히 정보화 산업에 대한 계획은 거의 완벽하게 유사한 것이었다. 나는 그의 설명을 들으면서 세계가 한 방향으로 가고 있다는 것을 확인했고, 나의 구상이 잘못되지 않았음을 다시 한 번 확신할 수 있었다.

잠시 후 주지사는 옆에 있는 대형 모니터를 켜더니 지방에 있는 시장과 군수 두 사람을 함께 영상으로 불러냈다. 그리고는 모니터를 통해 영상으로 그들과 인사를 나누었다. 나는 묘한 기분과 함께 신선한 충격을 받았다. 말레이시아가 어떤 나라인가. 국토는 우리나라의 세 배가 넘지만 인구는 절반밖에 안 되고, 고무와 야자수 등 천연자원에 의존하는 전형적인 1차산업 국가가 아닌가? 1970년대까지만 해도 축구를 제법 잘했고 특히 수중전(水中戰)에 강해 아시안컵이나 박스컵 대회 같은데서 우리를 쩔쩔 매게 했던 그런 나라쯤으로 기억되는 열대우림 국가, 산업경제적인 측면에서는 격차가 크게 벌어져 우리가 후진국이라고 얕보던 나라가 첨단기술을, 그것도 행정업무에서 실용화하는 단계에 와 있다는 게 의외였다. 말레이시아가 정보화에서만큼은 이미 한국을 앞지르고 있다는 느낌을 지울 수 없었다.

그 예감은 몇 년 지나지 않아 현실로 확인되었다. 그들은 세계에서 가장 높은 빌딩인 페트로나스 타워를 콸라룸푸르에 건설했고, 1999년에는 세계 정보통신(IT)업계의 거인들을 모조리 유치하는 'MSC'(Multimedia Super Corridor, 멀티미디어 수퍼회랑) 관리공단을 완공하기에 이르렀다. 야자 나무 우거진 밀림이 세계 첨단 전자산업의 중심으로 변한 것이었다.

나는 귀국 즉시, 청와대에서 함께 근무한 적이 있는 이석채 정보통신부 장관에게 연락을 취했다. 그리고 셀랑고르에서의 경험을 설명하고, 우리 경상북도도 화상회의를 위한 영상 시스템을 도입하려 하니 도와달라고 요청했다. 이 장관은 흔쾌히 동의했고, 정보통신부는 경상북도를 '정보통신 시범도'로 지정하여 장비를 구입하고 설치하는 데 드는 비용을 지원해주었다.

그리하여 경북 도청을 비롯해 도내 시군에 영상 회의 시스템을 갖추게 되었다. 처음 영상 회의를 주재할 때는 모두들 매우 어색해했다. 당시의 기술적 한계로 인해 말을 한 뒤 상대편의 대답을 듣기까지 몇 초간의 간격이 생겼고 종종 화면상태도 고르지 못했다. 또 그동안 모두 한 장소에 모여 얼굴을 마주 대하고 하는 회의에만 익숙해져 있어서 불필요한 긴장감을 유발하기도 하고, 복잡한 안건에는 동문서답하는 등의 해프닝도 있었다. 영상 회의에 나온 시장, 군수가 마이크 작동법을 몰라 화면에 입만 벙긋대는 모습이 나온다거나 카메라가 돌아가는데도 자기는 잡히지 않는 줄 알고 잡담을 나누는 모습이 전 시군에 방영되어 우스갯감이 되기도 했다.

그러나 나는 영상 회의가 디지털 마인드를 전파시키는 데 가장 유용한 방법이라고 생각했다. 회의석상에 앉아 중요한 안건을 영상으로 처리하는 것 자체만으로도 우리 사회의 미래가 어느 쪽으로 가고 있는지를 깨닫게 해줄 수 있다고 믿었다. 두 곳 이상의 지역에서 일 대 일 혹은 다자간의 쌍방향 정보교류가 원활해지고 수시로 안건처리가 가능해져 넓은 경북 지역이 언제든지 사이버 공간 속에서 실시간으로 접촉함으로써 시간과 공간이 엄청나게 빨라지고 좁아지는 경험을 할 수 있기 때문이었다. 가령 울릉군과 내륙 산간오지의 봉화, 청송군의 주민이 만나 대화를 나누려면 그 엄청난 물리적 거리도 거리려니와 큰마음을 먹지 않으면 대면상봉이 어려울 터인데 필요할 때면 언제든지 사이버 공간을 통해 만날 수 있으니 가히 혁명이 아닐 수 없었다.

영상 시스템은 경제적으로도 엄청난 절감효과를 가져다주었다. 1996년 에는 경상북도가 주관하는 각종 회의나 교육이 연간 230회로, 시군 공무원 들의 출장비로는 8억 원이 들었고 이에 따른 출장시간은 도합 17만여 시간이 소모되었다. 반면 영상 시스템이 도입된 1997년부터 2001년까지 239회를 활용했는데 18억여 원이 절감되는 효과를 가져왔다. 더욱이 빈빈한 출징으로 인한 행징 공백과 복집한 회의 준비 등 불필요힌 업무가 생략된 것은 돈으로 계산할 수 없는 부분이었다. 이를 행정에서만 활용하 는 것이 아깝다는 생각이 들어 민간에게도 개방을 했더니 의외의 활용방안 도 생겨났다. 대구의 모 대학에서 영상 시스템을 활용한 대학강좌를 개설 하고 싶다는 것이었다. 경상북도, 대학, 울릉군 간에 3자 협약을 체결하고 영상 직장 캠퍼스를 개설한 결과 수많은 울릉군 공무원들이 만학의 꿈을 이루어 학사모를 쓰게 되었다.

이리하여 정부에서는 경상북도의 영상 시스템을 '제1회 지방자치단체 공공부문 경영혁신'의 우수 사례로 선정했다. 2000년 2월 행정자치부 최인기 장관이 경상북도를 방문하여 영상 회의에 참관하기도 했으며,

나 역시 김대중 대통령이 주재하는 국무회의에 나가서 영상 시스템의 효과를 설명하며 직접 시범을 보이기도 했다. 이후 청와대와 정부에서도 영상 시스템을 꾸준히 설치해나갔지만 크게 활용되고 있다는 말을 듣지 못했다. 중앙정부뿐 아니라 각 시도에서도 정보혁신을 위해 영상 회의 시스템에 많은 예산을 투자했지만 제대로 활용이 안 되어 우리 도를 찾아와 운영방법을 문의하고 견학하기도 했다.

문제는 제도나 운영방법이 아니라 정보화를 향한 마인드요 활용하고자 하는 적극적인 자세라고 생각한다. 아무리 제도가 훌륭하고 시스템이 첨단화되어 있다고 해도 그것이 당장 능률성과 정비례하는 것은 아니다. 활용하고자 하는 적극적인 의지가 있어야 능률성이 나타난다. 현재까지도 경북은 모든 회의에서 영상 시스템을 가동한다.

나는 시행 1년 동안 활용 실적을 줄기차게 보고받았다. 어느 부서가 한 달간 총 몇 차례 회의를 했는데 그 중에 영상 회의는 몇 번 가졌는가, 영상 회의를 안 했다면 그 이유는 무엇인가, 이런 식으로 직원들이 귀찮아 할 만큼 일일이 체크하고 다그쳤다.

경상북도 관내 부시장, 부군수들은 대개 대구에 본가가 있다. 도청에서 회의가 열리면 출장 나온 김에 본가에 들러 하룻밤 자면서 가족을 만난다. 그런데 영상 회의를 하게 되자 출장 기회가 사라지게 되었다. 업무를 핑계로 대구에 나와 잠을 자게 되면 다음날 출근이 늦어질 수밖에 없을 터이니 업무에 공백이 생길 것은 자명하다. 이런 불합리를 시정하는 것도 혁신이다. 그러나 사실 울릉도쯤 되면 미안한 마음이 든다. 동해바다 한복판에 떨어져 있어서 육지로 얼마나 나오고 싶을까. 영상 회의가 기회를 앗아가 버렸으니 가끔씩 "아이고, 지사님! 저희들도 육지 구경 한 번 하게 해주이소"라는 애교 섞인 원망이 나오기도 한다. 그러나 공무원이 앞서 나아가지 않으면 첨단기술 연구에 대한 지원이든, 벤처기업의 육성이든 효과적인 행정을 펼칠 수 없으니 국민에게 봉사하는 공직자로서 최고의 가치를 위해 작은 희생은 불가피한 일이 아니겠는가.

촌스런 경상북도가 대한민국 과학기술진흥상을 받다니!

2000년 3월경으로 기억된다. 퇴근 무렵 김현기 과장이 특유의 수줍은 미소를 지으며 내 방에 들어왔다.

"지사님! 좋은 소식 하나 보고하겠습니다. 대한민국 과학기술진흥상을 우리 도가 받게 될 것 같습니다."

'대한민국 과학기술상이라니…?' 나는 의아한 생각이 들어 마음속으로 반문했다. 상 이름도 낯설거니와 전형적인 농도로 알려진 우리 도가 과학기술 관련 상을 받게 되었다니 나 자신도 믿기지 않았던 것이다.

"방금 전 과학기술부에서 우리 도가 제33회 대한민국 과학기술상 대통령상 수상자로 결정되었다는 연락을 받았습니다. 지사님, 축하드립니다."

나는 벌떡 일어나 김 과장의 손을 잡으며 축하인사를 받았다. 해마다 수많은 상을 받아왔지만 이보다 값지고 보람된 상은 없다는 생각이 들었다. 그동안 흘린 땀이 열매를 맺는 순간이었다.

'21세기 신경북 비전'을 만들면서 '디지털 경북, 과기도 경북'이라는 슬로건을 걸고, 다가올 지식정보시대에 정보화와 과학기술 역량의 강화만이 살 길이라고 믿어온 날들이 떠올랐다. 21세기 신성장 엔진을 찾아 앞으로 경상북도, 아니 대한민국을 먹여 살릴 캐시 카우(cash cow)를 만들어 내야 했다.

먼저 과학기술정책을 전담할 조직부터 만들기로 했다. 다들 과학기술의 중요성을 역설하면서도 담당부서 하나 없는 게 지방행정의 현실이었다. 지금까지 과학기술 정책은 중앙정부가 하는 것이지 지방이 관여할 여지가 거의 없다는 생각이 지배적이었기 때문이었다. 조직관리 부서에 과학기술 진흥과를 만들라고 지시를 했더니 첫 마디가 '곤란하다'는 대답이었다. 당시 '국민의 정부'는 IMF 외환위기 극복을 위해 공공기관에 대한 대대적인 구조조정을 단행하고 있었는데, 우리 도도 2국 12과를 없애야 할 처지에 새로운 부서를 신설하는 것은 이치에 맞지 않는다는 것이었다. 그러나 줄일 것은 줄이더라도 꼭 필요한 것은 늘려야 한다는 게 내 소신이었다. 부서가 없어져 일자리를 잃게 된 직원들의 반발을 무릅쓰고 결국 기존의 공업과를 대폭 보강하는 선에서 과학기술진흥과를 출범시켰다. 지방정부 차원에서는 전국 최초로 발족된 과학기술 전담 부서였다.

다음 문제는 사람이었다. 이와 관련된 일을 해본 적이 없으니 전문가가 있을 리 없었다. 외부에서 데려올 생각도 해보았으나 구조조정을 당한 직원들의 사기가 문제였다. 대신 도청에서 가장 젊고 유능하며 역동적인 고시 출신을 배치하기로 했다. 30대 초반의 김현기 사무관을 전격 발탁하여 과장으로 승진 배치하고 김 과장이 추천하는 직원 몇 사람을 뽑아 조직을 보강해주었다.

사령장을 주면서 나는 김 과장에게 몇 가지 지시를 했다. 우선 지방 과학기술 업무를 제도적으로 뒷받침할 '조례'를 만들고 중·장기 발전계획인 '경상북도 과학기술진흥 5개년계획'을 수립하도록 했다. 전례가 없는 새로운 일이었지만 김 과장은 기대에 어긋나지 않게 일해 주었다. 대학, 연구소 등 전문가들을 찾아다니며 아이디어를 구하고 중앙정부를 설득해 예산을 따왔다. 지방정부가 과학기술에 관심을 가지고 뛰는 모습이 기특했는지 산업자원부, 과학기술부, 정보통신부 등 관련 부서에서도 많은 지원을 해주었다. 연달아 굵직굵직한 프로젝트가 발표되자 과학기술진흥과는 일약 도청에서 가장 활기차고 주목받는 부서가 되었다. 요사이 유행하는 말로 행정의 '블루오션(Blue Ocean)'을 개척한 것이었다.

이런 나의 구상과 전략이 탄력을 받으려면 도민들에게 과학기술 마인드를 심어주는 것이 필요하다고 생각했다. 지역 과학기술인들의 사기진작을 위해 '경북과학기술대상'을 제정하고 청소년들에게 과학기술에 대한 흥미와 관심을 일깨워주기 위한 '경북과학축전'을 개최했다. 과학기술 종합정보지인 《경북과학》을 정기 간행물로 발간하여 호평을 받기도 했다. 또한 로봇산업의 미래를 위해 〈한국지능로봇경진대회〉를 매년 개최하고 있다. 이런 일들이 성공적으로 진행되자 '대한민국 과학축전'을 우리 도에서 한번 열어봤으면 하는 욕심이 생겼다. 과학기술부에 타진을 해보았더니 '대통령을 모시는 이런 대형 행사를 시골에서 치르는 것은 시기상조'라는 대답이었다. 나는 '지방의 과학기술 마인드 고취를 위해서는 지방에서도 한번 개최해볼 필요가 있고 그것이 정부의 균형발전 정책에도 부합된다'고 끈질기게 설득했다.

2001년 경북과학축전에서. 참가한 어린이들의 눈망울이 초롱초롱하다.

이러한 노력에 힘입어 2002년 제6회 대한민국과학축전은 우리 지역인 포항에서 하는 것으로 확정되었다. 나는 과학실험 체험, 우주과학전, 사이언스 투어, 발명품 전시회, 가족과학경연대회 등 참여형 프로그램 위주로 기존행사와 차별화했다. 당초의 우려와는 달리 행사장에는 20여만 명이 찾아와 대성황을 이루었다. 이런 저력을 바탕으로 2004년에는 〈제35회 국제물리올림피아드〉를 유치하여 과학경북의 위상을 높였고, 2006년에는 〈제38회 국제화학올림피아드〉가 열릴 예정이다.

과학기술은 역시 대학이 중심이 되어야 한다. 산·학 협력 활성화를 위해 지역협력연구센터(RRC), 지역기술혁신센터(TIC)를 지역대학에 설립하고 중소기업과 컨소시엄을 구성하여 대학에 연구비를 지원하는 등 응용

과학기술의 연구를 적극 장려했다. 자치단체가 대학에 연구비를 지급하는 일은 당시만 해도 찾아보기 힘들 때였다.

취약한 과학기술의 인프라 구축에도 심혈을 기울였다. 기술혁신의 산실인 경북 테크노파크·포항 테크노파크를 조성하고, 경북 바이오산업연구원(안동), 한국섬유기계개발연구소(경산), 경북 해양과학연구단지(울진), 나노기술집적센터(포항), 지능로봇연구소(포항), 첨단모바일산업지원센터(구미), 하이브리드 신소재연구센터(영천) 등등 대형 연구소를 유치하여 지역산업의 경쟁력을 키워나가고 있다.

이러한 우리 도의 노력을 과학기술인들이 눈여겨 본 모양이었다. 한국과학기술단체총연합 등 과학기술 관련단체의 장 12명으로 구성된 심사위원회에서는 경상북도에 제38회 대한민국 과학상(진흥상)을 주기로 결정했다. 지금까지 이 상은 주로 과학자 개인에게 주는 게 상례였다. 그러나 과기총의 김병수 회장(당시 연세대 총장)에 따르면 "과학자도 중요하지만 과학을 진흥시킨 단체도 이에 못지않다"고 의견이 모아져 사상 최초로 자치단체를 수상자로 결정했다는 것이었다. 이 소식이 전해지자, 과기처 출입기자들 사이에는 이게 어찌된 영문이냐, 발표에 착오가 있는 것 아니냐 하며 사실 여부를 확인하는 소동이 벌어졌다고 한다.

자치단체에 상을 주는 것도 의미 있는 일이긴 하지만 대덕연구단지가 있는 대전광역시나 숱한 연구소가 산재한 경기도가 받는 것이 아니라 웬 경상북도가 받느냐는 것이었다. 경상북도는 우리나라에서 가장 보수적인 지역일 뿐 아니라 전형적인 농도(農道)라는 선입견이 있었다. 김병수 회장은 심사과정의 정당성을 알리기 위해 심사위원들과 과기처 장관을

2000년 제33회 과학의 날 행사. 대한민국 과학기술진흥상을 광역단체로서는 최초로 경상북도가 수상했다.

비롯한 간부들, 수상자를 참석시킨 자리를 마련하여 심사경위를 발표하기에 이르렀다.

"경상북도는 전국 시도 가운데 최초로 과학기술 전담조직을 설치했습니다. 그리고 중장기 발전전략으로 '경북 과학기술진흥 5개년계획'을 확정·시행하고 있습니다. 또한 전국에서 가장 많은 연구비를 대학에 지원하여 산학관 협력의 모델이 되고 있습니다…."

마침내 2000년 4월 21일, 과학의 날 기념식이 대전의 한국과학기술원(KAIST)에서 열렸다. 김대중 대통령과 과기부 장관 등 각계인사들과 과학기술인들 천여 명이 참석하는 성대한 행사였다. 내가 행사장에 나타나자 대전시장과 충남지사가 반갑게 악수를 청하면서도 의아해하며 웬일이냐

116

고 물었다.

"그냥 왔습니다. 저더러 한번 와보라기에…" 하며 농담조로 대답했다.

수상을 위해 내가 단상에 오르자 대전시장은 고개를 갸우뚱했다. 표정을 보니 국가 연구단지까지 있는 대전시가 경상북도에 상을 빼앗긴 것에 대해 단단히 화가 난 모양이었다. 우리나라 최고의 과학기술도시라는 자부심에 상처를 입은 것이었다. 시의 감사관을 불러 경상북도가 상을 받게 된 경위를 상세히 파악하여 보고하라고 다그쳤다는 이야기를 나중에 들었다. 그 후, 대전시의 감사실에서 경북 도청을 방문하여 과학기술을 진흥시킨 사례와 방법들에 대해 문의했다. 우리 도의 자료들을 수치까지 일일이 확인한 후에서야 납득을 했다고 한다. 그래서인지 어쨌든 이듬해에 는 대전시가 과학기술상을 수상하게 되었다.

팔조령과 문경새재

나는 참으로 길과 인연이 많은 것 같다. 학창시절 대구와 청도를 이어주 는 팔조령을 수없이 넘나들면서 나는 길에서 흙과 나무와 나뒹구는 돌을 사랑하는 법을 배웠다. '군자대로행(君子大路行)'이란 근엄한 말을 배우기 전에 팔조령은 나에게 "아무도 가지 않은 길, 더 좁은 길, 더 험한 길, 더 어려운 길을 가볼 것"이란 열정을 가르쳐주었다. 프로스트의 〈가지 않은 길〉처럼.

그 추억의 팔조령에 다이너마이트가 폭발했다. 아이러니하게도 나에겐

한 분의 스승 같았던 그 팔조령을 지난 1999년에 주민 편의를 위해 바로 내가 터널공사를 결정하고 뚫어버린 것이다. 새로운 길을 뚫는다는 것은 힘든 일이다. 엄청난 인력과 건설비용, 땅을 파헤치는 동안 겪어야 할 온갖 불편함, 가늠할 수 없는 자연생태계의 파괴, 그리고 오랜 세월 지켜온 삶의 터전을 잃게 되는 주민들 등 많은 대가를 지불해야 한다. 안타깝게도 터널이 개통되자마자 굽이굽이 돌아가며 걷던 팔조령의 정취는 급격히 쇠락하고 말았다. 편리함은 얻었지만 그 대가로 많은 것을 잃어버렸다는 생각에 가슴 한구석에서는 서운함을 지울 수 없다.

길은 산업을 일으킨다고 했지만 길 자체가 하나의 산업이 될 수도 있다. 우리나라에서 길이 곧 산업이 된 곳은 아마 새도 날아 넘기가 힘들다던 문경새재가 유일하지 않을까 싶다. 예로부터 '영남대로(嶺南大路)'라 불렸던 문경새재는 최근 1관문에서 3관문까지 6킬로미터나 되는 아름다운 흙길이 조성되어 연간 수백만 명의 관광객들을 불러들인다. 팔조령이 나의 학생시절을 사로잡은 길이었다면, 문경새재는 성인이 되어 만난 길이다. 중앙에 근무할 때 대구에 다녀갈 일이 있으면 경부고속도로가 놓인 편리한 추풍령보다 문경새재 쪽을 택하는 경우가 잦았다. 1관문에서 3관문까지 걸으며 고향의 팔조령을 추억하거나, 업무를 구상하곤 했다.

내무부 근무 시절부터 나는 이곳을 옛날의 '영남대로'로 복원해야 한다는 생각을 갖고 있었다. 박정희 대통령의 일화를 생각하면 그 분이 이 길에 얼마나 깊은 관심을 가졌는지 알 수 있다. 작고하기 2년 전에 충북 쪽에서 새재를 넘어온 박 대통령은 3관문에서 1관문까지 비포장길을 걸었는데, 대통령을 마중한 문경 군수가 도로포장을 해달라고 건의하자

일언지하에 거절했다고 한다.

"아스팔트도 깔지 말고, 차도 못 다니게 하시오."

박 대통령은 새재를 가꿀 것을 그런 식으로 지시했다. 그래서 포장을 하지 않게 되었고, 새재도 다듬어지기 시작했다.

1993년 내가 경북 지사로 임명되어 제일 먼저 찾은 곳이 문경새재다. 제1관문 안에는 상가와 민가가 여럿 있었다. 나는 영남대로를 복원할 계획으로 우선 민가를 이주시키도록 지시했지만 재임기간이 1년도 채 되지 않아 뒷일을 챙길 수가 없었다. 2년 뒤인 1995년에 민선 지사가 되어 다시 새재를 찾았는데, 그때까지도 보상금 문제로 관문 안에 민가 두 채가 남아 있었다. 주민을 설득하여 관문 안의 민가를 완전히 철수했고, 본격적으로 영남대로 복원 사업을 추진했다.

새재에서 나온 유물들과 인근에 거처했던 조선시대 문인들의 유작 등을 한 곳에 모아, 1997년에 '새재박물관'을 개관하게 되었다. 6킬로미터 가량의 흙길 양편으로는 옛 선비들이 과거를 보러 가다 묵었던 주막과 관리가 숙식했던 '원터[院址]'도 복원했다. 1999년에는 물길을 내어 길 양쪽으로 물이 흐르도록 하고, 계곡물을 이용하여 폭포, 물레방아 등 다양한 볼거리를 제공했다. 특히 1관문과 2관문 사이의 3킬로미터 정도의 맨발걷기 구간을 만들어 색다른 정취를 자아내도록 했다.

새재는 왕의 교지를 받고 내려오는 신임 경상도 관찰사를 전임 경상도 관찰사가 직접 나가 맞이하면서 이·취임 행사를 하던 곳이기도 했다. 그 '교구정(交龜亭)'도 새롭게 복원함으로써 바야흐로 '영남대로'가 복원 된 것이다. 특히 뉴밀레니엄을 목전에 두고 제1관문인 '주흘관' 안에

문경새재 주흘관에 묻은 타임캡슐(2396. 10. 23 개봉).

타임캡슐을 묻었는데, 캡슐 안에는 오늘날 경북의 문화와 풍습, 인물, 경제상황 등을 기록해 넣었으며 400년 뒤인 2396년 10월 23일에 개봉하도록 되어 있다. 따라서 이제 새재는 과거와 미래를 연결하는 교량이 된 셈이다.

1관문과 2관문 사이에는 TV 드라마 '태조 왕건'의 촬영장 세트가 건립되어 화려한 궁궐들이 '영남대로'의 풍광과 어울려 옛 정취를 맛보는 데 큰 몫을 하고 있다. 최근에는 중부내륙고속도로가 문경새재의 지적을 통과하게 되었다. 이 도로는 환경과 역사문화를 찾아가는 21세기형 고속도로이다. 이제는 많은 사람들이 더욱 편리하게 문경새재의 맛을 만끽할 수 있게 되었다. 길 하나가 이렇듯 문화와 관광으로 이어지는 산업으로

태조 왕건 촬영장에서 탤런트 최수종 씨와 함께.

기능히게 된 것은 세계적으로도 그렇게 흔치 않다. 문경세제, 그 길에는 역사가 함께 숨쉬고 있었기 때문일 것이다.

우리나라에 처음으로 고속도로가 건설된 것은 1970년이다. 경부고속도로는 1970년대에 비약적인 경제성장을 이룩하게 한 가장 중요한 기간시설이었다. 부산과 서울을 일일 생활권으로 만들었을 뿐만 아니라 서울에서 생산된 물품이 한나절 안에 부산 하역장에 도착하여 수출품으로 선박에 오를 수 있었다. 그 후, 고속도로 주변을 따라 공장이 들어서게 되었으니 '도로가 공장을 낳았다'고 할 만하다. 하지만 21세기의 도로는 문화를 낳는 길, 문화를 향해 뻗어가는 길이 되어야 한다.

신실크로드를 꿈꾸며

나는 '21세기 신경북 비전'을 구상하면서 모든 시군에서 30분 이내에 고속도로 진입이 가능하도록 하겠다고 약속했다. 앞으로의 시대는 문화와 환경, 정보기술의 시대가 될 것이라고 했다. 이것은 시멘트, 비료, 자동차 공업처럼 거대규모의 산업이 아니라 규모는 작되 보다 정밀해지면서 친환경적인 산업으로 변화한다는 것을 뜻한다. 내가 취임하던 해에 준공된 대구 - 안동 간 중앙고속도로를 제외하면 경상북도 내에 고속도로는 경부고속도로밖에 없었다. 경북은 동쪽과 북쪽, 서쪽에 풍부한 천혜의 자연과 역사문화가 있으나 고속도로가 건설되지 않아서 자연과 문화가 산업으로 연결되지 못하고 있었다.

종합행정을 교향악에 비유하자면 도로건설행정은 '오선지'라고 할 수 있다. 교향악에 참여하는 모든 악기들을 위해 각각의 오선지가 필요하고 그 오선지 위에 음표와 쉼표가 조화를 이루어 아름다운 선율을 만들어낸다. 적절한 산업이 자리하기 위해서는 각 지역을 잇는 제대로 된 도로가 필요하다. 오선지(도로)만 있다고 해서 저절로 아름다운 가락(산업)이 나오지 않는다. 반대로 오선지가 없거나 잘못 그려진 곳에서는 어떠한 음표(산업)도 제 구실을 할 수가 없다. 경북 내륙의 자연, 안동의 유교문화, 포항의 기술 인력, 동해의 푸른 바다는 21세기 도로가 찾아갈 행선지들이다. 그곳에 길이 연결되지 않으면 그것들은 흔해빠진 산과 바다와 들판일 수밖에 없다. 고속도로라는 대동맥이 이어질 때 그것들은 꿈틀꿈틀 살아날 것이고, 자연과 문화를 산업으로 전환시키는 '21세기의 도로'가 될 것이다.

2005년 6월 현재까지 경북에 다섯 개의 고속도로가 건설되어 있다. 근대화의 초석이 된 경부고속도로, 영호남의 화합과 교류를 증진시킬 88 고속도로가 있다. 경북 북부 내륙의 접근성을 높인 중앙고속도로가 건설되었고, 김천에서 북쪽으로 향해 있는 중부내륙고속도로는 바이오산업과 아름다운 자연환경 속을 달리고 있다. 2004년에 완공된 대구 - 포항 간 고속도로는 완공되자마자 포항과 영덕의 횟집에 손님이 들끓는다고 떠들썩하다. 이는 대구·구미의 산업과 포항의 철강산업이 벨트화됨으로써 물류경비가 크게 절약될 앞날을 보여주는 좋은 예이다.

앞으로 현재 계획된 영덕 - 서천, 울진 - 당진, 포항 - 삼척, 영천 - 영월 간 고속도로를 건설하게 되면 지금까지의 종축(縱軸)노선에서 빠졌던 횡축(橫軸)노선의 역할이 가능해져 산업이 입체적으로 개발될 것이다. 역사 문화와 천혜의 자연 속을 달려가는 '21세기의 도로'는 지금도 끊임없이 구상되며 만들어지고 있는 것이다.

흔히 교육을 '국가의 백년대계'라고 하지만 철도 건설도 결코 그에 뒤지지 않는다고 생각된다. 경의선 철도는 분단된 조국의 상징이 되었다. '철마는 달리고 싶다'는 문구를 보는 우리 모두 분단된 조국의 현실 앞에 숙연해지게 된다. 이렇듯 철도는 한번 건설되면 그 사회체제가 없어질 때까지는 유지되기 마련이다.

내가 동해안에 철도 건설을 심각하게 고민하게 된 것은 민선 지사로 취임한 직후였다. 그해 여름 수해지역을 살펴보기 위해 포항을 지나 영덕 방면으로 가고 있었다. 태풍이 할퀴고 간 해안 저지대를 살피면서 7번 국도를 따라 올라가다 청하 근처를 지날 때 산비탈 쪽에 낮은 제방 하나가 눈에 띄었다.

동승한 실무자에게 무슨 저수지냐고 묻자, 저수지 제방이 아니라 일제시대 때 철도를 놓으려고 터를 돋웠던 자리라고 했다. 차에서 내려 살펴보니 산 아래로 두툼한 제방이 밭 사이를 지나가며 성토작업이 되어 있었는데, 오랜 세월 풍파에 흙이 많이 깎여 있었다. 일제가 철도를 놓으려다 패망으로 중단된 철도부지 터였다. 그것을 본 나는 생각이 많아졌다.

도청에 돌아와 새로운 입장에서 고뇌를 거듭했다. 동해안에 철도를 놓는다, 그러면 어떻게 되는가. 우선 경북은 완전한 형태의 순환철도망을 완성하게 된다. 울진 - 봉화 간의 짧은 거리만 연결되면 기존의 중앙선과 경북선이 결합하여 순환철도가 완성된다. 순환철도가 되면 물류만 아니라 관광과 지역특성 산업이 갑절이나 활성화된다. 다음으로는 그 무렵 착공을 준비하고 있던 포항 신항만과 연계된다는 점이었다. 이것은 부산의 수출하역장이 경부선 철도와 연계되었던 것과 같은 효과를 거둔다. 이는 다가올 동북아 시대의 전망과도 맥락이 닿는 일이 아닌가. 동북아 시대의 핵심적인 관문이 될 포항 신항만은 동해안 철도가 추가되면 그 역할이 훨씬 증대될 것이었다. 또한 동해안에 철도가 놓이면 이는 통일시대를 대비하는 철도가 된다. 언젠가 통일이 되면 경상남북도뿐만 아니라 호남사람들까지 동해안 철도를 따라 금강산 관광을 나설 것이다. 어디 관광뿐이겠는가. 이 철도는 부산에서 포항을 거쳐 원산으로, 그리고 두만강 하류까지 이어지고, 나아가 블라디보스토크와 장쾌한 시베리아 횡단철도(TSR)를 만나게 된다. 그러면 유럽까지 이어진다.

나는 동해안 철도의 전망을 머릿속에 구체화한 뒤 김경회 철도청장에게 전화를 걸었다. 동해안에 철도가 있어야 하는 이유를 분명한 어조로 설명했다. 철도청장은 나와 국방대학원 동기생으로, 내 설명에 어느 정도 공감했다. 그러나 경제성도 미약하고 물동량도 많지 않을 것이라고 다소 미온적인 대답을 했다. 당시로서는 그럴 수밖에 없는 일이었다.

그 뒤 여러 차례 정부 관계부처에 동해중부선의 필요성을 설득했지만 정부에서는 철도 부설의 당위성을 인정하면서도 경제성을 이유로 쉽게 결정을 내리지 못했다. 이 무렵 정부는 서해안 중심의 국토개발을 진행해 나갔고, 나는 이에 견주어 포항 신항만 건설 등 낙후된 동해안의 개발을 위한 비전을 계속 제시했다. 마침내 2002년 정부는 '동해중부선' 철도를 건설하겠다는 과감한 결정을 내리게 되었다. 3년간 포항에서 삼척까지 171킬로미터 구간을 설계하고, 2006년부터 착공에 들어가 2014년에 완공할 예정이었으나 착공이 좀 늦어지고 있다. 그러나 이렇게까지 오는 과정에서 예산 확보 등 문제에 앞장서 준 동해안 지역의 이상득, 김광원, 이병석 의원께 감사드린다.

이 철도가 놓이게 되면 우리는 두 시간이 넘도록 넘실거리는 푸른 바다와 눈부신 백사장, 그림 같은 해안선을 감상하며 낭만적인 열차여행을 할 수 있게 된다. 그리고 기존의 동해남부선(부산 - 포항)과 영동선, 계획 중인 동해북부선(강릉 - 군사분계선)을 묶어 바야흐로 500여 킬로미터의 장쾌한 '동해선'이 탄생하게 된다. 백두대간을 따라 달릴 동해안 철도는 아직은 꿈꾸는 철도일지 모른다. 그러나 통일이 되면 그 꿈은 현실로 변한다. 부산에서 동해선을 타고 금강산으로, 청진으로, 블라디보스토크와 시베리아로 가는 멋진 철도가 되는 것이다. 동서의 문물을 나르는 21세기 신실크로드가 열리는 것이다.

농업은 생명산업이기에 희망이 있다

전국에서 가장 넓은 경북의 농촌지역 구석구석을 가다 보면 그 하나하나가 관광자원이라 해도 부족하지 않을 정도로 그림 같은 정경들로 가득하다. 안타깝게도 그런 농촌이 지금 농산물 생산의 위기, 사람 사는 공동체의 위기 속에서 어려운 미래를 맞고 있다.

우리나라가 1차 산업사회에서 고도 산업사회로 이동하면서 사실상 농업이 소외되고 있는 것이 사실이다. 일일이 열거할 필요도 없을 만큼 농촌은 무관심한 상처들로 얼룩져 있다. 살아 있는 땅으로 유지하려면 해마다 잡초를 뽑고 거름을 주어야 한다. 하지만 농민들은 언제 자기 논밭이 도로나 공장으로 바뀔지 몰라 땅을 기름지게 가꾸지 않는다. 공장이 들어서고 남은 자투리땅에서, 혹은 고속도로의 거대한 교각이 기둥처럼 우뚝 서 있는 그늘진 논에서, 농민들은 땅을 가꿀 의욕을 잃고 있다.

어쩌면 우리 농업에 대한 솔직한 자기고백이자 현실을 제대로 진단한 주장인지도 모른다. 그러나 희망이 없다고 하고, 내일을 기약할 수 없다고 말하면서 아무런 준비도 해나가지 않을 때 과연 우리 농업의 미래는 어떻게 될까. 100% 식량 전량을 외국에서 사먹는 나라가 되어도 좋은지, 그게 과연 가능한 일인지, 진지하게 우리 농업의 미래를 고민해 보아야 할 때라고 생각한다.

흔히 '생각을 바꾸면 미래가 보인다'고 하지만, 생각을 바꾸면 농업분야처럼 소득을 획기적으로 증대시킬 수 있는 분야도 드물다고 생각한다. 농업이란 시장이 아직은 다른 산업과 비교하면 경쟁이 치열하지 않기 때문일 것이다. 그런 만큼 생각하는 자에게, 미래를 경작하는 농업경영인에게 경북의 농어촌지역은 더 큰 가능성을 열어주게 될 것이다. 경북의 곳곳을 다니면서 나는 우리 농업의 미래를 반석처럼 올려놓은 희망의 싹들을 보고 있다.

전국 최고의 쌀농사꾼 부자로 소문난 칠곡의 김종기 씨는 가족 세 명이 40만 평의 논을 경작하는 규모화를 통해서, 무농약 친환경쌀을 재배한다. 시장에 내다 팔지 않아도 금종쌀이란 브랜드로 서울, 부산, 대구 등 전국 대도시에서 주문이 쇄도하고 있다. 쌀농사로 성공한 그는 "아들만은 영농 후계자로 키워 쌀농사를 대물림시키겠다"는 자부심으로 이어지고 있다.

안동에서 상황버섯 인공재배를 전국 최초로 성공시킨 구천모 씨는 원래 대기업체에서 품질기사 1급 자격증을 가진 엔지니어 출신이지만 농업의 가능성을 인식하고 귀농하여 농업을 고부가가치 상품으로 개척한 사람이다. 그가 인공재배에 성공한 초기에는 킬로그램 당 400만~500만 원의 고가에 판매될 정도로 없어서 못 파는 지경이었다. 인터넷 사이트를 개설한 이후로는 직거래를 통해 판매물량을 대폭하면서 가격도 많이 낮추어 상황버섯이 필요한 사람들에게 적기에 공급하고 있고, 해외 항공특송 판매도 시작하여 미국, 일본 등지로 수출하고 있다.

청와대 행정수석 시절 김영삼 대통령과 식목 행사를 하고 돌아와서 식물생명공학의 중요성을 인식하고 산림청 임업연구소 내의 식물 생명공학과를 신설하도록 했다. 그리고 이 연구소에 80억 원을 지원하여 현대식 4층 건물을 신축하고 연구인력 및 장비를 대폭 보강하도록 했다. 이러한 지원에 힘입어 연구소에서는 기대에 어긋나지 않게 많은 성과를 가져왔다.

두릅나무 체세포복제 및 인삼 체세포 대량복제의 기술개발에 이어 화훼류 대량복제기술을 개발하여 대학, 연구소 등 관련기관에 보급하는 등 세계 최대의 식물복제기술을 보유한 연구기관으로 성장했다.

당시 이곳에 근무하던 손성호 박사는 사표를 내고 영주에서 산삼을 인공배양하는 벤처기업 '비트로시스사'를 창업했다. 지금 이 회사는 국내외가 주목하는 우수벤처기업으로 성장하고 있다. 칠곡에서 전국 최초로 인터넷을 통한 전자상거래로 홍화씨 판매를 실시하여 전국적으로 홍화씨 열풍을 불러일으킨 장본인인 배문열 씨도 있다. 우리 경북에서 이러한 성공사례들은 적지 않다. 이들은 우리가 농담 삼아 말하는 '억'이란 돈을 연봉으로 쉽게 버는 사람들이다.

이들의 공통점은 할 수 있다는 신념과, 남들이 가지 않으려는 길 속에서 차별적인 생각을 하고 꾸준히 학습하고 용기 있게 시험하고 제품을 만들어 내며, 그리고 새로운 마케팅 방법을 시도해본 결과가 가져온 성과라는 것이다. 전통적으로 농업의 경쟁력을 말할 때 우리는 토지, 노동력, 자본 이 세 가지의 생산요소를 잘 조화시켜야 한다고 말한다. 그러나 나는 미래의 농업을 설계하는 농민이라면 이들보다 더 중요한 생산요소로 창조적인 아이디어, 새로운 지식을 가지고 있어야 한다고 생각한다.

농업은 인간의 생존을 의탁하는 생명산업이다. 공산품은 공장건물에서 만들어질 수 있으나 한 톨의 쌀이라도 흙이 없으면 안 된다. 첨단기술이 발달한 사회일수록 농업을 현대화하고 기술농업으로 전환할 수 있는 길을 모색해야 하고, 집중 투자해야 한다. 국가적 과제로서 고부가가치 성장동력을 찾는 작업이 진행되고 있지만 과학기술 분야에 대한 정책집중

만큼 정부와 지방자치단체의 첨단농업, 벤처농업에 대한 정책지원은 더욱 강화되어야 한다.

농공단지로 조성된 구미 옥산의 10만 평 부지가 입주를 원하는 기업이 없어서 버려지고 있었다. 나는 농업분야에서 그 해법을 찾아보고자 했다. 비싼 공단 땅을 농지로 바꾸는 것은 어떤 것을 재배하느냐가 문제가 아니라 얼마나 소득이 올라오느냐 하는 경제성의 문제가 먼저 해결되어야 했다. 여기서 생각한 것이 꽃 재배였다. 꽃 수요가 많은 일본은 멀리 네덜란드에서 이를 수입한다. 구미에서 꽃 재배를 하면 일본으로 판로를 낼 수 있을 것으로 보았다. 유동특작과의 이태암 과장이 기술적으로 가능하다고 보고를 해왔다. 이에 도는 공단 땅을 꽃 재배지로 바꾸어서 구미시에 주었고, 지금은 공사(公社)로 운영되고 있다. 도 농업기술원을 통해 화훼시험장을 설치하여 생산과 연구를 병행 추진하고 있고, 개별 꽃 재배 농민도 입주하여 공사와 함께 우리나라 화훼수출의 전진기지를 구축했다.

나는 일찍이 정보화시대가 올 것을 예측하고 정보기술을 산업, 행정, 문화 등에 접목해왔는데, 본격적으로 이를 농산물에 적용한 첫 번째 사례가 성주의 참외였다. 전국 최고의 명품참외 재배지역인 성주 도흥리를 '인터넷 새마을'로 지정하고, 도흥리의 참외를 인터넷 상거래를 통해 전국에 판매하고 있다. 그때가 2000년이었는데, 아직 농촌 마을 단위의 인터넷 상거래는 전무하던 때였다. 나는 도흥리에서 거창하게 '인터넷 새마을' 선포식을 거행하고 농산물 집하장 옆에 '인터넷 센터'를 건립했다. '인터넷 새마을'이라고 이름 붙인 것은 과거 새마을운동이 그랬듯이 인터넷으로 농촌 환경을 바꾸어보자는 의미에서였다. 인터넷 센터가 건립되자

도홍리 주민들은 너나없이 컴퓨터를 배웠고 온라인으로 참외를 판매하기 시작했다. 영덕 출신인 삼보컴퓨터 이용태 회장이 컴퓨터 200대를 기증해 주었고, 도는 교육 요원을 파견했다. 이듬해 도홍리는 연간 2억 원의 소득을 올렸다. 지금도 인터넷 상거래가 전국에서 가장 활발한 마을이다. 정부는 도홍리의 성공사례를 접하고 이를 전국 농촌에 시책으로 추진했는데, '정보화 마을사업'이 그것이다.

민선 지사로 취임한 바로 이듬해부터 추진한 키 낮은 사과나무 개발 프로젝트는 경북의 사과밭을 혁신적으로 바꾸어 놓았다. 4~5미터의 사과나무 키를 2~3미터 줄이는 데 성공한 것이다. 사다리를 쓰지 않고도 사과 수확을 손쉽게 할 수 있게 되었는데, 이로 인해 인력과 생산비가 절감되는 것은 물론 수량증가, 품질향상을 가져왔다. 무엇보다 수확시기를 5~6년에서 2~3년으로 대폭 축소시켜 국내외 시장환경 변화에 빠르게 대응할 수 있는 능력을 키웠다. 이 사업은 후에 농림부의 정책사업으로 확대되어 전국적으로 키 낮은 사과원이 보급되고 있다. 또한 못자리 없는 벼농사를 하기 위해 '육묘공장'을 설립했다. 봄철 논농사의 복병이 된 가뭄과 인력부족은 못자리농사를 힘들게 했지만 '육묘공장'이 개발되면서 봄철의 논농사를 편하고 안전하게 할 수 있게 된 것이다. 국책사업으로 전환되어 전국에 널리 보급된 육묘공장이 됨으로써 못자리 농사의 불편을 해소한 것뿐 아니라 동시에 품질 좋은 벼이삭을 맺게 하여 고품질 벼농사의 기틀도 놓았다.

이렇게 내부적으론 경쟁력의 단초를 마련하는 한편 바깥에서 밀려오는 WTO의 태풍에 대한 전략도 필요했다. 그러나 농업에서 국제부문에 관한 한 지방자치단체가 실효성 있는 정책대안을 찾기가 쉽지 않다. 예컨대 마늘이 과잉 생산되고 있는 상황에서 중앙정부는 무역보복을 우려하여 중국으로부터 수만 톤의 마늘을 수입하기로 결정해버린다. 이럴 경우에는 지방자치단체로서는 뾰족한 방법이 없는 것이다. 그렇다고 WTO를 앞두고 불평만 하거나 '무대책이 상책'인 양 손 놓고 있을 수만도 없었다. 무엇인가 대안을 찾아내고 살 길을 뚫어야 했다.

농민단체와의 꾸준한 대화 끝에 지난 2002년도에 '농업, 그 다양성의 재발견'이란 주제로 〈경북세계농업포럼〉이란 아이디어를 내놓을 수 있었다. 경북세계농업포럼은 21세기 농업 발전을 위한 우리나라 최초의 농업 분야 국제행사였다. 자타가 공인하는 농업전문가이자 문민정부 시절 내내 청와대 농업수석을 지낸 최양부 씨가 조직위원장을 맡았고, 농업 분야 국내외 석학들이 대거 참여하여 학술심포지엄을 개최했다. 농업은 공업, 서비스산업과 다르며 같이 취급해서는 안 된다는 '농업의 비교역적 기능'을 강조하는 유럽의 프랑스, 스위스, 노르웨이, 터키 등을 비롯한 일본, 중국, 몽골, 대만, 아프리카 세네갈의 지방자치단체장들이 대거 입국하여 일부 강대국 중심의 농업교역론이 결코 바람직한 세계농업의 미래를 제시하지 못한다는 인식을 공유할 수 있었다. 무엇보다 유럽의 선진국들은 오히려 농업에서 국부의 상당량을 얻고 있을 뿐 아니라 농업의 피폐가 가져온 역기능을 역사적으로 뼈저리게 경험한 국가들이어서 그들이 보는 농업에 대한 인식은 우리와는 사뭇 다르다는 사실을 느낄 수 있었다.

경북세계농업포럼은 세계농업의 다양한 지역성을 확인했다. 그리고 '다양성'이란 개념은 WTO 농업협상에서 중요한 의제로 고려되어야 한다고 역설했다. 다양한 모습을 가진 전 세계 지역농업의 발전은 시장과 경쟁을 통해서만 달성되는 것이 아니라 문화적 역사적 시각도 함께 고려된 'Agri-Culture' 란 새로운 인식이 필요하다는 내용을 담은 '경북선언문'을 채택했고, 최양부 조직위원장은 직접 스위스 제네바로 건너가서 WTO 사무국에 '경북선언문'을 전달했다.

농업은 공부하는 직업이 되어야 하고, 소득이 높은 직업이 되어야 하며, 무엇보다 즐거운 직업이 되어야 한다. 언젠가 "지사님 농사 뭐 할 거 없습니까?"라고 묻는 사람이 있었다. 평소 농사꾼 도지사로 소문나서인지 농민이 아니라 도시민들에게도 가끔씩 듣게 되는 질문이다. "귀농을 생각하시는 모양이죠. 그럼 제가 조만간 책을 한 권 보내드리지요." 요즘 서점에 가면 귀농 관련 책들을 어렵지 않게 볼 수 있다. 농업의 농 자도 모르는 도시사람들을 위해 귀농의 기초에서 끝까지 상세하게 알아볼 수 있는 내용들을 망라하고 있다. 우리 농업의 미래는 공부하는 농민의 손에 달려 있다고 생각한다. "에이, 안 되면 농사나 짓지" 하는 말을 흔히들 하지만 농사란 게 그렇게 만만하지 않다. 남들 다 하는 농사를 해서 성공할 수 없다. 농사에서 블루오션이 필요한 것이다. 벤처농업가로 소문난 사람, 귀농하여 몇 년 만에 큰돈을 벌었다고 하는 사람, 도저히 될 것 같지 않은 아이템이었는데 이제는 전국의 유명강사로 바쁜 농업인. 이들은 모두 공부하고, 노력한 사람들로 자기 분야에서는 대학교수에게도 뒤지지 않는다는 실력으로 똘똘 뭉친 전문 농업경영인이었다. 시장을 내다보고 작목을 선택하고, 남들이 하지 않는 기술을 창의적으로 적용하기 에 시장에서 경쟁자가 드물고 입소문만으로 생산한 농산물은 자기 집에서

다 파는 사람들이다.

우리 농촌은 젊은 인력이 대거 빠져나가면서 점점 더 늙어가고 있다. 그렇다고 농촌이 희망을 찾는 사람들에게까지 절망만 주는 것은 아니다. 희망의 씨앗, 미래농업의 밝은 불씨는 지금 우리 농촌에서 젊은 열정들에 의해 알게 모르게 자라나고 있다. 경상북도가 농어촌지역 고등학생들에게 대학특례입학 제도를 실시하고 있는 이유는 바로 젊은이들에게서 미래농업의 희망의 싹을 키워내기 위함이다. 나는 우리 젊은이들에게 농업은 IT, BT를 활용하여 엄청난 부가가치를 창출하는 성장동력산업이며, 우리의 생명을 지켜주는 포기할 수 없는 생명산업임을 말하고 싶다. 그리고 한번 도전해보라고, 거기에서 우리 농업의 미래를 위한 희망의 씨앗을 터뜨리는 한 알의 밀알이 되어보라고 권하고 싶다.

혁신의 불씨를 지펴라

임명직 도지사로 있던 지난 1993년이었다. 부임한 지 얼마 지나지 않은 어느 일요일, 급히 처리해야 할 일이 생겨 사무실에 나오게 되었다. 휴일인데도 불구하고 많은 부서의 직원들이 출근해서 일을 하고 있었다. 가족과 함께 쉬지도 못하고 일하고 있는 직원들을 보니 미안한 마음에 등이라도 두드려 주어야겠다 싶어 어느 부서에 들렀다. 직원에게 무슨 일이 그렇게 바쁘냐고 물었더니 간부회의에서 실·국장들이 보고할 회의 서류를 만들고 있다는 것이었다.

아니나 다를까 이튿날 간부회의 때 모인 실·국장들을 보니 모두 앞에 두툼한 보고서를 펼쳐놓고 있었다. 그들은 실·국별 서열에 따라 차례대로 보고서를 읽었고, 보고를 마친 후에는 나의 지시를 한 글자도 놓치지 않고 받아 적겠다는 듯 펜을 움켜쥐고 있었다. 그 순간 나는 세상은 하루가 다르게 변하고 있는데 유독 행정만은 비효율과 관행의 덫에 걸려 허우적대고 있는 것 같아 암담한 생각마저 들었다.

"이게 얼마나 낭비입니까? 간부회의가 진지한 정책토론의 장이 되어야 하는데 보고서에 적힌 대로 읽다 보니 어떤 문제제기도 없습니다. 어제 보니 많은 직원들이 휴일에 쉬지도 못하고 간부회의 자료 만든다고 나와 있던데, 여기 있는 분들은 직원들이 써준 서류를 보지 않고는 보고를 못할 정도로 맡은 업무에 대해 자신이 없습니까?"

한바탕 호통을 치고는 다음부터 간부회의 보고서를 절대 만들지 말라고 지시했다. 실·국장들이 노트에 간략하게 메모를 해서 회의에 참석하고, 스스로 연구한 것을 토대로 생산적인 업무보고를 하라고 했다. 그 후 간부들은 보고할 내용을 직접 적어서 보고를 했고 그런 과정에서 자기 업무를 더욱 깊이 파악하고 연찬하게 되었다. 그와 함께 직원들의 불필요한 휴일 근무도 자연스럽게 줄어들었다.

당시는 혁신이라는 용어가 낯설 때였지만, 요즘 생각하면 그것이 바로 혁신이었다. 비록 일반 주민들과는 별로 관련이 없는 행정 내부의 관행을 바꾼 것에 불과하지만, 모든 혁신이 작은 변화에서 출발한다는 것을 감안하면 대단히 잘한 일이라고 생각한다. 그런데 2년 후 민선 도지사로 당선되어 내려와 보니 두툼하게 보고서류를 작성해서 읽던 예전의 관행이

다시 반복되고 있었다. 공직사회라는 곳이 그만큼 보수적이고 변화에 둔감한 곳이라는 생각이 들었다. 그래서 아예 간부회의 횟수를 대폭 줄이고 수시로 간부들을 불러 현안사항을 물어보는 방식으로 업무를 챙겼다. 평소에 업무연찬이 되어 있지 않으면 대답을 제대로 할 수가 없으니 간부들의 능력에 대한 평가도 자연스럽게 이루어졌다. 후에 이를 '보고 SOS' 운동으로 제도화시켰는데, 보고는 간단하고(Simple) 신속하게(On-time), 그리고 문서작성은 최소한으로(Slim) 하자는 게 그 취지였다.

참여정부 출범 이후 부쩍 혁신(innovation)이 강조되고 있지만 나는 도지사로 재임하는 동안 끊임없이 변화와 개혁을 추구하면서 혁신의 자세를 잃지 않으려고 노력했다.

"변화에 앞장서야 합니다. 변화에 둔감하면 도태되고 말아요. 쥐라기 시대 이 지구를 지배한 공룡은 변화에 둔감한 나머지 멸종되고 말았습니다. 신경이 무뎌서 환경의 변화를 감시하고 반응하는 데 무려 7분이나 걸렸던 것이지요. 우리 행정도 마찬가지입니다. 변화에 수동적으로 끌려다니기보다 스스로 변화를 창조하는 주인이 됩시다."

정례조회든 간부회의든 기회가 있을 때마다 강조해온 말이다. 솔개 이야기도 자주 했다.

"오래 산다고 알려진 솔개의 수명은 보통 40년 정도지만 일부는 70살까지 삽니다. 솔개가 태어나 40년 정도가 되면 발톱이 노화해 사냥감을 잡아챌 수 없게 되는 거지요. 부리도 길게 자라 구부러지고 깃털도 무거워져 날기도 힘들어진다고 합니다. 대부분 그렇게 죽어가지만, 일부 솔개는 바위를 쪼아 새 부리가 돋아나게 하고 발톱을 뽑아 새 발톱을 돋게 합니다.

깃털을 뜯어 몸을 가볍게 하고요. 이렇게 고통스런 자기 혁신과정을 택한 솔개만이 30년을 더 살게 된다는 것입니다."

이렇게 변화와 개혁을 강조하면서 작은 일 하나라도 개선할 것이 있으면 바꾸고 고치고자 노력했다. 균형성과관리(BSC)니 고객관계관리(CRM) 같은 거창한 경영이론을 갖다 붙이지 않더라도 내가 하고 있는 일을 찬찬히 살펴보고 그 속에서 행정서비스의 품질을 높이고 주민에게 감동을 주기 위해 바꿀 수 있는 것이 무엇인지 고민하자는 것이었다.

그동안 우리 도에서는 성과중심의 행정을 정착시키기 위해 목표관리제와 부서평가제를 실시하고 있으며 실국장의 자율성과 책임성을 강화하는 실국장 책임경영제도 일찍이 도입하여 운영하고 있다. 투명하고 객관적인 인사를 위한 '경북 인사도우미'라는 인터넷 인사시스템과 혁신 아이디어의 확산과 공유를 위한 '장자방'이라는 지식경영시스템(KMS)도 우리 도의 자랑이다. 수많은 혁신 사례를 여기에 다 열거할 수는 없지만 우리 경상북도에서는 일찌감치 변화와 개혁을 실천해왔기에 어느 도보다도 높은 혁신역량과 의지를 지니고 있다고 자부하고 있다.

참여정부의 혁신역량 평가에서 우리 경상북도가 전국 250개 자치단체 가운데 단연 1위를 하여 30억의 상금을 받았고 나 자신도 여러 차례 대통령과 장관들, 전국 시도지사 모임에서 경상북도의 혁신사례를 발표하기도 했다. 특히 2005년 6월 18일 서울에서 개최된 지방혁신토론회에서는 전국 250개 단체장을 대표하여 '혁신성공을 위한 자치단체장의 역할'이라는 제목으로 발표를 했다. 발표를 마치자 노무현 대통령은 "지방의 혁신역량이 중앙보다 떨어지는 것으로 다들 아는데 이 지사님의 발표를 듣고 보니 오히려 지방이 훨씬 앞선다는 느낌을 받았다"며 중앙의 혁신추진본부를 보강하라고 지시했다. 우리 경상북도가 혁신의 작은 불씨가 되어 나라의 경쟁력을 드높이는 데 일조가 되었으면 하는 바람이다.

조직 내부의 혁신도 중요하지만 궁극적으로는 지역의 혁신을 이루는 것이 더 중요한 일이다. 참여정부에 들어와서 지역혁신시스템(RIS; Regional Innovation System)이니 산업클러스터니 하는 용어들이 자주 사용되고 있지만, 사실 경상북도는 오래 전부터 지방정부, 대학, 기업, NGO, 지방언론 및 연구소 등 지역의 분산된 혁신자원을 네트워크화하여 이를 지역발전, 산업발전, 지방문화발전의 중심축으로 활용하기 위해 많은 노력을 기울여왔다. 지역별로는 북부권, 중서부내륙권, 동해연안권 등 지역특성을 살린 발전전략을 세우고 산학연관(産學研官)이 유기적으로 결합하여 혁신을 창출할 수 있도록 노력해왔다. 2004년 대구·경북 지역혁신협의회가 주축이 되어 수립한 '지역혁신발전 5개년계획'은 앞으로 우리 시역이 십중 육성해야 할 산업 및 과학기술 혁신의 청사진을 담고 있다. 이에 따라 안동, 영주 등 북부권은 바이오의 금맥을 캐기 위해 구슬땀을 흘리고 있고, 구미를 중심으로 한 중서부 내륙권은 세계적인 IT 클러스터로 명성을 떨치고 있다. 또한 포항 등 동해연안권은 탁월한 R&D 역량을 바탕으로 NT 산업과 에너지산업의 새로운 메카로의 도약을 꿈꾸고 있다.

이를 위해 필요한 기관들을 설립하기도 했는데, 그 중에는 서로 선의의 경쟁을 펼치며 지역혁신을 이끄는 기관도 있어 대단히 기쁘다. 바로 경북 테크노파크와 포항 테크노파크이다. 이 두 기관은 구미에 뿌리를 내리고 있는 삼성과 LG가 수십 년간 서로를 벤치마킹하며 세계 초일류 기업으로 성장했듯이, 그리고 미국과 구소련이 서로 경쟁적으로 우주 개발에 나서며 인간의 달 착륙시기를 앞당겼듯이, 때로는 경쟁하며 때로는 협력하며 지역혁신의 모범을 보여주고 있다.

경북 테크노파크는 1998년 설립 이후 한국형 테크노파크의 전형으로 자리 잡았다. 정부 평가 1위는 도맡아 놓고 한다. 요즘은 중국은 물론 멀리 사우디아라비아에서까지 노하우를 얻기 위해 찾아온다니 여간 자랑스러운 일이 아니다. 입주 기업들의 만족도도 대단히 높다. 수도권에서 이전해와 급성장하고 있는 한 기업은 '옮겨오지 않았으면 사업을 계속하기 어려웠을 것'이라고 고마워했다. 그만큼 경북 테크노파크의 기업지원 서비스 수준이 높다는 것을 반증하는 것 아니겠는가.

조금 늦게 출발한 포항 테크노파크도 이에 뒤지지 않는다. 민간과 지자체의 힘만으로 시작했지만, 이제는 정부에서도 가능성을 인정하여 지원을 확대하고 있다. 그도 그럴 것이 여건이 워낙 좋다. 포항 테크노파크가 입지하고 있는 연구단지 일대를 한 번이라도 와본 사람은 '바로 이곳이다' 하고 무릎을 칠 수밖에 없을 것이다. 포항공대를 중심으로 방사광가속기, 산업과학연구원 등이 세계적 R&D 성과들을 쏟아내고 있으며, 주거환경과 교육시설은 선진국이 부럽지 않을 정도다. 그 속에서 포항 테크노파크는 벤처기업을 끊임없이 양산하고 있는 것이다. 1단계로 완공한 벤처동이 비좁을 정도라고 하니 포항의 미래가 여기에 달려 있다고 해도 과언이 아니다.

마이크로소프트의 빌 게이츠 회장은 2005년 1월 다보스 포럼에서 "임금이 미국 수준으로 올라버린 한국은 새로운 부가가치를 창출해야 한다"고 말했다고 한다. 전적으로 공감할 수밖에 없는 지적이다. 정부가 10대 성장동력산업을 선정하여 집중육성하는 것도 그 때문이 아니겠는가. 목표는 분명하다. 그러나 그 목표를 효과적으로 달성하기 위해 어떤 전략을 취해야 하는지에 대해서는 의견이 다를 수 있을 것이다. 필자는 작은 규모의 혁신클러스터를 여럿 육성하는 것도 좋은 방법이 아닐까 생각한다. 소규모 클러스터가 전국 곳곳에서 빛을 발할 때 우리나라가 혁신국가로 거듭날 수 있을 것이다. 그렇기 때문에 이미 혁신클러스터의 모범으로 발전하고 있는 경북 테크노파크와 포항 테크노파크가 더욱 소중하게 느껴진다.

4

문화의 하이터치 시대가 열리다

"도지사 선생, 우리는 우리의 문화를 관리하고 다듬어서 세계에 자랑해야 합니다.
세계가 우리 민족의 문화를 보고 놀랄 겁니다. 엑스포는 아주 중요합니다.
도지사 선생, 경주 엑스포, 그거 정말 잘하셨습네다."

새로운 올림픽, 경주 세계문화엑스포

그리스 아테네에 있는 야트막한 크노소스 산의 올림피아 유적에서는 아직도 2천 년 전의 장엄한 숨결을 느낄 수 있다. 스타디온 경기장의 넓은 트랙과 그것을 굽어보았을 제우스 신전과 헤라 신전의 유적, 그리고 성화(聖火)를 채화했다던 돌제단의 평화스런 자태에서 까마득한 역사 저편의 영광을 읽을 수 있다.

오늘날 스타디움의 어원이 된 스타디온 경기장에 들어가 보면 아치형의 출입구만 남아 있을 뿐이고, 경기장에는 관광객을 위해 잔디가 깔려 있다. 그러나 2천 년 전 여기에서 벌거벗은 남자들이 달리기를 하고 투원반을 던지고 레슬링을 했을 것이고, 그 모습을 보며 시민들은 함성을 질렀을 것이다.

나는 올림피아에서 고대인들의 장엄한 경기장면을 떠올리며, 앞으로의 올림픽이란 어떤 것이어야 하는가, 21세기의 제전은 무엇이 되어야 옳은가 하는 것들을 생각해보았다. 물질문명이 고도로 발전한 오늘날 피폐해진 우리에게는 그에 상응하는 정신문화가 절실히 필요하다. 문화는 '정신의 방부제'로서, 인간의 삶의 질과 정신을 퇴색하지 않게 갱신하는 힘을 가지고 있다.

나는 미래에는 문화가 산업을 지배하는 시대가 올 것이라고 믿어왔다. 오늘날 아시아를 넘어 미국에까지 상륙하고 있는 한류도 그 좋은 예이다. '21세기 신경북 비전'에서도 문화는 중요한 자리를 차지하고 있다.

인류는 4년마다 지구촌의 축제인 올림픽을 개최하고 있다. 우리나라도 전국체전과 도민체전이 해마다 개최된다. 올림픽 그 자체가 문화지만, 21세기에는 육체로 하는 올림픽뿐 아니라 정신과 문화를 소재로 하는 올림픽이 반드시 필요하며, 이것이 21세기의 새로운 올림픽 패러다임이다.

다행히 경상북도에는 세계 어디에 내놓아도 역사성이 뒤지지 않는 문화유적이 많다. 특히 1,500년의 역사를 가진 신라 유물은 거대하지는 않으나 정교성과 예술성은 단연 세계적이다. 신라의 본거지인 경주는 땅 전체가 유적이라 부를 만하다. 이집트의 멤피스나 그리스의 올림피아처럼 천 년 전의 세계가 아직도 숨을 쉬고 있는 땅이다. 경주는 어느 한 곳 함부로 땅을 팔 수 없을 만큼 지역 전체가 '흙으로 된 박물관'이다.

내가 문화올림픽을 열겠다고 하자 많은 사람들이 어리둥절해했다. 문화를 가지고 어떻게 올림픽을 연다는 것이냐, 문화가 올림픽처럼 다양한 종목으로 열릴 수 있는 재료냐, 스포츠처럼 박진감 넘치는 것도 아닐 텐데 얼마나 지겨울 것이며, 까다로운 행사준비에 비해 사람들이 관심을 갖겠느냐 등, 걱정하고 의구심을 품는 사람들이 많았다. 그러나 문화는 인류의 생명수와 같고 문화가 세계를 주도한다는 인식하에 계획대로 추진했다.

그해 1996년 11월에 경상북도 재단법인 문화엑스포 설립 및 지원조례를 제정하고 1997년 5월 서울 63빌딩에서 이어령 전 문화부장관을 비롯한 문화예술인이 참여하는 자문회의를 개최하여 엑스포에 대한 기본구상을 정립했다. 그 후 경주 현대호텔에서 송태호 문화체육부 장관, 문화예술인, 교수, 지역주민 등 1천 명이 참석한 가운데 엑스포 선포식을 가졌다.

자문위원장인 이어령 전 문화부장관이 개막식 총감독을 맡았다. 처음부터 그는 역사 문화를 이벤트화하는 엑스포에 대해 칭찬을 아끼지 않았다.

"평생 문화만 생각해온 나도 이런 발상을 하지 못했습니다. 이 지사께서는 어떻게 문화로 올림픽을 열 생각을 다 하셨습니까?"

나는 자문위원들에게 사람들을 많이 모으는 것만이 능사가 아니라며 앞으로 다가올 문화의 시대를 선도하는 엑스포가 되게 해달라고 주문하면서 이렇게 말했다.

"사실 사람들을 모이게 하는 방법은 얼마든지 많습니다. 모르는 바가 아닙니다. 돈을 들어 이름난 외국 가수나 배우들을 초청하고 세계적으로 유명하다는 북한 서커스단을 데려온다면 당장 이목을 끌 수가 있습니다. 그러나 그것이 문화의 창출과 무슨 관계가 있겠습니까?"

나의 이러한 의지는 자문위원들에게 많은 공감을 얻었다. 사람이 많이 모이는 것만이 관건은 아닌 것이다. 숨은 문화유산을 드러내고 현재의 눈으로 그것들을 되새기게 하며, 현재의 숨결을 과거 속에 불어넣는 것이 오늘날의 문화적 창출인 것이다.

출범과 마찬가지로 그 진행과정 역시 순탄치가 않았다. 가장 큰 장애물은 전혀 예상치 못한 곳에서 들이닥쳤다. 엑스포 선포식이 있고 6개월 뒤 IMF 사태가 터진 것이었다. 1997년 12월 22일 TV로 생중계된 우리나라가 IMF 체제로 가게 되었다는 경제부총리의 담화는 온 국민을 충격의 늪으로 빠져들게 했다. 환율은 십수 일 만에 갑절이나 폭등했으며, 1억 달러짜리 외국 투자자만 나타나도 뉴스에서 대서특필할 만큼 상황이 돌변했다.

개막을 10여 개월 앞둔 시점에 문화엑스포는 존폐의 기로에 놓이게 되었다. 나라 경제가 파탄 난 마당에 국제적인 문화행사를 연다는 것이 타당하냐는 공론이 일었다. 그것도 한 지방자치단체가 수백억 원이 드는 문화행사를 치르고 외국 공연단까지 초청한다는 것은 무리라는 것이었다. 연기나 보류를 하려면 빨리 결단해야 했고, 강행을 한다면 또 그만큼 납득할 만한 이유가 있어야 했다.

나는 IMF 관리체제라는 절박한 상황 때문에 오히려 더 개최해야 한다는 논리를 폈다. 환율이 폭등하여 해외여행을 가기 힘들게 된 상황에서 문화올림픽이 국내에서 개최되므로 외국을 나가지 않아도 세계문화를 접할 수 있도록 하자는 것이 첫 번째 이유였다. 그리고 느닷없이 나라경제가 침몰한 탓에 아시아의 '네 마리 용' 중 하나라는 국민적 자부심이 무너져버렸으니, 이럴 때 우리의 2천 년 전의 찬란한 문화를 국민들에게 보여주고 세계에 과시함으로써 국민적 자긍심을 되살리자는 것이 두 번째 이유였다. 마지막으로 곧 15대 대통령 선거가 있어서 예산 확보가 용이하다는 점도 한몫했음을 인정한다.

　나는 엑스포가 준비되는 동안 경주로 거의 매일 출근했다. 경주 보문단지 옆, 황무지나 다름없는 천군동 15만 평의 땅에 기초를 다지는 과정을 살펴보는 한편 일일이 행사 준비 사항을 체크했다. 그런데 공사 막바지에 어려움이 닥쳤다. 그 해에 장맛비가 변덕을 부린 것이다. 장마가 시작되자 일단 공사를 중단했는데, 며칠 비가 내리다 하늘이 개어 인부들을 모아 놓으면 다시 비가 오고, 또 중단했다가 인부들을 모아 놓으면 다시 비가 내리기를 몇 차례나 반복했다.

　행사에 차질이 생길 것이 뻔했다. 그래서 관계자와 공사 실무자들을 불러 모아 대책을 협의했다. 이들의 표정도 심각하기는 마찬가지였다. 한참 논의를 했는데 묘안이 있을 리 없었다. 실무자들이 결연하게 이구동성으로 말했다. "무슨 일이 있더라도 책임지고 준비하여 차질이 없도록 하겠습니다." 이들을 믿고 맡기는 수밖에 없었다. 이들은 밤낮없이 위험을 무릅쓰고 일했다. 철골조 위에 올라가 일하던 작업자들을 보며 속을 태우던 기억이 지금도 생생하다.

　결국 이들의 헌신적인 노력으로 얼마 후에 행사장이 모습을 드러냈다. 겨우 한숨을 돌리고 있는데 이번에는 태풍 '야니'가 이 지역을 휩쓸고 지나갔다. 다시 행사장은 아수라장이 되고 말았다. 각종 건축물이 바람에 쓸려 날아가고, 곳곳이 파이고 부서졌다. 참으로 시련의 연속이었다. 하늘이 이 행사를 포기하라고 암시하는 게 아닌가 하고 회의에 빠지기도 했다. 그럴 수는 없었다. 다시 실무자들을 독려하면서 행사장 보수공사에 발 벗고 나선 결과 개최일을 며칠 남겨두고 다시 행사장이 완성되었다.

그러자 또 하나의 큰 걱정거리가 생겼다. 개막일의 주제 공연이 제대로 될까 하는 점이었다. 개막공연은 신라 설화인 '수로부인 이야기'였는데, 연출자는 88 서울올림픽과 86 아시안게임을 연출한 베테랑 유경환 씨였다. 각 파트별로 분산되어 준비를 하고 있었기 때문에 손발이 제대로 맞을지 우려되었다. 개막행사를 대통령이 참관하는 것은 물론이거니와 그간 온갖 장애를 무릅쓰고 행사 개최에 박차를 가한 나로서는 여간 부담이 아니었다.

개막을 열흘 가량 앞두고 나는 분산된 팀들이 한 곳에 모여 공연해볼 것을 요구했다. 자문위원장인 이어령 전 장관도 내려오시라고 했다. 우려했던 대로 예행연습 공연은 손발이 맞지 않을 뿐더러 혼란스럽기까지 했다. 곁에 있던 이 전 장관은 며칠 남아 있으니 그때까지 부족한 부분을 맞추면 된다고 나를 안심시켰지만 마음을 놓을 수가 없었다. 나는 연출자에게 남은 기간 동안 최선을 다해달라고 거듭 당부했다.

1998년 9월 10일, 예정대로 '경주 세계문화엑스포'가 개최되었다. 김대중 대통령을 비롯한 모든 사람들이 개막공연에 대해서 칭찬을 했어도 나는 여전히 미흡한 감을 지울 수 없었다. 문화를 주제로 올림픽을 열겠다는 야심적인 기획에서 시작된 엑스포였기에 아무리 잘해도 나의 기대치를 만족시킬 수는 없었을 것이다.

1998년 첫 문화엑스포에서 관람객들의 주목을 끌었던 것은 '세계문명관'이었다. 이곳은 한 자리에서 이집트, 메소포타미아, 황하, 인더스의 세계 4대 문명과 마야, 잉카, 한반도 문명을 그곳에서 서로 비교하며 관람할 수 있었다. 전시관 여섯 곳에 704점의 유물을 전시했는데, 서로

첫 번째 경주 세계문화엑스포장에서 세계문명관 관람을 위해 줄지어 서 있는 인파.

다른 주요 문명의 유적이 한 자리에 모인 것은 세계적으로 처음 있는 일이라고 했다. 이집트의 미라나 진시황의 병마 토우 등 쉽게 접할 수 없는 유물들을 유치했고, 이 중 이집트의 '채색나무 남성상', 인도의 '붓다의 입상' 등 세계적인 문화재 360여 점이 진품이었다.

그리고 한국이 낳은 세계적인 비디오 아티스트인 백남준 씨가 '백팔번뇌'를 출품했고, '문명의 생성과 발전'이라는 큰 주제 아래 국내외 작가들이 참여하여 멀티미디어 아트쇼를 펼쳤다.

개막행사가 끝나고 며칠 뒤, 기어이 몸에 탈이 나고 말았다. 나는 어릴 때부터 앓아본 기억조차 거의 없을 정도로 강골이다. 그러나 이때는 심각할 정도의 두통과 신열에 시달렸다. 처음에는 몸살이려니 했는데, 무려

2003년 경주 세계문화엑스포 개막식에 참석한 노무현 대통령 내외.

한 달간을 계속 주사를 맞으며 치료를 했다.

그런 가운데에도 엑스포 행사는 성황리에 진행되고 있었다. 한쪽 팔에 주사바늘을 꽂고 있던 나에게 매일 보고가 들어왔다. 개막 열흘 만에 관람객이 50만 명을 돌파했고, 15만 평의 행사장은 사람들로 발 디딜 틈이 없었다. 시간이 흐르면서 언론의 논조가 바뀌어 있었다. '적자행사'라는 비판은 한 줄도 안 보이고, 좁은 행사장에 관람객이 너무 많아 혼잡하다는 비판기사였다. 언제는 15만 평이 넓다고 하더니, 나로서는 즐거운 비판이 아닐 수 없었다.

2개월 동안 진행된 행사에서 48개국 7천여 명이 각종 무대에 올랐고, 무려 300여만 명에 달하는 국내외 참관인들이 몰려들었다. 예상치 못한 대성공이었다.

2년 후인 2000년 엑스포에서는 '문화 이미지전'을 전시했고 '세계 공연예술 축제'를 열었으며, 2003년에는 '세계 신화전'을 전시하고 '세계 꼭두극 축제' 등을 펼쳤다.

그동안 세계 많은 국가들이 행사에 참가했다. 첫 회에는 48개국에서 참가 요청에 응했지만 다음 회인 2000년에는 무려 81개국에서 1만여 명의 문화예술인들이 참가했다. 올림픽과 엑스포를 단순히 비교할 수는 없겠지만, 1988년에 열린 서울올림픽은 160개국에서 9,400여 명의 선수가 참가했고, 역대 최대 규모라는 2004년 아테네올림픽도 202개국에서 임원을 포함해 1만 6천여 명이 참가한 것을 감안한다면, 경주 세계문화엑스포의 참가규모를 짐작할 수 있다.

뿐만 아니라 문화행사여서 겉만 번지르르한 적자행사가 될 가능성이 높다는 주변의 우려는 기우였음이 판명되었다. 2003년 엑스포의 경우, 동국대학교 관광산입연구소의 연구 결과에 따르면 3,500여 억 원의 생산 유발 효과와 16만 명의 고용창출 효과를 보았다고 한다. 문화가 '산업'이 될 수 있다는 사실을 분명히 입증한 셈이다.

참가한 각 나라들도 역사성이 깃든 문화를 현재화하면서 문화 창출에 크게 기여했다. 전문가들은 세계의 가장 큰 축제인 올림픽이 참가한 선수들을 제외하고 운영과 홍보 등 대부분을 상업성에 의존해온 것과 비교할 때 문화엑스포는 본질적으로 비상업적 역사 문화를 이벤트를 통해 현재에 되살렸다는 점을 높이 평가했다. 역사와 문화를 가지고 오늘날 만연한 상업성과 '맞장을 뜨려고 한다'는 것에 박수를 아끼지 않았다.

우리에게 잘 알려진 세계적 석학인 프랑스의 문명비평가 기소르망은

2003년 경주 세계문화엑스포 학술회의에 참가한 노벨문학상 수상자 남아공의 올레 소잉카와의 대담.

엑스포를 참관한 뒤 이렇게 말했다.

"문화강국이 되려면 문화를 드러내고 산업화해야 한다. 문화엑스포로 한국이 문화강국이 되는 발판을 마련한 것으로 보인다."

『해설자들』 등으로 노벨문학상을 수상한 작가이자 인권주의자인 올레 소잉카는, "세계인들이 한 자리에 모여 문화를 경험하고 상호 보완, 발전시켜 나가는 데 큰 보탬이 될 것"이라고 했다.

『드림소사이어티』의 저자인 롤프 얀센은 주제영상관에서 펼쳐진 문화와 첨단기술의 접맥에 대해 주목했다. "기술은 매개체지만 내용은 문화와 꿈이 되어야 한다. 경주 엑스포는 전통문화와 정보사회를 결합하는 가장 이상적인 행사의 한 예이다."

경주 엑스포 방문자 중 내게 가장 인상 깊었던 사람은 북한의 김용순 비서였다. 북한의 핵심 권력실세인 김용순 노동당 대남비서 겸 아태평화위원 장은 2000년 9월 회담차 서울을 방문했다. 노동당 대남비서는 우리로 보면 통일부장관에 해당한다. 그가 엑스포를 참관하기 위해 대구공항에 내렸다. 그는 나의 안내로 엑스포 행사장을 둘러보고 포항제철소를 방문했다.

포철의 거대한 생산시설을 둘러본 뒤 브리핑 룸으로 들어갔다. 담당자가 도면을 펼쳐놓고 포철의 기술력과 연간 생산량, 수출액 등을 장황하게 설명했다. 김 비서는 별다른 표정 없이 묵묵히 듣고만 있었다. 한참 그러고 있더니 옆에 앉은 나를 돌아보며 대뜸 이렇게 말하는 게 아닌가.

"도지사 선생, 포철에서 나오는 폐기물에 대해 지사께서 감독권을 가지 고 있습니까?"

너무 뜻밖의 질문이라 나는 깜짝 놀랐다. 포철의 생산규모에 대해 이야기하는 것이 아니라 환경에 대해 말하고 있었던 것이다. 그리고 그는 경주 세계문화엑스포를 관람하고는 자신이 예전에 프랑스의 루불 박물관에 갔을 때 있었던 일화를 소개했다.

"…박물관 안내원이 뭔가를 가리키며 설명하기에 내가 물었습니다. '이보시오, 그것 몇 년 된 거요?' 안내원이 200년 되었다고 대답합니다. 그래서 내가, 우리 조선에 가면 보통 천 년, 2천 년 된 것이 수두룩하다고 말해주니까, 놀라는 표정을 짓더군요. 저들이 조선에 그런 게 있는 줄 모르고 있잖습니까. 내가 괜한 자격지심에서 떠들었던 게 아닙니다. 도지 사 선생, 우리는 우리의 문화를 관리하고 이것을 다듬어서 세계에 자랑해 야 합니다. 세계가 우리 민족의 문화를 보고 놀랄 겁니다. 엑스포는 아주 중요합니다. 도지사 선생, 엑스포, 그거 정말 잘 하셨습네다.”

일부러 그랬는지 몰라도 한국에서 가장 큰 기업인 포철을 두고는 눈하나 깜짝 않던 그가 엑스포에 대해서는 감탄을 아끼지 않았다. 나는 그가 정말 공산주의자일까 싶을 만큼 신사라는 인상을 받았다. 사고는 개방적이었고 문화에 대한 식견도 깊어보였다. 북한 내에서는 어떤지 모르나 역사와 문화에 대한 격조 높은 인식을 가진 사람이었다. 그가 2003년 교통사고를 당한 뒤 그 후유증으로 세상을 떠났다는 소식을 듣고는 참으로 애석한 생각이 들었다.

엑스포의 성공은 이후 여러 자치단체들의 국제행사에 상당한 영향을 끼친 듯하다. 청주 국제인쇄출판박람회, 강원도 국제관광엑스포, 제주도 섬엑스포, 경기 도자기엑스포, 충남 안면도 꽃박람회, 부산 국제영화제 등 여러 국제행사가 기획에서부터 입장료 징수방법에까지 경주 엑스포의 선례를 참고했다고 한다.

다가올 2006년의 경주 문화엑스포는, 한국 문화를 세계에 적극적으로 알리기 위해 캄보디아에서 열린다. 이제 ‘경주 세계문화엑스포’는 세계로 진출하고 있다.

IMF의 침울한 분위기를 헤치고 개최된 경주 엑스포는 이제 우리가 지속적으로 발전시켜 나가야 할 소중한 자산이 되었다. 경주 엑스포는 문화 시대의 수레를 앞에서 끄는 말[馬]이자, 역사를 현재에 풀어놓는 문화의 마당이다. 육체의 근대올림픽이 국가 간의 평화에 긴밀한 역할을 해왔던 것처럼, 21세기에는 문화의 올림픽이 세계의 평화에 이바지할 것이다. 경주 엑스포로 열어젖힌 ‘문화의 문(門)’은 21세기의 문화시대로 진입하는 찬란한 입구가 될 것이다.

맨발의 엘리자베스 여왕

1회 엑스포가 끝나고 분석 결산한 뒤 일찌감치 2년 뒤에 열릴 다음 엑스포 준비에 착수하고 있을 즈음, 뜻하지 않은 행운이 찾아왔다. 영국의 엘리자베스 2세 여왕이 첫 한국 방문 기간 동안 안동 하회마을에 오기로 한 것이다.

안동은 전통 유교문화의 중심지로, 하회마을은 조선의 가옥과 풍물 등이 잘 보존된 곳이며, 마을 가구의 절대다수가 풍산 류 씨의 집성촌이다.

영국 여왕의 방문은 여느 국가원수 급의 방문과는 많은 부분에서 격이 다르다. 여왕은 영국의 공영방송인 BBC를 통해 연초에 인사말만 할 뿐 어떤 언론과의 접촉도 삼가며, 일상의 대부분도 거의 자선활동에만 치중하는데, 현재 여왕이 회장이나 후원자로 있는 자선단체만 해도 700개 가 넘는다고 한다. 더욱이 왕실의 내규는 여왕의 해외 방문을 연 2회 이내로 한정하고 있다.

이러한 영국 왕실의 비정치적인 성격 때문에 여왕이 방문하는 나라에서 는 오히려 정치적인 의미가 더해지는 기현상을 낳는다. 상대국 원수와 어떤 정치적 현안도 논의하지 않으나 그의 방문 자체가 전방위적으로 메가톤급 영향력을 발휘한다.

여왕의 방문은 그 나라의 민주화를 입증하는 셈이 된다고 한다. 바로 비정치성 때문에 일어나는 묘한 정치적 효과이다. 전 세계의 언론은 여왕이 비행기에 오르는 순간부터 집중된다. 여왕의 '평화로운' 눈을 통해 방문국의 모습이 세계에 소상히 알려진다. 당시 IMF 체제에 있던 우리나라도 여왕의 방문으로 인해 국제신용평가기관들이 국가신용등급을 한 단계 향상시키는 것보다 더 큰 효과를 얻게 되었다며 기뻐했다.

물론 여왕은 이런 정치·경제적인 것에는 관심이 없다. 영국 왕실은 여왕이 어디를 가보아야 한국을 제대로 알 수 있을까 하는 데만 관심을 두었다. 이 과정에서 한국의 전통문화를 확인할 수 있는 적지가 안동이라고 판단한 모양이었다.

안동의 하회마을에는 난리가 났다. 방송은 연일 하회마을의 전통과 문화를 특집으로 내보냈다. 아직 여왕이 한국을 방문하기도 전부터 수많은 국내외 관광객들이 안동으로 몰려들었고, 한국을 찾은 외국들에게는 안동이 필수코스가 되었다.

우리나라가 1883년 한영 우호통상조약을 체결함으로써 영국과 국교가 수립된 이래 116년 만에 처음으로 여왕이 한국을 방문했고, 지방으로는 유일하게 안동을 찾았다. 나는 여왕을 마중하고 줄곧 수행했다. 여왕은 매우 온화하고 자상하게 이것저것 사소한 것들을 묻기도 했는데, 도시에 사는 따뜻한 할머니를 대하는 듯했다.

여왕은 서애 유성룡의 종가인 충효당 솟을대문을 다소곳이 들어섰고 골 깊은 청기와를 지긋한 눈으로 올려다보았다. 소를 몰고 밭갈이 하는 광경도 신기한 듯 바라보았다. 담연재 뜰에서는 하회별신굿탈놀이 공연이 벌어졌다. 하회별신굿탈놀이는 오랜 전통을 가진 하회마을의 민속으로,

생일을 맞은 여왕에게 왕가의 상징인 칠보화관 족두리를 선물했다.

마을 수호신의 힘을 돋우기 위해 5년 내지 10년마다 한 번씩 크게 열렸던 마을 동제였나. 여왕은 날놀이를 하는 이들이 전문 공연단인지, 정부에서 지원도 하는지 등을 관심 깊게 물었다.

그리고 마침 여왕이 안동을 방문한 날은 그의 73세 생일이었다. 생일상은 하회별신굿탈놀이가 공연되고 있는 담연재에 푸짐하게 차려졌다. 떡, 사과, 은행, 곶감 등과 임금님께만 올린다는 꽃나무떡도 올랐다. 여왕은 넉넉한 생일상을 보고 "원더풀, 원더풀" 하며 거푸 감탄했다. 막걸리를 가라앉혀 만든 청주를 작은 유기 잔에 부어 함께 축배를 들었다. 나는 왕가의 상징이 담긴 칠보화관(花冠) 족두리를 생일 선물로 건넸다.

그런데 재미있는 일이 벌어졌다. 서양 사람들은 침실에 들 때를 제외하면 신발을 벗는 일이 거의 없지만, 우리의 가옥구조는 방에 들어갈 때는 반드시 신발을 벗게 되어 있다. 우아함과 서구 전통이 몸에 밴 여왕은 두말할 필요가 없을 것이다.

여왕은 신발을 신고 마루에 올라가느냐 신발을 벗고 올라가야 하느냐로 꽤나 고민했던 모양이었다. 서양인이 그것도 여왕이 공개된 자리에서 신발을 벗을 수 없다는 왕실 의전측 의견과 흙 묻은 신으로 어떻게 양반집 마루로 올라서느냐는 하회마을측의 의견이 부딪치게 되었다. 뿐만 아니라 모자도 문제였다. 한국인은 실내에서 모자를 벗는다. 서양인은 반드시 그럴 필요는 없다. 한국식을 따르자면 모자도 벗고 신발도 벗어야 하니, 여왕의 해외 방문 역사가 새로 씌어질 판이었다. 늘 쓰고 있던 모자를 벗으면 머리 모양이 헝클어지게 마련이었다. 결국 모자는 쓰되 신발은 벗기로 결정되었다. 신발을 벗는 것도 해외 방문 공식행사에는 처음 있는 일이라고 했다.

여왕이 구두를 벗고 충효당 마루로 올라서자 기자들의 카메라 셔터 소리가 진동했다. 여왕의 방문은 영연방국가뿐만 아니라 전 세계로 중계되거나 소개되고 있었다.

나는 신발을 벗고 오르는 여왕을 보면서 묘한 감동을 느꼈다. 자존심이나 예의 때문만이 아니라 여왕의 벗은 발을 통해 세계는 한국 문화를 보고 있다는 점 때문이었다. 한국 문화가 전혀 이질적인 한 서양인을 통해, 특이하게도 발을 통해 드러나고 있었다.

선비는 선비의 예절이 있고 신사는 신사의 자태가 있을 것이다. 이를 한국의 선비문화와 영국 신사문화의 만남이라고 해도 좋을 듯했다. 서로 다른 문화가 이처럼 자연스럽게 어울릴 수만 있다면 세계의 갈등을 상당부분 해소할 수 있을 것이다. 문화적 융화는 곧 세계 평화의 중요한 요소임을 깨닫게 되었다.

국가 간에 이념적 분쟁이 사라지면 문화적 분쟁이 남게 되는데, 때에 따라 문화적 분쟁은 이념적 분쟁보다 더 위협적이다. 충효당 마루에 올라서는 여왕의 수줍은 발은 타문화에 대한 존중과 교감을 상징적으로 보여준다는 점에서 더욱 감동적이었다.

충효당에 살고 있는 종손의 말에 따르면, 1970년대 초에 프랑스의 인류학자 레비스트로스가 충효당 사랑채에서 하룻밤을 묵고 간 적이 있다고 했다. 레비스트로스는 열대 정글에 사는 원주민에 대해 서구인의 눈이 아니라 원주민의 시선으로 생활구조를 파악해낸 20세기의 가장 뛰어난 학자 가운데 한 명이다. 그가 남아메리카 오지를 돌며 쓴 에세이 형식의 인류학 저서인 『슬픈 열대』는 오랫동안 대학생들의 필독서가 아니었던가. 만일 레비스트로스가 '맨발의' 엘리사베스 여왕을 보았나면 어떤 생각을 했을까?

하회마을에서 생일상을 받은 여왕은 그곳에서 얼마 떨어지지 않은 봉정사를 방문하고 이틀 뒤 한국을 떠났다. 엘리자베스 여왕은 안동에서 한국에 대한 깊은 인상을 받았음이 분명해보였다. 그 후 2001년 1월에 영국 왕실 초청으로 영국 그리니치의 밀레니엄 돔에서 하회별신굿탈놀이 공연이 펼쳐졌다.

하버드를 찾아간 상생의 철학

2003년 10월, 세계무역센터협회(WTCA) 토졸리 총재로부터 공문 한 장이 날아들었다.

"세계무역센터에서 '문화와 산업'을 주제로 총회를 합니다. 지사님이 참석하여 기조연설을 해주실 수 있겠습니까?"

세계무역센터는 세계 경제의 핵이 아닌가. 그 협회의 총회에서 왜 작은 나라 한국의 도지사인 나를 기조연설자로 초청했는지 의아했다. 알아보니 그 배경은 이랬다.

무역센터협회에는 세 명의 부총재가 있는데, 그 중 한국 교포인 데이비드 리(한국명 이희돈) 박사가 경주 세계문화엑스포를 방문하면서 세계무역센터협회가 지향해야 할 어떤 시사점을 발견했다고 한다. 역사가 깃든 문화를 개발하고 이를 확산시키는 것이 세계 평화에 기여하는 길이며, 또한 이런 문화행위가 경제적인 이윤도 발생시키고 있더라는 점에서, 경주 세계문화엑스포는 세계무역센터협회가 추구해야 할 지향점과 상통한다고 보았다는 것이다. 그가 엑스포를 관람하고 돌아간 뒤, WTCA는 나를 총회의 기조 연설자로 선정했다는 것이었다.

세계무역센터(WTC)란 어떤 곳인가. 전 세계를 망라한 십수만 회원 경제단체가 한 자리에 모여 있는 세계 경제질서의 거점이다. 한국의 삼성증권, LG증권 등 세계 각국의 내로라하는 굵직한 금융회사들이 모조리 입점해 있던 그 세계무역센터 빌딩이 2001년에 9. 11 테러로 붕괴되었다. 건축 당시 세계에서 가장 높았던 110층짜리 쌍둥이 빌딩이 순식간에 무너져 내리는 충격적인 모습은 미국뿐 아니라 지구촌 전체를 온통 슬픔과 분노로 들끓게 만들었다.

바로 그 무역센터협회의 부총재가 경주 세계문화엑스포를 관람하고 돌아간 뒤, 협회 내부에서 다음과 같은 논의들이 일어났다고 한다.

'세계 무역센터가 테러로 붕괴가 되었다. 이번 일을 계기로 하여 무역센터협회는 이제 경제뿐만 아니라 세계 평화에도 기여할 방도를 모색해야 한다. 세계 평화를 위하는 길이 어떤 것인가? 그것은 문화이다. 오늘날 문화는 세계 평화에 가장 적절히 기여하는 한 방식이다. 그런 차원에서 2003년 총회의 주제를 〈문화와 산업〉으로 결정하자. 그리고 총회의 기조연설자로 문화와 산업을 매우 적절하게 결합시킨 한국의 이의근 지사를 초빙하자.'

이리하여 나는 그해(2003년) 10월 말 미국으로 건너가서, 붕괴된 이후 새로 마련된 협회 본부인 워싱턴 DC 소재 레이긴 빌딩에서 '문화산업—세계를 여는 창'이라는 제목으로 기조연설을 했다. 연설 내용은 평소에 내가 갖고 있던 신념 그대로였다.

"문화는 인류의 삶을 고양시키는 소중한 가치입니다. 더욱이 역사 문화는 우리의 삶을 한층 풍요롭게 해주는, 우리가 이미 오랫동안 가지고 있었던 우리의 내부적 자산으로서, 우리에게 옛 정신을 만나게 해줄 뿐만 아니라, 오늘날 가장 매력적인 고부가가치 산업의 재료로도 사용되기를 기대하고 있습니다.

그것을 가능하게 한 것이 경주 세계문화엑스포입니다. 나는 경주 세계문화엑스포의 성공적이면서도 매혹적인 경험을 지구촌 모든 문화인들과

세계무역센터협회에서 연설하는 모습.

함께 나눌 의향을 가지고 있습니다."

연설 중에 참으로 많은 박수가 쏟아졌다.

나는 연설을 마치고 2003년 경주 세계문화엑스포 개막식 광경이 담긴 영상과 주제 영상물인 〈화랑영웅 기파랑전〉을 보여주었다. 〈화랑영웅 기파랑전〉은 엑스포의 고심작인데 신라 향가를 모티브로 한 이야기를 IT 기술로 제작한 3D 입체 애니메이션 영화다. 문화와 첨단기술의 결합은 경주 엑스포의 주요한 방식이었다.

〈화랑영웅 기파랑전〉은 신라 향가인 「찬기파랑가(讚耆婆郎歌)」에다 의상대사와 선묘 낭자의 애틋한 사랑, 호국의 피리 만파식적(萬波息笛)이라는 세 가지의 신라 모티브로 만든 판타지 애니메이션이다. 신라를 침범한 악의 세력이 만파식적을 탈취해가자, 화랑 기파랑과 선화 낭자가 이를 무찌르고 만파식적을 되찾는다는 내용을 담고 있다.

　모두 17억 원의 제작비를 투입하여 1년 만에 완성한 17분짜리 이 짧은 영상물을 엑스포 행사장에서 상영했을 때 반응은 가히 폭발적이었다. 엑스포 기간 동안 상영 횟수를 늘려서 70만 명 이상의 관람객이 보았고, 엑스포가 끝난 후에도 상영을 요청받아 현재 첨성대 영상관에서 상시 상영을 하고 있는데, 지금까지 관람한 인원이 100만 명을 넘어섰다.

　나는 〈화랑영웅 기파랑전〉을 할리우드에 가져갔다. 동양문화를 직접 그들에게 보여주기 위해서였다. 홍콩, 중국, 일본 영화나 최근의 한국 영화도 그들이 알고 있겠지만, 상업적 영화가 아닌 문화적인 관점에서 만든 영화를 그들 앞에 내놓고 싶었다.

　예상대로 할리우드에서도 매우 적극적인 관심들을 표명했다. 총잡이가 나오고 폭발이 난무하고 차량이 질주하고 우주선이 날아다니는 할리우드 식 영화에만 익숙한 그들은 동양적 영화인 〈화랑영웅 기파랑전〉에 일단 관심이 쏠릴 수밖에 없었다.

　상영이 끝나자 영화사들이 적극적인 관심을 보였다. 가장 큰 관심을 보인 곳은 세계 시장에서 제일 많은 250개의 단위극장을 소유하고 있는 메이저 배급사인 미국의 시맥스 & 아이웍스 사였는데, 그 후 2004년 11월에 수출 계약이 체결되었다. 계약금 8만 달러에 순수익을 50 대 50으로 나누는 러닝개런티 방식으로서 향후 5년 동안 한국을 제외한 전 세계로의 배급권을 인정했다. 또한 원작을 토대로 마케팅을 위한 다양한 버전으로 재가공을 할 수 있도록 허용했는데, 이는 한국 문화를 널리 알리기 위한 방편이었다.

수출계약이 체결되고 두 달 후 시맥스 & 아이웍스 사의 마이클 니드햄 회장이 싱글벙글하며 내 집무실을 방문했다. 북미와 유럽에서 시연회를 가졌는데 대단한 반응을 얻었고, 그해 4월부터 이탈리아에서 상영된다는 것이었다.

영국의 학술원 존 모릴 교수는 이를 관람하고 나서, "아주 섬세하게 잘 제작된 세계적인 수준의 영상입니다. 동양적인 것이 세계적일 수 있다는 것을 실감했습니다" 하고 찬사를 보내는 등 수많은 서양인들의 호평이 이어졌다.

이것은 우리 문화를 소재로 해서 만든 3D 애니메이션이 해외 영화시장에 배급된 첫 번째 사례이다. 최근 우리 영화산업이 발달하면서 이보다 규모가 큰 영화도 많이 수출되고 있지만, 지방자치단체에서 문화를 IT 기술과 결합시켜 제작한 작품이 수출 길을 뚫었다는 것은 중요한 의의를 가진다고 자부한다.

한편 WTCA총회 참석자들은 개막전 영상에 더 많은 관심을 보였다. 그 영상은 개막식에서 노무현 대통령이 연설하는 광경을 담고 있었다. 나에게 다양한 질문이 쏟아졌다.

"대통령 내외가 직접 참석했습니까?"

"노무현 대통령은 문화에 대해 관심이 많습니까?"

세계 경제인들은 대통령이 개막전에 참석한 것에 대해 놀라워했다. 그들은 문화에 매우 익숙해 있었고 문화적 자긍심이 높았다. 그들은 한국의 대통령이 문화에 대해 어느 정도 수준의 관심을 가지고 있는지 무척 궁금해했다. 그런 질문에는 후발국 대통령의 문화적 관심이 자신들에게는 미치지 못할 것이라고 은근히 얕보는 기미도 느껴졌다.

나는 노무현 대통령이 문화에 관심이 무척 높을 뿐만 아니라 앞으로 5년 안에 한국을 세계의 문화 강국으로 만들겠다는 계획도 가지고 있다고 대답했다. 그 말이 떨어지자 큰 박수가 터져 나왔다. 노 대통령에게 보내는 박수이겠지만, 나는 저들이 얼마나 문화의 중요성을 알고 있는지 체감할 수 있었다.

선진국 경제인들만 그런 것이 아니었다. 캄보디아, 멕시코, 우루과이 등 개발도상국가의 경제인들은 자기 나라에서도 문화엑스포를 열고 싶다는 의사를 직접 피력해왔다.

"우리나라에는 유명한 문화재들이 많으나 그것을 단순히 관광객들에게 보여주기만 했습니다. 관광자원이 풍부하다고 뒷짐만 진 채 관광객 수만 헤아렸지요. 한국은 그러지 않았습니다. 옛 문화를 현대적인 감각과 첨단 기술력으로 재창출했고, 적극적으로 관광객에게 다가갔습니다. 한국의 그런 발상과 노력에 경의를 표합니다."

캄보디아는 유명한 앙코르와트 유적이 있고, 멕시코는 태양과 달의 피라미드를 비롯한 마야문명의 유적이 있는 나라이다. 그들은 전에는 한국에 오래된 유물은 있을지 몰라도 그다지 세계에 알려지지 않은 소소한 것들만 있다고 여겼던 것 같았다. 그런 줄 알았던 나라에서 역사 문화를 현대적 문화제전으로 승화시키고 있었으니 놀라지 않을 수 없었을 것이다.

총회는 이어 <경주 세계문화엑스포 지지선언>을 채택했다.

총회 기간 동안에, 나는 문화엑스포 개최를 희망하는 캄보디아, 이탈리아, 우루과이 대표와 양해각서(MOU)를 체결했다. 러시아, 인도, 독일에서도 후일 체결의사를 피력해왔다.

총회 연설을 마치고 귀국한 지 얼마 지나지 않은 2003년 11월 초, 우루과이는 향후 '세계문화엑스포'를 개최하겠다고 경상북도에 알려왔다. '문화엑스포'란 명칭과 로고 등의 사용을 허락해달라는 말이었다. 경상북도가 '문화엑스포' 상표 소유권을 가지고 있기 때문이었다. 그들은 또한 경주 엑스포의 기획과 준비과정 등 기술지원을 해줄 것을 요망했다.

가장 적극적으로 문화엑스포 개최 의사를 타진해온 나라는 캄보디아였다. 캄보디아는 아예 우리와 공동개최를 희망했다. 그들은 여러 차례 관계자들을 경북 도청으로 파견했다. 사실 캄보디아에 있는 거대한 앙코르와트 유적은 세계 8대 불가사의의 하나로서 경주의 신라유적보다 국제적으로 더 알려져 있다. 우리는 문화를 드높일 의사가 있는 어느 나라에든 기술지원을 하고 공동개최도 할 수 있다는 뜻을 전했다.

이윽고 2005년 1월, 경북 도청에서 생림 루 수상실 정무장관이 참석한 캄보디아측과 경상북도 간에 〈앙코르와트 - 경주 세계문화엑스포〉 개최 상호협력의향서(LOI)를 체결했다. 그리고 그해 10월 내가 직접 캄보디아를 방문하여 훈센 수상, 속안 부수상과 만나 행사개최 양해각서(MOU)를 체결했다.

2006년 경주 세계문화엑스포는 캄보디아의 앙코르와트에서 개최될 것이다. 이것으로 캄보디아는 엑스포의 기술과 방법을 배우게 될 것이고, 경주는 세계적인 유적지에서 엑스포를 개최함으로써 한국 문화를 더 널리 세계에 알릴 수 있게 되었다. 물론 경제적으로도 국내 기업의 현지 진출 등 상당한 파급효과가 뒤따를 것이다. 경주 세계문화엑스포의 새로운

다음 경주 문화엑스포는 캄보디아 앙코르와트에서 열리게 되었다. <앙코르와트 - 경주 세계문화엑스포> 의향서 체결.

도약이 아닐 수 없다.

2004년 5월에는 미국 하버드대학에서 특강을 하게 되었다. 이 또한 세계무역센터에서의 특강과 마찬가지의 고민을 하버드대라는 미 최고의 지성의 산실에서도 하고 있음을 알 수 있었다. 미국이 앞으로는 군사력·경제력으로 지배하는 것보다도 사상과 문화로 지배하기 위한 열쇠를 찾던 끝에, 세계무역센터협회와 같은 취지로 나를 초청한 것이었다.

특강을 하러 가는 미국행 비행기 안에서 세계적인 미래학자 존 나이스비트의 『하이테크 하이터치』를 다시 읽었다. 그 책에서 말하는 것이 현재 내가 추진하는 문화사업과 잘 부합할 뿐만 아니라, 강연을 할 때 이 용어를 사용하면 미국인들이 더 잘 이해할 수 있을 것 같았다.

하버드대학의 초청으로 하버드대학에서 특강하는 모습(2004. 5).

강연을 듣는 사람은 학생뿐만이 아니라 기성인들이나 우리 교포도 많았다. 나는 '하이테크와 하이터치의 조화'라는 제목으로 강연을 했다.

"…미국은 최첨단 하이테크로는 지금 경제강국이고 군사강국입니다. 한국은 이런 면에서 아직도 많이 부족합니다. 그런데 미국이 부족한 것은 하이테크가 아니라 하이터치입니다. 그 하이터치는 다름 아닌 사람이 사는 도리, 가족과 이웃간의 관계, 인간미 넘치는 문화전통들입니다.

한국에서 효를 중시하고 더불어 살아가는 가족 같은 사회를 중시하는 것, 우리 문화와 전통을 아끼는 것들이 인간 본연의 삶의 자세입니다. 이러한 하이터치가 바탕이 되지 않는다면 문명이 발달할수록 우리는 순간순간 인간 존재에 대해 의문에 빠지게 될 것입니다. 하이터치가 바탕이 된 하이테크만이 진정 인간을 위한 하이테크가 되어 흔들림 없이 발전해나갈 수 있고, 그로 인해 인간이 행복할 수 있을 것입니다.”

이어 경주 문화엑스포의 성과 등을 설명하고 연설을 마치자 하버드의 많은 청중이 모두 자리에서 일어나 박수를 보내주었다.

최근의 이른바 한류열풍은 매우 고무적이다. 이는 외국 관광객이 증가하고 한류 배우가 출연한 영화가 수출호조를 보이는 등 경제적 효과를 동반한다. 그러나 한편으로는 이와 같은 한류열풍에 대해 기본 뿌리가 없어서 한때의 ‘열풍’에 그치고 말 것이라는 비판의 소리도 있다. 경주 문화엑스포의 경우 ‘한류 스타’는 없지만 뿌리 깊은 문화와 사상 그리고 창조적 재해석이 있기에, ‘열풍’까지 불지는 않더라도 꾸준히 발전해나갈 수 있을 것이다. 그것이 바로 나이스비트가 말한 ‘하이터치’로서의 발전형태일 것이다.

새 천년 퇴계와의 대화

경상북도는 우리나라 정신문화의 발원지이고 유교문화의 전통이 가장 많이 남아 있는 곳이다. ‘21세기 신경북 비전’ 중 문화 경북을 구현하기 위해 나는 경상북도를 세 권역으로 나누었다. 첫 번째 사업이 신라문화권역인데 이는 ‘경주 세계문화엑스포’를 통해 성공적으로 진행되고 있다.

두 번째가 유교문화권역이다. 나는 유교문화에 대해 애착이 강하다. 그러나 젊은 세대뿐 아니라 나이든 이들조차 서구 문화에 무비판적으로 동화되어 유교문화의 전통을 낡고 고리타분한 것으로 치부하는 사람이 많다.

그렇지만 정작 서양에서는 '아시아적 가치(Asian Value)'를 높이 평가하며, 이는 1980년대 이후 지식사회의 주요한 이슈로 등장하고 있다. 한 예로 비교철학자인 하와이대학의 로저 에임스 교수는 이에 실용주의적으로 접근하여 '공자는 이 시대의 문제를 풀 지적 자원'이라며 『공자를 통해서 사유하기』라는 저서를 출간하기도 했다. 그는 현대 서양문명의 한계를 돌파하고자 공자를 문화적 무시대주의(anachronism)로 규정하며, 현대에도 충분히 쓰임새가 있다고 주장한다.

이러한 아시아적 가치, 혹은 아시아적 실용성의 근간인 유교는 동양인의 삶 속에서 종교가 아니라 일종의 철학이고 사상이며 생활 자체이다.

원래 유교문화는 중국이 중심지지만 이는 1960년대 문화대혁명으로 인해 와해된 상태이고, 일본의 유교문화는 우리나라를 통해 전해졌기에, 현대 유교문화는 본거지가 한국이나 다름없다. 특히 경상북도가 그 중심에 있다.

실제로 경상북도에서 유교문화와 선비정신이 곳곳에서 발현되는 것을 나는 끊임없이 보아왔다. 예를 들어 경북은 전국 16개 광역시도 가운데 경제적으로 중간 정도를 차지하고 있지만, 불우이웃돕기 등에서는 기업에서 출연한 모금액이 아니라 순수 민간성금 모금으로 액수가 가장 많다. 나는 이것이 더불어 살아가고자 하는 선비정신의 발로 때문이라고 본다. 또한 LG 경제연구소가 매년 발표하는 '경제고통지수'를 보면 대체로 경상북도가 최하위이다. 물가상승률과 실업률 등 부정적 지표를 근거로 산출하는 이 지수가 낮다는 것은 곧 '행복지수'가 가장 높다는 것을 의미한다. 경제규모에 비해 행복지수가 제일 높다는 것은 정신적으로 풍요롭고 여유가 있다는 의미가 아닐까.

IMF 사태로 인해 국가경제가 온통 파탄에 빠졌을 때 가장 타격이 적었던 곳이 바로 안동이었다. 변변한 공장 하나 없는 안동을 비롯한 경북 북부지역은 가계를 잇는 전통이 아직도 강하게 남아 있다. 도시화가 빠르게 진행되면서 웬만하면 땅을 팔고 도시로 떠나지만, 이 지역 사람들은 학업을 위해서든 취직을 위해서든 고향을 떠났다가도 다시 돌아온다. 따라서 부모들은 곧 돌아올 맏아들을 위해 집과 땅을 팔지 않고 돈도 아껴서 저축을 해둔다. 실제로 이 지역의 은행 예금고가 다른 지역보다 높게 나타난다. 나랏돈이 바닥나고 전 국민이 갑작스럽게 상승한 이자율로 휘청거렸을 때, 평소에는 전혀 부유하지 않았던 안동지역은 오히려 안정되어 있었던 것이다.

이 모든 것들이 선비정신에서 비롯된 훌륭한 전통의 힘이라고 생각한다. 자신도 빈궁하지만 가난한 이웃을 외면하지 않는 상생(相生)의 실천, 정신의 풍요를 앞세우려는 문화의 존중, 가계를 소중히 여기는 효(孝)의 사상은 서구적 물질문명에 경도된 오늘날의 우리들에게는 구시대의 유물이 아니라 계승해야 할 미덕인 것이다.

우리는 옛 선비들의 부분적인 잘못으로 전체를 폄하하는 오류를 범하고 있는지도 모른다. 사랑방에 앉아 담뱃대나 물고 있는 양반의 모습이 아니라 불의와 타협하지 않는 올곧은 선비, 실사구시(實事求是)하며 온고지신(溫故知新)하는 참된 선비의 모습이 진정한 유교정신이라고 생각한다.

나는 이처럼 우리 정신문화의 깊은 뿌리인 유교를 체계적으로 연구하기 위해 안동에 재단법인 한국국학진흥원을 설립하기로 했다. 국학진흥원은

한국 국학진흥원 개원식 후 이한동 국무총리 등과 함께.

착공 5년 만인 2001년 10월에 완공되었는데, 개원식에 맞추어 퇴계 탄신 500주년 기념으로 〈세계 유교문화축제〉를 개최했다. 주제는 '새천년 퇴계와의 대화'였다. 한국 전통의 유학과 그 문화의 독창성을 널리 알리기 위해 퇴계 이황 선생에다 초점을 맞추었다. 나는 경주 세계문화엑스포가 성공한 것처럼 우리의 전통문화를 치밀하게 조명만 하면 유교 축제장에도 많은 관람객이 찾아올 것이라고 확신했다.

개막식은 안동 시내 낙동강변 축제장에서 열렸는데, 이 자리에는 퇴계의 차종손인 이근필 씨와 공자의 77대 직계 후손인 공덕무 여사가 참석했다. 나는 그 두 분과 함께 성화대에 올라 점화를 했다. 점화를 하는 퇴계 선생의 종손도 마찬가지였지만 공 여사는 매우 감격해하는 표정이었다.

그도 그럴 것이 수천 년간 동양문화의 뿌리였던 조상의 사상이 본국에서는 배척받고 있는 반면 타국인 한국에서 찬란하게 계승되는 모습을 보고 있었기 때문이다.

경주 세계문화엑스포의 성공을 경험한 나는 〈세계 유교문화축제〉도 적잖은 주목을 끌 것이라 믿었다. 결코 가볍게 즐길 수 있는 축제가 아님에도 불구하고 한 달도 안 되는 행사 기간에 공식적인 통계로 68만 명의 내외국인이 인구 18만의 소도시인 안동을 찾아왔다. 많은 분들은 축제를 통해 21세기의 새로운 정신문화가 필요하며, 한국 유교문화의 가치를 피부로 느꼈다고 입을 모았다.

그들의 마음 한 구석에는 서구적 경쟁의식이 팽배한 사회에서 퇴계 선생이 주장했던 상생의 정신에 대한 갈망이 있었던 것은 아닐까. 온갖 타락한 물질문명의 유혹에 둘러싸여 있는 자녀들을 지켜보는 어른들에게 는 효의 가르침이 그리웠던 것은 아닐까. 혹은 인간의 칠정(七情 : 喜怒哀樂 愛惡欲)을 살피며 자신의 지친 몸과 마음을 다잡는 고고한 시간을 갖고자 달려왔을지도 모른다. 그러한 사람들에게 안동의 유교문화축제가 따뜻한 의미를 제공한 것 같아 뿌듯했다.

커다란 성원을 확인하고 이듬해에 '종합유교문화센터'를 착공했고 2006년에 준공을 앞두고 있다. 여기에서는 보다 체계적으로 유교 관련 문화유산을 집대성하여 관리하고, 훌륭한 전통문화를 계승할 수 있도록 청소년들을 교육하는 일을 하게 된다.

왕산 허위 선생 기념사업회장이면서 영남 유교문화원장을 맡고 있는 노진환 회장은 평통 부의장 등을 역임하면서 20여 년 동안 한결같이 도정 발전과 유교문화 연구에 많은 기여를 하고 있다. 또한 그는 독립운동 추모사업에 활발한 활동을 하는 등 지역문화 창달에도 많은 노력을 기울이고 있다.

한편 지난 2005년 7월에는 한국국학진흥원 내에 국내 최대 규모의 장판각을 건립했다. 조선시대 문집 등 각종 서적을 찍기 위해 나무에 글자와 그림을 새긴 것인 목판인데, 현재 이 소중한 문화재들이 대부분 개인 문중에서 허술하게 방치되어 있다. 퇴계 선생 문집 목판과 서애 유성룡 선생의 『징비록(懲毖錄)』 목판 등 역사적 가치가 큰 것들을 비롯하여 5만여 장의 목판을 수집·보관 중이다. 목판 10만 장을 모으면 국가지정 문화재뿐만 아니라 유네스코 세계기록문화유산으로 등재할 계획을 세워두고 있다.

선비촌을 건립한 영주와 더불어 안동은 명실상부한 유교문화의 전당이 될 것이다.

부활하는 가야

경상북도의 역사 문화 중 빼놓을 수 없는 것이 가야문화이다. 우리 문화는 대부분 삼국시대부터 조선시대를 통해 물려받았으나 가야의 유산도 결코 가볍게 볼 수 없다. 가야는 삼국시대가 본격적으로 개막되기 전에 고도의 문명집단을 이루어 500년 동안 번성했고 신라문화의 젖줄이자 일본문화의 한 원류가 되었으며 고대 한국인의 폭넓은 활동반경의 증거가 된다는 사실까지 상기한다면, 가야의 역사적 가치는 후세대에 충분한 주목을 받아야 마땅하다. 그러나 뒤에 발흥한 신라에 휘둘리다 끝내 합병되고 말아서, 승자의 기록이라는 '역사의 목록'에서 한 자리를 차지하지 못했다. 우리는 삼국을 통일한 신라의 지배문화에 심취하여 가야를 철저하게 망각하고 있었다.

나는 가야 문명의 발굴과 복원은 우리 시대의 매우 중요한 소임이라고 생각한다. 나는 취임 첫해인 1995년에 신라문화권과 유교문화권 조성을 계획하면서, 가야문화권 복원을 주장했다. 수차례 영남대학과 가야대학 등에 연구용역을 의뢰하여 사업성을 구체적으로 검토해왔다.

과거 일부 인사들이 김해의 금관가야를 중심으로 가야문화를 집중 조명한 적이 있으나, 가야가 다스렸던 많은 지역은 놓쳤다. 가야 후기의 종주국이었던 '대가야'는 경상북도 고령을 중심으로 번창했다. 뿐만 아니라 시리산을 넘어 전라도의 남원, 나주, 구례에 이르고, 경남으로는 서창과 함양, 경북으로는 성주와 상주에까지 접할 만큼 광범위했다.

내가 가야문화권 개발계획을 구상하면서 고령을 찾은 것이 1999년이었다. 이태근 고령군수와 함께 주산의 능선을 따라서 거대한 낙타 등처럼 솟아 있는 왕들의 옛 무덤들 사이를 걸어 올라갔다. 이전에도 몇 차례 와보았지만, 광활하게 형성된 고분군에서 대가야의 신비로움과 위용에 압도당했다. 마치 이집트 룩소에 있는 '왕의 계곡'처럼 그곳은 거대한 제전의 장소였다고 한다.

일제 강점기 전후로 일본인들에 의해 수없이 파헤쳐졌고 엄청난 양의 유물이 일본으로 실려갔지만 아직도 그곳에는 많은 유물이 남아 있었다.

지난 1977년에 발굴된 한 거대한 가야 고분에서 신라에만 있는 줄 알았던 금관이 출토되었으며, 우리나라에서는 처음으로 젊은 남녀의 순장(殉葬) 흔적이 발견되기도 했다.

그런데 200여 기의 고분들은 산등성이를 타고 길게 이어져 내려오다가 막바지쯤에서 갈라져, 그곳으로 지방도로가 통과하고 있었다. 2천 년이나 된 왕릉들이 외줄로 늘어서 있는 그 산을, 자동차가 지나가기 위해 토막을 낸 것이었다. 조선의 국운을 끝장내기 위한 방편으로 전 국토의 중요 지맥을 끊는 과정에서 가해진 역사적 상처였다.

그렇다면 일제가 패망한 지 반세기가 지났는데 그 후에 아스팔트 포장을 한 것은 어떻게 설명할 것인가. 이해할 수가 없었다. 고령군수에게 빠른 시일 내에 절개된 곳을 복구하도록 지시했다. 이미 닦아놓은 도로는 어쩔 수 없는 일이라, 그곳에 터널을 만들어 맥을 잇게 했다.

또한 대가야 역사테마관광지를 조성하기 위해서는 군부대(예비군 훈련장)도 이동시켜야 했다. 군부대를 옮기는 일이 어디 쉬운 일이던가. 고령 주민 6천여 명의 서명을 받고, 이동의 당위성을 주장한 부대이동건의서를 2000년 8월에 중앙의 관계부처와 국방부 등에 제출했다. 10월에는 50사단을 방문하여 이동의 불가피성을 적극적으로 설명했다. 고령군수가 큰 역할을 하여 2001년 11월에 부대 이동이 결정되었다.

많은 사람들은 문헌사료의 부족이 가야문화의 연구와 복원에 가장 큰 걸림돌이라고들 한다. 신라시대의 문헌적 사료인 향가 해독에 얼마나 긴 시간이 필요했는지를 상기한다면, 언어가 다르고 기록 형식이 다를 때 문헌에만 집착해서는 안 될 것이다. 세계 유수의 고대문명들의 발굴과정이 입증하듯이, 발굴 현장과 문헌의 관계는 역사적 상상력을 통해서 추론되는 경우가 훨씬 많다.

호메로스의 『일리아스』는 전해져 오는 고대 그리스의 이야기를 서사시(敘事詩) 형태로 기록한 것에 불과하다. 오랫동안 사람들은 실제 역사와 무관하게 꾸며진 신화로만 여겼다. 하지만 18세기에 고고학자들은 『일리아스』에 나오는, '트로이의 목마'로 유명한 트로이 성의 파괴는 허구가 아니라 사실이라는 것을 밝혀내지 않았는가.

기록이 없는 시대의 역사는 이렇듯 신화가 그것을 짐작하게 해준다. 신화 속에 역사적 사실이 숨어 있는 것이다. 가야의 경우 문헌사료는 부족하나 신화와 설화는 풍성하다. 고려 때 일연이 지은 『삼국유사』는 가야의 건국신화를 흥겹게 묘사하고 있다. 또한 수로왕의 왕비가 된 인도(印度) 아유타국 공주가 가야국에 도착하는 장면은 자못 그림처럼 아름답다.

> 수로왕은 신하들에게 경주(輕舟; 작은 배)와 준마(駿馬)를 준비해 망산도(望山島)에 가서 기다리라 했다. 홀연히 바다 서남쪽에서 붉은 빛의 돛을 달고 붉은 깃발을 휘날리며 북쪽을 향해 오는 배 한 척이 있었다. 왕은 관원을 거느리고 산기슭에다 임시 궁궐을 지어 공주를 기다렸다. 육지에 올라온 공주는 입었던 비단 바지를 벗어 신령께 올린 뒤, 왕이 기다리고 있는 행재소(行在所; 왕의 임시 거처)로 다가갔다.
>
> — 『삼국유사』, 「가락국기」

한반도에 불교가 전래된 것은 서기 372년 중국 진나라의 순도(順道)가 고구려에 전한 것이 처음이고 백제와 신라는 그 이후라는 것이 정설처럼 되어 있다. 그런데 가야의 유적에는 불교의 흔적이 상당히 많이 남아 있으며, '가야'라는 국호도 인도의 부다 가야(GAYA)에서 따온 범어(梵語)라는 설이 있다. 인도 아유타국의 공주와 더불어 불교도 전래되었다는 것인데, 이에 따르면 고구려보다 무려 324년이나 앞선 것이 된다.

분명한 것은 가야는 우리가 미처 짐작하지 못했던 과거의 모습을 오늘의 우리에게 보여준다는 사실이다. 가야를 되살림으로써 잃어버린 한국사의 한 부분을 되찾을 수 있을 것이다. 오늘날에도 가야문명의 찬란했던 흔적은 자꾸만 발견된다. 가야 문명이 거느리고 있는 폭과 깊이가 더 이상 신화의 구름 속에 머물러 있어서는 안 된다. 그것을 더 이상 땅 속에 가둬놓아서는 안 된다.

가야 유적의 핵심은 왕릉이다. 현재 대가야의 중심부였던 고령에서는 가야의 유적을 '어둠의 땅'에서 건져내는 작업을 계속하고 있다.

대가야박물관이 2005년 4월에 개관했는데, 개관식에는 현판을 직접 쓴 조순 전 부총리 등 많은 귀빈이 참석했다. 이어서 현재 가야금을 만든 우륵을 기리는 '우륵박물관'이 2005년 연말 완공을 목표로 건립 중에 있다. 그 이전에는 주산에 있는 '44호 고분'을 모형으로 한 '대가야 왕릉전시관'을 먼저 선보였는데, 무덤 모양인 돔형 지붕을 한 왕릉전시관은 현대식 영상 시스템을 활용해서, 지난 1977년 발굴 당시의 무덤 안 광경을 고스란히 재현했다.

가야의 유물 유적이 경상북도에만 있는 것이 아니라 고령, 성주, 남원, 함양, 진안 등 가야의 유적이 있는 경남·북과 전북의 일부 시군이 '가야문화권 10개시군 광역협의회'를 구성하고 있다. 그 중요성과 지역적 분포로 보아 지방자치단체 차원에서 가야문화 복원사업을 제대로 하기는 어려운 일이다. 유교문화권 조성사업처럼 국책사업으로 지정하여 중앙정부가 직접 나서 입체적이고 종합적인 개발개획을 수립하여, 체계적으로 복원사업을 펼쳐나가야 한다.

가야를 되살리는 것은 우리의 역사와 자존심을 되살리는 것이다. 오랫동안 한국사에서 잊혀진 역사적 공간이기도 하거니와 중국과 일본, 인도와도 교역했던 옛 한국인의 활동반경은 오늘날 우리 민족의 긍지를 북돋워 주기도 하는 것이다. 한반도 남쪽 넓은 터전에서 찬란한 문화의 꽃을 피웠던 가야의 진면목을 모든 사람들이 만나게 될 날이 어서 오기를 간절히 기원한다.

5

길은 진인사대천명에 있다
盡人事待天命

나도 모르게 웃음이 나왔다. 산불을 끌 자신이 있냐고? 자신이 있다기보다
무조건 꺼야 하는 일이었다. 다른 방법이 없질 않은가. 우리 집에 불이 났는데, 꺼야지
끌 수 있겠느냐는 말은 가당치가 않은 것이다.

농심(農心)엔 적이 없다

내가 지사가 되어 문화와 IT 산업 못지않게 관심을 쏟은 분야가 농업이었다. 2004년 말 현재 경상북도는 농업 인구가 전체 도민의 약 20%를 차지한다. 우리나라 전체 인구 중 농업 인구의 비율이 7.0%이고 농지면적이 가장 넓은 전라남도에서 24%임을 감안하면, 경북의 농업 인구가 얼마나 높은 비율인지 알 수 있다.

경북의 농업 관련 연구소들은 발전된 과학기술을 토대로 농업을 현대화하고 생산성을 높이기 위해 쌀·과수·채소·화훼 등 수확을 실제적으로 높일 수 있는 기술을 꾸준히 연구하는 등 다양한 정책과 해법을 제시해왔다.

그러나 정책과 해법보다 중요한 것이 정책 입안자의 농업에 대한 인식과 자세라고 생각한다. 농토는 공장과 다르고 농민은 기계기술자와 다르다.

공장은 실패하면 다른 곳으로 옮길 수 있고 팔아서 돈으로 바꿀 수도 있다. 농토는 다르다. 마늘과 사과가 돈으로 치면 얼마 안 될지 모르지만, 마늘 한 쪽을 얻으려면 겨울을 꼬박 나야 하고, 5년생 사과나무가 죽게 되면 다시 5년을 기다려야 한다. 생명산업이 다른 산업과 다른 대목이다.

농사를 지으려면 네 가지가 충족되어야 한다. 첫째는 흙이다. 아무리 발전된 곳이라 해도 아스팔트 위에서는 농사를 지을 수 없다. 둘째는 비가 내려야 한다. 이는 하늘의 도움과 신의 섭리가 농업에 있음을 가리킨다. 셋째는 땀이다. 과학기술은 두뇌로 하지만 농사는 육체적인 땀방울을 흘리지 않으면 안 된다. 마지막으로 기술개발도 꾸준히 해야 한다. 이 네 가지가 제대로 결합되어야 한 톨의 쌀, 한 알의 사과가 열리는 것이다.

소비자의 입장에서도 농사의 의미는 각별하다. 우리는 농산물을 먹지 않으면 살지 못한다. 농업은 사람의 생명을 존속시켜주는 것이다.

마지막으로 농업은 '안보산업'이다. 1960, 1970년대에 미국과 소련의 분쟁에서 '농업무기'라는 말이 화두가 되었던 것처럼, 유사시에 농업은 절대가치로 변하게 된다. 수입농산물이 값싸다고 거기만 의존하면 유사시에는 나라 전체가 견디지 못한다. 이처럼 중요한 일을 하는 사람들이 바로 농민이다.

1993년 관선 지사로 경상북도에 근무할 때의 일이다. 어느 날 이문희 가톨릭 대주교로부터, 경상북도 북부지방의 가톨릭농민회 회원들이 재배한 농산물 판매행사에 참여해달라는 요청을 받았다. 그 무렵 가농(가톨릭농민회)은 전농(전국농민회)과 더불어 가장 과격한 농민단체였다. 나는 흔쾌하게 참석하겠노라고 대답했다. 경북 도민의 행사인데 참석 못할 이유가 없었다. 행사장은 대구 봉덕동의 구 효성여대 자리였는데, 많은 신부와 수녀들이 와 있었다.

이문희 대주교는 길에다 탁자를 놓고 미사를 집전했다. 대주교가 축성을 뿌리는 등 종교적인 순서가 진행되고는 있었지만, 배추나 감자 무더기 앞에 우두커니 서 있는 농민들의 표정이 심상치 않았다. 신부와 수녀들도 미사를 드린다기보다 울분을 참고 있는 듯한 분위기였다.

미사가 끝나고 인사말 순서가 되자 배용진 가농 회장이 앞으로 나왔다. 그는 마이크를 잡자마자 정부의 농업정책을 비난하기 시작했다. 육두문자만 섞이지 않았을 뿐 거의 원색적인 표현을 써가며 신랄하게 성토했다. 국가는 농업을 진흥시키는 것이 아니라 말살시키고 있다고 목소리를 높였다. 정부의 관료인 나는 곤혹스러울 수밖에 없었다.

나의 축사 순서는 행사 맨 마지막에 배정되어 있었다. 길거리 판촉행사장에 명색이 도지사를 초청해놓고 순서를 끝자리로 배정한 것이었나. 나는 지금도 그렇지만 요식적이고 통상적인 관례에 대해 그다지 신경을 쓰지 않는다. 정치적인 관계나 형식보다 원칙이 중요하다고 생각하는 편이다.

나는 마이크를 잡고 평소 농업에 대해 생각하는 바를 진솔하게 이야기했다. 어려운 농촌 현실을 잘 알고 있으며, 아무리 어려운 일이 있더라도 농민들과 함께할 것이라는 의지를 먼저 밝혔다. 이어서 성경을 비유로 들어 그들의 상처받은 마음을 위로했다.

"여기 계신 분들은 예수님께서 십자가를 메고 골고다 언덕을 올라가신 일을 잘 아실 겁니다. 예수님께서 자기가 죽을 십자가를 메고 사형장 언덕을 올라갈 수 있었던 것은 부활에 대한 확신이 있었기 때문입니다.

누구나 앞날에 대해 희망이 없으면 현재의 고통을 견디지 못합니다. 오늘날 우리 농촌은 말로 할 수 없을 만큼 어렵습니다. 나날이 공산품 값은 치솟는데 농산물 값은 추락하고 있습니다. 게다가 마늘과 양파 등 온갖 농산물이 중국으로부터 쏟아져 들어옵니다.

그러나 농업은 우리의 생명과 직결되는 생명산업입니다. 어떻게든 농업을 살려내야 합니다. 농촌을 위해서도 그렇고 국가를 위해서도 살려내야 합니다. 예수님께서 십자가를 메고 가는 고통이 있었듯이, 현재 우리 농촌은 매우 어렵지만, 희망을 가집시다. 나는 그 십자가를 여러분과 함께 지겠습니다. 함께 메고 올라갑시다."

농민들은 내 말에 상당히 위로를 얻은 듯했다. 나이 드신 분들은 고개를 끄덕였다. 내 축사를 마지막으로 의식이 끝났을 때, 조금 전 정부를 신랄하게 비판하던 배용진 회장이 다가와 악수를 청했다. 내가 처음 행사장에 도착할 때는 아예 얼굴을 돌렸던 그였다. 그는 "뭔가 좀 통하는 게 있네요" 하고 웃었다.

이어서 나는 이문희 대주교와 배 회장 등 몇 사람과 함께 봉덕성당으로 가서 점심식사를 했다. 가농에서 만든 '우리밀 국수'가 나왔다. 국수를 먹는 중에 옆에 앉은 배 회장이 불쑥 이런 말을 꺼냈다.

"오늘 지사님 말씀을 들으니까 갑자기 이런 얘기를 하고 싶습니다."

나는 또 그가 정부를 욕하려나보다 하고 뭐냐고 물었다.

"저는 농민운동을 하면서 영창을 내 집 드나들듯 했습니다. 감옥생활을 많이도 했지요 그러다 보니 저 때문에 우리 동네에는 그 흔한 새마을사업도 못 하고 있습니다. 마을 앞에 그랑(작은 개울)이 하나 있는데 거기에

다리도 놓아주질 않습니다. 저 때문에 마을 사람들 모두가 피해를 보고 있지요."

충분히 그럴 수 있는 시절이었다. 나는 그의 다음 말을 기다렸다.

"지사님, 생전 처음으로 관청을 상대로 부탁 하나 드립시다. 새마을사업 하는 셈치고 우리 동네에 다리 좀 놓아주십시오."

나는 알아보고 그렇게 하겠다고 대답했다. 유쾌해진 배 회장은 또 다른 부탁을 해왔다. 가농에서 우리 콩으로 생산하는 메주공장이 있는데 일본으로 수출을 시작하고 있다며 일본시장 개척을 도와달라고 했다. 그것도 역시 가능한 일이라면 돕겠다고 대답했다. 후일 나는 배 회장과의 약속을 지켰다.

그 후 나는 청와대로 근무지를 옮겼고, 그로부터 2년 뒤 이번에는 민선 지사로 다시 경상북도에 돌아왔다. 그런데 국정감사로 정신없이 바쁜 어느 날 갑자기 배용진 회장에게서 전화가 걸려왔다.

내용인즉, 의성 양곡 보관창고에 물이 찼는데, 의성군에서는 그것을 감추기 위해 젖은 곡물을 땅에 묻어버렸다는 것이다. 이를 안 야당의 김영진, 이길재 두 의원이 현지 농민회의 안내로 몰래 현장조사를 하고 갔다는 것이었다.

깜짝 놀라 현지에 확인해보니 현장 관리자도 국회의원이 다녀간 사실을 전혀 모르고 있었다. 국회의원이란 신분을 밝히지 않고 암행조사를 했기 때문이었다.

배 회장은 잘 대비하라고 알려준 것이었다. 나는 한술 더 떠, "저한테 대비하라면 어쩝니까? 배 선생께서 책임져야지요" 하고 농담조로 부탁했다.

배 회장은 웃으면서 알았다고 말하고는 전화를 끊었고, 며칠 뒤 국정감사를 하는 날 도청으로 와서 자신의 오랜 농민운동 동지들을 만나 이 사건이 문제되지 않도록 무마해주었다. 지금까지 상종도 하지 않았던 사이가 절친한 동지가 된 것이다.

돌이켜보면 참 멋있고 인정 많은 분이다. 앞뒤 맥락을 모르는 남들이 들으면 '이런 부정한 처사가 있나?' 하고 비난할지 모른다. 하지만 평생 동안 농민을 위해 투쟁하면서 살아왔던 '십자군' 배 회장은 정직과 부정이라는 이분법적 눈이 아니라 농민의 눈으로 판단한 것이다. 그는 농민을 진정으로 이해하고 사랑해온 도지사가 농촌에서 일어난 문제 때문에 곤란한 지경에 처해서는 안 된다며 나를 도와준 것이었다. 그 후로도 공사(公私)를 막론하고 배 회장으로부터 여러 가지 도움을 받았다.

농사꾼 도지사 오셨네

자연에 의지해서 살고 있는 농민들은 원래 과격할 수가 없다. 자연의 운행을 좇아 땅을 일구고 씨를 뿌리고 추수를 하는 농민들에게 집단적인 분노는 어울리지 않는다. 그런데도 농민들은 점점 과격해지고 있다. 1990년대 이후로 학생시위나 상대적으로 처우 개선이 이루어진 공장 노동자들의 시위는 잦아드는 데 반해 농민의 시위는 오히려 더 격렬해지고 있다. 젊은이들이 대부분 떠나고 나이 드신 분들만 농촌 사회를 지키고 있는데도 그렇다.

그 후 1995년 10월 말, 도청 인근에 있는 경북대학에서 대규모 농민집회가 열리고 있었다. 크리스마스를 며칠 앞둔 쌀쌀한 날씨인데도 많은 농민들이 집회에 참가했다. 소리를 질러봐도 별 반응이 없는 판에, 그들이 교내 집회만으로 성이 찰 리가 없었다. 그들은 대구 시내 중심가인 대구백화점 앞 광장으로 진출하여 농산물을 쌓아놓고 시위를 벌일 계획이었다.

그런데 오후 2시쯤 경북대학을 빠져나온 농민들은 갑자기 방향을 틀어 인근 도청으로 몰려왔다. 이들은 주로 안동, 의성, 영천 등에서 온 사과 생산자들이었다. 시위는 전국농민회(전농) 경북연맹이 이끌고 있었다. 당시 전농과는 일절 대화를 하지 않는 상황이었다. 농민들은 도청 앞에 도착하자마자 화물트럭 다섯 대에 가득 싣고 온 사과를 도청 앞 도로에 쏟아 부었다. 문 앞 도로를 점거한 농민들은 사과 값 폭락에 항의하며 도지사 면담을 요구했다. 당시 나는 다른 행사 때문에 포항에 나가 있었기 때문에 부지사가 농민늘에게 대신 나섰지만 농민들은 믿어주지 않았다. 그들은 마침내 도청 진입을 시도하다 이를 진압하는 경찰과 충돌하여 폭력 사태를 낳고 말았다.

나는 저녁에야 도청 정문을 들어섰다. 최루탄과 사과가 빗발처럼 날아다니고, 건물과 차량들이 파손되고 부상자와 연행자가 속출하는 등 시위는 전쟁을 방불케 할 정도로 맹렬했다고 한다.

며칠 후, 나는 전농 대표와 만남의 기회를 마련했다. 안동에서 사회복지 시설을 운영하는 권인찬 이사장이 자신과 동향인 우익규 전국농민회경북지부장을 설득하여 어렵게 성사되었다는 것을 알게 되었다.

지사실로 들어온 대표 일행 중 몇 사람은 술을 좀 마신 것 같았다.

나는 어릴 때부터 제법 농사를 지을 줄 알았기에 지금도 농사일이 어색하지 않다.

그들은 들어서자마자 책상을 치며 고함을 질렀다. 나는 한동안 그들을 지켜보다 소파에 앉으라고 했다. 그 중 한 사람이 나를 똑바로 보며 "지사님은 경상북도의 책임자지요?" 하며 큰 목소리로 따졌다.

"우리는 그저께 농산물 값이 폭락해서 지사님에게 하소연하러 왔습니다. 그런데 지사님은 나와 보지도 않고, 최루탄으로 우리를 환영했습니다. 좋습니다. 앞으로 지사님이 지방에 오면, 우리가 생산한 농산물로 환영해 드리지요. 감자도 있고 계란도 있고 우유도 있습니다. 값이 폭락해서 엄청나게 많이 남아돕니다."

말솜씨는 재미있었지만 내용은 가슴 아팠다. 나는 그때 포항에 갔던 정황을 이야기한 뒤, 항상 농민들의 편에서 나은 농업정책을 위해

190

애를 쓰고 있다고 설명했다. 얘기하다 보니 그들의 마음이 다소 풀어지는 것 같았지만 여전히 미심쩍은 눈초리는 거두지 않았다. 그러던 중에 대표 중 한 사람이, 진심으로 농민을 걱정한다면 한 달 뒤에 열리는 전국농민회 총회에 참석할 수 있느냐고 물었다.

즉석에서 그렇게 하겠다고 약속을 해버렸다. 나는 평소 어떤 사안에 대해서든 누구와도 대화를 하겠다는 입장이었다. 지사로 취임한 이래 많은 단체와 접촉하면서 이견을 좁혀왔지만 그런 기회를 갖지 못했던 것이 농민단체였다. 좋은 기회를 얻은 셈이었다. 정부와 사사건건 대립 상태에 있었던 게 전농인지라, 내가 시원하게 대답하자 도리어 그들이 어리둥절한 표정을 지으며 돌아갔다.

총회 날짜가 임박하자 문제는 경북 경찰청으로부터 날아들었다. 지난번 시위가 너무 과격했고 주동자들이 아직 구속 상태여서 회원농민들이 흥분해 있기 때문에 불상사가 발생할 가능성이 높으니 절대 참석해서는 안 된다는 것이었다.

나는 이미 참석하기로 마음을 굳힌 상태였기 때문에, 약속을 이미 했으니 어길 수는 없다는 핑계로 참석하겠다고 했다. 그들이 난폭해진 것은 살기가 어려워서 그러는 것이니 그들의 문제는 곧 나의 문제이기도 했다. 따라서 피한다고 해결될 문제가 아니었다.

아침에 총회 장소인 성서 농업연수원으로 출발하려고 하는데 이번에는 대구 시경 정보과에서 브레이크를 걸었다. 가서는 절대로 안 된다는 것이었다. 그러나 나는 같은 핑계를 대고 출발해버렸다.

성서 농업연수원에 도착해보니 예상치 못한 상황이 벌어져 있었다.

시위 진압차량과 병력이 쫙 깔려 있는 것이었다. 저번에 농민대표 일행이 와서 한 말이 생각났다. '지난번 과잉 농작물 문제를 해결해달라고 갔을 때는 최루탄으로 환영하더니, 이번 총회 축사를 부탁했을 땐 데모 진압대를 거느리고 나타났다'는 소리를 듣게 될 판이었다. 참으로 난감했다. 이런 식으로 신뢰에 금이 가면 회복하기가 정말 어려워지기 때문이었다.

경찰서장이 다가와 인사를 하기에 병력을 철수해달라고 요청하니, 그는 만에 하나 생길 수 있는 불상사 때문에 그러니 이해해달라고 했다. 농민을 설득하는 것보다 경찰을 설득하는 게 더 어려울 것 같았다. 얼른 적당한 타협책을 생각해냈다.

"자, 정 그렇다면 이렇게 합시다. 사복 정보형사들로만 남게 해주세요. 진압병력은 철수시키고요. 나는 지사로서 따로 할 일이 있습니다."

가까스로 병력을 철수시키고 연수원 강당으로 들어가자 농민들의 거친 열기가 대단했다. 전국적인 노동단체 대표들과 전교조, 시민단체연대가 합세하여 구호를 외치며 정부를 원색적으로 성토하고 있었다.

이런 분위기 속에서 도지사의 축사가 어디 어울릴 법한 이야기일까마는 그래도 전농이란 단체를 의식하기보다 우루과이 라운드 앞에서 위기에 몰린 농업 현장을 걱정하고 농업의 미래에 대한 전망을 이야기하려고 준비를 해두었다.

이번에도 역시 내 순서는 맨 마지막이었다. 몇 년 전 가톨릭농민회 행사에서처럼 또 다시 홀대를 받는 셈이었다. 형식적인 순서야 상관할 바는 아니었다. 나는 앞자리에 앉아 지켜보고 있었다. 그런데 참여한 수많은 단체 대표들이 한 명씩 나와서 마이크를 잡고 고함을 지르는 통에 행사는 한없이 길어졌다. 넉넉하게 시간을 계산하고 다음 약속을 잡아놓았지만, 벌써 다음 약속 시간이 다 돼가고 있었다. 그렇다고 경찰병력까지 철수시키면서 어렵게 참석한 총회를 내 순서가 오기도 전에 그냥 나올 수도 없는 노릇이었다. 참으로 낭패였다.

할 수 없이 나는 사회자에게 사정을 말하고 축사 후 자리를 뜨겠으니 참석자들에게 양해를 구해달라고 부탁했다. 행사를 마칠 때까지 자리를 지키려던 처음의 계획만은 일단 포기할 수밖에 없었다.

이윽고 내 차례가 되었다. 나는 농업에 대한 평소의 소신과 위기에 처한 우리 농업 현실을 안타까운 심정으로 이야기했다. 농민들은 잠잠히 듣고만 있었다. 그러나 붉은 깃발 사이로 보이는 그들의 얼굴이 내 말을 수긍하는 것 같아 보이지는 않았다.

그런데 축사를 끝나고 사회자가 참석자들에게 내 사정을 말하고 양해를 구하는 말을 하자, 말이 떨어지기가 무섭게 장내가 들끓기 시작했다. "언제 오라고 해서 왔어?" "양해는 무슨 양해!" "얼굴만 내밀 거 뭐하러 왔어!" 하는 고함이 봇물처럼 터져 나온 것이다.

단상을 내려와 가운데 통로로 걸어 나오는데 사방에서 고함이 날아들었다. 금방이라도 계란이나 감자가 이마로 날아올 것 같았다. 누가 먼저 수건이라도 말아서 집어던지면 금방 아수라장으로 변할 판국이었다. 나는 어지간히 배짱이 있다고 자부해왔지만 이때는 정말 아찔했다.

연수원을 나와서 돌아보니 정보과 형사가 긴장된 얼굴로 따라오고 있었다. 형사들이 지레 놀라서 미리 반응하지 않았던 것은 정말 다행스러운 일이었다.

아무리 과격하다 한들, 저들도 애지중지 키우는 자식이 있고 늙은 부모를 모실 때는 효를 다하는 분들이지 않은가. 험악한 욕설을 내뱉고 주먹질을 하는 것은 왜 그런가. 농민과 정부 사이의 골이 그만큼 깊다는 증거였다. 내가 그 깊은 골을 메우기 위해 노력하고 있다는 사실을 그들도 모를 리 없을 것이다.

아무튼 그 사건이 인연이 되어 우익규 회장은 물론 지금까지 농민회 지도자들과 가깝게 지낸다. 현안들을 적극적으로 해결하고자 그들과 대화를 계속 나누었기 때문에 쌍방간의 물꼬가 트이고 인간적인 관계도 열리게 된 것이다.

과격한 농민단체뿐만 아니라 개별 농민들도 정부에 대해 유사한 불만을 가지고 있었다. 농사 현장을 방문하면 농부들은 어김없이 불신의 눈초리를 보냈다. 한번은 내가 벼농사 현장을 방문하고는 나이든 농부들과 막걸리 상을 두고 함께 자리에 앉았을 때였다. 이 분들의 얼굴에도, ‘도지사가 농사에 대해 뭘 알겠어, 농사짓는 게 뭔지도 모르면서 여긴 왜 와’ 하는 불신의 모습이 씌어 있었다. 나는 그 분들에게 어릴 적 일화를 하나 들려주었다.

“여러분들은 내가 농사를 모르는 줄 아시겠지만, 나도 농사를 지어봤고요, 지게질도 제법 했습니다. 그런데… 중학교 2학년 여름에 똥물을 퍼서 채소밭에 나른 적이 있었는데요. 옹기에 똥물을 한가득 담아서 지게에 지고 걸어가다 그만 중심을 잃어 고꾸라지고 말았어요.”

노인들이 배를 잡고 웃으면서 분위기가 왁자해졌다.

“그냥 나뭇짐 진 지게하고 물동이 지게하고 또 느낌이 다르지 않습니까.

농심과 대화하는 시간은 진솔하고 언제나 즐겁다.

결국 난시는 박살이 나고 똥물을 온몸에 넒어쎴습니다. 그러니 앞으로
나더러 농사 모른다고 하지 마세요.”

사람들은 내가 똥물 뒤집어쓴 것이 그렇게 재미있는지 “맞아, 맞아.
물지게하고 나뭇짐 지게하고 같나. 물지게는 출렁거리는데” 하며 웃었다.
그러면서 다들 당신들이 어릴 적에 지게 지다 넘어진 경험을 하나둘씩
이야기하기 시작했다. 그 후 이 얘기가 다른 곳까지 알려졌는지, 내가 현지를
방문하면 “아이구 우리 농사꾼 지사님 오셨네” 하며 반가워한다.

전국농민회 사건 후 1999년 5월, 전국에서 처음으로 칠곡에 농업인회관
을 건립했는데, 전농(全農)을 포함하여 경북의 모든 농업관련 단체들이
이 농민회관에 입주해 있다. 농민단체들은 이제 도청을 멀리하는 대상이

아니라 함께 참여하는 대상으로 여기게 되었다. 지금도 그들은 도의 농업 행정을 비판하면서도 동시에 적극적으로 의견을 개진하며 도정에 참여한 다.

다른 도에서는 경상북도가 어떤 농민단체와도 잘 지낸다고 부러워하는 모양이지만 함께 마음을 모아 농촌을 살리겠다는 생각만 가지고 있으면 안 될 일이 없다고 본다.

원자력발전소를 사수하라

우리나라는 매년 크고 작은 산불로 인해 엄청난 산림이 황폐화되곤 한다. 2000년 4월 초에 강원도 삼척에서 발생한 산불은 기록으로 남아 있는 우리나라의 산불 가운데 가장 큰 산불이라고 한다. 이 산불은 일주일 동안 고성, 강릉, 삼척 등 동해안 일대를 초토화시켰다.

단 엿새 동안 화마가 집어삼킨 산림 면적만 해도 여의도 면적의 33배에 해당하는 3천만 평에 이르고, 25개의 학교에 휴교령이 내렸으며, 수만 명의 이재민이 집과 재산을 잃었다. 산불에 고립된 해안마을에는 주민들이 배를 타고 바다로 탈출하는 영화 같은 상황이 벌어지기도 했다.

불이 난 지 엿새째인 4월 12일, 초속 25미터의 강풍을 타고 질풍노도처 럼 남하하던 산불은 이윽고 경북 북부 도 경계선까지 닥쳐왔다. 멀지 않은 곳에 울진 원자력발전소가 있다. 산불이 원자력발전소를 덮친다는 것은 끔찍한 일이다. 이날 한 신문은 울진발 속보로 이런 위급한 상황을 보도했다.

'원전과 화약고를 지켜라.'

12일 밤 강원 삼척 지역의 불이 경북 울진으로 번지면서 울진 원전(原電)에 비상이 걸렸다. 또 동해에선 화약고에 불길이 닿는 것을 막기 위해 초비상 상태에 들어갔다.

불이 울진으로 들이닥치기 하루 전날이었다. 4월 11일, 나는 산불이 경북 도계(道界)에 접근한다는 보고를 듣고 소방차와 헬기를 현지에 급파했다. 다행히 경북 도계인 삼척과 울진 사이에는 곡강천이 흐르고 있었다. 폭이 200미터 정도 되는 넓은 곡강천에서 산불의 남하를 저지하면 되었다. 만약 강에서 산불을 막지 못하면 화마는 당장 울진으로 돌진해오는 형국이었다. 따라서 곡강천을 최후의 방어선으로 정했다. 그곳은 행정구역상으로는 강원도였지만 경북의 소방 헬기를 띄우고 소방차를 출동시켰다. 주민들을 내피하게 한 후, 곡강천 양안 산비탈에 헬기도 미리 물을 살포했다. 그리고 강둑에 소방차를 포진시켜 총력 방어태세를 완료했다.

이튿날이었다. 이윽고 북쪽 산등성이에 산불이 눈에 들어왔다. 강둑에서 대비하고 있던 소방차들이 일제히 산비탈로 내려오는 산불머리를 겨냥했다. 그러나 그것으로 끝이었다. 산등성이의 산불은 거대한 용처럼 붉은 몸을 꿈틀거렸다. 회오리바람이 일어날 때는 불꽃이 폭죽처럼 튀었다. 그야말로 화마(火魔)였다.

거대한 폭죽 같은 불꽃 앞에서 200미터나 되는 넓은 하천은 실개천에 불과했다. 강풍에 실린 불꽃은 순식간에 강을 넘어 건너편 남쪽 산등성이로 날아왔다. 강 사이로 두 산등성이가 불꽃을 주고받는 격이었다. 강둑에 포진하고 있던 소방차들은 불길 속에 갇혔고, 강을 뛰어넘어 남쪽 산으로 번진 산불은 강한 회오리바람에 실려 도계에 있는 '동해 휴게소'를 덮쳤다. 휴게소 광장 주변은 50미터 불기둥이 솟아올랐다. 동해안에서 내륙 쪽 10리는 완전히 불바다로 변해버렸다. 불이 울진으로 넘어온 것이다.

매스컴에서 난리가 났다. 울진발 기사는 해외로도 긴급 타전되었다. 원자력발전소에 산불이 접근하고 있다는 숨 가쁜 보도였다. 해안에 있는 원자력발전소 주변에는 도로가 있고 산들도 낮았다. 그러나 곡강천을 순식간에 넘었듯이 산불의 위용은 무지막지했다. 만에 하나 원자력발전소를 산불이 덮친다면 상상할 수 없는 일이 발생할지도 모를 일이었다.

나는 곡강천 방어선이 위태롭다는 보고를 받고 급히 현지로 달려갔다. 내가 도착했을 때는 이미 방어선이 무너지고 사태가 실로 심각했다. 더욱 사태를 난처하게 한 것은 다음날이 4. 13 총선일이라는 점이었다. 불이 원전 주위를 에워싼다면, 설사 원전이 다치지 않는다 하더라도 그 위기상황만으로도 총선을 제대로 치르기가 힘들게 된다. 상황을 확인하느라 청와대의 전화선도 계속 울렸다.

나는 울진에 도착하자마자 현장을 접수하고 원자력발전소 사무실에 대책본부를 차렸다. 2군 사령관과 육군 11군단장, 50사단장, 해병사단장, 육군 201특공여단장, 육군 207항공대장, 산림청장, 경찰청장, 울진 군수, 소방본부장 등 관계부처 책임자들이 대책본부에 모였다. 나는 작전회의를 하기에 앞서 지금까지의 모든 상황을 보고받았다. 보고를 들어보니 진화(鎭火) 방법에 문제점을 발견할 수 있었다.

동원된 헬기는 무려 32대였다. 32대라면 하늘을 새카맣게 뒤덮을 정도인데 지휘체계가 달라 효과적으로 진화작업을 하기도 힘들 뿐더러 공중에서 서로 충돌할 위험마저 있었다. 또한 헬기는 기름이 떨어지면 각각 소속된 기관으로 돌아가서 연료를 채우고 있었다. 헬기들은 군, 민간, 소방서, 산림청, 경찰 등 각각 소속된 기관이 달랐다. 산림청 헬기는 울진에서 수백 킬로미터 떨어진 경남 양산까지 날아가서 연료를 채우고 오는 실정이었다. 아무리 빠른 헬기라지만 연료를 넣는다고 한 시간씩을 소비해서는 될 일이 아니었다. 진화 작업의 어려움 때문에 사고가 날 우려도 있었다.

뿐만 아니었다. 군인, 경찰관, 소방관, 민방위대원, 지역주민 등 수천 명이 동원되었지만 조직적으로 통제·관리되지 못하고 산불의 꽁무니만 쫓아다니는 모습이었다. 각각의 지휘관이 관할하는 대원들을 이끌고 현장에 왔기 때문에 일어난 현상이었다. 이런 식으로는 기세등등하게 번져가는, '화마'를 제입한다는 것은 불가능해보였다.

나는 작전회의를 진행하면서 몇 가지 사항을 우선 지시했다.

"헬기는 육군 207항공대장이 총지휘하세요. 지휘헬기를 타고 고공에서 진화위치를 전체적으로 조정해서 명령하십시오. 한꺼번에 목표지점으로 가지 말고, 헬기를 기종별로 나누어 고지(산)별로 분담을 시키는 게 좋을 겁니다. 그리고 지금부터 헬기의 연료공급은 소속사에서 하지 않고 일괄 공급토록 하겠습니다. 대형 탱크로리를 넓은 해안도로에 운반하여 그곳을 연료공급기지로 사용하겠습니다."

지상 인력에 대해서도 지휘체계를 일원화했다.

"지상 인력이 수천 명이 되는데 통제가 안 됩니다. 모든 군 병력은

50사단장의 지휘로 일원화하겠습니다. 주민들은 군수의 지휘를 받도록 하세요. 긴급한 곳이나 병력이 부족한 곳은 육군 201특공여단에서 긴급 투입토록 하겠습니다.”

임무 부여를 마치고 야간 진화에 대해서 논의했다. 야간 진화작업을 결정하는 것은 매우 어려웠다. 산불은 야간에 끄지 않는 것이 보통이다. 인명피해가 우려되기 때문이다. 그러나 당시 사태가 워낙 심각했다. 밤새 불길이 계속 번져 원자력발전소를 직접 위협하는 사태까지 벌어지지 않는다는 보장이 없었다.

이때 불길은 이미 원자력발전소 4킬로미터 전방까지 번져 있었다. 원전 주변에는 소방차 20대와 소방인력 500명이 대기하고 있었다. 언론에서는 원전 2킬로미터 전방에 폭이 50미터나 되는 부구천(川)이 있다고 다행이라는 기사를 내보냈지만, 그것은 실상을 전혀 모르고 하는 소리였다. 200미터 폭의 곡강천을 단숨에 뛰어넘었던 산불이 아니던가.

나는 야간 진화작업을 결정하지 않을 수 없었다. 산불의 특성상 야간에는 세력이 약화된다. 기압이 낮아지고 바람도 약해지기 때문이다. 인명피해가 염려되지만 야간에 불길을 잡지 않으면 다음날은 화마가 어떻게 기세를 올릴지 모를 판이었다.

문제는 방법이었다. 50사단장은 맞불을 놓자고 제의했다. 밤에 불이 약해질 때 이쪽 산등성이에서 맞불을 놓아 본불의 기세를 꺾자고 했다. 산림청장은 견해를 달리했다. 바람이 몹시 세게 불고 있으므로 맞불을 놓다가 불꽃이 바람을 타면 더 위험해진다는 논리였다.

나는 50사단장의 손을 들어주었다. 위험을 감수할 만큼 상황이 절박한 탓이었다. 특공부대원들을 전진 배치해서 맞불을 놓도록 했다. 밤에 이쪽 산에 맞불을 놓은 뒤, 다음날 아침 큰 불이 맞불을 놓은 자리에 타고 들어올 때 헬기를 집중적으로 동원하여 불을 끄겠다는 생각이었다. 특공부대원들은 우리 군에서 가장 용맹하다는 육군 201특공여단이었다. 특공부대원 등 1,300여 명을 현장에 투입하여 맞불을 놓기로 과감하게 결정하고 작전회의를 마쳤다. 참석자들은 서로 수고하라는 격려를 나누고 일어섰다.

그때 머릿속에는 지금까지 겪었던 수많은 재난이 하나하나 스쳐갔다. 일선 기관장을 하는 동안 무수한 사건을 접하면서, 나는 불시에 닥치는 재난을 통해 많은 경험을 쌓아오면서 그 사건들의 사후 검토를 통해 해결하는 방도를 알게 되었다. 사건의 본말(本末)을 짚어가며 접근하든가, 때로는 거꾸로 사건보다 후유증을 최소화하는 방식으로 사태를 풀기도 했다. 또 어떤 때는 책략이 우선시되는 경우도 없지 않았다.

하지만 이번 산불은 이전의 경험들과는 달랐다. 이전까지의 가장 큰 산불이라는 1996년 '고성산불'의 세 배를 이미 넘어서고 있었다. 내가 선택한 방법으로 이 산불을 막아낼 수 있을 것인가.

막 대책본부를 나서려고 할 때 청와대에서 전화가 걸려왔다. 한광옥 비서실장이었다. 벌써 몇 번째 전화를 해오고 있었다. 비서실장은 산불이 어떻게 되어 가느냐고 물었다.

"내일 오전 11시까지 모두 끄겠습니다."

내 대답을 들은 한 비서실장이 무슨 소리냐고 다시 물었다. 나는 같은 말을 그대로 반복했다.

한 비서실장은 진의를 확인하려는 듯 말을 바꾸어서 다시 물었다.

"이 지사님, 그 말씀을 그대로 대통령께 보고해도 되겠습니까?"

"예. 그대로 보고하십시오."

"정말 자신 있습니까?"

"예! 끌 수 있습니다."

나는 또렷하게 대답했다.

원전 사무실을 걸어 나왔다. 저녁 무렵에 헬기를 타고 불타는 산을 돌아보았을 때의 광경이 떠올랐다. 광활하게 펼쳐진 산 굽이굽이에 흡사 붉은 밤송이를 깔아놓은 것 같았다. 거대한 산불은 스스로 바람을 일으킨다. 한쪽에서는 불꽃이 회오리바람처럼 솟아오르고 또 한쪽에서는 연기가 자욱했다. 끝없이 드넓은 지역이 그렇게 불타고 있었다.

'이의근 지사가 산불을 끌 수 있다고 합니다' 하고 대통령에게 보고하는 한광옥 실장의 목소리가 귀에 들리는 듯했다. 나도 모르게 웃음이 나왔다. 불을 끌 자신이 있느냐고? 자신이 있다기보다 무조건 꺼야 하는 일이었다. 다른 방법이 없질 않은가. 우리 집에 불이 났는데, 꺼야지 끌 수 있겠느냐는 말은 가당치가 않은 것이다. 원전이 불안에 떨고 있고 총선도 무사히 치러야 하는 판에, 불을 끄는 것 외에는 달리 무슨 방법이 있겠는가.

50사단장에게 전화를 걸어, 맞불을 놓을 병사들의 안전을 각별히 당부한 뒤, 숙소인 바닷가의 작은 모텔로 천천히 걸음을 옮겼다. 모텔은 원자력발전소에서 얼마 떨어지지 않은 바닷가에 있었다. 밤바다에서는 갯바위를 때리는 거센 파도 소리만 들릴 뿐 아무것도 보이지 않았다. 나는 간단히 세수를 한 뒤에 창문을 닫았다.

산불을 끄는 것이 거의 어렵다는 사실은 너무나 잘 알고 있었다. 아니

어쩌면 불가능할지도 모른다. 삼척에서부터 시작된 산불이 일주일을 넘어서고 있었다. 그것을 어떻게 한나절 안에 끌 수 있겠는가. 대도시도 아닌 소읍과 산골인데도 벌써 수만 명의 이재민이 발생했다.

"하나님, 이제 저는 사람으로서 할 일은 다했습니다. 불을 끄기 위한 모든 준비를 마쳤습니다. 더 이상 저로서는 할 수 있는 것이 아무것도 없습니다. 남은 것은 주께서 하실 일입니다. 주께서 우리나라와 이곳 백성, 그리고 저를 사랑하신다면 저 화마를 다스려 주십시오."

나는 어려운 상황에 처할 때마다 최선을 다하고 마지막에는 기도를 드린다. 나라와 경상북도에 힘든 일이 닥칠 때도 하나님께 기도를 올리곤 한다. 나의 기도는 어머니에게서 배운 것이다. 평소에도 기도를 했지만 위급한 일이 생겼을 때의 어머니는 영혼을 깊숙이 도려내듯 기도를 올렸다. 내가 결혼을 하고 내무부에 발탁되어 안정된 생활을 하고 있을 때도 어머니께서는 기도를 중단하지 않으셨다. 이따금 새벽기도를 드리고 온 어머니는 나에게 이렇게 묻기도 했다.

"요즘 너한테 무슨 안 좋은 일이 있지?"

나는 홀로 계신 어머니께서 걱정하실까봐 항상 아무 일 없다고 대답했다. 내무부에서 요직을 맡고 있었지만 낯선 서울 생활이 언제나 순조로울 수는 없었다. 그럴 때마다 어머니께서는 기도를 통해 어떤 영감을 받았는지, 이렇게 말씀하시는 것이었다.

"걱정 말거라. 주께서 너를 지켜주실 거다. 지금은 좋지 않지만 주께서 너를 위해 더 좋은 길을 준비하고 계신단다."

놀랍게도 어머니의 예감처럼 역경은 훌쩍 지나가고 더 나은 일이 생기고는 했다.

당시 어머니는 매우 연로하셨다. 그래도 어머니의 기도만은 멈추지 않았다. 나는 언제부터인가 어머니의 기도가 여느 사람들의 기도와 다른 점이 있다고 느꼈다. 어머니는 주로 나라와 세계 평화를 위해 기도를 하셨다. 김영삼 대통령과 김대중 대통령뿐만 아니라 레이건이나 클린턴 같은 이름이 팔십 노모의 간절한 음성 속에 흘러나오는 것을 보면서 나는 감격해하지 않을 수 없었다. 자식이 잘되고 가족이 잘되게 해달라고 기도하는 내용은 꼭 기도의 맨 마지막에 하시는 것이었다. 연로하신 뒤로 어머니가 당신 자신을 위해서 기도하는 것을 나는 듣지 못했다. 그처럼 어려울 때 기도하시던 어머니의 모습을 생각하다가 잠이 들었다.

다음날 4월 13일. 내가 잠자리에서 일어난 것은 새벽 5시였다. 16대 국회의원 선거일이기도 했다. 일어나자마자 TV를 켰다. 원자력발전소가 위태롭다는 것과 선거를 제대로 치를 수 있겠느냐는 우려가 이내 뉴스 화면에 나타났다. 기자가 관계자의 말을 빌려 원전은 안전하다고 설명했지만, 이 문제가 내외신을 타고 세계적인 뉴스거리가 되고 있음을 알 수 있었다.

화재 진압은 6시부터 하기로 되어 있었다. 식사를 하려고 1층 식당으로 내려갔다. 나는 그때 왠지 파도소리가 들리지 않는다는 것을 언뜻 느꼈다. 창밖으로 보이는 바다는 조용했다. 지난밤 모텔에 들어올 때만 해도 풍랑이 거셌던 바다였다.

식당주인에게 물었다.

"아주머니, 바다가 아침엔 원래 이렇게 조용합니까?"

"아니에요. 보통 바람이 많이 부는데, 오늘은 이상하게 잠잠하네요."

식당 아주머니가 무심히 대답했다. 나는 창밖을 내다보며 '아, 불을 끌 수 있겠구나!' 하고 탄성을 질렀다. 바람만 잦아든다면 자신이 있었다. 헬기가 32대나 있고 수많은 사람들이 불을 끄려고 산을 오를 준비를 하고 있었다.

식사를 마치고 바로 현장으로 달려갔다. 예정대로 6시부터 진화작전을 개시했다. 하늘에는 미사일을 쏘아대듯이 헬기가 연쇄적으로 불타는 산등성이를 향해 날아갔고, 군인과 민방위대 주민들도 각각 맡은 지역 아래 있다가 진화 명령이 떨어지자 일제히 산불을 향해 육박했다. 지난 밤 맞불이 상당한 효과를 거두고 있었다. 기존 산불이 그곳에 닿았지만 태울 숲이 없었다.

땅과 하늘에서 일사불란하게 진행된 진화작전은 그로부터 네 시간 뒤, 내가 산불을 끄겠다고 약속한 시간의 30분 전인 10시 30분에 종료되었다. 강원도에서 엿새 동안 온 산을 초토화시키며 남하하던 산불이 경북으로 넘어온 지 만 하루 만에 진압되는 기적이었다.

야간작전까지 감행했지만 한 사람의 인명피해도 일어나지 않았다. 원전이 있는 울진 주민뿐 아니라 나라 전체를 불안에 떨게 했고 외신도 촉각을 곤두세우고 있던 미증유의 산불이 완벽하게 사그라진 것이었다.

나는 국무총리 일행이 현장에 온다는 전갈을 받고 마중을 나갔다. 이날 아침 김대중 대통령은 박태준 총리를 현지에 보내 현장을 지휘하도록 지시했다고 한다. 박태준 총리와 함께 행자부, 국방부, 과기부 장관 등 관계자 다섯 명과 육군참모총장이 헬기에서 내렸다. 이들이 울진에 도착한 것은 정확히 오전 11시였다. 각 현장으로부터 산불이 완전히 진화되었다는 보고를 받은 뒤 30분이 지났을 때였다.

"불은 다 껐습니다."

내 말에 박태준 총리가 깜짝 놀라며 되물었다.

"예? 무슨 소리요? 대통령께서 현장을 지휘하라고 해서 다들 이렇게 왔는데…."

나는 총리 일행을 소형 버스로 현장으로 안내했다. 높고 낮은 산등성이들이 시커멓게 탄 상태였고, 군데군데 연기가 피어오르고 잔불만 남아 있었다.

"이런 기적이 다 있습니까? 도대체 어떻게 껐습니까?"

대책본부로 돌아와 불을 끈 과정을 설명했다. 울진 활주로에 탱크로리를 갖다놓고 헬기에 연료를 주입한 일이며 혼란한 지상 인력을 일사불란한 지휘 체제로 전환시킨 것과 지난밤의 위험한 맞불작전 등을 소상하게 이야기했다.

"놀랍습니다. 대단하시다는 말은 들었지만, 역시 이 지사입니다. 똑같은 인력과 장비가 있는데도 강원도에서는 손을 쓰지 못했습니다. 경북 경계를 넘어오자마자 꺼버렸으니 뭐라고 더 할 말이 없네요. 진화작전이 대단히 치밀했고, 이 지사를 중심으로 얼마나 일사불란하게 움직였는지 짐작이 가고도 남습니다."

성격이 호탕한 박태준 총리는 나를 면전에 두고도 감탄과 격찬을 아끼지 않았다. 총리의 경탄처럼, 불을 끈 것은 기적이라 할 만했다. 해방 후 최대의 산불을 진화한 것이다.

박태준 총리가 도착했을 때는 이미 산불 진화에 성공했다. 이제 다음 문제는 주민들이 투표에 참여할 수 있게 하는 것이었다.

그런데 산불이 진화된 후에도 TV에서는 산불 보도가 계속 흘러나오고 있었다. 마이크를 잡은 기자는 산불이 진화되었다고 하는데, 화면에는 여전히 진화되기 이전에 찍은 불길에 싸여 있는 장면이 나오고 있었다. 이를 본 김대중 대통령이 '불을 껐다는데 왜 산이 아직 타고 있느냐'고 관계자를 질책했다고 한다. TV의 속성상 시청자들도 불안하기는 마찬가지일 것이었다.

산불이 난 지역 일대에는 원자력발전소가 있어서 군부대의 허가가 있어야 공중 촬영이 가능했다. 진화 후 현지에는 11군단장만 남아 있었다. 신속히 보도가 나가야 울진 지역의 총선거도 무사히 끝낼 수 있을 터인데, 정상적인 촬영허가를 받을 시간적 여유가 없었다. 나는 11군단장에게 직권으로 헬기를 띄우자고 요청했고 11군단장은 응낙했다. 방송기자들을 헬기에 태워 항공촬영을 하도록 했다. 비로소 산불이 꺼진 모습이 TV 화면에 나올 수 있었다.

마지막 문제는 피해지역 주민들이 국회의원선거 투표를 할 수 있도록 하는 것이었다. 산불로 소개령이 내려지자 주민들은 집에서 몸만 빠져나오기도 바빠서 투표를 하기 위해 필요한 주민등록증을 소지한 사람이 많지 않았다. 대개 노인들은 주민등록증을 소지하지 않고 장롱 속에 넣어두기 때문이었다.

투표 의사가 있는데도 참여하지 못한다는 것은 후보자의 당락을 좌우할 수 있는 매우 중요한 문제였다. 나는 이런 사실을 행정자치부에 알리면서 불가피하게 편법을 사용하자고 했다.

"동사무소에 가면 주민등록 원부가 있어요. 그것을 투표소로 옮겨서, 피해지역 주민들이 오면 얼굴과 그 원부의 사진을 대조하여 투표를 하도록 합시다."

행정자치부와 선관위에 의해 받아들여져 주민들도 선거에 참여할 수 있게 되었다.

그런데 인간이 아무리 치밀한 전략을 짜고 완벽한 수행 능력을 갖추었다 하더라도 바람을 잠재울 수는 없는 노릇이다. 바람이 잠잠해진 것은 하늘의 도움이라고 생각하지 않을 수 없었다.

모름지기 사람이 하는 일과 하늘이 하는 일이 따로 있다고 나는 생각한다. 여러 지휘관들과 함께 치밀한 전략을 짰지만, 곡강천을 넘어 번져올 때처럼 강풍이 불었다면 헬기가 뜰 수도 없어 진화가 불가능했을지도 모른다. '진인사대천명(盡人事待天命)', 즉 사람이 자기의 할 일을 다한 뒤 하늘의 뜻을 기다릴 수 있었던 것이다. "사람이 자기의 길을 계획할지라도 그 걸음을 인도하시는 자는 여호와시니라." 바람이 불지 않은 것을 '천행(天幸)'으로 여길 수도 있으나, 나는 그것을 하늘의 보살핌으로 받아들인다.

2000년 4월 6일에 삼척에서 발화되어 고성, 강릉, 동해 등 동해안 산악지대를 초토화시켰던 산불은 그렇게 진화되었다. 후에 이 일은 우리나라 산불진화 사상 가장 체계적이고 조직적인 진화작전으로 평가되었다. 산불진화에 참여했던 군부대와 기관은 모두 대통령 표창을 받았고, 당시 작전계획과 도면은 안동에 있는 경북산림과학박물관에 전시되어 산교육 자료로 활용되고 있다.

태풍 루사와 자연의 섭리

삼척 산불이 있은 지 2년 후, 이번에는 초대형 태풍이 한반도 남쪽을 휩쓸고 지나갔다. 15호 태풍 루사는 그 유명한 1960년의 사라호 태풍에 버금가는 초대형 태풍이었다.

2002년 8월 31일 밤 10시가 지나도록 퇴근하지 않고 있었는데 성주군수로부터 다급한 전화가 걸려왔다. 성주댐이 붕괴되려고 한다는 것이었다. 깜짝 놀라 자세한 정황을 물어보니 절박한 상황이었다.

그 전에 경주 안강 지방에 제방이 넘쳐 물바다가 되었다는 보고가 있었지만, 댐이 무너진다는 것은 이것과는 비교할 수도 없는 사태였다.
나는 다시 물었다.

"댐 상류 쪽의 강우량은 현재 어떻소?"

"저녁까지 300밀리미터가 쏟아졌다는데 지금은 알 수 없습니다. 전봇
대가 다 쓰러져 유무선 전화가 불통이 되어서 그곳 사정을 모릅니다."

댐 상류의 현황을 파악조차 할 수 없다니 답답한 노릇이었다. 나는
성주군수에게 댐이 터질 경우 피해가 예상되는 지역의 주민을 남김없이
대피시키라고 지시했다. 그 시각에 내가 할 수 있는 일이란 주민들을
안전하게 대피시키는 일 이외는 아무것도 없었다. 즉시 50사단장과 경찰
청장에게 전화를 걸어 군과 경찰 병력을 급히 동원하여 군용 트럭과
버스를 투입해달라고 했다. 밤 10시에 동원할 수 있는 인력은 군과 경찰뿐
이었다.

성주댐 아래에는 고령, 성주 등 6개 읍면이 넓게 위치하고 있었기
때문에 아무리 대피시킨다 하더라도 댐이 무너진다면 그 재앙은 상상을
초월한다. 역사적으로 자연재해 앞에서 수많은 거대한 댐들이 힘없이
붕괴되었다. 1889년에 미국에서 사우스포크 댐이 붕괴되어 2천여 명이
사망한 이후, 20세기에 들어와서도 인도의 마추 댐, 이탈리아의 바이온트
댐 등 대형 댐이 200여 개나 붕괴되었다. 불과 10일 전인 그해 8월
21일에도 독일에서 엘베 강 댐의 일부가 무너져 내려 수십 명이 사망하고
10만 명이 대피한 사건이 있었다.

군수에게 다시 전화를 걸어 성주군 관내 모든 버스를 동원하여 주민들을
안전한 곳으로 대피시킬 것을 지시하고 나니 더 이상 무슨 방도가 없었다.

산불 진화작전 당시 울진의 바닷가 모텔에서 기도했던 것처럼, 노인들만 남은 궁벽한 시골에 더 이상 재난을 오지 않게 해달라고 기도할 수밖에 없었다. 1시간쯤 지나서 집무실 문을 열고 밖으로 나갔다. 비서실 직원들이 모두 서 있었다. 그들은 내가 문을 닫고 무엇을 하는지 알고 있었을 것이다. 그런데 직원들의 표정이 밝았다.

"지사님, 방금 성주군에서 전화가 왔는데, 댐 수위가 더 이상 올라가지 않는다고 합니다."

나는 덤덤한 표정으로 잠시 눈을 감았다. 정말 다행스럽고 감사했다. 이 상태만 유지되면 댐이 범람하지는 않을 것 같다는 비서실 직원들의 목소리가 들렸다.

이튿날 아침, 김천에도 많은 피해가 났다는 보고가 들어와 있었다. 김천은 성주댐의 북쪽에 있었기 때문에 소방헬기를 타고 먼저 성주댐으로 날아갔다. 밤 사이에 댐 아래 6개 읍면 주민 1만 명이 대피한 상태였는데, 수위가 제법 내려갔다고 했다.

그런데도 상공에서 성주댐이 보이지 않았다. 온통 물바다였다. 나무찌꺼기와 쓰레기가 흙탕물에 뒤섞이고 그것이 댐 제방과 연결되어 있어 산과 산 사이가 아예 평지처럼 보였다.

기장이 한쪽을 가리키며, 저쪽이 댐인 것 같다고 했다. 댐은 보이지 않고 상류 쪽에 사람들이 몰려 있는 게 보였다. 계곡 사이에 집들이 옹기종기 있었고 거기서 사람들이 손을 흔들고 있었다. 고립된 사람들인 것 같았다. 상황을 들어보기 위해 기장에게 착륙하라고 했다. 기장은 위험하여 착륙할 수 없겠다는 것이었다. 물이 빠진 지역을 고르면 착륙할 수 있을 것 같아 재차 지시를 해도 여전히 망설이기에 언성을 높였다. 기장은 어쩔 수 없다는 듯 댐 주변 모래가 쌓인 지점을 골라 착륙을 시도했다.

프로펠러가 빙빙 돌고 있는 상태에서 헬기 문을 열고 나와 몇 발짝 걸음을 옮겼을 때였다. 발 하나가 진흙에 푹 빠지는가 싶더니 온몸이 쑥 빨려 들어갔다. 순식간에 가슴까지 진흙에 파묻혀 버렸다. 뒤따르던 소방대원들이 황망히 나의 두 팔을 잡고 끌어올렸다. 주민들도 달려왔다. 내가 가슴까지 진흙을 덮어쓰고 걸어 나오자 모여들던 주민들이 나를 알아보고는 박수를 치며 환호했다.

"지사님 아니시오?"

그곳이 성주댐 위쪽인 금수면으로, 이때가 아침 8시였다. 도지사가, 그것도 아침부터 진흙탕을 뒤집어쓰고 나타났으니 그때의 상황은 짐작하고도 남을 것이다.

나는 노인들에게 인명 피해는 없으신지, 식량이나 식수는 있는지, 전기는 들어오는지, 전화 통화는 되는지 등등을 꼼꼼히 물어보았다.

태풍으로 인해 송전탑과 전신주가 쓰러졌고, 곳곳에 수도관과 아스팔트 도로가 잘려나가고 통신이 두절된 상태였다. 이웃 마을에는 도로 가에 있는 주유소 2층 건물이 물에 휩쓸려 떠내려갔고, 두 개의 유류 탱크 중 큰 것은 5리나 떠내려가 뒹굴고 있고, 작은 것은 성주댐 안으로 쓸려 들어갔다는 것이다. 태풍의 위력이 어느 정도인지 짐작이 갔다.

"조금만 기다려 주세요. 돌아가서 빨리 보급품을 보내도록 조치하겠습니다."

수해복구 현장에서.

노인들은 수해를 당한 자신들보다 저수지에 빠져 가슴까지 신흙을 덮어쓰고 있는 나를 더 안타까워했다. 나는 주민들과 일일이 악수를 나눈 뒤 헬기에 올랐다. 헬기가 공중에서 사라질 때까지 주민들은 박수를 치고 손을 흔들었다. 그 모습을 보는 나는 더욱 마음이 무거워졌다.

군수에게 그곳의 사정을 전하고 빠른 시간 내에 보급품을 보내라고 했다. 그 뒤로 그 마을 사람들은 매일같이 보급품을 학수고대했을 터였다. 그러나 전화는 개통되지 않았고 불도 없어 밤에는 암흑 천지였다. 첫 보급품이 도착한 것은 3일 후였는데, 보급품을 가져간 공무원들이 도착하자 주민들은 반가워하기는커녕 벌컥 화를 내더라고 했다. 도지사는 위험을 무릅쓰고 날이 밝기가 무섭게 다녀갔는데 가까이 있는 군수나 면장은 무엇 하고 이제야 오느냐고 윽박질렀다는 것이다. 도지사가 다녀간 지 사흘이 지나서야 보급품이 도착했으니 주민들로서는 화가 날 법도 했다.

그러나 그럴 수밖에 없었다. 나의 지시는 군수를 거쳐 곧바로 면사무소에 하달되었지만, 차량 통행이 불가하여 면(面) 공무원들이 배낭을 둘러메고 산길을 걸어서 갔기 때문이었다.

나는 성주댐을 둘러보고 관계자들에게 대처방안을 협의하여 지시하고 김천의 수해 현장으로 향했다. 김천도 처참하기는 마찬가지였다. 교량과 도로는 곳곳에서 유실되었고, 논과 밭에는 공룡이 뒹굴다 간 것처럼 흙탕물을 뒤집어쓴 농작물이 뒤엉켜 있었다. 그 광경을 돌아보던 중에 만난 한 노인이 이런 말을 했다.

"태풍만 탓할 게 아니지요 물길이 제 갈 길로 찾아간 겝니다. 사람들이 자연스럽게 흐르던 물길을 막아 옹벽을 만들고 보를 쳤지요. 이제 물이 원래 흘렀던 자기 길로 찾아간 거지요."

참으로 이치에 닿는 말이었다. 사람들은 땅을 파헤쳐 도로를 만들고 계곡을 막아 댐을 만들어 원래의 자연스런 물길 대신 새 물길을 만들었다. 잘살아보겠다고 자연을 훼손하여 질서를 무너뜨렸던 것이다. 그로 인해 큰물이 지자 이렇게 만들어진 것들은 다 붕괴되어 버렸다. 노인의 말대로 물은 원래 흘렀던 옛 길을 찾아간 것이었다.

인간의 오만이 빚어낸 질서 파괴가 어디 물길뿐이겠는가. 환경을 고려하지 않은 무분별한 난개발과 공장건설로 인한 각종 오염은 대재앙을 예고하고 있다. 지구온난화로 인한 각종 기상이변과 지구의 사막화는 앞으로의 인류의 미래를 예측하기 어렵게 만들고 있다. 얼마 전 미국을 강타한 초대형 허리케인은 뉴올리언즈 일대를 초토화하고 수만 명의 목숨을 한순간에 빼앗아갔다. 이뿐 아니라 지구촌 구석구석에서 하루가 멀다 하고 발생하는 크고 작은 재앙은 일일이 나열할 수도 없다.

세계적인 옥수수 전문가인 김순권 박사의 이야기는 매우 시사적이다. 옥수수는 아프리카 등 제3세계에서 가장 긴요한 식량이다. 옥수수만 풍작을 이루면 아프리카의 기아가 사라진다. 그런데 옥수수는 병충해에 약해서 풍작을 기대하기 어렵다.

김 박사에 따르면 병충해에 아주 강한 옥수수 품종을 만들기는 비교적 쉽다고 한다. 하지만 완벽하게 병충해를 이기게 되면 옥수수는 풍성해지는 것이 아니라 그때부터 재앙이 시작된다는 것이다. 변종의 해충이 탄생하기 때문이다. 태어난 변종은 제압하기가 더 어려워지고 그것을 제압하면 훨씬 더 강력한 변종이 탄생되어 속수무책이 된다고 한다. 그러므로 가장 훌륭한 옥수수는 병충을 70% 정도만 이겨내는 품종이라는 것이다. 병충도 일종의 자연의 섭리인 것이다.

최근에는 외국에서 유입된 재선충이 수십 년 된 아름드리 소나무를 순식간에 말려죽이며 들불처럼 전국으로 번져가고 있지만 아직까지도 뚜렷한 방제책을 강구하지 못하고 있다.

원래 있었던 자연의 '물길'을 넉넉히 인정해주어야 한다. 그리고 난 뒤에 제방을 만들고 다리를 건설하고 도로를 닦아야 한다. 설령 원래 있었던 물길이 우리가 사는 데 좀 불편하다 해도 자연에게 양보해야 한다. 병충도 자연의 질서라는 '새로운 환경관(環境觀)'이 필요한 때이다.

태풍 '루사'는 우리에게 이런 교훈을 주기 위해 자연의 섭리가 작용한 것인지도 모른다.

모두가 승리자다

"아무리 생각해봐도 방폐장은 우리 지역에 유치해야겠어요. 우리 경북 동해안 지역이 우리나라 원전 생산의 50% 이상을 차지하고 있잖아요. 방폐장 건설에 정부가 막대한 지원책을 내놓고 있는데, 원전이 있는 곳에 방폐장이 오는 게 순리 아니겠어요?"

2005년 2월 초, 정병윤 과학정보산업국장을 비롯한 몇몇 간부들을 불러 그동안 고민해오던 속내를 털어놓았다. 그리고 난마처럼 얽힌 방폐장 유치문제를 어떻게 풀어가면 좋을지 종합적으로 검토해볼 것을 지시했다. 정부가 1월 25일자로 '중·저준위 방사성폐기물 처분시설 유치지역 지원에 관한 특별법' 제정을 의결하면서, 특별지원금 3,000억 원 지원, 직원이 900명이나 되는 한국수력원자력(주) 본사의 이전, 양성자 가속기 건설, 연간 폐기물 반입 수수료 50~100억 원 등 파격적인 인센티브를 약속하자 과거와는 사뭇 다른 분위기가 형성되고 있었기 때문이다.

방폐장 건설은 정부로서는 19년을 표류해온 난제 중의 난제였다. 정부는 1986년부터 아홉 차례에 걸쳐 방폐장 후보지 물색에 나섰지만 번번이 실패했다. 유혈 폭력을 동반한 극렬한 반대시위가 일어나기도 했고 이로 인해 여러 명의 장관이 물러나기도 했다. 원자력발전소를 가동하는 세계 31개국 중 폐기물 처분장을 건설하지 못한 곳은 우리나라뿐으로 선진국

클럽이라는 OECD 회원국가로서 체면이 말이 아니었다. 현실적으로 보아도 가동 중인 원전이 20기에 이르고, 전체 전력생산량의 40% 이상을 원전에 의존하는 우리나라가 당장 원자력발전을 중단하지 않는 이상 방폐장 건설은 더 이상 미룰 수 없는 과제였다.

방폐장 문제가 한국 사회의 뜨거운 감자로 부상할 때마다 경북 동해안 지역은 늘 그 한가운데에 있었다. 그만큼 지질학적 안정성 측면은 물론 경제적인 측면에서 최적의 후보지라는 반증이었다. 그러나 지난 1989년과 1991년 정부가 비밀리에 조사를 진행하자 어린이부터 노인까지 수천 명의 주민들이 포항 - 강릉 간 국도 7호선을 점거한 채 연일 반대투쟁을 벌인 끝에 방폐장 건설이 무산된 뼈아픈 기억을 갖고 있었다. 그 후 정부가 지자체 자율 유치 방식으로 전환하고 2003년 전북 부안이 마지막 부지로 선정되었지만 또다시 대규모 폭력사태가 벌어졌고 건설을 포기하기에 이르렀다. 2004년에 정부는 시사제 자율 유지를 재추진했지만 부안 사태를 지켜본 지자체들은 예비 신청서 제출을 거부했다. 급기야 정부에서 파격적인 인센티브를 약속하는 특별법까지 제정해 유치에 나서게 된 것이었다. 이때까지만 해도 국무총리가 "방폐장과 연계하여 한전 이전을 검토하겠다"고 추가지원을 검토할 정도로 유치전은 그렇게 가열되지 않은 상태였다. 경북 지역의 분위기도 아직 미온적이었고, 특히 이듬해 지방선거를 앞둔 지역 정치인들은 반대표를 의식해 선뜻 유치의사를 밝히지 못하고 있었다. 간부들의 의견도 반반이었다.

"지사님의 입장은 충분히 이해하고 저희들도 꼭 유치해야 된다는 생각입니다. 그러나 현장에 나가보면 반대세력이 만만치 않습니다. 괜히 유치전에 나섰다가 실패했을 경우 지역갈등만 심화시킬 우려가 있습니다.”

심지어 정부에서 이미 전북 군산 쪽으로 내정을 해놓고 들러리를 세우려 한다는 루머까지 나돌고 있었다. 하지만 나는 낙후된 우리 지역의 발전을 획기적으로 앞당길 수 있는 이 계기를 놓칠 수는 없다는 생각이 들었다. 실패가 두려워 시도조차 하지 않는 것은 도리가 아니라는 생각이었다. 더욱이 고준위도 아니고 원전에서 사용된 작업복이나 장갑 같은 중저준위 방사성 폐기물이 아닌가. 과학적으로나 기술적으로 안전성이 충분히 담보되어 있는 방폐장을 그보다도 훨씬 더 위험한 원자력발전소와 고준위 폐기물 임시저장고까지 안고 있는 상황에서 거부한다는 게 말이 되는 소리인가. 부하들의 걱정처럼 유치가 안 되었을 때 받게 될 타격이 너무나도 큰 만큼 유치운동을 한다면 반드시 성사시켜야 한다. 이것이 어쩌면 민선 도지사로서 마지막 승부수가 될지도 모른다는 비장한 각오로 나는 방폐장 유치를 결심했다.

3월 2일이 되자 ‘특별법’이 국회를 통과했고, 주민투표를 거쳐 찬성률이 1%라도 높은 지역을 선정한다는 내용이 확정되었다. 나는 은밀하게 울진, 영덕, 경주, 삼척, 군산 등 신청 후보지역에 대한 여론조사를 해보았다. 다들 찬성률이 기대에 미치지 못했지만 유일하게 울진이 주민의 50% 이상이 찬성하는 지역으로 나왔다. 그렇다면 한번 해볼 만하다는 생각이 들었다. 문제는 반대율 또한 가장 높은 지역이 울진이라는 점이었다. 울진은 그동안 원전 추가 건설을 둘러싸고 엄청난 소요와 갈등을 겪은 바 있어 반대집단의 세가 무척 강했다. 더욱이 여름에 열릴 예정인 ‘세계 친환경엑스포’를 준비하느라 군에서는 다른 곳에 신경을 쓸 겨를이 없었

다. 이웃 영덕도 사정은 비슷했다. 몇 차례 방폐장 유치를 시도했다가
실패한 이후 찬반 주민들 사이에 갈등의 골이 깊게 패어 있었다. 게다가
군수가 보궐선거로 막 바뀐 상태라 준비가 전혀 되어 있지 않았다. 경주는
울진과 함께 원전이 있는 지역이라는 측면에서는 방폐장 유치의 명분이
가장 높았지만 '천년고도인 역사문화도시에 방폐장이 웬 말이냐'는 반대
명분론도 만만치 않았다. 주민투표를 할 경우 인구가 상대적으로 많다는
점도 불리한 요인으로 작용했다.

　그런데 3월 4일 정장식 포항시장이 사전에 교감은 있었지만 용감하게
정례조회 석상에서 방폐장 유치의사를 천명했다. 정 시장의 발언은 방폐장
유치논쟁에 불을 지피는 효과를 가져왔다. 이런 분위기 속에 지역마다
유치위원회가 결성되고 3월 28일에는 경주시 의회가 방폐장 유치운동에
나서기로 공식 의결하는 등 서서히 유치 열기가 달아오르기 시작했다.
유치전이 가열되면서 "왜 가능성도 없는 포항까지 뛰어들어 전력을 분산
시키느냐. 하루 빨리 포항을 포기시켜라"는 항의도 많이 받았지만 포항을
끝까지 뛰게 하는 것이 오히려 도움이 될 것이라는 전략적 판단하에
선의의 경쟁을 부추겼다. 마라톤에서 우승후보와 함께 뛰며 페이스를
조절해주는 보조주자(pace maker)와 같은 역할을 기대했던 것이다.

　이처럼 과거와는 사뭇 달라진 분위기에 힘입어 정부의 발걸음도 빨라졌
다. 정부에서는 관계 부처 장·차관과 한국수력원자력 관계자를 경주,
포항, 영덕, 군산으로 보내어 방폐장 관련 간담회를 개최했다. 도에서는
직원들에 대한 원전 방폐장 저장실태 견학, 방폐장 관련 직원교육, 시군
간담회 개최 등으로 방폐장 유치 분위기를 고조시켜나갔다. 5월로 접어들

자 전열을 정비한 반대세력의 저항이 거세지기 시작했다. '핵폐기장 반대 동해안 대책위'가 결성되고 기초의원들이 나선 유치반대 서명, 반대결의, 반대 토론회 등 반대하는 열기가 찬성 분위기를 오히려 압도하는 형국이었다. 특히 농어민 단체의 반대가 심했다. 방폐장이 들어서면 지역 이미지가 나빠져 농수산물 값이 폭락할 것이라는 이유에서였다. 심지어 어떤 사람은 직접 전화를 걸어, "평소 존경하던 지사님이 유치할 게 없어 핵 쓰레기장을 유치하겠다니 참으로 어이가 없습니다. 민선 10년간 쌓은 공적이 핵 폐기장 하나로 다 날아갔습니다" 하며 욕을 퍼붓기도 했다.

님비 시설의 표본인 쓰레기 소각장의 굴뚝을 주민전망대로 바꾸어 오히려 관광자원이 되게 한 성공적인 사례도 있지 않은가. 그렇다면 지역발전의 100년 대계가 될 방폐장 유치사업을 효과적으로 홍보하기 위한 발상의 전환이 필요했다. 그동안의 홍보가 반대하는 소수를 설득하는 일이었다면 이제는 찬성하는 다수를 규합하고, 이들을 통해 찬성의 대열을 확대하는 것이 더욱 바람직한 전략이라고 생각되었다.

경쟁상대로 부각되고 있던 전북 군산시는 우리보다 훨씬 일찍부터 활발한 유치활동을 벌이고 있었다. 6월 15일 특별법 시행령이 입법 예고되자 군산시의 발걸음은 더욱 빨라졌다. 이날 '군산환경시민연대운동연합'은 방폐장 유치 지지성명을 발표하여 분위기를 고조시켰다. 농민단체들도 곧 지지로 돌아설 것이라는 소문이었다. 우리의 경우 환경, 농민단체가 처음부터 끝까지 반대운동을 벌여왔던 점과 비교하면 위기감이 감도는 순간이었다. 7월 18일 군산시가 의회에 신청한 방폐장 유치신청 동의안이 전국에서 처음으로 가결되기에 이르렀다. 군산은 탄력을 더하려는 듯

5개 지역대학 총장의 지지 성명, 국책사업설명회 개최, 군산여성단체협의회 등 산하 16개 단체 유치 찬성, 전북상공회의소협의회 유치특별성명 발표, 유치 심포지엄 개최 등으로 분위기를 주도해나갔다. 특히 이 지역 출신의 강봉균 국회의원이 유치운동에 적극 앞장서고 있었다.

우리 도에서는 동해안 지역 추진위원회 발대식, 도청 직원 컬러링 홍보, 도의회 기획과학위원회의 경주·울진 원전 방문, 공청회 및 주민 간담회 개최, 찬반단체 합동 방폐장 견학 등으로 유치분위기를 고조시켜나 갔다. 지역 국회의원을 비롯한 정치권도 서서히 움직이기 시작했다. 8월 1일 경북전략산업기획단에서 방폐장 유치의 경제적 파급효과가 3조 6천 억 원 이상이 될 것이라는 연구결과를 발표했다. 방폐장이 지역발전에 엄청난 소득을 가져올 것이라는 객관적 분석자료는 마침 '원전수거물관리 센터는 네모난 경제입니다'란 정부의 홍보전략과 맞아떨어져 주민들에게 먹혀들고 있음을 피부로 느낄 수 있었다. 한 언론의 여론조사 결과 울산에 이어 경주와 군산이 60% 초반의 찬성률로 오차범위 내에서 박빙의 경쟁을 벌이고 있는 것으로 나타났다.

군산보다는 늦었지만 8월 12일 경주시의 유치 동의안이 의회를 통과하 여 16일 전국에서 가장 먼저 산업자원부에 유치신청서를 접수했다. 8월 23일에는 포항, 8월 29일에는 영덕에서 각각 동의안이 의회를 통과했다. 안타깝게도 가장 강력한 유치 후보지역 중 하나였던 울진에서는 찬성과 반대가 각각 5표씩 나와 군 의회에서 부결되고 말았다. 그때까지 여론조사 결과 가장 높은 주민 찬성률을 유지하던 울진의 탈락은 참으로 안타까운 일이었다. 결국 방폐장은 경북의 경주, 포항, 영덕과 전북 군산을 포함하는

4개 지역이 최종 후보지가 되어 사활을 건 유치전을 벌이게 되었다.

산자부에 유치신청서를 접수하면서 유치준비는 모두 마무리되었다. 남은 것은 선의의 경쟁이었다. 국책사업을 주민투표로 결정하는 방식에 나는 여전히 동의할 수 없었지만 어쩔 수 없는 일이었다. 사실 나는 그동안 국무총리를 비롯한 정부 관계자와 정치인들을 만날 때마다 이 같은 선정방식에 이의를 제기하면서 강력히 개선책을 요구했다.

"방폐장처럼 중요한 국가기반시설을 주민수용성, 다시 말해 주민투표 찬성률 하나만으로 정하는 것은 문제가 있습니다. 그것은 정부의 정책결정권을 포기하는 것이고 정책의 합리성을 크게 저해할 우려가 있는 것입니다. 원전이 있는 지역에서 유치를 하고자 한다면 우선적으로 고려해야 하고 그렇지 않은 경우에만 원전이 없는 지역도 고려할 수 있는 것 아닙니까. 간발의 차이로 원전이 없는 지역에 방폐장이 유치된다면 특별한 보상도 없이 위험을 안고 살아가야 하는 원전지역 주민들이 과연 승복할 수 있겠습니까? 폐기물 원거리 운반에 따른 경제적인 비용도 문제지만 정부의 원자력에너지 정책 자체가 커다란 난관에 봉착할 수 있습니다."

다들 공감을 하면서도, 이 주장이 수용되지는 않았다. 여기에는 지난 19년간 어떤 합리적인 방식도 주민 저항에 막혀 실패를 거듭한 정부의 고민이 있었다. 극도의 집단 이기주의와 금전 보상주의가 팽배한 우리 사회에서는 투표와 찬성률로 결론을 내지 않으면 결정에 좀처럼 승복하지 않는 일이 반복되었기 때문이다. 아무튼 주민투표를 통한 방폐장 입지선정은 국책사업 추진에 있어 갈등해결의 새로운 모델을 찾아 나선 위험한 모험이자 도전이었다.

기선을 잡는 것이 중요했다. 9월 1일, 나는 '중·저준위 방폐장 유치와 연계한 경북 동해안 발전구상'을 발표했다. 지난 2월 초 정병윤 국장에게 지시한 내용이 오랜 연구 끝에 거대 프로젝트로 탄생한 것이다. 동해안 발전구상은 U자형 국토발전축과 연계하여 경북 동해안을 동북아경제권의 중심 허브(hub)로 발전시키는 비전 아래 네 가지 실천계획을 담았다. 방폐장과 연계한 동해안 국가에너지 클러스터 조성, 친환경·생태거점 조성, 동해안권 광역인프라 조기 구축, 동해안 공동발전네트워크 구축 등의 계획이었다. 그리고 방폐장 유치와 연계한 3개 시·군별 발전구상도 구체적으로 함께 제시하여 방폐장 유치로 달라질 지역의 발전상을 생생한 비전으로 제시했다.

9월 6일은 지역의 105개 기관단체장이 모여 간담회를 개최하는 날이었다. 보다 강력한 메시지가 필요했다. 에너지 클러스터를 축으로 한 동해안 발전구상이 실현되면 지역발진을 적어도 100년은 앞당길 수 있다. 그렇게만 된다면 내가 꿈꾸어온 '21세기 신경북 비전'도 강력한 날개를 얻게 되는 것이었다.

"만에 하나 방폐장 유치에 실패한다면 나는 중대결심을 하지 않을 수 없습니다. 방폐장 유치에 지사직을 포함한 나의 모든 것을 걸겠습니다."

인사말 도중 단언하듯 나는 그렇게 말해버렸다. 원고에도 없는 말에 다들 당황해하는 모습이 역력했다. 그러나 이것은 경상북도의 명예와 자존심이 걸린 일이었다. 태권도공원과 경마장 등 대형 국책사업들이 잇달아 무산되었을 때 도민들이 얼마나 실망하고 좌절했던가! 방폐장을 반드시 유치시키겠다는 결연한 의지를 다시 한 번 표명하기 위해 공식

지원 마지막 날인 9월 15일, 나는 '새로운 약속'을 발표했다. 최대지원사업인 양성자가속기는 유치 시·군에 건설하고, 도 특별사업비 200억 원을 추가한 300억 원을 지원하며, 원자력병원과 방사선 보건연구원의 분원 설립을 적극 추진하고, 유치지역 신규사업에 지역업체를 우선 참여시키고, 유치지역특별지원에 관한 조례를 제정하는 등 일곱 가지의 추가지원을 제시했다.

유치전은 갈수록 치열해졌지만 분위기는 서서히 동해안 지역으로 기울고 있었다. 9월말부터 오차 범위 내에서 군산을 앞섰고, 10월이 되자 격차는 조금씩 더 벌어지는 양상이었다. 그런데 돌발변수가 나타났다. 열세를 감지한 군산에서 지역감정을 조장하는 현수막이 나붙기 시작한 것이다. 차마 입에 담지 못할 내용이었다. 이에 반발하여 경주시장을 비롯한 지도자들이 삭발, 단식투쟁에 들어갔다. 나는 현장을 찾아 단식농성을 즉각 중단할 것을 촉구했다. 자칫 역(逆)지역감정이 일어 투표 분위기를 더욱 혼탁하게 만들 우려가 있었기 때문이었다. 10월 28일, 나는 착잡한 심정으로 특별기자회견을 열었다. '지역발전보다도 더 소중한 가치가 국민화합이자 민주질서이다. 공정한 경쟁의 틀이 사라진 주민투표는 사회적 갈등과 국론분열뿐 아니라 진정한 주민자치의 활착을 저해할 뿐이다'라고 호소했다. 이어서 나는 '공정투표 교차감시단' 구성을 제안하고 선관위와 유치지역 시·군의 무조건적 수락을 촉구했다. 비록 제안이 받아들여지지는 않았지만 나의 호소가 깨끗하고 공정한 투표로 이어지기를 바랐다.

11월 2일의 아침이 밝았다. 이날 새벽 나는 간절히 기도했다. "주민

스스로 자기 지역의 운명을 선택하는 최초의 투표일이 축제의 날이 되기를, 승자와 패자로 구분됨이 없는 모두가 승리자가 되는 날이 되기를⋯.”

투표는 순조롭게 진행되어 60.3%의 높은 투표율을 기록했고 개표결과 경주가 초반의 우세를 계속 유지하여 90% 가까운 찬성률로 방폐장 부지로 최종 결정되었다. 아깝게 유치에 실패한 나머지 지역도 깨끗이 결과에 승복해주었다. 실로 감격적인 순간이었다. 주민투표를 통해 국책사업추진에 따르는 갈등해결의 새로운 모델을 만들어낸 것이다. 그보다 더 소중한 것은 지역 간에 한 치도 양보할 수 없는 치열한 경쟁이 이어졌지만 그 결과를 흔쾌히 수용하는 성숙한 시민의식을 보여주었다는 사실이다. 그러기에 경주, 포항, 영덕, 그리고 군산의 주민들은 모두 자랑스러운 승리자가 될 수 있었다. 이제 방폐장 유치전은 20년 가까운 기나긴 표류와 진통을 넘어 국책사업 해결의 모범적인 성공사례로, 또한 4개 지역은 그 성공을 견인한 승리사로 역사 앞에 영원히 기억될 것이다.

독도의 바위를 깨면 한국인의 피가 흐른다

‘울릉도 동남쪽 뱃길 따라 200리 외로운 섬 하나 새들의 고향⋯.’ 한도 많고 사연도 많은 경상북도의 땅, 아니 변함 없는 대한민국의 영토 독도가 있다.

예로부터 우산도(于山島)나 자산도(子山島)로 불렸고, 세 개의 바위가 있다 하여 삼봉도(三峰島)라 하거나, 근처에 물개 같은 바다짐승 가지(可支)

가 산다 하여 가지도(可支島)라 칭했으며, 구한말부터 돌의 섬이라 하여 독도라고 이름 붙여진 섬. 이토록 이름이 자주 바뀐 것은 무슨 까닭일까. 아마 육지에서 200여 킬로미터나 떨어져 있는 데다 쉽게 배를 타고 가기가 힘들었기 때문일 것이다.

17세기 말 일본을 오가며 울릉도와 독도를 필사적으로 지켰던 안용복도 능노군(能櫓軍, 노를 젓는 병사) 출신의 어부였다. 안용복의 활동은 가히 놀라울 정도였다. 일본 막부와 대마도를 오가면서 수차례 구금을 당했으나 기어코 울릉도와 독도가 조선 땅이라는 서계(書契)를 막부로부터 받아냈다. 안용복의 활동 이후 조선 조정에서는 울릉도와 독도의 중요성을 깨닫고 2년에 한 번씩 두 섬을 순시했다고 한다. 그러나 여전히 일본인들은 두 섬에 줄곧 상륙했고 인근에서 고기를 잡았다. 1956년 국가가 정식으로 '독도 경비대'를 파견하여 상주시키기 전까지 독도를 지킨 이들은 어부들이었고 민간인들이었다.

내가 독도를 처음 찾은 것은 1993년도이다. 울릉도에서 거센 물결을 헤치고 세 시간쯤 지나서 눈앞에 나타난 독도는 단아하면서도 어떤 기품이 풍겼다. 갈매기 떼가 어지럽게 날고, 눈이 부실 정도로 짙푸른 수면 위로 검은 바위와 녹색 나무가 어우러진 작은 섬이 그렇게 아름다울 수가 없었다.

나는 지사로 취임하면서 도내 곳곳을 다니며 정책을 구상했는데, 여타 지역은 '개발'을 위한 정책구상을 했다면 동해나 독도는 '보존'이나 '수호(守護)'가 곧 정책이었다.

관선 지사에 취임한 1993년, 일본 시마네현(島根縣)에서 컨벤션 센터

준공식을 겸해 동북아 자치단체장을 초청했다. 그 무렵 일본은 동북아 시대의 잠재력을 일찌감치 예측하고 동북아의 자치단체들을 규합하려고 애쓰고 있었다. 그 첫 번째 회합이 시마네현에서 열렸는데, 그 전에 자치단체장을 초청한 것이다. 나 역시 동북아의 중요성을 주목하고 있던 터라 직접 회의에 참가할 생각이었다.

그런데 일본에서 보내온 초청문서의 일부분에 동해를 '일본해(日本海)'로 표기해놓고 있었다. 일본은 항상 그랬다. 그들은 단 한차례도 '동해'로 표기한 적이 없었다. 나는 이때 관선 지사여서 이 일을 외무부에 문의했다. 외무부에서는 '일본에서는 원래 그렇게 하지 않느냐, 회의에 참가하라'고 답변해왔다. 그러나 경북 지사로서 그럴 수가 없었다. 국제관계에서 지나치게 예민하다고 그럴지 모르나 나는 동의할 수가 없었다. 동해가 일본해라면 경북의 앞바다도 일본해라는 말 아닌가. 나는 주최측에 '일본해'를 동해로 수정하라고 강하게 요구했나.

며칠 뒤에 일본측에서 회신이 왔다.

"일본해와 동해를 병기하도록 하겠습니다. 지사님, 꼭 참석해주십시오."

단 한 번도 '동해'로 표기한 적이 없었던 일본에게 '동해'만을 표기하라고 강요할 수는 없는 노릇이었다. 그 대신 전화로 그 말을 하지 말고 문서로 확인해달라고 요구했다. 그래서 얼마 후 문서를 보내왔다. 거기에는 '동해'와 '일본해'가 함께 병기되어 있었다.

이것은 일본으로서는 비록 지방정부이긴 하지만 처음으로 '동해'를 공식적으로 인정한 사건이었다. 첫 번째 문서에는 일본 정부의 자치성과 외무성이 후원기관으로 병기되어 있었는데, 나중에 보내온 문서에는 외무성이 빠져 있었다. 일본에서도 그만큼 예민하게 반응하고 있었다는 반증이다.

그리하여 회의에 참석했는데, 이 회의의 주제가 '동해의 환경문제'였다. 일본에서 동해를 청정바다로 가꾸기 위해 공동연구를 하자고 제의했다. 그러다 보니 회의 내내 수없이 '동해'란 말이 오고갈 수밖에 없었다. 나는 회의에서 계속 '동해'라는 말만 사용했고, 일본측에서는 어쩔 수 없어 그랬겠지만 '일본해 또는 동해'라고 표현했다. 동해냐 일본해냐 하는 것은 단순한 표기상의 문제가 아니다. 이름이 갖는 의미도 중요하지만 어업협정 등 현안에도 적지 않은 영향을 끼칠 수 있는 것이다.

그 후 다시 시마네현과 부딪친 것은 동해가 아니라 독도 때문이었다.

일본에서 시마네현은 경상북도와 가장 근접한 지역으로, 지난 1989년 경상북도가 미국 오하이오주에 이어 두 번째로 자매결연을 맺은 외국 자치단체였다. 결연 이후 해마다 시마네현과는 스포츠나 각종 이벤트 교류는 물론 민속문화나 산성비 방지대책 같은 환경문제 공동연구 등의 다양한 교류를 해왔다.

특히 출범한 지 얼마 안 되는 동북아 자치단체연합(NEAR) 안에서도 서로 매우 우호적이었다. 일본이 동북아 자치단체회의를 주도하는 상황에서 경상북도가 그 주도권을 가져왔을 때도 일본의 다른 자치단체들과는 달리 우리에게 유연한 입장을 취했고, 다른 개별 사안에 대해서도 우리 입장을 지지해주곤 했다. 요컨대 시마네현과는 여느 자매결연 단체 이상으로 상호 교류와 신뢰가 두터운 편이었다.

그런데 독도에 대해서만은 서로 입장이 달랐다. 독도는 시마네현의 오키 섬과 90여 킬로미터 떨어져 있어, 일본 쪽에서 보면 가장 가까운 한국의 섬이다. 해안선에 가지 모양으로 길게 붙은 시마네현에는 어업 종사자들이 많다. 어민들은 독도 근방의 풍성한 어장에 와서 고기를 잡곤 했고, 독도의 소유권에 대해서도 자기주장을 되풀이하고 있었다.

여기서 경북은 시마네현과 묘한 상황에 놓이게 되었다. 곧 국가 간의 영토주권 문제를 확장하게 되면 교류가 어려워지고 교류를 강조하다 보면 주권이 상처를 받게 된다. 이는 단지 시마네현과의 관계만 그런 것이 아니다. 온갖 국가 간의 문제가 산적해 있는 동북아 전체의 관계도 이와 유사하다. 동북아 국가들의 공동 발전을 가로막는 가장 큰 요인이 예로부터 국가 간의 주권문제였고, 앞으로도 그럴 것이다.

이 딜레마에 대해서는 시마네현의 스미타 노부요시 지사도 같은 생각을 가지고 있었다. 예를 들어 남북의 정부가 정식 외교관계를 맺지 않는다고 해서 민간에서까시 교류를 끊으년 언제 통일이 될 것인가. 독도 문제가 있었지만 시네마현과 교류를 계속한 것은 그런 의미에서였다.

나는 '주권과 교류의 딜레마'를 극복하기 위해 힘을 쏟은 만큼 여기에 대해서 뚜렷한 신념이 있었다. '동해'의 표기 문제에서처럼, 교류는 얼마든지 확대하되 주권에 대해서는 조금도 양보할 수 없었다.

실질적으로 시마네현과 독도 문제로 충돌이 발생한 것은 1993년이었다. 오사카 상품박람회 방문차 일본에 가는 기간에 맞춰 시마네현 지사가 나를 초청했다. 시마네현에는 상시 파견된 경상북도의 직원이 있었는데, 그가 이런 보고를 해왔다.

"현청 앞에 '다케시마(竹島)는 일본 땅'이라는 현수막이 내걸려 있습니다.”

나를 초청해놓고 다케시마 운운하는 게 말이나 되는 일인가. 나는 당장 끌어내리도록 요청하라고 강력하게 지시했다. 현수막을 철거하지 않으면 초대에 응할 수 없다고 했다. 직원은 난감해했다.

불과 두어 달 전에 시마네현 지사는 나의 민선 지사 취임식에 축하 사절단까지 보내준 바 있었다. 물론 개인적으로는 고맙게 생각하고 있었지만 이건 다른 차원의 문제였다.

우리 직원이 관계자에게 내 의지를 전했고 곧 현수막이 내려진 모양이었다. 그리고는 가만히 생각해보니 이것만으로는 안 될 성싶었다. 나는 다시 연락하여 그런 현수막이 현청에만 걸렸겠느냐며, 현청 소재지인 마쓰에(松江)시 시내를 다 돌아본 뒤 다시 보고하라고 지시했다.

역시나 현수막은 시내 곳곳에 걸려 있다는 것이었다. 나는 다시 그것들까지 모두 철거하라고 요구했다. 시마네현에서도 갑론을박이 있었겠지만, 며칠 후 골목길에 쳐놓은 현수막까지 모두 철거되었다는 보고가 들어왔다.

이후 2005년 1월, 또 다시 독도가 들썩이기 시작했다. 이번에는 시마네현 의회가 ‘다케시마의 날’이라는 조례를 제정하기로 내부적으로 합의했다는 보도가 외신을 통해 전해졌다. 100년 전인 1905년에 독도를 시마네현 영토로 편입시켰던 것을 기념하기 위해 ‘다케시마의 날’을 제정한다는 것이었다.

독도문제는 한일간에 항상 잠재되어 있는 분쟁 요인이다. 우리 입장에서야 말도 안 되는 이야기지만, 저들이 쉽게 포기할 사람들이 아니기 때문이다. 이전에도 독도로 인한 분쟁은 끊이지 않아왔지만 이번에는 차원이 달랐다. 지금까지의 분쟁의 결정판 같았다.

가깝게는 4년 전인 2001년에 시마네현 지사가 현 의회에 나가서 독도 영유권을 주장한 적이 있었다. 그때 나는 즉각 유감성명을 발표한 후, 스미타 지사에게 항의서한을 발송하고 시마네현 교류원을 소환하는 등 강경한 조치를 취했다. 그러나 2002년 한일공동 월드컵의 개최가 임박해지고 양국에서 협력 분위기가 고조되자, 우리도 거기에 부응할 수밖에 없어 월드컵이 개최되던 해 1월에 시마네현과 교류를 재개했다.

그런데 이번에는 현 의회가 분란을 일으킨 것이다. 의회는 성격상 행정부보다 자유로운 곳이다. 내가 지사로서 강하게 항의할 수 있는 곳은 시마네현 행정부였다. 화살을 가졌으되 과녁을 잃어버린 격이었다.

나는 '다케시마의 날' 조례 제정에 대해 강경한 항의서한을 발송했다. 물론 의회가 아니라 현 행정부에 대해서였다. 조례가 가결된다면 우리 도와 시마네현의 교류는 매우 심각한 타격을 입을 것이고, 너 이상 교류 자체가 불가능할지 모르니 지사께서 의회에 상정되는 조례안을 반드시 막아달라는 내용이었다. 나는 이번 사태를 일본측의 교란작전으로 판단했다. 즉 행정부가 슬쩍 빠지면서 의회가 그 일을 대신 하는 모양새를 취하는 것이었다.

내가 교류불가 카드를 내민 것은 시마네현이 우리 경북과의 교류를 상당히 중요하게 여기고 있었기 때문이다. 실제로 시마네현의 해외교류 가운데 경북이 가장 큰 비중을 차지했다. 특히 스미타 현지사는 20년 가까이 재임하고 있었으며, 지난 1989년에 경상북도와 직접 결연의 물꼬를 튼 당사자였다.

나의 항의서한에 대한 스미타 지사의 반응은 미지근했다. 의회가 조례안을 상정하겠다는 것을 지사가 막을 방법이 없다는 것이었다. 의회 입장에서도 주민들의 요구를 거절하긴 힘들 거라고도 했다. 지난 수년간 시마네현의 어업단체들이 그런 요구를 해온 것을 나도 잘 알고는 있었다.

물론 시마네현 의회가 '다케시마의 날'을 수백 번 제정하더라도 그것은 국제법적인 구속력이 전혀 없다. 그럼에도 굳이 '다케시마의 날'을 제정하려는 의도는 독도가 영유권 분쟁지역임을 국제사회에 알리겠다는 전략적 의도였다.

그런데 조례가 제정된 직후 시마네현의 지역민방 TV에서 독도가 일본 땅이라는 광고를 하기 시작했다. SK, BBC, NKT 등 3개 민방 TV가 주 1회씩 광고를 내보냈다. 알아보니 광고비는 현의 예산에서 직접 지출된 것이었다. 나는 시마네현의 이중적 태도를 더 이상 묵과할 수 없었다.

시마네현 의회는 압도적 지지로 예정된 2월 23일에 조례안을 발의했다. 나는 그날 즉각 성명서를 발표했다. 그리고 지난번 최후통첩을 보낸 대로 시마네현에 파견된 우리 공무원을 소환하고, 경북 도청에 들어와 있는 일본 교류원도 출근을 정지시켰다. 또한 조례안이 본회의를 통과한다면 외교통상부와 협의를 거쳐 자매결연을 파기하겠다고 통보했다.

이 문제는 단순한 자매결연만이 문제가 아니었다. 문제가 그뿐이라면 파기하면 그만이었다. 결연을 한 것 자체도 내가 재임하기 전의 일이어서 파기된들 경북으로는 크게 잃을 것이 없었다. 여기에는 보다 복잡한 문제가 깔려 있었다.

성명을 발표하기 이틀 전 경북 도청에서 실·국장급 간부회의를 했을 때도 격론이 벌어졌다. 문제점은 크게 세 가지였다.

첫째, 15년간 이어진 교류가 끊기므로 그동안 서로 오고갔던 많은 학교단체나 민간기업에도 적잖게 영향을 미친다는 점이었다.

둘째, 조례 제정의 목적이 독도가 영유권 분쟁지역이라는 것을 국제사회에 알리려는 것이므로, 국제관계에서 전례가 드문 자매결연 파기소동으로 독도문제가 시끄러워질수록 시마네현의 전략은 성공을 거두게 되는 묘한 상황이었다.

마지막으로, 경상북도가 주도해온 동북아 자치단체연합(NEAR)은 동북아의 무한한 잠재력을 겨냥하여 창설된 흔치 않은 외교적 성과물인데, 시마네현과의 교류를 파기하면 동북아 자치단체연합의 한 축인 일본의 다른 자치단체들에게 부정적인 영향을 미칠 가능성마저 있었다.

그러나 수차례의 거듭된 경고에도 불구하고 시마네현 의회는 3월 16일 조례안을 가결하고 말았다. 조례안이 발의되면서 비등해지기 시작한 국내 여론은 가결 소식이 알려지자 온 나라에 들끓었다. 각 언론은 독도를 집중적으로 조명해주었고, 곳곳에서 반일 시위가 벌어졌으며, 네티즌들도 인터넷을 달구었다. 전 국민의 애정 어린 눈이 독도에 쏠리고 있었다. 독도를 관리하는 나로서는 감격스런 광경이었다.

나는 조례안 통과를 침략행위로 규정하는 성명서를 발표하고, 완전한 단교를 선언했다. 시마네현 지사는 강한 유감을 표시해왔다. 영토문제는 국가 간의 외교문제이므로 지방자치단체가 추진하는 국제교류와는 성격이 다르지 않느냐는 것이었다. 국가 간의 과거 문제에서 보다 자유로운 자치단체가 서로 연합하여 동북아의 미래를 열자는 얘기였다. 그것은 평소 내가 동북아 자치단체연합에서 주장해온 논리였다.

시마네현 지사의 유감표명에 나는 더 언짢아졌다. 영토문제가 국가 간의 문제라면 시마네현 자신이 그런 조례를 만들지 말아야 이치에 맞았다. 그는 같은 말을 되풀이했다. 나는 진정으로 발전적 미래를 원한다면 객관적인 역사인식을 바탕으로 보다 성숙되고 진실된 자세로 국제관계에 임해야 할 것이라며, 거듭 조례의 파기를 촉구했다.

나는 시마네현과의 교류 단절을 선언한 뒤, 독도를 지키기 위한 종합대책을 발표했다. 이전부터 마련한 대책을 10여 가지로 압축한 것이었다. 국제사회에 독도가 우리 영토임을 인식시켜나가는 방안 모색에서부터 독도 해양과학연구기지 신설에 이르기까지 전면적인 대책이었다.

기상악화로 인해 조례안이 통과된 지 3일 후에야 나는 헬기를 타고 독도에 내렸다. 지난 1993년 이래 독도를 여러 차례 방문했지만 이때만큼 기분이 상기된 적은 없었다. 처음 독도에 왔을 때는 찬바람이 쌩쌩 부는 바위 위에 가무잡잡한 얼굴로 서 있는 경비대가 그렇게 안쓰러울 수 없었다. 독도는 의젓하고 아름다웠지만 그 이름처럼 외로운 섬이라는 생각을 지울 수 없었다.

그런데 이날 독도에 왔을 때는 느낌이 새로웠다. 사건이 터지면서 매일 같이 많은 사람들이 '삼봉호'를 타고 독도를 찾아서인지 외로워 보이지도 않았고, 조례안 통과 사실을 알고 있을 경비대원들의 눈빛은 여유 있고 초롱초롱했다. 내가 경비대원을 격려한 뒤 섬을 한 바퀴 둘러보고 선착장으로 내려왔을 때, 마침 스쿠버다이버들이 고무보트에 태극기를 펄럭이면서 파도를 헤치며 다가오고 있었다. 어디서 왔느냐고 큰소리로 물으니

독도를 방문하여 전경들과 함께(2005. 3).

시울에서 온 스쿠비다이비협회 회원들이라고 대답했다. 그들은 독도 바위 밑에 태극기를 묻겠다고 했다.

돌아오는 길은 그렇게 흐뭇할 수가 없었다. 독도는 한결 우리에게 가까이 다가와 있었다.

나는 지사에 취임한 뒤 줄곧 '독도 지키기' 정책을 시행해왔다. 지난 1996년에 독도에 접안시설 공사를 하고 담수화 시설도 설치했으며, 지역은행의 협조를 얻어 독도예금통장도 개설했다. 1997년에는 울릉도에 '독도박물관'을 건설했고, 인터넷 시대에 맞춰 각종 도메인까지 선점했다.

그런데 얼마 후 내 자신이 독도 문제로 여론의 도마에 오르는 사건이 벌어지고 말았다. 역대 어떤 지사보다도 철저하게 독도를 지켜왔다고 믿고 있던 내 자신이 일부 여론의 날카로운 화살을 받게 된 것이다.

사건의 내용은 이렇다. 동북아 자치단체연합(NEAR)의 상설사무국 개소식이 5월에 열리기로 되어 있었다. 상설사무국은 일본측의 온갖 방해에도 불구하고 경상북도가 유치에 성공한 외교적으로 큰 성과로서, 우리나라에 처음 세워지는 국제기구의 본부다. 그 사무국 개소식에 6개국 40개 회원단체의 수장을 초청했는데, 시마네현 지사도 그 중 한 사람이다. 시마네현 의회가 독도문제를 야기했지만 동북아 자치단체연합은 그와 무관한 국제단체이므로 시마네현 지사만 따로 초청자 명단에서 누락시키는 것은 도리가 아니었다. 뿐만 아니라 조례안이 가결되기 전에 이미 초청된 상태였다.

이 사실이 알려지자 난리가 났다. 언론들도 다투어 비판기사를 실었다. 어떤 신문은 '경상북도, 시마네현 지사 초청'이라는 제목을 뽑기도 했다. 마치 내가 별도로 시마네현 지사만 초청하는 것처럼 비춰질 지경이었다. 지난해 사무국 유치에 성공하고 귀국했을 때보다 더 크게 취급한 신문기사를 보면서 어처구니가 없었다.

사이버 공간은 더 난리였다. 각 포털 사이트마다 네티즌들의 항의가 빗발쳤고 도청 홈페이지의 게시판에도 거친 항의가 난무했다. 젊은 네티즌들은 동북아의 중요성과 상설사무국 유치의 의미를 속속들이 알 리가 없었다. 그 즈음 한 포털 사이트에서 네티즌들을 대상으로 여론조사를 했는데, 일본과 국교를 단절하거나 외교관을 소환해야 한다는 여론이 80% 이상이었으니 동북아 자치단체연합에 대해 이해를 구하기는 어려운 실정이었다.

독도에서 광복 60주년 기념식을 가졌다. 독도 평화 메시지를 낭독하는 모습(2005. 8.15).

상설사무국 개설은 동북아 6개국 40개 자치단체의 공통된 소망이었다. 따라서 사무국 개소식에는 모든 회원단체들이 참가하여 무한한 잠재력을 가진 동북아의 미래를 위해 축하를 나누어야 할 자리였다. 그 자리가 분란이 날 가능성이 있다면 연기할 수밖에 없는 노릇이었다. 일주일 후, 나는 고심 끝에 개소식을 연기한다고 발표했다. 어느 정도 이해를 얻은 뒤 성황리에 개소식을 열 예정이었다.

나는 그때 거칠게 항의했던 많은 네티즌들이 독도를 사랑하는 마음으로 그런 것을 안다. 옛날 안용복이 그랬고, '독도 의용수비대'가 그랬다. 그들은 민간인들이었지만 스스로 나서서 독도를 사랑하고 독도를 수호했다. 오늘날 네티즌들도 각종 독도 사이트를 탄생시키며 독도를 지켜내고 있다. 네티즌의 열기는 오히려 자랑스럽다. 하지만 냉정하게 국익 차원에서 논리를 전개하지 않은 언론들에는 솔직히 씁쓸한 마음을 지우기 어렵다.

순간적인 오해야 언젠가는 풀리겠지만 독도가 우리 영토라는 사실은 역사적으로나 실질적으로나 변할 수 없는 것이다. 나는 2005년 광복 60주년 기념식을 독도에서 가졌다. 많은 사람이 참석한 가운데 태극문양이 새겨진 두루마기를 입고 대형 태극기를 게양하고 독도 평화 메시지를 낭독했다. 독도의용수비대 추모비와 한국산악회 독도표석을 새로 제작하여 제막식을 가졌으며, 특히 1952년에 건립되었다가 사라호 태풍으로 유실된 독도조난어민 위령비를 복원하여 함께 제막식을 가졌다. 비석의 기단부에 다음과 같은 비문을 새겨 독도가 우리 땅임을 세계에 알리는 역사적 근거가 되도록 했다.

1950년에 건립된 위령비가 1959년 사라호 태풍에 유실된 지 거의 반세기가 되었으니 비통한 마음 금할 길 없다. 광복 60주년에 이 비를 다시 세워 삼가 조난 어민의 명복을 빌며 독도가 대한민국의 영토임을 세계만방에 밝히는 바이다.

2005년 8월 15일 경상북도 지사 이의근

지금도 독도를 지키기 위한 국민들의 참여는 눈물겨울 정도로 매우 적극적이다. 무인도라고 주장하는 일본의 주장에 맞서 자발적으로 독도에 호적을 옮긴 가구는 2005년 11월 현재 537가구에 약 1천 800여 명에 이른다. 얼마 전 한국시인협회가 발표한 '1행시'가 가슴을 때린다.

'독도의 바위를 깨면 한국인의 피가 흐른다.'

아시아로, 그리고 세계로

동북아 자치단체연합이 제 기능과 역할을 다하여 분쟁과 갈등으로 점철된 동해를
'평화의 바다'로 만들고, 잠자는 환동해경제권이 세계 경제의 한 축으로 부상하여
공생, 번영하게 되기를 간절히 기다릴 따름이다.

강택민 중국 주석과 함께(1995. 11. 15)

환동해경제권의 중심으로 나아가다

내가 민선 지사로 취임하던 해인 1995년 9월, 러시아 하바로프스크에서 동북아 시도지사들이 모였다. 우리나라에서는 하바로프스크와 자매결연하고 있던 경상남도 김혁규 지사와 나만 참석했던 데 반해, 일본에서 많은 지사들이 참여하여 대조를 이루었다.

이 모임은, 1993년 일본의 시마네현을 비롯한 몇몇 지방정부가 중심이 되어 발족한 '동북아 자치단체회의'가 그 모태였다. 그때까지만 해도 동북아 자치단체들의 움직임이 미약할 때였다. 그런데 일본은 한국과 중국의 동북 3성, 극동 러시아로 이루어진 환동해 경제권의 발전 가능성을 일찌감치 예측하고 이들 단체들을 결속하여 국제회의를 주도해 나가는 발 빠른 움직임을 보이고 있었다. 경상북도만 해도 일본의 시마네현, 중국의 하남성 등과 '소박한' 수준의 자매결연을 하고 있는 정도였다.

1993년 1회 대회는 자치단체들의 지지를 얻지 못해 겨우 4개국 11개 단체만 모여 국제회의라 부르기조차 어려운 규모였다. 우리나라에서는 나 혼자만 참가했었는데, 2회 하바로프스크 회의 때는 21개 단체로 확대되어 있었다. 각국이 동북아 지역 간의 교류협력 필요성을 인정하기 시작했다는 반증이었다. 그럼에도 불구하고 각 자치단체는 대개 부단체장이나 국장급을 회의에 내보냈다. 주최측에서는 지사나 성장(城長)이 많이 참석할수록 행사의 무게가 더해지기 때문에 내가 두 번씩이나 직접 참석해준 데 대해 무척 고마워했다.

내가 바쁜 일정을 쪼개어 회의에 빠지지 않으려고 한 데는 이유가 있었다. 그것은 경상북도를 환동해 경제권의 거점으로 육성하기 위해서였다. 일본의 앞선 기술과 자본, 중국의 노동력과 무한한 시장 잠재력, 그리고 태평양 경제권으로 진출하려는 러시아의 천연자원이 결합한다면 향후 세계 경제의 한 축으로 부상할 수 있는 엄청난 가능성을 지닌 곳이 바로 이 지역이다.

특히 한국은 지리적으로도 네 나라의 중간에 있어, 경제력이나 기술력 등 많은 면에서 교류협력을 매개할 수 있다. 일본이 주도한다면 과거 침략사로 인해 패권주의라는 의심을 살 수 있겠지만, 한국의 경우는 그런 거부감으로부터도 자유로운 입장이었다.

이런 전략적 견지에서 나는 이 회의를 보다 발전시키는 것이 좋겠다는 판단을 하고 제3회 대회의 경상북도 유치와 함께 '동북아 자치단체연합' 결성을 제의했다. 지금 세계는 냉전의 종식과 정보통신의 혁명으로 국경을 초월한 전면적인 교류가 진행되는 글로벌 시대로 접어들었으며, 따라서 지역 간의 긴밀한 협력 없이는 지역발전은 물론 국가의 경쟁력도 생각할

동북아 자치단체연합 창립총회에서 연설하는 모습.

수 없으므로 정식 국제기구를 만들어 자치단체 간의 경제, 문화, 학술, 관광 등 다양한 분야에서 협력하자고 역설했다.

이 제안은 참가 단체들의 전폭적인 지지를 얻어 이듬해인 1996년 9월 11일, 경주에서 이수성 국무총리가 참석한 가운데 '동북아 자치단체연합 (NEAR; The Association of North East Asia Regional Governments)'을 출범시키는 창립총회를 개최하게 되었다. 여기에서 NEAR가 영속적인 국제기구임을 선언하는 연합헌장을 만장일치로 채택했다.

경주에서 열린 총회에는 일본, 러시아, 중국, 한국에서 29개 자치단체가 참여했고 내가 초대 의장으로 취임했다. 총회는 2년 간격으로 열기로 하고 6개 분과위원회를 두어 총회에서 제안된 프로젝트를 추진하게 했다. '동북아 자치단체연합'이 명목상의 단체가 아니라 경제·문화·관광 등에서 실질적으로 상호 이익을 도모할 수 있도록 제도화된 것이다. 경상북도는 가장 중요한 분야인 경제통상분과위원회를 맡아 각 지역 간 투자, 교역 확대 등 경제교류 활성화를 위한 다양한 프로그램을 추진하고 있다.

NEAR가 명실상부한 국제기구로서 활발한 사업을 진행하자, 이후 여러 자치단체에서 관심을 표명하며 참가를 희망했다. 우리나라에서도 경기도, 강원도, 전라남북도, 충청남북도, 부산시 등이 잇달아 가입했고 2002년에는 북한과 몽골도 가입하여 동북아의 6개국을 모두 아우르게 되었다.

북한이 동북아 자치단체연합에 참여하게 된 것은 2000년 9월 일본 효고현에서 열린 3차 총회에서 나의 제안이 계기가 되었다. 나는 동북아의 안정과 공동발전을 위해서는 북한의 참여와 협조가 필수불가결한 요소라고 판단하여, 초대 의장으로서 북한의 지방정부를 연합체에 가입시키는 안건을 총회에 상정하기로 했다.

그런데 의외로 일본의 반응이 시원치 않았다. 알고 보니 일본의 서북 해안에 위치한 현들은 일본인 납치사건으로 인해 북한에 대해 매우 불편한 감정을 가지고 있었다. 나는 국가 간에 그런 문제가 있기 때문에 지방정부 사이의 협력이 더 요구되는 것이 아니냐고 일본측을 설득했다.

결국 안건은 채택되었는데, 문제는 북한을 어떻게 가입시킬 수 있느냐 하는 점이었다. 북한은 자치권한을 가진 지방정부가 존재하지 않아서 지방 도가 연합에 가입하려 해도 중앙의 지시가 있어야 가능했다. 내가 나서서 그 일을 할 수가 없었다. 일본의 시마네현 지사와 중국의 하남성 성장, 러시아의 하바로프스크 주지사가 북한을 참여시키는 일에 나서주겠다고 했다. 특히 나와 하바로프스크주의 이사예프 지사는 의기투합하는 사이였다.

그는 수시로 평양을 드나들어 김정일 국방위원장과 교분이 두터운 사이였다. 하바로프스크는 김일성이 소련군 장교로 복무할 당시 김정일이 태어난 곳이고, 북한 정권 수립 당시에도 이곳의 소련 극동군 사령부가 주축이 되어 김일성과 함께 북한에 진주하여 공산정권을 탄생시킨 역사가 있는 곳이었다. 지금도 하바로프스크는 러시아 극동 지방정부의 수장이자 정치적·군사적·경제적으로 상당한 영향력을 행사하는 모스크바의 전초기지이기 때문에 북한으로서는 무시할 수 없는 곳이기도 했다. 내가 이사예프 주지사에게 북한 가입의 필요성을 피력하자 그는 선뜻 자기가 나서보겠다고 대답했다.

중국의 동북 3성도 북한을 설득했지만, 이사예프 주지사는 직접 김정일 국방위원장을 만나 동북아 자치단체연합의 의도를 전달하고 북한의 가입을 요청했다고 한다. 그리하여 마침내 2002년 총회에서 북한의 함경북도와 라선시가 가입했다. 출범 10년을 넘어서고 있는 현재 이 지역을 망라하는 6개국 40개 자치단체가 가입하여 활동하고 있다.

환동해는 이제 새로운 문명의 한 축으로 성장해나갈 것이고, 그 미래를 위해서 우리가 성장의 주춧돌을 놓아야 한다. 역사적으로 보더라도 새로운 문명의 기원에는 항상 물이 자리하고 있었다. 그리스 문명은 에게해라는 바다를 중심으로 형성되었고, 로마는 지중해를, 근대 이후 세계를 지배했던 대영제국을 비롯한 스페인과 포르투갈은 대서양을, 그리고 현재는 미국과 유럽의 범대서양 세력과 미국, 일본, 중국 등 환태평양 세력이 세계를 주도하고 있다. 그 가운데에서 환동해경제권이 부상하고 있고,

그 중요성도 시간이 갈수록 증대되고 있다.

이러한 변화의 조짐 속에서 나는 경북이 지리적으로 환동해 경제권역의 중간지점에 입지해 있어 우리나라 발전의 기폭제 역할을 할 수 있을 것이란 자신감을 가지게 되었다. 다시 말하면 러시아의 나홋카와 블라디보스토크, 일본의 니가타와 동북지역 및 북해도, 그리고 중국의 동북 3성이 꼭짓점을 이루는 곳이 경북의 동해안이므로 동해안에 대한 비전과 전략 개발을 서두르지 않을 수 없었다.

포항에 신항만 건설을 서두르고, 기존의 포스코와 포항공대에다 테크노파크 등 첨단 기술단지를 더 건설하자는 것도 환동해경제권의 중심축으로 선점하기 위한 노력의 일환이었다. 포항은 일차적으로 대구와 경북 내륙의 관문이 될 것이며, 후일엔 다른 지역의 물류들도 포항을 통해 동북아로, 세계로 뻗어갈 것이다.

동북아 지역에서도 한·중·일 간에 경제통합이 논의되고 있다. 하지만 경제외적 요인 때문에 EU 수준의 경제블록이 될 가능성은 매우 낮아 보인다. 과거사 문제, 북한 문제, 영토 문제, 안보 문제 등 복잡하고 미묘한 경제 외적인 관계들이 뒤엉켜 제대로 된 교류협력조차 어려운 실정이었다. 그렇다면 이러한 외교나 안보문제로부터 상대적으로 자유로운 자치단체와 민간의 역할이 보다 중요해지고 활동의 범위도 넓어진다는 논리가 성립되는 것이다. 이런 측면에서 동북아 자치단체연합은 동북아 지역의 건설적인 연합과 밝은 미래를 여는 데 크게 기여하고 있다.

상설사무국을 유치하라

대체로 국제기구는 느슨한 형태로 유지된다. 회원국들의 이해관계가 항상 일치하지는 않아서, 보통 필요에 따라 결속이 강화되기도 하고 이완되기도 한다.

동북아 자치단체연합은 이런 점에서 추구하는 가치만 그럴싸한 여타 국제단체들과는 궤를 달리한다. 동북아 자치단체연합은 가치 중심이 아니라 현실 중심의 기구이다.

연합체의 교류도 점차 활발해지고 규모도 커진 데다 증대되는 수요에 부응하기 위해서는 실무를 뒷받침할 상설사무국이 필요하다고 나는 판단했다. 그때까지는 차기 총회를 개최하는 회원 단체가 사무국 기능을 수행하는 순회사무국 체제였다. 그러다 보니 2년마다 사무국이 바뀌어 안정적으로 업무를 추진하는 데 어려움이 있었다.

그래서 나는 2000년 일본 효고현 3차 총회에서 이 문제를 처음으로 제기했다. 이에 대해 참가 단체들의 반응은 예상한 대로 매우 적극적이었다. 모두가 상설사무국의 필요성을 절감하고 있었다. 문제는 사무국을 어디에 둘 것이며 운영비용을 어떻게 충당할 것이냐였다.

사실 나는 연합체 구성을 처음 제창하고 초대 의장을 맡았을 때부터 우리 도에 상설사무국을 유치하고 싶었다. 우리 도가 동북아 국제협력의 중심이 되겠다는 꿈을 가지고 있었기 때문이다. 또한 아직 국제기구 본부가 하나도 없는 외교 약소국인 우리의 현실에서 자치단체들의 연합체이긴 하나 그 본부를 서울이 아닌 지방에 유치한다는 것은 외교적으로도 의미심장한 일이었기 때문이다.

"상설사무국을 설치하고 운영하는 데 드는 비용은, 비용의 분담 문제가 해결될 때까지 당분간 경상북도에서 부담할 용의가 있습니다."

나는 상설사무국을 경상북도에 유치하겠다는 적극적인 의사를 표명했다. 러시아와 중국 등 몇 회원단체는 그 자리에서 적극적인 지지발언을 해주었다. 상설사무국 설치가 시급한 마당에 그동안 연합의 창설과 운영을 주도해온 경상북도가 그 일을 맡아주겠다니 매우 반가워하며 당장 결의하자는 것이었다.

그런데 총회 주최측인 일본 효고현 지사가 제동을 걸었다. 그는 이 문제는 연합 발전에 매우 중대한 사안이므로 실무 소위원회를 구성하여 충분히 논의한 후 차기 총회 때 상정해도 늦지 않다고 주장했다. 나로서는 이를 수용할 수밖에 없었다.

효고현 총회의 결의에 따라 상설사무국 설치 문제를 다룰 특별위원회가 구성되었다. 일본의 효고현, 도야마현, 중국의 흑룡강성, 러시아의 하바로프스크주, 한국의 부산시와 경상북도 등 총 6개 단체로 위원회가 구성되었고, 그때부터 사무국 유치를 위한 피 말리는 외교전이 시작되었다.

특별위원회에 참가한 각 대표는 상설사무국 설치에 대한 필요성을 모두 절감하고 있었으나, 구체적인 추진방향에 대해서는 서로 입장이 달랐다.

가장 핵심적인 쟁점은 사무국을 어디에 둘 것이냐였다. 우리는 유치를 희망하는 단체가 있으면 총회에 상정하여 표결로 결정하자고 했다. 반면 일본은 표 대결은 회원단체간의 갈등을 일으킬 수 있으니 특별위원회에서 사전에 조율하여 총회에 상정하자고 했다. 사무국의 임기문제도 우리는 '상설'이란 말에 걸맞게 임기제가 불필요하다고 했지만 일본은 회원단체가 골고루 돌아가며 할 수 있도록 임기제 도입을 주장했다. 그리고 사무국의 기능에 있어서도 차기 총회 개최지의 임시사무국과 역할을 어떻게 분담할 것인가도 쟁점이었다.

이런 복잡한 이슈를 둘러싸고 갑론을박을 벌이느라 차기 하바로프스크 총회에 상정조차 못하게 되었다. 결국 차차기 총회인 2004년 흑룡강성 총회의 안건으로 미루어졌다.

그동안 수차례 특별위원회와 실무위원회를 거치면서 확인할 수 있었던 것은 일본을 제외한 대다수 회원단체가 우리 도의 입장을 적극 지지한다는 점이었다. 그것은 우리 도가 연합의 발전을 위해 앞장서 노력해온 공로를 인정하는 것이기도 했고 일본의 어떤 패권주의에 대한 반감이 작용한 결과이기도 했다.

사실 일본의 입장을 이해 못할 바는 아니었다. 일찍이 일본은 환동해 경제권의 가능성을 간파하고 이들 지역의 광역 자치단체장들로 구성된 국제회의를 먼저 주도해나갔는데, 내가 참가하면서 새로운 연합체를 결성하고 초대 의장을 맡는 등 주도권을 빼앗긴 상태에서 사무국마저 경상북도에 내주는 것은 막아야 했을 것이다.

이렇게 4년을 겉돌다 마침내 2004년 제5회 총회를 앞두고, 그해 1월 중국 흑룡강성에서 열린 실무위원회에 참석하러 떠나는 경상북도 대표단에게 나는 다음과 같은 특명을 내렸다.

'어떤 일이 있어도 반드시 이번에 가서 상설사무국 문제를 매듭짓고

오라.'

그것은 이번 총회에서마저 안건으로 상정되지 못하면 상설사무국 유치는 영원히 불가능할지도 모른다는 판단 때문이었다. 다음 총회가 열리는 2007년이면 나는 이미 도지사의 임기를 마치고 야인이 될 텐데, 아무리 유능한 후임자가 오더라도 내가 10년 동안 연합체를 주도해오면서 다져놓은 타 자치단체와의 인간적인 관계를 당장 복원할 수 없는 것은 자명하지 않은가. 지금까지 연합체 내에서 서로 의견이 갈리면 좀 못마땅해도 타 단체장들이 나를 지지해주었다. 그간의 공로를 인정받았기 때문이다.

며칠 뒤 대표단 단장인 주낙영 경제통상실장이 반가운 소식을 전해왔다. 사무국 설치를 이번 총회에 상정하기로 하고, 유치 희망단체의 신청을 받아 표결에 붙이기로 합의했다는 것이었다. 다만 4년 내지 6년의 임기제로 하는 대신 연임 제한 규정이 없으니 준항구적으로 사무국을 유지할 수 있다고 했다. 그 정도라면 그간 일본이 보여온 완강한 태도에 비춰볼 때 성공적인 결과라고 판단했다.

일본은 의안 상정을 저지하기 위해 안간힘을 썼다고 한다. 심지어는 북한의 일본인 납치문제가 해결되지 않는 한 사무국 설치안건은 뒤로 미루어야 한다고 억지 주장을 해서 다른 단체 대표들의 집중 포화를 받는 일까지 벌어졌는데, 우리 대표단의 끈질긴 설득과 협상 노력 끝에 일본측도 의안 상정을 미룰 명분을 찾지 못해 그 정도로 양보하는 선에서 합의를 끌어낼 수 있었다고 한다.

2004년 9월, 드디어 국제기구의 사무국 유치를 확정하는 제5차 흑룡강성 총회가 개막되었다. 지난 4년 동안 온갖 우여곡절을 겪으면서 상정된 사무국 설치안이 확정되게 되었으니 기쁘지 않을 수 없었다.

더구나 총회가 열리는 곳이 안중근 의사의 의거가 있었던 흑룡강성의 성도(城都) 하얼빈이 아니던가. 공교롭게도 그 하얼빈시에서 일본의 저지를 물리치고 동북아 시대를 주도할 국제연합체의 사무국을 유치하게 되었으니 감격이 더했다.

그런데 총회 개막이 임박한 시점에서 돌발적인 상황이 벌어졌다. 상설사무국 설립을 위한 헌장(憲章) 개정안을 막바지 손질하고 있던 주낙영 통상실장이 급하게 찾아왔다. 일본측에서 우리가 도저히 수용하기 어려운 새로운 조건을 들고 나왔다는 것이었다. 일본측이 제시한 조건은, 상설사무국 임기를 4년으로 하되 연임을 1회로 제한하는 조항을 명시하자는 것이었다. 그렇지 않으면 한 나라가 항구적으로 연합을 독주해나갈 가능성이 크다는 이유를 들어, 헌장 개정에 절대로 동의할 수 없다는 내용이었다.

이 무슨 소리인가. 상설이라 하면 영어로 'permanent', 곧 일정한 장소에서 항구적으로 설치하는 게 원칙이다. 연임을 한다 해도, 그들 주장대로라면 8년 후에는 다른 나라에 사무국을 넘겨주어야 한다. 이미 내가 출발할 때 국내 언론에서는 상설사무국 유치를 기정사실로 보도하고 있었다. 8년 후에 없어질 사무국을 유치해놓고 상설사무국 운운하는 것은 도민들을 속이는 일이었다. 모든 협의가 끝나서 수락연설만 하면 될 줄 알았던 나로서는 난감했다.

총회에서는 실무회의 때에 논의된 사항만 상정하는 게 원칙인데 일본측에서 국제회의의 기본을 무시한 행동을 하고 있는 것이었다.

실무회의 때 임기제 논의를 했지만 연임 제한을 거론한 적은 없었고,

연합활동의 연속성이나 장기적인 프로젝트를 수행하기 위해서 연임에 제한을 두어서는 안 된다는 게 우리를 비롯한 대다수 회원 단체들의 입장이었다.

일본측에서는 꾀를 부리고 있었다. 나의 지사 임기가 이번으로 마지막이라는 것을 알고 있었으므로, 한 차례만 더 총회 상정을 연기하면 사무국 유치는 자신들이 유리한 입장에서 다시 시작할 수 있다고 판단하는 것이었다. 일본이 반대하면 사실상 헌장 개정은 불가능했다.

실무회의에 참석했던 주 실장은 크게 상심해 있었다. 모든 게 자신이 실무 준비를 잘못한 탓이라며 사표를 쓰겠다고 했다. 그렇게 애를 써놓고 만리타국까지 갔다가 사표를 쓰다니. 감동적이면서도 안타까운 말이었다.

이렇게 물러설 수는 없었다. 나는 목소리를 높여 주 실장에게 다시 물었다.

"…헌장을 개정하려면 몇 표를 얻어야 하나? 만장일치가 불가능하다면 표 대결이라도 해야지."

"참가회원의 3분의 2 이상 찬성을 얻어야 하는데, 이번에 27개 단체가 왔으니 18표 이상은 얻어야 합니다. 그런데 공교롭게 일본에서 9개 단체가 참가하여 꼭 3분의 1입니다."

경상북도와 자매결연을 하고 있는 시마네현의 도움을 기대했지만, 난처하여 확답을 하지 않는다는 것이었다. 경상북도와 시마네현은 오랫동안 각별한 사이였다. 하긴 아무리 각별한 관계라지만 자기 나라에 등을 돌리고 우리 손을 들어주기는 힘들 것이다.

"일본 말고 나머지 단체들은 어떤가?"

"물론 다들 우리 도를 적극 지지하는 입장입니다만 문제는 북한입니다. 저희들도 표 대결을 생각하고 북한과 접촉해봤더니 상부의 지시를 받은 바 없기 때문에 기권할 예정이라고 합니다."

북한마저 기권한다면 표 대결을 해도 3분의 2 확보가 어려워진다. 이제는 최후의 수단을 쓸 수밖에 없는 일이었다.

"주 실장, 당초 실무회의 때 합의한 대로 의안을 상정하지 않으면 한국 대표단 전원은 내일 철수한다고 흑룡강성에 통보해. 이런 사태가 초래된 데는 사전에 의제를 매끄럽게 정리하지 못한 흑룡강성의 책임도 커."

나의 단호한 지시에 모두들 깜짝 놀라며 만류하는 분위기였다. 만약 그렇게 되면 동북아 자치단체연합 자체가 깨어질 수밖에 없기 때문이었다.

"다른 말 말고 시키는 대로 해! 한국의 다른 시도 대표단들에게도 진달해서 행동 통일이 될 수 있도록 하고."

나는 나름대로 생각이 있었기에 단호하게 말했다. 일본이 국제관례와 절차를 무시하고 있기 때문에 명분에서도 떳떳했고, 또한 한국 대표단이 전원 철수한다면 총회를 개최하는 흑룡강성으로서는 체면에 큰 손상을 입을 것이므로 체면을 중시하는 중국인의 특성상 가만있지는 않을 것으로 생각했다.

그날 밤, 우리 실무진과 중국 흑룡강성 측, 일본 측 간에 피를 말리는 막후 협상이 다시 진행되었다. 가장 당황한 측은 흑룡강성이었던 모양이다. 어떤 형태로든 합의안을 도출하려고 양측을 오가며 중재안을 내고 설득을 했다. 나도 여러 가지 상념에 밤잠을 설치다 새벽에 잠시 눈을

동북아 자치단체연합 상설사무국 유치를 관철시킨 흑룡강성 총회의 모습.

부쳤는데 초인종 소리에 선잠을 깼다. 방문 앞에는 주 실장이 상기된 표정으로 서 있었다.

"지사님! 저희들 주장을 관철시켰습니다. 오늘 만장일치로 의안을 통과시키기로 합의했습니다!"

"그래? 일본이 주장하던 부분은 어떻게 됐어?"

4년 임기제를 수용하는 대신 연임제한 규정은 없앴고, 그리고 함부로 상설사무국 설치장소를 변경하지 못하도록 하기 위해 이를 변경하려면 총회 참가단체 3분의 2 이상의 찬성을 얻어야 한다는 조항을 명시하기로 합의가 된 것이다.

그것은 기대 이상의 성과였다. 한국의 회원단체만 해도 전체 회원의 4분의 1이나 되므로 우리에게 우호적인 몇 단체의 지지만 얻으면 장소변경

저지선인 3분의 1을 확보하는 데는 아무 지장이 없었다. 결과적으로 우리가 포기하지 않는 한 반영구적으로 상설사무국을 유지, 운영할 수 있는 안전장치가 마련된 것이었다.

배수진 전략이 멋지게 먹혀들어, 우리가 철수한다니까 중국측에 비상이 걸렸고, 하바로프스크 대표도 우리를 적극 도와주었다. 중국에 오기 전 러시아에 들러 이사예프 주지사에게 각별한 지원을 부탁한 것이 효과를 본 것이다.

그러나 무엇보다 협상팀이 대견스러웠다. 그간의 노력이 물거품이 되자 남을 원망하지 않고 사표를 쓰겠다던 주낙영 실장을 비롯하여 나라와 도의 이익을 위해 몸을 바치는 이들의 충정은 오랫동안 기억에 남아 있을 것이다.

창밖으로는 광활한 만주 벌판 위로 붉은 태양이 솟아오르고 있었다. 밤새도록 한 가지 생각에 몰두한 탓일까. 100년 전 이곳에서 숨져간 안중근 의사의 검은 손바닥 인장이 눈앞에 떠올랐다.

어느 새 소식이 쫙 퍼져 있었다. 아침식사를 하러 식당에 들어서자 각국 대표들로부터 축하인사를 받기 바빴다. 끝까지 애를 먹이던 일본의 효고현과 도야마현의 대표도 자기들 주장대로 4년 임기제가 관철되었으니 모두의 승리라며 악수를 건넸다. 그리고 자기들도 여건이 성숙되면 상설사무국을 가져갈 수 있는 기회를 달라며 은근히 아쉬움을 드러냈다. 방해공작으로 일관한 그들이 밉기도 했지만 환한 웃음으로 답변을 대신했다.

2004년 9월 8일, 연합 수정헌장과 대한민국 경상북도에 상설사무국을 설치하기로 하는 안이 참가회원 만장일치로 통과되었다. 북한의 대표단도 흔쾌히 손을 들어 민족의 경사에 동참해주었다. 나는 그동안 도와준 모든 회원단체들에게 감사의 뜻을 전하며 상설사무국 유치 수락연설을 했다.

"상설사무국 설치로 동북아 자치단체연합은 새로운 발전의 전기를 마련하게 되었습니다. 동북아 자치단체연합이 명실상부한 국제기구로서 동북아의 번영과 발전, 세계 평화에 기여할 수 있도록 사무국 운영에 최선을 다하겠습니다."

한국에 돌아오니 지역 언론에서 '한국 외교사의 쾌거'라며 대대적으로 보도를 하는 등 많은 칭찬과 격려를 아끼지 않았다. 중앙 관계부처에서도 적극적인 지원과 협조를 약속해 주었다. 그런데 묘하게도 중앙 언론에서는 거의 침묵으로 일관하고 있었다. 나는 이 일에 대해 전혀 개인적인 욕심이 없었다. 어차피 나는 법적으로 더 이상 도지사를 연임할 수 없으므로 한 점 부끄럼 없이 말할 수 있다. 한 지방자치단체가 이룬 외교적 쾌거를 단 한 줄도 보도하지 않는 이러한 현상을 무엇으로 설명할까. 뿌리 깊은 서울 중심주의 폐단인가. 말로만 지방분권주의를 외치고 '동북아 시대' 운운하면서도 이를 현실화하려고 누가 어떤 노력을 했던가. 국가를 위해 사표를 주머니에 넣고 몸을 던져 일한 부하직원들을 마주하기가 민망스러웠다.

나는 상설사무국을 어디에 둘 것인가 고민을 하다가, 역시 환동해 경제권을 상징하는 포항시로 결정했다. 포항으로서는 국제도시로 거듭나 '제2의 영일만 기적'을 이룰 수 있는 계기를 마련한 셈이다. 포항 영일만 신항이 완공되고 동해중부선 철도가 부설되면, 그리고 그것이 언젠가 시베리아횡단철도(TSR)와도 연결되는 날이 오면 포항은 그야말로 바다로, 육지로 물류가 오가는 환동해 경제권의 중심도시로 부상할 것이다. 뉴욕의 UN본부나 슈트라스부르그의 EU사무국처럼 멋진 동북아 자치센터를 건립하여 회의와 연구를 하고 교역과 전시도 할 수 있는 날이 멀지 않을 것이다. 나는 재임 중에 밑그림을 그려두는 것쯤으로 만족해야 할 것 같다. 동북아 자치단체연합이 제 기능과 역할을 다하여 분쟁과 갈등으로 점철된 동해를 '평화의 바다'로 만들고, 잠자는 환동해경제권이 세계 경제의 한 축으로 부상하여 공생, 번영하게 되기를 간절히 기다릴 따름이다.

세계에서 활동하는 경북의 명예자문관들

네트워크는 세계화가 급속히 진행되고 있는 현대 정보화 사회를 움직이는 핏줄과 같은 것이다. 정보통신 네트워크도 그 주체는 사람이므로 사람과 사람 간의 네트워크는 그 사회의 성패를 가름하는 가장 중요한 요인이라고 할 수 있다.

경상북도가 동북아 자치단체연합의 중심에 서서 그 자치단체들과 지역 간 네트워크를 형성하고 있다면, 세계 각지에 흩어져 있는 각 개인들을 네트워크로 연결하는 장치가 '명예자문관' 제도이다.

1902년, 104명의 조선인이 인천에서 증기선 갤릭호를 타고 하와이로 떠나면서 시작된 파란만장한 100년의 우리 이민사를 통해, 미국이나 유럽은 물론이고 아프리카나 남아메리카 끝자락까지 우리 동포가 살고 있지 않는 곳이 없다. 이들은 불굴의 정신 하나만으로 갖은 역경을 헤치며 살아온 한민족의 개척자들이다.

해외에서 활동하고 있는 인재들을 경북의 '명예자문관'으로 위촉한 것은 민선 지사로 취임하던 해인 1995년 12월이었다. 그들은 세계 구석구석에서 경상북도를 위해 시장을 개척하고, 현지와의 교류를 증진시켜주고, 긴밀한 정보를 제공하는 등 다양한 활동을 해주고 있다. 우리가 세계로 뻗어나가는 데 꼭 필요한 인적 네트워크이다.

이 분들은 경제적인 성공뿐만 아니라 정치·사회·문화적으로도 현지에서 상당한 영향력을 가진 자랑스러운 경북인들이다. 이제 확실히 자기 기반을 확보한 이 분들은 고향을 그리워하고 또 고향사람들과 만나 회포를 풀고 싶어질 것이다. 그게 인지상정이다. 나는 이 분들에게 수시로 연락하고 정기적으로 만날 수 있는 기회를 제공하고자 했다.

물론 지역마다 한국인 교포사회가 형성되어 있고, 또 우리 정부에서도 교포들 가운데 유력한 분들로 평통자문회의를 구성한 바도 있다. 현재 '민주평화통일자문회의'는 4만여 명의 위원 가운데 해외 대표만 해도 2,500여 명이나 되는 매머드급 규모이다. 그러나 이런 형태의 네트워크는 변별성이 낮아 꾸준한 정으로 이어지기가 어렵다. 해외교포의 총수가 600만 명이나 되는 현실에서 대한민국 출신이라는 것도 정서적 유대감밖에 갖지 못한다. 뉴욕이나 LA 같은 큰 도시에서는 한국인들끼리 만나도 같은 민족일 뿐 동향인(同鄕人)으로서의 유대감은 크게 느껴지지 않는다고 한다.

그런 측면에서 우리는 세계 각국에서 왕성하게 활동하는 경상북도(대구 포함) 출신 명망가를 선정하는 작업에 들어갔다. 대사관과 한인회,

KOTRA에서 추천을 받거나 직접 나서 적극적으로 유망한 분들을 발굴했다. 대체로 작은 나라와 큰 도시에 각각 한 명씩을 선발하여, 1995년 12월에 처음으로 17개국 27명을 '명예협력관'으로 추대한 뒤, 회합을 가졌다.

모여 앉은 지 얼마 되지 않아, 서로의 입에서 아는 동네 이름이 나오고, 한두 사람 건너면 옛 친구의 이름까지 툭툭 튀어나왔다. 영주, 영천, 의성, 대구 등 거기가 거기였으니 화기애애한 광경은 설명할 필요가 없을 것이다.

"30년 전에 영천을 떠났는데 이제 막 영천으로 돌아온 기분입니다. 미국에서 고향의 지사님을 뵌 것이 아니라, 마치 제 고향으로 지사님께서 방문하신 것 같습니다."

"지사님께서 우리를 도민으로 생각해주시는데, 저희도 진짜 도민으로 돌아가서 경북의 발전을 위해 힘차세 뛰겠습니다."

"지사님, 우리는 지금 경북 도민입니다. 시민권은 다들 다르지만 우린 이미 경북 도민으로 돌아와 있습니다. 지금 30명인데 이왕이면 100명으로 채워주십시오. 100명이 뭉쳐서 경북을 위해 힘껏 뛰어보겠습니다."

이 얼마나 고마운 일인가. 가지각색의 사연을 안고 고향을 떠나 어려운 이민생활을 하는 동안 경상북도는 단 한 번도 이들에게 도움을 준 적이 없었다. 그런데도 그 분들은 고향을 위해 뭔가를 하려고 했다.

자문관들의 친목과 활동이 두드러지자 이윽고 2001년 10월에 호주 시드니에서 '명예자문관협의회'를 창립했다. 창립총회는 호주의 선문사 (SUNMOON社) 문동석 사장을 회장으로 선출하고, 경상북도의 발전을

경북 명예자문관협의회 총회에서(2005. 9. 10).

위해 적극 협력키로 결의했다.

총회는 매년 열린다. 경주 엑스포가 개최되는 해에는 한국에서 열리고, 그 외에는 자문관이 국적으로 있는 나라를 순회하며 열린다. 2004년에는 미국의 보스턴에서 총회가 열렸다. 미국에 거주하는 사람들은 물론이고 유럽과 남미, 아프리카에서도 기꺼이 달려왔다.

자문관들이 고향 도(道)에 보내준 성원은 수없이 많다. 뉴욕 한인회 회장인 김석주 뉴욕자문관은 경북의 시장개척단 등이 뉴욕에 가면 어려운 문제들을 앞장서서 처리해주었다. 영천이 고향인 시드니의 문동석 자문관 은 경북 도청의 6급 이하 공무원들 상당수를 초청해주었다.

아프리카의 끝자락, 남아프리카공화국에는 예천 출신인 황재길 자문관 이 있다. 그는 1991년도에 아프리카로 건너가 휴대폰 등 이동통신 장비로 성공한 분이다. 내가 2000년 수출 촉진을 위해 남아공을 방문했을 때 대사관보다 그에게서 안내를 더 많이 받았다. 그는 오랫동안 현지에서 사업을 해온 사람인지라 그곳의 시장 상황을 속속들이 파악하고 있었다.

나는 그와 함께 다니며 많은 대화를 나누었는데, 그는 한국과 남아프리카공화국을 연결하는 다양한 아이디어를 가지고 있었다. 자신은 사업에 성공해서 어지간한 부자 소리를 듣는다면서, 모나코에서 농업부분에 투자할 계획을 가지고 있다고 내게 말했다.

"여긴 땅은 많은데 기술이 모자랍니다. 뉴스를 보니까 요즘 한국에는 북한에서 넘어온 탈북자들이 급증하여 어려움이 있다던데, 그들을 이곳으로 농업이민을 오게 하면 어떻겠습니까? 한국의 농기계를 수입해서 쓰겠습니다. 기술진도 함께 보내주신다면요."

그의 말이 일리가 있다고 판단하여, 귀국한 뒤 경북의 농업기술원장을 남아공에 파견했다. 남한에서 적응하기 힘들어하는 탈북자도 보내고 농기계도 팔게 된다면 더없이 좋은 일이었다. 아직 수익성 검토도 끝나지 않은 상태이긴 하지만, 추진된다면 북한과의 관계가 걸림돌 중 하나이다.

태권도 8단의 당찬 여성인 김태연 여사는 미국 캘리포니아에 거주하는 자문관이다. 김천 출신으로 1968년에 미국에 건너가 1985년에는 실리콘 밸리에서 오락게임 프로그램을 개발하여 연간 1,500억 원이 넘는 매출을 올리는 라이트하우스라는 기업의 회장이다. 미국 서부에서 가장 큰 태권도장인 '정수원 아카데미'를 설립하여 운영하고 있으며, 미국 내 150여 개 도시에서 방영되는 토크쇼인 '태연김 쇼'를 진행하고 불우청소년 6남 3녀를 입양하여 키우는 등 다재다능한 인물이다.

그가 우리 도를 방문하여 특강을 한 적이 있는데, 그때 나와 많은 이야기를 나누었다. 그는 여자로 태어났다는 이유만으로 온갖 수모를 당하며 유년시절을 보냈다고 한다. 정월 초하루가 시작되는 밤 12시 무렵에 첫울음을 터뜨려 식구들의 기대를 한 몸에 받았는데, 딸이라는 말에 가문이 발칵 뒤집어졌다고 한다. '집안을 망하게 할 아이'라는 싸늘한 시선을 받으며 눈물이 마를 날이 없는 어린 시절을 보내다가 가족과 함께 이민길에 오른다. 만 리 타국에서도 유색인종으로 갖은 차별을 받아, 태권도장을 운영할 때나 다른 사업을 하면서 겪은 고충은 이루 말로 표현할 수 없다고 했다. 모든 것을 포기할까 하고 혼자 눈물을 흘린 적이 한두 번이 아니었지만 그때마다 할 수 있다고 자신을 다그치며 극복해온 'Can Do' 정신 때문에 오늘의 자신이 있게 되었다고 감회에 젖어 회고하는 모습을 보면서 가슴이 뭉클함을 느꼈다. 가끔씩 나에게 편지를 보내오기도 하면서 지역 발전을 위해 부끄럽지 않은 자문관이 되겠다고 다짐하는 그에게 항상 감사하는 마음이다.

프랑스에는 알자스 주지사의 경제고문인 장홍 박사가 있다. 1999년 4월에 나는 지중해 시장개척을 위해 프랑스, 터키, 그리스, 이집트 등 4개국을 순방했다. 경북의 중소기업이 유럽 지역에 교두보를 마련하기 위해 프랑스의 알자스주와 자매결연을 하고 그곳 상공회의소와 교류의향서를 체결했다. 알퐁스 도데의 「마지막 수업」의 무대로 잘 알려진 알자스에는 현재 유럽연합의 의회가 자리하고 있다. 알자스가 유럽의 수도 역할을 하는 것이다. 따라서 경북의 중소기업이 유럽을 진출하기 위해서 이곳은 반드시 통상거점으로 확보해야 할 요충지이다. 이때 장홍 박사는 경상북도가 알자스주와 자매결연을 하는 데 교량역할을 해주었다.

경북이 알자스주와 맺은 자매결연은 프랑스와 한국의 지자체 간에 맺는 첫 번째 결연이어서 역사적인 의의가 컸다. 알자스주와 교류의향서를 체결하기 전날, 카마흐젤 레스토랑이라는 데서 환영만찬이 열렸는데, 나는 매우 기분이 좋아 세계적으로 유명하다는 알자스의 화이트 와인을 좀 마신 모양이었다. 만찬을 마치고 계단을 내려올 때, 배 모양으로 된 나선형 계단에 걸쳐 있는 줄을 잡고서야 겨우 내려올 수 있었다.

주최측에서 호텔로 돌아갈 의전용 차를 제공해주었지만 아름다운 알자스의 밤풍경을 보기 위해 걸어서 가기로 했다. 한참 신명 나게 걸어가는데, 갑자기 비가 내리기 시작했다. 참으로 낭패였다. 그때 앞에서 웬 승용차가 멈춰 섰다. 장 뢱하이제 부지사 부부가 차에서 내리는 게 아닌가. 만찬을 마치고 귀가하던 중 우리 일행을 발견했다며 차를 통째로 우리에게 내주고는 자신들은 우산을 펴들었다. 그닐 부지사 내외분의 호의를 잊을 수가 없다.

바로 다음날 매우 우호적인 분위기 속에서 자매결연식이 있었으며, 현재 알자스주와 경상북도는 각별한 사이가 되었다. 2005년 6월 알자스주에 경북의 유럽사무소를 개소했다. 중소기업들의 시장개척 활동을 현장에서 지원하고 각종 정보를 수집하는 등 지역 상품의 유럽 수출을 돕기 위한 것인데, 그 설립 비용을 알자스주에서 모두 부담해주었다. 많은 분들의 도움이 있었지만 처음부터 명예자문관인 장흥 박사가 없었더라면 불가능했을 것이다.

최근 들어 공무원뿐만 아니라 도내 기업인들의 무역 관계 해외출장

빈도가 점점 늘어나고 있다. 현지에 가면 대부분 대사관이나 코트라(KOTRA)의 안내를 받고 정보도 상당부분 거기에 의존한다. 이들로부터 많은 도움을 받는 것도 사실이지만 대개 2~3년마다 직원들이 바뀌는 한계가 있다. 그러나 명예자문관은 지금까지 오랫동안 그곳에서 살아왔고 앞으로도 살 것이기 때문에 공적인 기관에서 파악하기 힘든 이면적인 정보도 많이 가지고 있다.

일전에 한 지역 상공인이 남아메리카에서 귀국한 뒤에 나를 찾아왔다. 명예자문관의 소개를 받아 사업이 잘 풀렸다며 이런 말을 했다.

"지사님. 대단합니다. 어떻게 이런 네트워크를 구축하실 생각을 다 하셨습니까? 명예자문관들은 우리 경북의 큰 자산입니다."

그 분들은 경북만의 자산이 아니라 한국의 자산이다. 수도권이 비대해지고 있는 요즘 해외에서 보는 경북은 일개 작은 지방자치단체에 불과할지 모른다. 해외에 나가면 지방 중소기업인들은 어쩐지 위축될 수밖에 없다. 그러나 자문관들은 고향사람이 왔다고 따뜻하게 맞이한다.

현재 전 세계 31개국에서 77명의 경상북도 명예자문관이 활동하고 있다. 든든한 후원군이 아닐 수 없다.

베트남에 간 새마을운동

2003년 12월 베트남 타이응우옌성과 교류의향서를 체결하려고 현지를 방문했다. 우리 기업이 베트남에 진출하기 위해서는 북부의 요충지인

타이응우엔성에 교두보를 확보할 필요가 있었다. 베트남은 면적이 우리나라의 세 배 정도나 되며, 인구도 8천만 명이 넘는 시장 잠재력이 풍부한 나라이다.

나는 하노이에 도착해서 타이응우엔성으로 가기 위해 비포장도로를 한 시간 반가량 달렸다. 시가지는 우리나라의 1970년대 초반의 모습과 흡사했다. 우리 일행은 성에서 제공한 관사에다 짐을 풀게 되었는데, 외국 귀빈용 게스트하우스라고 했지만 시설이 열악하기 짝이 없었다. 꽤 쌀쌀한 날씨였는데도 실내 난방이 거의 되지 않았고, 샤워기에는 더운 물도 잘 나오지 않아 물통에 물을 받아 사용해야 했다. 모기까지 여러 마리가 앵앵거리며 날아다녀 쉽게 잠을 이룰 수 없었다.

함께 간 실무자들은 외국인 전용 호텔을 알아보겠다고 했는데, 나는 그럴 필요는 없을 것 같아 함께 모기를 잡자고 했다. 실무자들과 한창 모기를 잡고 있는데 성 관계자들이 들이닥쳤다. 그들은 우리 일행을 보며 어쩔 줄 몰라했다. 가무잡잡한 얼굴이 붉어진 그들의 모습을 보며, 너무나 순박하다는 생각이 들어 도리어 미안할 지경이었다.

그날 밤 두꺼운 옷을 껴입은 채로 모기장 안에서 잠을 청했다. 잠이 쉬 오지 않았다. 조금 전 안절부절못하던 이곳 사람들에게 깊은 연민을 느끼며 상념에 잠겼다.

지금으로부터 30년 전 베트남의 공산화를 막기 위해 군대를 파견했던 미국이 물러가자 이내 베트남은 공산화되고 말았다. 어떤 사람들은 이를 자유민주주의의 패배라고 했고, 더 많은 지식인들은 미국의 침략을 물리친 제3세계 민족주의의 승리라고 했다. 그러나 민족주의의 승리라고 본 지식인들도 통일 후에 이어진 수많은 보트피플(boat-people)을 설명할 수는 없었다.

그로부터 꼬박 30년이 흘렀다. 2차 대전에서 패배하여 폐허가 된 일본이 선진국으로 일어서는 데 걸린 기간이 20년이었다는 것을 상기하면 30년은 매우 긴 세월이었다. 베트남은 이제 압제의 사회적 분위기는 거의 사라졌지만 귀빈용 게스트하우스마저 모기가 들끓고 있는 실정이었다. 만약 그때 자유주의가 승리했다면 오늘날 어떻게 되었을까. 그러나 역사는 '만약'이란 가정을 허락하지 않는다. 그 시절은 그만한 필연성이 존재했던 것이다. 이것이 역사의 아이러니이다.

이제 베트남 사람들은 경제를 일으키기 위해 무척 열심이며, 한때 총칼을 겨누었던 우리에게도 한없이 겸손하다. 나는 문득 이런 생각이 들었다. 이들에게 한국의 근대화를 이루고 경제를 도약시켰던 새마을운동을 전해주면 어떨까? 내 고향인 경북 청도에서 시작된 새마을운동을 전파시켜, 타이응우옌성이 베트남 새마을운동의 발상지가 되게 하면 안 될까. 그러다 잠이 들었다.

다음날 예정대로 타이응우옌성 청사에서 교류의향서를 체결했다. 행정, 경제, 문화, 관광 등에서 쌍방간의 교류를 확대하자고 합의한 내용이었다. 서명식을 마친 나는 우리 기업들이 많이 진출해 있는 하노이로 건너갔다.

하노이에서 한국의 오리온전기와 베트남 국영인 하넬의 합작회사인 오리온하넬 픽처튜브를 방문하여 한국 근로자들을 격려한 뒤, 하노이 대우호텔에서 베트남에 진출한 LG전자 등 한국 기업인들을 초청하여 만찬과 간담회를 가졌다. 나는 그 자리에서 한국 기업인들에게 이런 주문을 했다.

"여기 계신 기업인들은 우리 본국 회사에도 이익을 남길 뿐만 아니라, 이곳 베트남에서도 각종 사회사업과 문화사업에 많은 관심을 가져주십시오. 민간외교에 큰 역할을 해주셨으면 합니다."

기업의 경제적 실익은 반드시 그 지역의 전반적인 수준과 함께해야 한다. 기업이 위치한 나라는 점점 가난에 빠지는데 진출한 외국기업만 살이 찐다면 이는 현지인을 착취한다는 것에 다름 아니다. 해외에 진출한 기업은 현지인과 깊은 호흡을 하여 서로 유대를 맺을 때 그 나라도 발전이 되고 기업의 이익도 늘어난다.

나는 이날 우리 기업인들과 베트남 바이어들을 직접 만나 수출 상담을 하느라 여러 곳을 다녔는데, 줄곧 베트남의 근대화를 위해 뭔가 새로운 바람이 필요하다는 것을 느꼈다. 농촌의 구불구불한 비포장 길과 경지 정리가 안 된 논, 허물어져 가는 낡은 집과 게으름이 몸에 배어 있는 사람들을 보면서 새마을운동 같은 힘찬 '바람'이 불어야 한다는 생각을 지울 수 없었다.

베트남에서 귀국한 지 7개월 뒤, 나는 경북의 새마을 관계자와 새마을운동본부 관계자를 타이응우우엔성에 파견했다. 새마을운동 추진의 타당성을 조사하기 위해서였다. 그 전에 베트남의 카이 총리가 포항제철을 방문한 자리에서 나를 만나 새마을운동이 베트남에 정착될 수 있도록 도와달라고 요청한 일도 있었다. 타이응우우엔성에 파견된 경북의 새마을 관계자들은 베트남이 새마을운동 도입에 매우 적극적이라면서 부지 제공 의사 등 현실적 여건을 충분히 만족시킬 만하다고 보고를 해왔다.

베트남 타이응우옌성 다이떠군 라방면 새마을회관 기공식에서. 베트남 새마을운동 지도자에게 새마을 모자를 씌워주고 있다.

마침내 2005년 2월, 나는 다시 베트남의 타이응우옌성으로 날아갔다. 새마을회관 기공식에 참석하기 위해서였다. 경상북도가 외국에 새마을회관을 지어주기로 한 것은 이번이 처음이었다. 룽반이라는 작은 마을의 회관 기공식에는 성장과 성의회 부주석, 군 주석과 당서기 등 고위공직자와 많은 주민들이 모였다. 나는 기공식장에서 기자회견을 갖고 룽반 마을을 베트남의 새마을운동 발상지로 육성하기 위한 단계별 추진방향을 발표했다.

새마을운동에는 다섯 가지 상징물이 있다. 새마을 마크와 모자, 작업복, 깃발, 노래가 그것이다. 이 상징물을 보급하여 새마을운동에 대한 분위기를 확산시켜 주민들의 자발적인 참여를 유도할 것이라고 했다. 다음으로는 마을 안 길 포장과 농수로 설치, 전기시설 교체 사업을 순차적으로 벌여나갈 것이며, 새마을사업에 필요한 기초 자재인 시멘트와 리어카 등을 지원하고 기술인력과 교육지원단을 파견하겠다고 했다.

이어진 기공식 연설에서 나는 룽반 마을 주민들에게 이렇게 말했다.

"한국의 경북 청도에 '신도리'라는 작은 마을이 있습니다. 주민이 50가구밖에 안 되는 마을인데, 한국의 새마을운동의 발상이 거기서 시작되었습니다. 신도리에서 퍼져나간 새마을운동은 불과 5년도 안 되어 한국 전체를 바꾸어놓았습니다. 이곳 룽반 마을도 매우 작은 마을이지만 힘을 모아 노력만 하면 몇 년 후에는 베트남 전체를 변화시킬 수 있습니다."

앞으로 베트남의 우수한 대학생들을 새마을장학생으로 선발하여, 도내 3개 대학에서 한국어 연수와 새마을교육을 시킨 다음 베트남 '새마을지도자'로 육성할 계획이다.

30년 전에 일어났던 한국 새마을운동은 발전도상국들에게는 가장 각광받은 농촌 근대화운동의 모델이었다. 수많은 발전도상국이 오로지 새마을운동을 견학하기 위해 한국을 찾았고 그것을 직접 실천한 나라들도 많다. 베트남이 뒤늦게 한국의 새마을운동을 학습하게 된 것은 공산화가 된 탓일 것이다.

부국(富國)과 빈국(貧國)의 격차가 점점 심화되는 상황에서 가난한 나라들이 잘살게 되는 데 기여할 수 있다면 우리의 자랑스러운 새마을운동을 그들에게 적극적으로 전파해도 될 것이다.

도레이사의 사원이 되겠소

1995년 7월 민선 지사에 취임할 때, 21세기를 전망하는 자리에서 나는 "고속도로뿐만 아니라 문화, 역사, 자연환경 등도 21세기의 산업과 직접적인 관련이 있다"고 강조했다.

이전까지는 물류 중심, 즉 교통 형편이 좋은 곳에 공장이 들어섰지만 21세기에는 문화가 있고 환경이 아름다운 곳에 공장이 들어선다. 검은 연기를 펑펑 내뿜는 공장은 점점 사라지고 미세 먼지조차 꺼려하는 첨단기술산업으로 대체되기 때문이다. 이런 예측에 근거하여 취임 초부터 일관성 있는 정책을 추진해왔다.

나는 기업 유치에 대한 자신감을 가지고 수많은 국내외 기업을 방문했다. 과거에는 자치단체장이 기업을 방문하는 것 자체가 금기시되었다. 나는 해외에 나가서도 그곳 기업을 기꺼이 방문하고 직접 수출 상담을 하면서, 우리 도의 중소기업이 무엇을 수출하면 좋을 것인가, 어떻게 협력사업을 펼칠 것인가를 구상했다. 이런 것을 고민하는 과정에서 외자유치를 추진하게 되었는데, 최근에는 그 성과가 상당한 수준에 이르렀다.

그리하여 마침내 2005년 1월, 경상북도가 전국 16개 광역시도 가운데 외자유치 최우수기관으로 선정되어 대통령 표창까지 받았다. 경상북도는 구미와 포항을 제외하면 번듯한 기업이 없고, 물류에도 어려움이 있는 경북이 외국기업의 투자를 가장 많이 끌어온 것이다.

지난해에도 나는 정보기술과 자동차 부품 등 첨단기술 기업을 중심으로 왕성한 투자유치 활동을 벌였다. 세계 유리업계 1위인 일본 아사히 글라스

와 종합화학 섬유회사인 도레이사, 독일 자동차 부품업체인 ZF렘페도사,
일본 전기회사인 오키사 등 굵직굵직한 기업들이 경상북도에 투자를
하게 되었다.

기업유치를 하려고 뛰어다니다 보니 얘깃거리도 적지 않게 생겼다.
지난해 경북에 투자를 결정한 일본의 도레이사(社)에서 있었던 일이다.

도레이사는 1926년에 설립된 섬유회사로 현재 종업원이 3만 5천 명이
나 되는 거대기업이다. 일본에는 선대로부터 가계를 잇는 장인 정신이
각별하다. 도레이사도 섬유업종을 전통적으로 유지해오다 근년 들어서
IT 산업으로 전향하는 중이었다. 그러다 보니 공장 증설이 필요했다.

도레이사가 새로운 투자처를 물색하고 있다는 정보를 접한 것은 2003년
초였다. 투자 업종이 첨단기술산업이란 말을 듣고 더욱 관심이 끌렸다.
자국 내의 기업을 확대하든가 아니면 한국이나 중국, 싱가포르를 새로운
투자처로 꼽고 있다고 했다. 한국으로 올 경우에는 수원이나 충북의 오송
(국가산업단지가 있음), 구미 등을 염두에 두고 있는 것 같았다.

나는 일정을 잡아 김관용 구미시장과 함께 일본으로 건너가 도쿄에
있는 도레이 본사를 찾아갔다. 도레이사의 사다유키 사카키바라 사장은
50대 중반으로 후덕한 인상이었다. 나는 그와 대화를 하면서 뭔가 통하는
게 있다는 느낌을 받았다. 나는 사람을 만날 때 이러한 감정을 중요시한다.
사람은 우선 서로 뭔가가 통해야 한다.

우선 그에게 내가 10년 가까이 해온 경북 도정을 설명했다. 농업을
위주로 하던 도의 산업구조를 신산업구조로 바꾸고 있다며, 포항의 나노
기술산업, 구미의 IT, 경주의 문화산업, 천혜자원이 풍부한 북부를 바이오

산업기지로 전환해온 것 등에 대해 간략하게 설명했다. 앞서 말한 문화와 자연환경이 좋은 곳이 신산업의 최적지라는 것도 은근히 강조했다.

사다유키 사장이 말했다.

"저도 한국을 잘 압니다. 자동차를 타고 많은 곳을 다녀보았지요. 지사님 말씀을 들어보니까 경상북도도 우리 회사와 유사한 것 같습니다. 우리 회사도 섬유에서 IT 산업으로 개편 중에 있습니다. 한국의 삼성이 섬유에서 출발했으나 IT로 바꾸어서 세계적인 기업이 되었지 않습니까? 우리도 늦었지만, 40%는 섬유에 두고 60%를 IT 산업으로 전환하고자 합니다."

오히려 사다유키 사장이 먼저 경상북도와 도레이사의 유사성을 거론했다. 그의 말을 받아 즉석에서 내가 이런 제의를 했다.

"제가 경상북도 지사이기 전에 도레이사의 사원이 되겠습니다. 한국의 경상북도에 투자해주세요."

의외의 말에 사장은 당황했다. 그는 일본인다운 예의를 가지고 있었다. 벌떡 일어나 허리를 굽히면서 말했다.

"아, 지사님께서 어떻게 사원이 되시겠습니까? 저희가 명예사원으로 모시겠습니다."

나는 흔쾌히 허락했고 화기애애한 분위기에서 얘기가 계속되었다. 기분이 무척 좋았다. 당장에 어떤 구체적 성과를 낸 것은 아니지만 '한 사람'과 가까워졌다는 점은 매우 고무적이었다.

나는 언제나 사업이나 돈보다 사람이 먼저라고 생각한다. 어릴 적 아버지께서 항상 "사람이 되어야 한다. 돈은 있다가도 없고 없다가도 있지만 사람은 그렇지 않다"고 입버릇처럼 말씀하셨던 때문인 것 같다.

사다유키 사장과 헤어진 뒤 지바현(千葉縣)에서 개최된 동경식품박람회에 참가한 뒤에 귀국했다. 그런데 한 달이 지나도록 도레이사측에서는 아무런 소식이 없었다. 어찌된 건지 궁금해서 구미에 있는 '도레이새한'에 물어보았다. 구미의 도레이새한사는 우리나라의 새한과 일본 도레이사가 3대 7로 합작 투자한 회사였고, 이영관 사장은 도레이 본사의 임원이었다.

"어떻게 된 거지요? 내가 명예사원이 되었으니 명예사원증이라도 줄 텐데 아무런 연락이 없네요?"

이영관 사장이 그간의 속사정을 들려주었다. 본사 사다유키 사장이 중역회의에서 실토하기를, 내가 도레이사의 사원이 되겠다고 하자 엉겁결에 명예사원으로 모시겠다는 말을 해버렸다는 것이다. 중역회의에서는 '명예사원' 건이 매우 중대한 사안으로 심각하게 거론되었다는 것이다. 다른 나라의 지사를 어떻게 함부로 모시느냐, 회사측에서도 뭔가 답례가 있이야 하지 않느냐 등등 의견이 분분했다고 한다. 그리고 명예사원증을 주면 경상북도에 투자를 해야 하는데, 아직 투자 결정을 못 내리다 보니 시일이 지체되고 있다는 것이었다.

상황은 묘하게 흘러가는 중이었다. 나는 그러한 얘기를 듣고 내심 놀랐다. 우리나라 같으면 증서 하나 주고 사진 한 장 찍어도 그만인 일이었다. 최근에 유명 연예인이나 스포츠 스타를 홍보대사 등으로 위촉하는 경우가 많은데, 대개의 경우 실질적인 역할은 거의 하지 않고 화보에 낼 사진만 찍고 만다. 그런데 그들은 명예사원증을 주는 것을 몇 차례나 공식적으로 논의하고 검토한 것이다.

통보가 온 것은 무려 여섯 달이나 지난, 그해 8월 말경이었다. 사다유키

도레이사의 명예사원 감사패를 전달받는 장면(2003. 8).

사장이 직접 '명예사원증'을 가지고 경북 도청으로 찾아왔다. 참으로 반가운 재회였다. 그는 지사실에서 은쟁반으로 된 명예사원증을 내게 전달했다. 그리고 그 자리에서 '6만 평의 부지 위에 IT소재 분야로 4억 달러를 투자하겠다'고 말했다. 4억 달러 규모는 외자유치에서 최고액 수준이다.

이처럼 도레이사의 일처리 과정은 매우 치밀했다. 나중에 듣게 된 사실인데 중역회의에서 투자처를 결정할 때, 다소 위치가 불리하더라도 의리와 인정이 중요하지 않겠냐는 말이 오갔다고 한다. '경북 지사님은 정으로 통하시는 분이다, 사원이 되겠다고까지 말씀했다'는 이야기들이 있었다고 한다. 수원에도 도레이사의 합작회사가 있으니 구미가 수원보다 위치가 더 좋을 리 없었다.

그 후 일본 대사가 도레이사의 투자지역을 살펴보려고 구미에 내려오는 길에 도청에 들르겠다는 연락이 왔다. 나는 지사라기보다 '명예사원'으로서 구미에서 대사를 맞이하고자 했다. 내가 구미 현지에서 간소복을 입고 나타나자 대사는 깜짝 놀라했다. 나는 대사에게 구미 4차 산업단지에 조성되고 있는 17만 평에 이르는 외국인 기업 전용단지를 보여주면서, 세제 해택과 임대료 감면, 사무의 일괄처리 시스템 등 외국 투자기업에 대한 각종 지원제도를 설명하며 지속적인 관심을 부탁했다.

나는 경상북도가 입지나 제도 면에서 외국 기업이 투자하기에 가장 훌륭한 조건을 갖춘 지역이라고 믿어 의심치 않는다.

경상북도는 산업시설이 절대 부족한 상황이어서 국내기업을 유치하는 일도 외국기업을 유치하는 일 못지않게 중요하다. 대구에서 위천 국가공단 건설문제가 1997년 대통령선거 때부터 단골 이슈가 될 만큼 대구 경북의 산업시설 중설은 절실하다.

이번에는 국내기업인 현대중공업이 선박 블록공장을 지으려고 하는데, 투자처를 물색하고 있다는 정보를 입수했다. 국내의 거제와 포항, 목포가 후보지로 검토되고 있고, 여의치 않으면 해외로 나가겠다는 것이었다. 나는 정장식 포항시장과 함께 현대중공업을 방문했다.

유관홍 현대중공업 사장은 우리를 직접 맞이하면서, 공장 구석구석을 친절하게 안내해주었다. 그동안 국내외 귀빈들이 회사를 방문했지만 모두 공장장이 안내했지 사장이 직접 한 경우는 없었다고 했다.

나는 유관홍 사장에게 포항에 투자할 것을 강력히 권유했다. 실제로 포항은 철강 원자재를 현지에서 바로 수급할 수 있고, 테크노파크가 있어

향후 철강 소재 클러스터 구축이 용이하며, 울산과 가까워 물류비용도 절약할 수 있고, 공장이 들어설 흥해의 위쪽으로는 '푸른 바다 청정지역'이라는 환경적 요인 등 선박블록 공장을 짓기에 매우 적합한 지역이었다.

3개월 후, 마침내 현대중공업은 흥해 일대에 2천억 원 규모의 선박블록 공장을 짓기로 결정을 내렸다. 그렇게 되면 포항 신항만 주위에 또 하나의 생산단지가 형성되는 것이다. 정주영 회장 생전에 현대그룹의 계열사 하나라도 경상북도에 유치해보겠다던 나의 간곡한 바람이 불씨처럼 남아 유관홍 사장을 통해 되살아난 것이 아닐까 생각되었다.

유치가 결정되고 얼마 뒤, 나는 경주 현대호텔에서 유관홍 사장과 재회했다. 그와 마주앉아 있으면서 인생과 사업이란 참으로 묘한 것이라는 생각이 들었다. 현대호텔은 내게 특이한 기억이 있는 곳이다. 그 감회를 유관홍 사장에게 털어놓았다.

"이 호텔은 고 정주영 회장과의 추억이 있는 곳입니다. 회장께서는 1년에 두어 차례씩 이 호텔에 머물다 가셨는데 그럴 때마다 나를 초대하곤 했지요. 개인적으로도 정 회장을 존경했지만 지사로서 책무도 있어서, 정 회장을 만나면 '넓은 경북 땅에 현대 이름을 달고 있는 기업은 이 현대호텔 하나뿐이다, 경북에 투자를 해달라' 하고 종용했지요. 바로 이 자리에서입니다. 그런데, 그 일이 정 회장께서 돌아가시고 얼마 안 있어 이루어지게 되었으니, 꼭 유언이 실현된 것처럼 느껴집니다."

그러자 유관홍 사장이 반색을 하며 말했다.

"그렇습니까? 신기한 일이네요. 사실 저도 투자처를 결정하기 전날 꿈에 회장님이 보였습니다. 생전의 모습 그대로였습니다. 또 그 무렵에 이런 묘한 일도 있었지요. 제가 절에 갔는데 주지스님이 멀리서 나를 보더니 이러시는 게 아니겠습니까. '정 회장의 기운이 유 사장 몸에 꽉 배어 있습니다' 하시더라고요. 회장님의 유훈(遺訓) 경영이랄까, 경북으로 투자처를 결정하던 날 이상하게 그런 느낌을 확 받았습니다."

유 사장은 작고한 정주영 회장의 얘기를 많이 했다. 예전에 미포조선을 확장할 때 불황기라서 많은 임원들이 반대했는데 지금은 오히려 시설규모가 부족한 실정이라며, 정 회장의 높은 안목에 경의를 표했다. 실제로 2003년 당시에 현대중공업은 예상치의 230%인 70억 달러어치의 선박을 수주했고, 미포조선도 130여 척의 수주 잔량을 가지고 있어 공장 증설이 시급한 상황이었다. 나는 유 사장의 말을 들으며 아직도 이 분들에게 정주영 회장의 그림자가 깔려 있다는 것을 느낄 수 있었다.

나를 잘 모르는 사람들은 나보고 인화력이 좋다든가, 뛰어난 전략가라고 말하기도 한다. 이런 평가는 농민회 시위 수습, 울산 산불 진화, 명예자문관 제도의 예상 밖의 효과, 도레이사와 현대중공업 투자 유치 등 여러 가지 일들이 40여 년 동안의 행정 경험과 지식, 과감한 선택에 필요한 판단력과 업무 추진 중의 숨고르기 등 포괄적이면서 세밀한 행정기술과 어우러져 가능했을 것이다.

이러한 행정기술과 전략의 바탕에는 반드시 인간애가 있어야 한다고 생각한다. 인간애가 깔리지 않은 전략은 인간을 위한 참된 전략이 아니며, 모든 전략 중에 가장 뛰어난 전략은 인간애일 것이다.

7

아름다운 세상의 창을 열며

"부부도 핏줄이 서로 다르지요. 그러나 사랑이 있기 때문에 부부가 되고
평생을 한 울타리 안에서 살아갑니다. 이 아이와도 핏줄은 나누지 않았습니다.
그러나 사랑을 나눈다면, 서로 가족처럼 지낼 수 있습니다."

부시 전 미국 대통령 내외와 함께(2005. 11. 13)

'지구 스무 바퀴'의 여정

경상북도의 민선 도지사로 재임한 10년을 돌아보면, 도내 구석구석 참으로 많이도 다녔던 것 같다. 도정이 제대로 미치고 있는지, 소외되고 있는 지역은 없는지, 주민들의 불만은 없는지, 추진했던 정책이 얼마나 효과를 거두고 있는지를 살피기 위해서였다. 셈이 밝은 직원의 말에 따르면 지구를 스무 바퀴는 돌았을 것이라고 했다. 좁은 도내를 다닌 거리가 지구 스무 바퀴야 되랴만, 정말 숱한 길을 몇 번씩 다니긴 했다.

꼭 도정과 업무를 위해서만은 아니었다. 휴가 때도 나는 거의 경북 도내에서만 보내곤 했다. 이때는 주로 도의 경계지를 찾아가는데, 평소에는 덜 가는 곳이기 때문이었다. 서북쪽으로 충북과 경계인 상주의 문장대와 화북의 농장에서 하룻밤을 보내면서 주민과 담소했다. 북쪽으로 가서는 소백산 너머 충청북도와 강원도의 영월과 맞닿는 오지로 영주시 남대리의 현정사에 들렀다. 현정사의 주지인 현각 스님은 하버드대학을 나온 미국인으로 화제를 모은 분인데 우리말을 능통하게 구사한다. 나는 현각 스님과 함께 기독교와 불교, 문화와 자연에 대해 많은 얘기를 나누었다.

2004년 여름에는 동해안 경주 외동과 영덕 칠보산 휴양림에서 이틀을 보냈다. 이렇게 휴가 때마다 경북 외곽을 연거푸 돌면서 다시 전체적인 개발 구상을 해보는 것이다.

내 머릿속에는 항상 경상북도 지도가 세밀하게 그려져 있다. 가는 곳마다 그 지도를 펼쳐놓고 어떻게 하면 이 지역을 더 효과적으로 개발할 수 있을까를 고민하곤 한다. 바닷가 모텔에서 잠을 자거나 산속 휴양림에서 쉬면서도 개발 구상이 머리를 떠나지 않는다.

아마 이런 것은 취임 초기에 '21세기 신경북 비전'을 만들 때 생긴 버릇이 아닌가 싶다. 나는 그때 21세기 경북의 각 지역이 잠재력을 한껏 발휘할 수 있는 방안이 무엇인지를 모색했다. 그러다 보니 산이든 바다든 발길이 닿는 곳마다 자연스럽게 머릿속에 차곡차곡 지도가 그려지고 있었다. 그렇게 그려진 지도에서 마치 네비게이션처럼 내가 가는 방향과 그 지역의 현황이 생생하게 떠오르는 것이다. 길이 많아 헷갈릴 만도 한데 전혀 그렇지 않은 것은 지역의 개발구상을 함께 머리에 넣고 다녀서 그런 것 같다. 길을 가다 보면 그 길이 초행길인지 예전에 왔었던 길인지 금방 알 수 있다. 만일 와본 길이면 운전하는 이에게 다른 길로 가자고 요청한다.

넓은 도내를 수없이 다니려면 힘들고 시간도 많이 들지만 긴 이동시간 동안 차 안에서 많은 업무가 이루어진다. 리무진이 아닌 다음에야 '이동집무실'이라고 부르긴 궁색하지만, 업무처리나 결재가 상당부분 이 시간에 행해진다.

또 나는 이 시간에 도의 중간 간부들과 동승하여 대화한다. 재임 초기에는 국장급과 동승을 했지만 그 후로는 실무 과장급을 태우고 업무현황에 대해 보고받고 대화하는 경우가 잦다. 승용차 안에서 나누는 대화는 매우 독특하다. 몸 냄새와 숨소리까지 느껴지는 좁은 공간이기 때문에 서로 격의 없이 묻고 답할 수 있다. 평소 지사가 과장급들과 대화를 나눌 기회가 적을 수밖에 없는데 과장 입장에서는 승용차 안의 시간이 하나의 기회일 수도 있을 것이다. 그러다 보니 밤새 준비를 해와도 지나치게 긴장하는 경우도 없지 않아서, 파상적인 나의 질문에는 완벽하게 대답하지 못하기도 한다. 그것을 모를 리가 없다. 나는 업무도 업무려니와 인간적인 교감을 갖고자 중간간부들과 동승하여 현장으로 가는 것이다.

도청 직원들은 부하직원이기 전에 한 건물에서 숨쉬며 함께 살아가는 나의 가장 소중한 이웃들이다. 그들과 10년을 함께했지만 업무에 쫓기다 보니 나는 그들의 살아가는 모습을 속속들이 알 수 없는 노릇이다. 최고 책임자로서 미안하기 짝이 없다. 이렇게라도 하여 일종의 '스킨십'을 가지면서 그들의 진솔한 이야기를 들어보려고 노력한다.

현장을 많이 돌아다니다 보면 웃지 못할 에피소드들이 참으로 많은데, 이때 주민들의 인정과 소박함을 통해 더불어 살아가는 사회의 모습을 느끼곤 한다. 지역 주민 한 사람 한 사람이 살아가는 모습이 나에게는 보람이고 기쁨이다.

한번은 이런 일이 있었다. 나는 지역에 나갔다가 종종 시장이나 대중목욕탕, 이발소 등을 가곤 하는데, 이날도 대중목욕탕에 들어갔다. 나를 알아보는 주민들과 살아가는 얘기를 하는 것도 큰 즐거움이다. 나는 그들이 무심결에 내뱉는 얘기 속에서 도정에 대한 불만은 없는지, 어떤 사업이 탁상행정으로 이루어지는 것은 아닌지 살필 수 있다. 주례회의에서 보고를 받거나 공식행사장에서 주민들과 만나서 얘기를 듣는 것과는 또 다른 진실의 이면을 들여다볼 수 있는 시간인 셈이다. 정치가들은 새벽에 시장에 들르거나 대중교통을 타고 여론을 살핀다고 하지만, 내 경험으로는 이발소나 목욕탕만큼 솔직한 곳도 없다.

목욕탕 안에는 사람이 그다지 많지 않았다. 대충 몸에 물을 끼얹고 따뜻한 욕조 안으로 들어가서 피로나 풀고 나갈 참이었다. 조금 있으려니 두세 사람이 더 들어왔다. 나를 알아보면 이런 저런 얘기를 나눌 것이고 그렇지 않으면 그냥 목욕만 하면 될 일이었다. 얼마간 몸을 담그고 있는데, 갑자기 옆에서 '비명'이 터져 나왔다.

"아니! 지사님 아니십니까? 이의근 지사님!"

손만 뻗으면 닿을 거리에 있는 사람이 나를 보고 놀라 소리를 지른 것이다. 사실 얼굴만 물 밖에 내밀고 있어 알아보는 것도 쉽지 않은 상황이었다.

그를 돌아보며 빙긋이 답례를 할 찰나였다. 그이도 덩달아 내 쪽으로 몸을 휙 틀더니, 갑자기 물 속에서 내 아랫도리를 콱 움켜잡는 게 아닌가. 나는 깜짝 놀랐다. 그런데 나보다 더 놀란 것은 그 분인 듯싶었다. 황망히 손을 뒤로 빼며 얼굴이 새빨갛게 달아오르는 게 느껴졌다.

"죄송합니다. 반갑고 놀라워서, 평소에 너무 존경하던 분이라… 죄송합니다.” 그는 어찌할 바를 몰라하며 기어들어가는 목소리로 말했다.

"아니 뭐…, 괜찮습니다" 하며, 놀라기는 마찬가지인 나는 사태를 수습하려고 했다. 그러나 그는 슬며시 탕을 빠져나가고 있었다. 괜히 내가 미안한 마음이 들었다. 그냥 대화로 이어졌으면 좋았으련만.

나중에 상황을 종합해보면 이랬다. 내가 도지사인 것을 알아채고는, 그의 말대로 '평소에 너무 존경하던 분이라, 반갑고 놀라워서 자기도 모르게' 손이 물 속에 잠겨 있는 것도 잊은 채, 악수를 청하려고 내 손을 잡는다는 것이 손이 아니라 엉겁결에 내 아랫도리를 잡은 것이었다. 그가 50대였으니, 나이가 더 많은 나에게 두 손으로 악수를 한다는 것이 그만 내 급소를 왈칵 움켜잡은 것이었다.

다른 이들이 우습다는 표정으로 자꾸 나의 급소 부위를 흘끔거리는 것 같아서 오래 머물 수가 없었다. 목욕탕을 나서는데, 조선시대의 암행어사로 유명한 박문수도 이런 일을 숱하게 겪지 않았을까 하는 생가이 떠올라 한바탕 크게 웃은 적이 있다.

이런 것들이 모두 우리가 더불어 살아가는 사회의 아름다운 모습이 아닐까 생각된다.

세상의 절반은 여성

어느 사회든 계층 간, 지역 간, 이익집단 간에 갈등과 충돌이 끊임없이 발생하고 있다. 이러한 문제를 조정하고 해결하는 것이 공직자의 본질적

임무이다.

나는 한 사회의 많은 갈등 요인 중 가장 본질적인 것이 남녀 간 성적 갈등, 즉 여성 차별이라고 생각한다. 계층 간에는 신분이 바뀌면 그 문제가 자연 해소될 수도 있고, 지역 간에도 마찬가지다. 하지만 남성은 영원히 남성일 수밖에 없고, 여성도 그렇다.

내가 여성문제와 제대로 맞닥뜨린 것은 내무부 행정국장으로 있던 1991년이다. 그때까지 공무원 사회에서는 여성문제가 첨예하게 부각된 적이 없었다. 지방공무원을 채용할 때 여성을 20% 이하로 한다는 제한 규정이 있었지만 그 당시에는 이 규정이 그다지 차별적으로 인식되지는 않을 때였다. 우리나라가 유교적 전통이 깊은 탓이기도 했지만 나름대로 그럴 만한 이유가 있었다.

물론 여성단체들은 그 제한 규정이 성차별이라며 줄곧 폐지를 요구해왔다. 그 문제로 시위를 한 것은 아니지만 각종 세미나나 학술회의 등을 통해 그런 주장을 해왔다. 그러나 일선 시군에서는 여성단체들의 요구에 대해 현실을 전혀 모르는 소리라며 일축했다.

나는 당연히 시군의 편을 드는 것이 옳았다. 내무부 행정국장은 중앙관청에 앉아 추상적으로 정책을 만드는 탁상행정의 자리가 아니라 가장 현실적인 정책을 담당하는 자리였다. 하지만 나는 행정국장 직권으로 지방공무원 채용 시 여성의 20% 제한 규정을 완전히 폐지해버렸다.

그로 인해 여성의 채용 제한이 철폐되자 곳곳에서 항의가 빗발쳤다.

"행정국장이 그렇게 현실을 모릅니까? 봄에는 걸핏하면 산불이 나는데, 누가 가서 끈답니까? 숙직은 누가 합니까? 여자들이 삽 들고 흙을 퍼서 불을 끄겠습니까. 영농지원도 해야 하는데 물컹거리는 논두렁은 누가 걸어 다니고요?"

탁상행정을 하고 있다는 비난이었다. 당시엔 권위주의 정권 시절인데도 그랬는데, 요즘처럼 직장협의회가 있었다면 난리가 났을지 모른다.

"여자들도 할 수 있습니다. 걱정 마세요. 맡겨놓으면 다 합니다."

나는 여자들도 논두렁을 탈 수 있다고 애먼 소리를 했지만, 허구한 날 읍면 공무원이 논두렁만 밟고 다닐 리가 없을 것이었다. 재래식 농경은 빠른 속도로 기술 농경으로 변화할 것이고, 산불 진화도 소방헬기 의존도가 커질 터이다. 숙직도 마찬가지였다. 경비 전문업체가 그 일을 대체할 날도 멀지 않을 것이었다.

나는 사무관 시절부터 이런 시대의 변화를 계속 주목해왔다. 앨빈 토플러가 『제3의 물결』에서 지적했듯이 육체노동은 정신노동으로 바뀌고 블루칼라 자리를 화이트칼라가 대신할 것이다. 1991년 무렵이 그런 변화가 일어나는 시점이었다. 1980년대와 함께 냉전시대가 종료되면서 우리 사회도 급박하게 후기 산업사회로 접어들고 있었다.

그런 사회가 도래한 후에 제도를 바꾸면 이미 늦다. 제도개혁은 한 발짝 일찍 착수해야 한다. 채용 폭을 일찍 늘려 중간간부를 육성해 놓지 않으면 변화에 대처하기 힘들어진다. 내가 여성의 채용제한 폐지를 강행한 것도 그런 고려 때문이었다.

물론 평등이 능사는 아니다. 최근에 한 국가기관이 공무원 채용 시 몸무게와 키를 규정하는 것이 '평등권'에 위배된다고 했다. 키가 너무 작고 몸무게가 가벼운 소방관이나 경찰이 원활하게 인명을 구조하고 강도를 제압하기는 힘들 것이다. 그러나 이 역시 20년쯤 지나면 가능할는지도 모른다. 모든 변화는 때가 있는 것이다.

그로부터 몇 년 뒤, 나는 도지사가 되어 경상북도로 돌아왔다. 와서 보니 경상북도에는 여전히 여성 공무원이 차별받고 있었다. 채용은 공평했지만 근무부서 배치에서 여성들이 불이익을 당하고 있었다.

예컨대 도청 직원 중에 결원이 생기면 시와 군에서 인력을 충당하는데, 그동안 여성은 한 명도 포함되지 않았다. 공무원 채용시험에서는 여성의 비율이 남성을 앞지르지만, 도청 전입시험인 '소양고사'에서는 여성이 현저히 불리한 게 사실이었다. 주로 가사를 맡아 하며 직장을 다녀야 하고 핵심부서에서 일하거나 승진할 기회가 적은 여성공무원들로서는 그만큼 소양고사에서 좋은 성적을 거두기 어려웠다.

나는 도청 전입 시 일정비율을 여성공무원에 할당하도록 특별제도를 실시했다. '소양고사' 점수가 낮아 특수한 형태로 배려하지 않으면 안 되었다. 1996년에는 15%를 할당했고, 2000년부터는 30%로 늘려 2004년 말 현재 140여 명의 여성 공무원이 각 시군에서 뽑혀 올라왔다.

일반 승진에서도 마찬가지였다. 여성은 근무평점을 낮게 받아 6급 이상으로 오르기는 하늘의 별 따기처럼 힘들어보였다. 여성에게 무거운 일거리를 맡기고 따스한 눈으로 평점을 하면 되는 일이다. 지금은 여성 사무관이 크게 늘었다.

내가 도청에 와서 첫 번째로 별정직이 아닌 일반직 사무관에서 승진시킨 여성이 윤호정 계장이었다. 나는 그녀를 서기관으로 올리면서 민방위과장에 임명했다. 도의 민방위과장은 지금껏 예비역 영관급 장교들이 차지하는 자리였다. 여성을 서기관에 승진시키고 게다가 관례상 금녀직(禁女職)인 민방위과장을 맡기겠다고 하자 도 간부들이 모두 나서서 만류했다.

"그만큼 할 수 있는 사람이니 두고들 보세요" 하고 나는 밀어붙였다.

그 후 윤호정 민방위과장은 기대에 어긋나지 않게 적극적으로 임무를 수행해주었다. 지역에서 민방위 간부들을 대상으로 교육을 할 때도 그녀가 나서서 분위기를 일신했다. '졸다가 시간 때우고 온다'는 민방위 교육장의 관습이 깨어진 것은 물론이었다. 도청의 지하 벙커에서 실시된 을지훈련을 지휘한 것도 그녀였는데, 좋은 훈련성과를 평가받아 2002년에 대통령표창 까지 받게 되었다.

이러한 것들 덕분인지 여성단체가 주는 상도 여럿 받았다. '전문직 여성클럽(BPW)'이 여성의 권익을 신장한 남성에게 주는 상인 Gold Award(금상)를 받았고, '여성단체협의회'에서 주는 우수 지방자치단체 감사패를 받기도 했다.

나는 '여성할당제' 등 여성 배려 정책을 강행할 때마다 일일이 간부들을 설득할 수는 없었다. 여자들이 업무에서의 능력으로써 남자의 벽을 깨뜨리 길 바랐다. 다소 무리해보이는 직책에 여성을 임명한 것도 그 때문이었다. 말로써 설득할 것이 아니라 행동으로 설득하자는 것이다. 문화 · 정보 · 환경의 시대인 21세기에는 당연히 여성의 역할이 커질 수밖에 없다는 현실을, 남자들도 깨닫지 않으면 안 된다.

이런 인식을 바탕으로 미래지향적으로 여성문제에 보다 적극적으로 대처하기 위해 나는 '여성정책개발원'을 설립했다. 도에는 여성문제를 전담하는 여성국이 있지만, 공무원 조직 내에서는 한계가 있었다. 외부의

강영훈 적십자 총재와 권영자 정무
제2장관과 함께한 여성정책개발원
현판식 모습.

제약 없이 완전히 자유롭게 여성문제 연구에 매진할 수 있는 독립된 팀을 꾸리기 위해서였다. 1997년의 일인데, 이때도 역시 여성국을 중심으로, 옥상옥(屋上屋) 아니냐, 다른 시도에 없는 것을 왜 굳이 만들려고 하느냐며 반대가 있었다.

하지만 앞으로는 지자체에서 독자적으로 여성정책을 개발해야 한다는 확신이 있었다. 나는 초대 원장에 김정옥 대구가톨릭대 가정대 학장을 위촉하여 무게를 실었고, 그 뒤 최외순 영남대 사회대 학장에 이어 지금은 박충선 대구대 교수가 맡고 있다.

여성정책개발원은 출범하자마자, 독립된 여성연구기관이라는 위상 때문에 엄청나게 밀려드는 수요로 비명을 질렀다고 한다. 나로서는 충분한 연구인력을 투입하지 못해 미안한 마음을 지울 수 없다.

여성정책개발원은 지금껏 숱한 일을 해왔다. 그 첫째로 보육시설 문제를 꼽을 수 있다. 요즘 어느 곳이든 아이들을 맡기는 보육시설이 있는데, 우리나라는 그 지역에 보육시설이 몇 개가 있느냐로 여성복지의 수준을 가늠하고 있다. 그러나 이런 통계치수가 농어촌에서는 무의미해지고 만다. 지역을 감안하면 보육시설이 있어야 하고 아동 수를 고려하면 시설이 불필요해진다. 여기서 여성개발원은 지역에 따른 실태를 파악해서 차량을 지원하는 '공공서비스 개념'으로 보육시설 문제에 접근했다. 도는 그 보고서를 바탕으로 정책으로 추진했고, 관계부처인 농림부에서도 당연히 공감했다.

둘째로는 가정폭력이나 성폭력 문제이다. 연구원은 이 문제들에 대해서는 매우 현실감 있게 접근했다. 피해 여성이 '이중적 피해'를 겪지 않도록 여러 가지 대책을 강구해왔는데, 경찰이나 민간 상담소와 여성단체를 연결해서, 법으로민 해결될 수 없는 여성문제의 실마리를 여성의 행복권 차원에서 풀어내고 있다.

여성정책개발원이 주관하는 또 하나의 행사는 '여성 리더십 캠프'이다. 지난 2000년부터 차세대 여성지도자를 육성한다는 의미에서 여대생 캠프를 열었다. 지역 각 대학의 여학생회장 등 지원자들을 받아 이틀간 합숙하며 리더십 프로그램을 진행해오고 있다.

이 프로그램은 매우 역동적이다. 그 캠프에 갈 때마다 나는 적잖게 신경이 쓰인다. 며느리를 불러 넥타이 색깔을 봐달라 하기도 하고, 머리 모양이 이상하지 않느냐고 난데없는 질문을 하기도 한다. 2004년도에 그곳을 방문했을 때의 일이다. 캠프장을 바라보며 복도를 걸어가는데 느낌이 수상쩍었다. 실내로 들어서자 참가자들이 박수를 치고 책상을 두드리고 난리가 났다. 환호를 받아 즐겁다기보다는 젊은 여성들의 기세에 기가 질릴 지경이었다. 원래 우리나라 여성들은 모이면 수다가 많다고 하지만, 그것은 평소에 많이 억눌려왔음을 반증하는 것인지도 모른다.

이 캠프의 주요 프로그램은 '유쾌하고 발칙한 선거 한마당'이었다. 자기들의 유쾌하고 발칙한 상상을 통해, 기성정치의 허위성을 짚어보고 올바른 정치문화를 만들어보자는 것일 터이다. 각종 상상력을 동원해서 축제 같은 분위기를 연출하며 흥겨운 모의선거를 실시했다. 후보자 토론에서는 박영석 MBC 당시 정경부장을 초대했다니, '발칙함'과 진지함을 두루 갖춘 셈이었다.

지금으로부터 100년 전 일제의 경제침략으로 일본에 대한 국가 채무가 감당하기 어려울 지경에 달했을 때, 사회활동을 거의 하지 않던 경북의 여성들이 나라를 구하고자 떨쳐 일어났다. 일본의 침탈 야욕을 분쇄하기 위해 온 백성이 떨쳐 일어선 '국채보상운동'의 중심지가 대구·경북지역이었다. 이는 세계사적으로도 매우 의미심장한 사건으로 평가받는데, 담배를 끊고 가락지를 팔아 나라 빚을 갚자는 눈물겨운 국민운동이었다.

국채보상운동이 더 큰 의미를 갖는 것은 여성들이 조직화하여 움직였다는 것이 아닐까 싶다. 그런데 이 운동에 참여한 전국의 여성단체 가운데 경북의 여성 단체의 수가 전체의 3분의 1로 가장 많았다. 이 운동이 개시되고 이틀 뒤에 대구의 몇몇 여성들이 '남일동 패물폐지 부인회'를 결성하여, 패물을 모으고 아침저녁으로 식사량을 줄이고 반찬값을 아껴 돈을 내놓았다.

신분과 직업을 막론하고 그야말로 거국적이었다고 한다. '앵무'라는 기생은 거금 1백 원을 수취소에 내놓으면서 이렇게 말했다고 한다.

"누군가 1천 원을 출연하면 나도 죽기를 무릅쓰고 따라하겠다."

그후 앵무를 따라 성금을 쾌척한 남자들이 꽤 많았다고 한다.

그런 전통은 100여 년이 지나 IMF 체제 때 '금 모으기' 운동으로 되살아났다. 금 모으기 운동이 시작되고 불과 두 달 만에 351만 명이 참가하여 21억 3천만 달러가 모여, 세계가 한국인의 저력에 놀라워하지 않았는가.

이처럼 남성 못지않은 여성의 에너지를 결집할 수 있도록 제도적 기반을 마련하고, 개개인의 능력을 계발하여 여성 자신은 물론 사회와 국가의 발전에 기여하도록 하자는 것이 여성정책개발원을 설립한 취지이다.

여성정책개발원에서 일하는 연구원들은 공무원이 아니라 박사급의 여성학 전문가들로, 여기에서 일했던 양승주 연구원이 '참여정부'에서 노동부를 거쳐 여성가족부 개방직 국장에 발탁되기도 하는 능 유능한 인재들이다.

지금은 충청남도와 경기도에서도 여성개발원을 설치·운영하고 있다. 강원도에서도 설치한다는 얘기가 들린다. 그만큼 필요성이 입증되고 있는 것이다.

장애인 문제가 아니라 비장애인 문제다

여성 문제와 함께 발전적인 미래를 위해 우리 사회가 치유해야 할 중요한 사회적 갈등 요인이 장애인 문제이다. 아니 오히려 비장애인 문제라고 하는 게 옳을 것 같다. 외형적 장애만 보고 자신의 내면적 장애를 못 보는 비장애인들의 사고방식이 더 문제라고 생각되기 때문이다.

지난 1990년에 300인 이상의 근로자가 있는 기업은 의무적으로 장애인을 2% 이상 고용해야 한다는 '장애인 고용촉진법'이 제정되어, 많은 장애인에게 희망을 주었다. 비장애인들도 이 법에 찬사를 보냈다. 기업에서 일하는 장애인의 숫자만 체크하더라도 그 사회의 복지정책 수준이나 시민의식을 알 수 있다.

장애인 고용촉진법을 준수하지 않은 기업은 '고용분담금'을 물게 되어 있다. 우리 사회는 이제 장애인과 더불어 살아간다는 데에 합의를 본 것이었다.

그러나 이 법이 시행된 후 10년이 지났을 때, 사실상 이 법이 장애인과 거의 무관했다는 것을 누구나 알게 되었다. 기업이 벌과금처럼 고용분담금을 물었지만 실질적인 고용은 별로 늘지 않았다. 고용 수치가 다소 증가한 것도 장애인을 많이 뽑아서 그렇다기보다 장애의 범위가 폭넓게 인정되었기 때문이었다.

통계를 보면, 법이 시행된 지 10년이 지난 2000년에 민간기업의 장애인 고용비율이 0.9%이고 정부기관은 1.3%였다. 10년 전과 큰 차이가 없었다. 그런데 이 수치를 보고 억울해하는 쪽은 민간기업이었다. 그들은 '10년 동안 법을 안 지킨 건 기업이나 정부나 마찬가지인데, 왜 우리한테만 벌금(고용분담금)을 물리느냐'고 불만을 터뜨렸다. 장애인 고용촉진법은 민간기업에만 의무규정을 두고 있었던 것이다.

더 분노한 건 장애인 본인들이었다. 그들은 '정부가 장애인의 고용을 위해 힘쓰는 게 아니라, 오히려 고용을 방해했다'면서 정부를 성토했다. 기업체에만 장애인을 떠넘기고 정부는 나 몰라라 했으니, 틀린 말은 아니었다. 화가 난 장애인 단체들은 몇몇 정부의 기관장들을 검찰에 '직무유기죄'로 고발했다. 그러나 검찰은 아무리 법조항을 뒤적여보아도, 정부가 장애인 고용을 안 한 것이 '위법'임을 증명할 수 없었다. 장애인 단체는 다시 항고와 재항고를 거듭했지만, 그때마다 거듭 기각되었다.

그럴 즈음에야 '장애인 고용촉진 및 직업재활법'이란 것이 국회를 통과해서 비로소 정부도 의무규정을 적용받게 되었다. 장애인 의무고용이 법제화된 후 10년이 경과할 무렵이었다.

이 사례는 법의 제정과 시행이 얼마나 모호할 수 있는지를 보여주는 한 예가 될 듯하다. 그리고 다른 분야였다면 이런 모순이 드러나는 데 10년까지 걸렸을까 의문이다.

경상북도도 역시 장애인 공무원의 비율이 많이 낮았나. 왜 그러냐고 물어보자 실무자의 대답이 이러했다.

"채용 과정에서 불이익은 전혀 없습니다. 요즘 9급 행정직 시험이 보통 100~200 대 1인데, 웬만큼 공부한 대졸자들도 합격이 어렵습니다. 그러니 동일한 조건에서 시험을 쳐도 장애인들은 잘 합격되지 않습니다."

"그러면 따로 시험을 보게 하면 되지, 왜 같이 보게 하나요?" 하고 내가 추궁했다.

실무자는 예상 밖의 말에 어리둥절해했다. 그러나 다리가 불편한 이들한테 같은 출발선에서 달리기 경주를 시키는 것은 억지가 아닌가. 우리나라에서는 장애인들이 정당하게 교육을 받을 기회를 누리지 못하고 있다.

지하철을 타고 등교하는 것부터가 불평등하다.

나는 별도로 시험을 출제해서 장애인들끼리만 경쟁을 시키라고 지시했다. 그래서 경상북도는 전국에서 유일하게 장애인만 별도로 모여 공채시험을 보게 되었다. 우리 도의 장애인 채용시험은 전국적으로 엄청난 파장을 일으켰다. 장애인 사회에서는 특히 그랬다. 그럼에도 비장애인들의 귀에는 그 소리가 들려오지 않는다. 그것은 우리 귀가 장애인들을 향해 닫혀 있기 때문이다. 올림픽이 폐막된 직후에 다시 장애인 올림픽이 열리지만, 내내 달구던 TV 채널이 그 스타디움을 비추기를 꺼려하는 우리네 현실처럼 말이다.

장애인만으로 별도 시험을 치는 것은 고용 비율을 맞추기 위해서가 아니라 진정한 복지사회로 가는 단초를 마련하기 위해서였다. 비율만 맞추려 들자면 쉬운 방법도 얼마든지 있다. 공정한 경쟁을 통해 2003년에는 27명을 뽑았고 이듬해는 33명을 뽑았다. 현재까지 60명의 장애인들이 공직사회로 들어왔으며 금년에는 32명이 채용절차를 밟고 있다.

이들에게 합격증을 주는 날, 함께 온 부모들은 대부분 눈물을 흘렸다. 더러는 내 손을 잡고 감개무량해하기도 했다.

"자식 낳고 한없이 울었습니다. 한숨을 모아놓으면 구름만큼 클 겁니다. 지사님. 이제는 잊어버렸습니다. 공무원은 평생직장 아닙니까. 이제야 눈을 감을 수 있게 됐습니다."

합격증을 받아들고 감격해하는 장애인들과 부모들을 보면서, 언제 우리 사회도 장애인들이 눈물을 흘리지 않고 흥겹게 합격 축하파티를 열 수 있을 것인가를 생각하니 보람과 착잡한 마음이 교차했다.

이날 같은 장애인인 열린우리당의 장향숙 의원도 참석하여 뜨거운 격려사를 해주었다.

그런데 뜻밖의 문제가 생겼다. 이들을 위한 근무처가 나타나지 않았다. 근무처가 되어야 할 일선 시군에서 장애인들을 뽑으려고 하지 않는 것이었다. 장애인들은 전산직, 행정직 등 자신들의 몸으로 할 수 있는 분야를 지원하기 때문에 업무에 거의 지장을 받지 않는다. 나는 법적으로 장애인 고용비율에 미달한 시군은 의무적으로 비율을 맞추라고 지시했다. 채용을 기피하는 시군은 다른 일반 공무원의 채용에 대해서 불이익이 돌아갈 것이라 공언했다.

장애인 고용문제는 법적으로만 해결하려고 해서는 곤란하다. 까다롭게 고용비율을 책정한 '장애인 고용촉진법'도 법조문에 규정된 비율수치만 가지고 10년 동안 숨바꼭질을 벌이지 않았는가.

법소문을 가지고 이러니저러니 하는 것이 제법 논리적이고 선진적인 것처럼 보이지만 그렇지 않다. 사회적으로 합의된 최저조건을 규정해 놓은 것이 법이라면, 장애인 문제에 대해 법조항 운운하는 것은 양식 있는 태도가 아니다. 하물며 법에 정해진 내용조차 지키지 않는 것은 더 말할 필요도 없다. 장애인 문제는 우리 사회의 통합을 위해 반드시 해결해야 할 문제이다.

2005년 1월에 경북 칠곡에 있는 장갑공장에서 큰 화재가 있었다. 이 회사는 전 직원 200여 명 가운데 80명이 장애인이었다. 의무고용 수치를 넘었음은 말할 것도 없고, 전국적으로 장애인 고용 우수회사로 꼽혀왔다. 그런데 갑작스런 화재로 2층 기숙사에서 자고 있던 중증 장애인 네 명이 참변을 당하는 사건이 일어난 것이다.

이 사건에 대한 국민들의 반응은 두 가지로 엇갈렸다. 한편으로는 이웃주민들의 증언을 통해 장애인 직원들의 대소변까지 받아냈다는 기업주의 선행이 알려지자 각지에서 구호물품을 보내왔다. 다른 한편으로는 장애인 고용으로 정부지원을 받은 업체가 안전을 소홀히 하여 사고가 커졌다면서 철저한 진상조사와 책임자 처벌 등을 요구했다.

기업주의 선행과 화재 진상조사는 분명히 별개의 문제이다. 아무리 선행을 했다 하더라도 다른 잘못이 있으면 처벌을 받아야 한다. 하지만 그렇게 단순하게만 생각할 게 아니다. 나는 그런 '냉정한 구별' 속에 상대편을 이해하지 않으려는 태도가 있다는 것을 지적하고 싶다.

화재가 난 곳은 기숙사가 아닌가. 비장애인이었다면 넉넉히 피할 수 있었을 것이다. 장애인의 부모들은 취직을 부탁하면서 기숙사가 있는지 묻는다고 한다. 출퇴근의 불편함도 덜 수 있지만, '전부'를 맡길 수도 있기 때문이다. 마지못해 법적 고용기준만 준수하려 했다면 굳이 장애인을 위해 기숙사까지 만들 필요가 없다. 설령 기숙사가 있다 하더라도 집에서 출퇴근을 해야 한다고 대답했을 것이다. 장애인을 받으면 기숙사에 추가시설을 해야 하고 그래도 안전을 보장할 수 없을 뿐더러 유사시 책임까지 져야 하기 때문이다.

고용을 하더라도 3급 이상의 중증 장애인은 누가 채용하려 할 것인가. 그렇다면 앞으로는 3급은 0.3%, 4급은 0.5% 이런 식으로 세부적으로 규정해야 할 터인가. 포괄적으로 접근할 수 있는 아량 있는 사회가 성숙된 사회이다.

실제로 이 사건이 발생하자 법정 하한선보다 장애인을 더 많이 고용한 다른 업체들이 상당히 위축되었다고 한다. 2%만 고용했으면 그러한 사고가 일어나지 않았을 거라면서 불만을 나타냈다. 요컨대 장애인을 너무 많이 고용한 탓이라는 것이었다.

칠곡 장갑공장 참사는 참으로 가슴 아픈 사건이지만 이런 전후 사정의 '이해'가 없이 무조건 진상조사와 처벌만을 주장하는 것은 옳지 않다고 생각한다.

2005년 2월에 대구 인터불고 호텔에서 중소기업인과 간담회를 할 때도 장애인 노동자 얘기가 나왔는데, 장갑협동조합 이사장에 따르면 법적으로 장애인은 일반보험 가입 대상이 아니라고 했다. 나는 즉석에서, 장애인 고용업체의 일반보험 가입을 허용하고 장애인 안내요원 배치와 장애인 시설 확충을 정부와 지자체가 지원할 수 있도록 당과 정부에 건의하겠다고 답변했다.

몇 년 전의 일이다. 도청에서 장애인 행사가 있었는데, 행사를 끝내고 식당으로 가서 음식을 대접하고자 했다. 내가 다른 곳에 볼일이 있어 나갔다가 뒤늦게 식당으로 가는데, 모두들 복도에 앉아 식사를 하고 있었다. 그 이유를 묻자 식당에 내려가기가 불편하기 때문이라고 대답했다. 아차, 싶었다. 시설이 있다고 이용하기에 편한지 불편한지 헤아려보지도 않고서 시설에만 맡겨놓았구나 하는 죄책감이 들었다.

이튿날 간부회의에서 신속히 엘리베이터를 설치하라고 지시를 내렸다. 40년 전에 지어진 도청 본관에는 엘리베이터가 없었던 것이다. 나는 계단을 통해 걸어서 집무실을 오르내리면서도 불편을 느껴본 적이 없었다.

신체 건강한 비장애인은 장애인의 불편을 이해하지 못한다. 나 역시 오랫동안 장애인의 처우를 개선하는 데 앞장서왔다고 자부하지만 어찌 당사자들의 고충을 다 알 수 있겠는가.

장애인은 우리가 더불어 살아가야 할 소중한 이웃이요, 도민이요, 국민이다. 비장애인도 사고나 질병으로 장애인이 될 수 있으며, 겉으로 드러나지만 않을 뿐 우리 모두가 장애인인지도 모른다. 장애인도 자신과 똑같은 사회의 구성원이고 동반자라는 사실을 인정하지 못하는 것이 장애인 문제의 본질이다. 그래서 이는 장애인 문제가 아니라 비장애인의 문제이다.

아버지와 아들

나는 슬하에 아들만 둘을 두었다. 두 아들은 어려서부터 할머니와 부모를 따라서 교회에 다녔고 믿음으로 성장했다. 결혼 상대는 스스로 선택했고, 두 며느리는 그저 친딸을 얻은 듯 사랑스럽기만 하다. 그런데 두 며느리의 부모들 고향이 모두 호남이라 주변으로부터 '이 지사가 지역감정 타파를 위해 솔선수범하여 호남 출신 며느리를 보았다'는 말을 들을 때면 아들 덕분에 이런 칭찬도 듣나 싶어 면구스러울 따름이다.

바쁘게 살다 보니 아이들에게 제대로 신경을 쓰지 못했는데, 지금까지 건강하고 건전하게 잘 자라 준 아이들에게 늘 고마울 따름이다.

젊은 시절 공직생활을 하다 보니 사람들과 어울려 술을 마셔야 할 자리가 왕왕 생겼다. 얼굴이 붉어져 집에 돌아가면 어머니는 야단 대신

근심어린 얼굴로 바라보시다가 방에 들어가 조용히 기도를 하셨다. 그러면 나는 야단을 맞은 것보다 더 죄송한 마음이 들어 될 수 있는 한 취한 모습은 보여드리지 않으려고 더 조심하게 되었고 불가피하게 술을 마신 날은 동네를 몇 바퀴 돌아 술이 깬 다음 집에 들어가거나, 공무를 핑계로 사무실에 돌아와 밤을 보낸 적도 있었다.

두 아들은 모두 선교활동을 하고 있다. 생각해보면 두 아들이 믿음의 길로 들어선 것은 어머니의 간절한 기도 덕분이었다. 성경에서 믿음의 조상을 아브라함이라고 하지만 우리 가정에서는 할아버지가 바로 믿음의 조상이었다. 5대째를 이어오는 신앙의 길에서 어머니의 가장 큰 소망은 우리 가정에서 목회자가 나왔으면 하는 것이었다. 하지만 나와 아내는 솔직히 아이들이 그런 힘든 길을 가길 원하지 않았다. 그저 좋은 직장 구해서 편하고 소박하게 살았으면 하는 바람이었다. 어머니는 그런 우리들의 마음을 아셨는지 우리 부부가 없을 때만 기도를 하시거나 혹은 손자들과 함께 가정예배를 드리며 당신의 소망을 드러내시곤 하셨다. 결과적으로 어머니의 기도는 한 자식이 아닌 두 아들 모두를 희생과 봉사의 길로 나아가게 하셨던 것이다.

큰아들은 대학을 나온 뒤 우리나라의 연세대학교처럼 세계선교의 비전을 기반으로 설립된 미국의 하와이 열방대학(University of the Nations)에서 신학을 공부했다. 그 대학을 졸업 후 강의를 하다가 한국에 돌아와 제주도에 있는 한국의 열방대학에서 강의를 하면서 세계 각국을 돌아다니며 복음사역을 하고 있다. 둘째아들은 애초부터 신학대학원을 나와 목사 안수를 받았다. 그 후 미국에 유학하여 Liberty University에서 신학 석사를 마치고,

지금은 Southern Baptist Seminary에서 박사과정을 이수하고 있다.

큰아들 내외는 귀국하고 얼마 안 되어 네팔로 단기선교를 떠났다. 큰며느리는 당시 첫아이를 임신 중이었는데, 그 몸으로 네팔의 고산 오지 마을로 간 것이다. 포장도 안 된 산길로 버스를 타고 올라가 좁은 움막에서 잘 씻지도 못하면서 숙식을 한다고 생각하니 걱정이 이만저만이 아니었다. 전화통화도 힘들어서 아들 내외가 전화를 해오지 않으면 목소리마저 들을 수 없었다.

네팔에서의 활동을 마치고 인도에 도착했다고 전화가 왔을 때, 아들의 목소리를 듣자 나도 모르게 울컥 하고 목소리가 높아졌다.

"너야 그렇다 치더라도 뱃속 아이랑 산모 생각은 안 하나! 새아기 데리고 당장 병원부터 가봐라!"

고생을 사서 하면서도 즐거워하는 아들 내외였지만 뱃속의 아이 걱정은 되었던 것 같다. 전화를 끊은 뒤 현지 산부인과를 찾아 검사를 받았다고 한다. 다행히 아이에겐 이상이 없었고, 그 후 건강한 손자가 태어났다.

나와 아내가 자신들 때문에 가끔 의견 충돌이 있었고, 걱정이 많다는 걸 알았는지, 어느 날은 조심스레 대화를 청해왔다.

"아버지, 어머니. 우리는 부모 자식 관계이기도 하지만, 그걸 떠나서 신앙적으로만 보아도 한 패잖아요 그러니 저희가 가는 길을 믿고 신앙의 후원자가 되어주세요."

평소 과묵한 아들이 나와 아내에게 어렵게 꺼낸 말이었다. 걱정을 접어야 할 때가 다가오는 것 같았다.

나는 큰아들에게, 이왕 선교활동을 할 거라면 목사가 되어 선교를

아내와 두 아들·며느리, 손자 손녀와 함께한 가족 사진.

하는 것이 어떠냐고 권했다. 그러나 큰아들은 목사 되기를 마다하고 평신도로 선교활동을 하고 있다. 자식들이 다 부모 뜻대로 되는 것은 아니라는 생각도 들었고, 이후에도 어려운 봉사의 삶을 즐겁게 하고 있는 자식들을 보면서 대견스럽기도 하고 안쓰럽기도 했다. 강의를 잘한다고 소문은 나 있지만 부모 입장에서는 영 마음이 놓이지 않았다.

그런데 어느 날 큰아들이 우리 지역에 초청을 받아 내려온다는 소식이 왔다. 그래서 아내와 함께 시간을 내어 가보기로 했다. 내가 강단에 선 것도 아닌데 가슴이 두근거렸다. 다행히 그날 설교를 들은 많은 사람들이 은혜를 받았다고 칭찬이 자자했다.

"그래, 내 생각이 짧았어. 어머니의 그 간절하셨던 소망의 기도가 이렇게 이루어진 거야." 그리고 언젠가 그저 후원자의 한 사람으로 자신의 선교사역을 도와달라고 청하던 아들의 말에 이제는 답할 때가 되었다는 생각이 들었다. 세상의 일과는 상관없이 닥쳐올 생활고도 오히려 즐거움으로 여기며 평생을 봉사의 길, 선교의 길로 나아간 아들 내외에게 든든한 후원자가 되어야겠다는 다짐을 하게 되었다.

사실 나는 공무에 바빠 가정에 그다지 충실하지도 못했고 사춘기 시절 고민이 많았을 자식들과 마음을 터놓고 이야기를 해본 적도 몇 번 없었다. 그래도 이렇게 착하게 자라준 자식들과 단란한 가정을 이어갈 수 있게 된 것은 무엇보다도 어머니의 기도와 아내의 도움이라 생각한다. 지금도 매일 아내와 함께 새벽기도와 아침산책을 다니면서 두 아들 내외와 귀여운 손자 손녀(재원, 해나, 재진, 세라)들을 위한 기도는 빼놓지 않고 있다.

우리 가정과 오늘의 내가 있기까지 기도해주시고 성원해주신 현명길, 김부성, 김기수, 조용기, 김장환, 예종탁, 길자연, 김삼환, 서임중, 김진홍, 김문훈, 김승동, 이상민, 윤성권, 윤승준 목사님을 비롯한 모든 분들께 진심으로 감사드린다.

인정중매와 사랑의 캠프

부천 시장으로 근무할 때 나는 지역에 있는 고아원을 둘러보면서 아이들에게서 마음의 상처를 절절히 느낀 적이 있다. 가는 곳마다 아이들에게 관심사와 힘든 점을 물어보았는데 답변들이 다 비슷비슷했다.

"다른 애들은요, 시장 가서 자기 엄마랑 떡볶이도 사먹고 순대도 사먹고 그렇잖아요? 그게 제일 부러워요."

"선생님이 시험을 친 뒤 성적표를 주면서 부모님 도장 받아오라고 하실 때면 눈물이 나요."

어떤 아이는 이렇게 말했다.

"우리(고아원 원생들)끼리만 다니는 학교가 있었으면 좋겠어요."

그러자 다른 아이가 화를 냈다.

"야, 같이 다니는 것도 흉보는데 고아원학교까지 생기면 창피해서 어떡하니?"

서로 작은 다툼이 일었던 적이 있다. 시장에게 그런 건의를 하면 금방 고아원학교가 생길까봐 겁이 난 모양이었다.

고아원을 순회한 뒤 나는 고아들을 진정으로 도울 수 있는 방법이 없을지 고민하다가, 고아들과 '양부모 맺기'를 추진하기로 결정했다. 아이들의 양부모가 될 뜻이 있는 시민들은 참여해달라고 요청했다. 그냥 형식적으로 아이들을 돕는 일회용 자선행사가 아니라, 진정한 부모처럼 가슴을 열고 아이들을 맞을 분들을 찾아 나섰다. 여성단체 회원들이나 교회 신자들, 혹은 개인들까지 여러 군데서 신청이 들어왔다. 그 숫자가 생각보다 훨씬 많아서 놀랐다.

그런데 문제가 생겼다. 대부분 여자아이들만 데려가려고 하고 사내아이들에겐 관심을 두지 않았다. 사내아이를 키우는 게 여러 모로 힘들어서 그러는 것을 모르진 않았지만, 왜들 친부모로서는 아들 낳기를 선호하면서도 양부모로서는 여자아이만 원하느냐고 내가 농담처럼 물었다. 그리고 부모들에게 제안했다.

"심지를 뽑읍시다. 여자아이들만 택한다면 이 일로 남자아이들은 또 상처를 입지 않겠습니까? 이왕 아이들에게 사랑을 주시려면 한 발만 더 가까이 다가와주세요."

양부모 신청을 한 분들도 내 의견을 받아들여 추첨을 하고 아이들을 한 명씩 담당했다. 아이들을 놓고 추첨을 한다는 게 부끄러운 모습이었지만 어쩔 도리가 없었다.

이윽고 아이들과 양부모를 맺는 날, 시청 강당에 모여서 정식으로 결연을 맺었다. 결혼식처럼 내가 주례를 섰다. 아이들을 가운데 세우고 그 양쪽에 부부가 서서 사진을 찍었다. 긴장되면서도 즐거운 양부모 결연식이었다. 양부모 결연증서를 주면서 이렇게 부탁했다.

"오늘 이 자리는 참으로 평화롭고 사랑이 넘치는 자립니다. …오늘 여기에 양부모와 아이, 세 사람씩 서 있지요. 그런데 이 세 사람은 모두 핏줄이 같지 않습니다. 부부도 핏줄이 서로 다르지요 그러나 사랑이 있기 때문에 부부가 되고 평생을 한 울타리 안에서 살아갑니다. 가운데 서 있는 이 아이와도 핏줄은 나누지 않았습니다. 그러나 사랑을 나눈다면 서로 가족처럼 지낼 수가 있습니다."

그렇게 말을 하는 나는 눈시울이 붉어지고 목이 메었다. 양부모나 아이들도 마찬가지였다.

"이제 여러분들의 착한 가슴에 이 아이들을 맡깁니다. 적어도 일주일에 한 번씩은 집으로 데려와서 함께 식사도 하고, 함께 빵집에도 가고, 떡볶이도 사주시고…." 말을 맺을 수가 없었다.

이제 아이들을 어떻게 대하느냐 하는 것은 전적으로 양부모 마음에

달렸다. 연말이 되면 의례적으로 행하는 고아원과 양로원 돕기처럼 할 것인지, 정말 아이들을 사랑으로 보듬을 것인지. 나는 다만 선한 것을 돕고 격려해주는 위치일 뿐이었다.

한 달 뒤에 아이들을 불러서 반응을 들었다. 어떤 아이는 자주 양부모 집을 왕래한다고 했다. 또 다른 아이는 입고 있는 윗옷을 양부모가 사주었다며 가슴을 내밀고 싱글벙글했다. 아이들에게 가장 멋진 일은 학교 시험지에 부모의 도장을 찍게 되었다는 점이었다. 아이들의 자존심은 이렇듯 작고도 섬세했다.

한 아이의 이야기는 더욱 나를 놀라게 했다. 고등학교 3학년인 여자아이는 전문대학 유아교육과에 진학하겠다고 했다. 나중에 들어보니, 그 여자아이의 양부모는 '어린이집'을 운영했다. 양부모는 그 아이를 진짜 양녀로 삼았다. 그리고 어린이집을 물려주기로 친자식들과 합의했다는 것이었다.

그럴 즈음 한국일보 안병찬 기자가 내 집무실을 방문한 적이 있었다. 그는 베트남 전쟁시 종군기자였는데, 1975년 4월 30일 사이공의 최후 순간까지 취재하기 위해 현지에 있다가 함락일 새벽 마지막 미군 헬기를 타고 괌으로 탈출한 인물이다. 그가 바로 그때 시장 집무실에 들러서 '양부모 맺기' 얘기를 듣고 돌아가 <인정중매>란 제목으로 기사를 쓰기도 했다.

경상북도 지사가 되어서는 매년 '모부자 가정캠프'를 열고 있다. 편부모 가정의 가족들을 초청하여 구미의 금오산 입구에 있는 경북 자연환경연수원에서 2박 3일 동안 캠프를 개최하는 행사이다. 모부자 가정캠프를 여는 이유는 간단하다. 갖가지 연유로 손상되는 가정이 많아지고 있는 요즘, 편부모 슬하에 있는 아이들이 밝고 힘차게 자라주기를 바라는 마음에서다. 보통 120가정 240명씩을 초청하는데, 지금까지 벌써 1,700여 가정에서 3,500여 명이 참가했다.

매년 7월 하순이면 나도 아내와 함께 캠프에 참여하기 위해 그곳에 간다. 남편 없이 자식을 키우는 어머니들이나 아내 없이 자식을 돌보는 아버지들의 어려움을 공감하고 그들에게 용기를 북돋워주기 위해서이다.

갈 때마다 느끼는 것이지만 홀어머니의 가정에서는 참석을 잘하는 데 비해 홀아버지의 가정에서는 참석을 꺼려한다. 창피스럽다는 게 이유다. 그러나 와서 보면 같은 처지의 가정이 많다는 것에 놀라면서 서로 어려움을 나누고 힘을 얻는다고 한다. 실제로 남편 없이 자식을 키우는 것보다 아내 없이 자식을 키우는 게 어려운 점이 더 많다.

2박 3일 동안 합숙을 하며 간단한 건강검진을 받고, 강연도 듣고, 부모 자식 간에 못 다한 이야기를 나눈다. 합숙은 아버지쪽 가정과 어머니쪽 가정이 따로 나뉘어서 한다. 2004년에는 먼저 3일간은 아버지쪽 가정, 나중 3일은 어머니쪽 가정이 합숙했다.

가정마다 조금씩 차이는 있지만 가장 중요한 문제는 부모 자식 간의 대화였다. 아이가 초등학교 고학년이 되면서 슬슬 부모와의 대화가 힘들어지고, 중학생이 되면 아예 서로 다른 나라 언어를 쓰는 것처럼 소통이 힘들어진다. 단 둘만이 있는 가정임에도 벽은 그렇게 높아지는 것이다. 어머니 쪽은 만나자마자 당장 서로 마음이 통해버리는데, 아버지들은 처음에는 서먹서먹하다가 나중에는 더 절친해진다.

그리고 아이들은 아버지 혹은 어머니에게 편지를 쓰며 사춘기의 고민과 속내를 털어놓는다.

나는 아이들에게 이런 말을 하곤 했다.

"여기가 금오산이야. 옛날 박 대통령이 이 산 기슭에서 꿈을 키웠지. 여러분도 여기서 큰 꿈을 꾸어라. 열심히 공부해서 훌륭한 사람이 되겠다는 힘찬 야망을 가져라."

그러면 아이들은 사뭇 긴장한다. 박 대통령이 어린 시절 뛰어다녔던 곳이라는 말에, 그가 누군지도 모를 초등학생 아이들도 왠지 숙연한 표정을 짓는다. 박 대통령 때문이 아니라 누군가가 자기를 주목하고 있다는 점 때문에 아이들의 눈망울은 초롱초롱 빛나는 것이다. 아이들은 기세가 꺾이지 않아야 한다. 기세는 아이들에게 비타민과 같은 것이다.

일정이 끝나고 '모부자 가정 자립학교'를 수료하는 날, 아이들은 편부모께 보내는 사랑의 편지를 읽었다. 한 여자아이는 아빠가 무엇을 걱정하는지 알게 되었다고 했고, 또 한 아이는 5년 전 아빠가 돌아가신 뒤 한쪽이가 빠진 것 같은 가족이라고 부끄러워했다며, 이제는 엄마가 항상 곁에 있다는 것을 알게 되었다고 말했다. 아이들은 사랑의 편지를 읽으며 울었고, 편부모들도 눈시울을 적셨다. 이러한 작은 사랑의 실천이 아파하는 우리 가정에 원기를 불어넣는 힘이 되고 있는 것 같았다.

사랑의 집짓기 운동

나는 2001년 8월 경산에서 미국의 21대 대통령인 지미 카터와 함께 망치를 들고 구슬땀을 흘리며 집짓는 일을 한 적이 있다. 사랑의 집짓기 운동인 해비타트(Habitat for Humanity)는 서로 협력하여 집이 없는 사람들에게 집을 지어주는 이웃사랑 실천 운동이다.

이 운동은 1976년 미국 남부의 한 작은 도시 농장에서 시작되어 전 세계로 퍼져나갔다. 현재 100개국에서 18만 채가 넘는 집이 자원봉사로 지어져 가난한 이웃들에게 제공되었다.

여기에는 지미 카터 전 미국 대통령, 잭 캠프 등 유명인사들이 참여하고 국제적으로 큰 호응을 받고 있다. 그리고 GM, GE, 시티은행 등 글로벌 기업들이 앞 다투어 지원하고 있다.

사랑의 집짓기에 가장 적극적인 지미 카터 전 대통령은 매년 자신의 휴가를 할애해 '지미 카터 특별건축사업(Jimmy Carter Work Project, 약칭하여 JCWP)'이라는 프로그램을 운영하여 이 운동에 앞장서고 있다.

우리나라의 해비타트 운동은 1992년 1월에 정근모 전 과학기술부장관을 이사장으로 추대하여 시작한 이래 많은 분들이 동참하여 국내외에서 많은 봉사활동을 하고 있다. 한국 해비타트운동본부에서는 2001년 지미 카터 전 미국 대통령의 JCWP를 유치했는데 나는 대구·경북 해비타트 명예이사장으로 지미 카터 전 대통령과 함께 경산에서 사랑의 집짓기 운동에 참여했다.

이 사업에는 아산지역을 중심으로 경산, 태백, 군산, 파주 등 국내 5개 지역에서 약 5만 명의 자원봉사자가 참여했다. 사랑의 집짓기는 2001년 8월 5일부터 일주일 동안 진행되어 15평형 120세대의 주택을 건설했다. 여름휴가나 방학기간을 모두 봉사활동에 바친 가족들, 대학동아

경산시 남천면 문화마을에서 지미 카터 미국 전 대통령과 함께 사랑의 집짓기 운동에 참여했다
(2001. 8).

리 회원들, 군인들, 교회 봉사자들이 있는가 하면 아이들을 이웃에 맡기고
온 어머니도 있었다. 70세 고령의 한국전 참전용사를 비롯해 26개국에서
온 많은 자원봉사자들을 만날 수 있었다. 그들은 자신의 작은 힘을 베풀면
베풀수록 풍성해진다는 사랑의 고귀한 진리를 알고 실천하고 있었다.

유달리 큰 앞니에 해맑은 미소가 인상적인 지미 카터 전 미국 대통령은
참으로 매력적인 분이었다. 전 세계를 리더하던 전직 미합중국 대통령답지
않게 소탈하고 평화로운 사람으로 마음에서 우러나오는 봉사를 실천하는
그런 분이었다. 그는 사랑의 집짓기뿐만 아니라 세계평화 전도사로 활동하
고 있었다. 대통령직에서 물러난 후 애틀란타에서 카터센터를 설립하여
평화와 인권을 고양시켜 2002년에는 노벨평화상을 수상했다. 그는 복음주

의 기독교인으로 교회에서는 학생을 가르치는 교사이고 국제분쟁 해결의
중재자로 널리 알려져 있다. 1994년 6월에는 북한의 IAEA 탈퇴선언으로
전쟁 직전의 양상까지 치달은 시점에 특사자격으로 북한을 방문하여
핵문제를 해결하는 데 탁월한 민간 외교역량을 발휘하기도 했다.

이렇듯 전직 대통령이 퇴임하고 난 후, 고향의 평범한 아저씨로 이웃
주민들과 어울려 봉사를 하거나 교회 교사로서, 평화의 사절로 활동하는
모습들은 우리에게 시사하는 바가 크다.

나는 요즘 11년의 민선지사 퇴임을 앞두고 정치권이나 언론, 많은
도민들로부터 퇴임 후 무엇을 할 것인가에 대한 질문을 가장 많이 받는다.
그때마다 나는 지역을 위해서 나라를 위해서 나를 도와준 많은 분들을
위해서 할 수 있는 일이 있다면 무엇이든 봉사하겠다는 대답을 한다.
지미 카터처럼 봉사를 통해 존경 받는 사람이 되었으면 좋겠다는 생각을
해보면서도 마음 한구석에서 답변에 부족함을 느끼는 것은 왠일일까 깊이
생각에 잠기곤 한다.

한편 나의 아내도 미력이나마 지역사회에 봉사하기 위해 크고 작은
활동에 참여하고 있다. 특히 서울에 있을 때 호스피스(hospice) 교육을
받았는데 호스피스는 치유 가능성이 없는, 주로 죽음에 직면한 말기 환자
와 그 가족을 대상으로 그들의 신체적 고통을 완화시키고 정신적인 안정을
도모하여 평온한 죽음을 맞도록 간호하는 사람을 말한다. 미국에는 1,700
개 이상의 호스피스 시설이 있고 그곳에서 수많은 사람들이 봉사하는
데 비해 우리나라에는 참여자가 적을 뿐 아니라, 대구 같은 대도시에도
최근까지 호스피스 제도를 활용하는 병원이 없어 그저 틈나는 대로 시설이

나 병원을 찾아 작은 봉사로 참여하고 있다. 근래에 동산기독병원에 호스피스 제도가 생겼지만 이제는 나이며, 시간이며, 이런 저런 핑계로 참여하지 못해 안타까워하고 있다.

1993년 임명직 지사 시절 우리 부부는 안동에 있는 '함께 사는 집'을 방문하고 큰 감동을 받은 바 있다. 이 공동체는 역경을 딛고 자수성가한 권인찬 이사장이 주축이 되고 안동을 연고로 한 30대 젊은이들이 정부의 도움 없이 십시일반으로 기부하여 건물을 짓고 어렵게 운영하고 있는 나눔의 집인데 그곳에는 소년소녀 가장들이 함께 오순도순 살아가고 있다. 그 후 틈나는 대로 그곳을 가끔 방문하며 작은 후원도 하고 있지만 그들의 봉사정신에 머리가 숙여지지 않을 수 없었다. 겨우 10년이 조금 지났지만 여기에서 성장해간 아이들은 어둡고 그늘진 세상을 벗어나 대학을 졸업하고 방송국, 대기업 등 우리 사회에서 역동적인 삶을 살고 있나. 반약 이들의 숭고한 봉사성신과 노력이 없었다면 이 아이늘의 삶은 어떻게 되었을까? 이 순간에도 그늘지고 외롭고 소외된 사람을 위해 보이지 않게 묵묵히 봉사, 헌신하고 있는 많은 분들에게 감사의 말씀을 드리고 싶다.

마음만 열면 지역감정은 없다

사실 영·호남 간 갈등의 실체는 모호한 측면이 있고, 그 갈등의 역사 또한 그리 깊지 않다. 어쨌든 이러한 갈등이 국민통합과 국가발전에 큰 장애로 작용하고 있는 것은 사실이다.

1970년대 이전까지만 하더라도 영·호남 간에 지금과 같은 심각한 갈등이 존재하지 않았다. 영남과 호남에서 각 정당들의 후보가 골고루 국회의원에 당선되었고, 대통령 선거에서도 한쪽에 몰표가 나오는 경우는 거의 없었다. 이에 대해 학자들이나 전문가들이 여러 가지 진단을 내리고 있지만, 여론조사 결과를 보더라도 지역감정이 정치적으로 과장된 측면이 있는 것은 분명해 보인다. 그 이유야 어쨌든 치유는 우리들의 몫이다. 치유가 늦어지면 호미로 막을 것을 가래로 막는 불행이 올 수도 있다.

얼마 전 방사성폐기물처리장 유치를 놓고 경북의 세 개 시도와 전북의 군산시가 경합한 적이 있다. 결국 경주시가 유치하게 되었지만 이해관계가 치열하게 마주치자 투표일이 임박해서는 막판에 다시 지역감정을 자극하는 상황이 벌어지고 말았다. 참으로 가슴 아픈 일이다. 더구나 전라북도는 경상북도와 자매결연을 하고 있기 때문에 더욱 가슴이 아팠다.

방폐장 문제로 서운한 감정도 없지 않았는데 두 달이 채 되지 않아 전라북도에서 사랑의 김장김치 1,500포기를 담아 보내왔다. 2003년부터 해마다 해온 일이지만 곧이어 이번에는 호남지역에 폭설이 내려 큰 피해를 입었다는 소식에 관계국장을 보내 성금과 위로의 뜻을 전했다. 또한 인력과 장비를 대거 현장에 보내 피해복구를 지원하도록 하였다. 이처럼 서로 돕고 위로하는 사이에 지역감정이라는 어두운 그림자가 끼어들 틈은 없었다. 역시 '전북 도민들은 양반이구나' 하는 고마운 생각이 들었다.

경상북도와 전라북도의 자매결연은 우리나라 광역자치단체 간에 맺은 유일한 사례이다. 전라북도는 위치, 문화, 성격 등에서 경상북도와 유사한

경상북도와 전라북도는 최초로 광역자치단체 간에 자매결연을 했다.

전이 많으며, 역사적으로도 나제(羅濟)통문을 통해 활발한 교류가 이루어 졌다. 자매결연 체결 후 문화단체와 시민단체의 교류가 이루어지고 있으 며, 문화예술단이 서로 교환공연을 했다. 전북에서는 서동요를 주제로 경북에 와 오페라 공연을 했고, 경북에서는 국악단과 교향악단이 전북에 가서 공연을 했다.

전라남도와는 허경만 전 지사님과 특별히 개인적인 친분이 있어 양 도지사가 상호 도청을 방문하여 직원들을 상대로 특강을 하기도 했다. 전남 도청에 가서 강연을 할 때 영호남의 두 거유(巨儒)이신 퇴계 이황 선생과 고봉 기대승 선생 간의 연령과 지역을 초월한 우정을 소개한 바 있다. 두 분은 평생에 걸쳐 이기론(理氣論)을 둘러싸고 치열한 논쟁을 벌였는데, 학문적 시비를 논함에서는 추상과 같이 엄정하면서도 서로 존경하고 사모하는 정에 있어서는 예의에 한 치도 어긋남이 없었다. 두 분 사이에 오간 서찰들이 최근 한글로 번역되어 책으로 나오기도 했는데, 지리적 거리와 연배의 차이에도 불구하고 한 가지 주제를 가지고 깊이 있게 사색하고 토론하며 서로의 단점을 보완해가는 학문적 자세는 후세의 학자들에게 큰 가르침을 주고 있다. 퇴계 선생은 세상을 떠나면서 유문을 고봉 선생에게 써달라고 유언을 남길 정도로 선생의 인품과 학식을 높이 평가했다. 이것이 인연이 되어 그 후 400여 년이 지난 지금까지도 후손들이 서로 오가며 향배를 지내고 있다는 것이다. 이것이 바로 우리 선조들의 정서다. 논쟁은 논쟁이고 인간적 신뢰는 신뢰였던 것이다. 오늘날 우리는 그런 선조들의 정신을 본받아야 한다고 강조했다.

또 한 가지 동서화합과 관련하여 떠오르는 것은 박정희 전 대통령 기념사업회가 결성되던 만찬 자리의 김대중 대통령이다.

우리 역사에서 박정희 전 대통령만큼 공과 과가 극명하게 공존하는 인물은 드물 것이다. 역사적 평가가 극단적으로 대치하다 보니 공개적으로 기념사업이나 기념관 건립을 논하는 것이 쉽지 않은 분위기였다. 더구나 내가 1995년에 처음 민선 도지사가 되어 경상북도에 내려온 시기가 문민 정부 시절이니 더욱 그럴 수밖에 없었다.

하지만 박 전 대통령의 고향인 구미를 비롯한 대구·경북의 지역유지들 사이에서 생가 복원과 기념사업에 대해 비공식적인 논의가 이루어지고 있었다. 박 대통령에 대한 역사적 평가는 미루어두더라도, 이 나라를 빈곤의 늪에서 구해 세계가 놀라는 경제대국으로 부흥시킨 공로까지 부정할 수 없다는 취지였다.

처음에는 우리 지역의 문제이기 때문에 지역 차원에서 시도하려고 하다가, 청와대에서 함께 김영삼 대통령을 모셨던 김용태 비서실장에게 연락하여 대통령께 보고하도록 협조를 요청했다. 이른바 '역사바로세우기'에 열중하던 당시 김영삼 대통령이 박 전 대통령 기념사업을 좋게 생각할 리 없었다.

그런데 김 실장이 기념사업에 대해 보고를 하니, 대통령은 아무 말씀이 없이 쓱 쳐다보기만 하더라는 것이다. 김영삼 대통령의 평소 습관에 비춰 봤을 때, 다른 말 없이 보고자를 쳐다보기만 하는 것은 반대는 하지 않는다는 뜻으로 받아들여졌다. 그러니 김 실장은 '이 지사가 알아서 하라'는 것이었다.

그래서 나는 자체적으로 기념사업회를 결성했다. 기념사업회는 김수학 선 경북 지사를 회상으로 하고 유족대표, 생가 보존 대표 등을 포함하여 12명 정도로 구성되었다. 기념사업회를 결성하고 구미시와 함께 우선 관광객을 위해서 주차장, 화장실 등을 정비했다.

그 후 '국민의 정부'가 출범하자, 김대중 대통령은 동서화합을 국정의 큰 과제로 설정하여 매우 심혈을 기울였다.

김대중 대통령은 박정희 대통령으로부터 엄청난 피해를 당한 정적이라고 할 수 있다. 나는 그런 분이 박 대통령을 용서하고 화해하면 역사적인 사건이 될 것이며, 동서화합의 상징적인 사건이 될 수 있다고 판단하여 당시 청와대 김중권 비서실장에게 박정희 전 대통령 기념사업에 대한 나의 생각을 전했다. 구체적인 추진방법에 대해서는 대통령이 경상북도를 방문할 때 내가 직접 건의하겠다고 했다. 박 대통령 기념사업이 단순한 기념사업에 그치지 않고 동서화합을 위한 차원으로 승화하게 된 것이다.

얼마 후인 1999년 5월 김대중 대통령이 경상북도를 순방하게 되었고 나는 계획대로 건의를 했다. 이때 신현확 전 총리와 김준성 부총리를 비롯하여 박정희 대통령과 함께 일했던 이 지역 원로들을 대구에 오도록 하여 만찬을 개최하게 되었다. 나는 이날 만찬에서 이런 요지의 인사말을 했다.

"박정희 대통령은 '조국 근대화'의 상징적인 인물이고, 김대중 대통령 께서는 '민주화'의 상징적 인물입니다. 김대중 대통령은 생사를 넘나들면 서 민주화에 공헌하셨습니다.

그래서 오늘 저녁의 이 만찬은 특별한 역사적인 의미가 있다고 생각합니 다. 이 자리는 근대화 세력을 상징하는 박정희 전 대통령과, 민주화 세력을 상징하는 김대중 현 대통령의 역사적 만남의 자리이자, 정치적 화해와 동서화합의 자리라는 의미가 있기 때문입니다."

말을 하는 나도 감정이 고조되어 갔고 나의 인사말을 듣는 좌중도 숙연해졌다. 나의 인사말이 끝나자 김대중 대통령께서 신현확 전 총리에게 건배 제의를 부탁했다. 그런데 신현확 전 총리도 몇 마디 하고는 감격하여 울먹이고 말문이 막혀 한참 동안 말을 잇지 못하다 겨우 건배를 했다.

김 대통령도 상당히 고무되어 있는 모습이었다. 만찬이 진행되는 동안 여러 말씀을 했는데, 박정희 대통령 시절에 있었던 비화, 청와대에서 박 대통령과 식사하면서 있었던 일화, 박 대통령이 자신에게 제안한 내용 등 그동안 세간에 알려지지 않았던 내용들이었다. 김 대통령은 감회가 새로우신지 이런저런 말씀들을 하시느라 식사하는 것도 잊을 정도였다.

이리하여 민간이 주도하고 정부가 지원하는 중앙 차원의 기념사업이 발족하게 되었으며, 지역에서 추진하던 기념사업은 이에 포함하여 추진하기로 했다. 기념사업회에는 신현확 전 총리를 추진위원장으로 하고 나를 포함하여, 민주당 대표로는 권노갑 최고위원, 한나라당 대표로는 박근혜 부총재 등 18명의 위원이 구성되었다.

그 후 '국민의 정부'는 약속대로 208억 원의 국비 지원과 국민모금(목표) 501억 원을 포함하여 총 709억 원의 규모로 〈박정희 대통령 기념관 및 도서관 건립사업〉이 추진되게 되었다. 그런데 참으로 아쉬운 것은 이 사업이 중단되어 있다는 점이다. 그렇게 된 이유는 여러 가지 정치적 판단도 있겠지만 아마도 기념관의 설립 위치 문제가 크지 않았나 생각된다. 기념관을 어디에 설립할 것인가를 둘러싸고 당초부터 상당한 논란이 있었다. 나는 처음부터 기념관은 박 대통령의 생가가 있는 구미에 짓는 것이 바람직하다는 의견을 제시했다. 박 대통령에 대한 평가가 아직 극명하게 엇갈리고 있는 이 시점에서 기념관을 서울에 짓게 되면 상당한 논란에 휩싸이게 될 것이고, 그렇게 될 경우 국민모금은 물론 사업의 추진 자체가 불투명해질지도 모른다는 우려 때문이었다. '남산에 있던 이승만 대통령의 동상이 끌어내려진 사례도 보지 않았느냐, 박 대통령의 생애와 업적을 기리고자 하는 좋은 뜻이 오히려 누가 될 수도 있다'고 외국의 사례와 구미를 선호하는 여론조사 결과까지 제시하며 주장을 했지만 내 의견은 받아들여지지 않았다. 2000년 7월 기념사업회에서는 기념관을 서울 마포구의 상암 근린공원 안에 짓기로 결정을 했던 것이다.

이런 나의 우려는 곧 현실로 나타났다. 기념사업에 대한 이견과 반발이 일어났고 이런 분위기 탓인지 성금 모금도 기대에 미치지 못했다. 사업 추진이 예정 사업기간을 넘기고 모금이 지연되자 정부에서는 국고보조금 반환조치를 취했다. 기념사업회가 소송까지 제기하면서 지금도 계속 노력은 하고 있지만 처음부터 생가 쪽으로 위치를 정했다면 이렇게 되지는 않았을 텐데 하는 아쉬움이 크다.

박 대통령 기념사업 이야기가 길어졌지만 아무튼 동서화합은 우리 세대에서 꼭 극복해야 할 과제이다. 급변하는 무한경쟁의 세계 속에서 남북으로 분단된 조국을 통일하고 아시아로 세계로 미래로 나아가야 할 우리가 실체도 없는 지역감정에 볼모로 잡혀 있을 여유가 없다. 지금도 나는 박정희·김대중 대통령의 화해가 화두가 되었던 그 만찬자리의 감동을 잊지 못하며, 국민 모두가 지역감정에서 벗어나 동서화합을 이루는 길을 모색해 본다.

8

세계의 중심, 대한민국을 향하여

벌써부터 50년, 100년 후를 생각하자는 것이 너무 성급하다고 할지 모르지만,

이것은 다른 나라보다 한 발 앞서가는 미래 국가비전을 제시하는 것이다.

급변하는 세계는 우리에게 머뭇거릴 시간을 주지 않는다.

우리는 지금 어디에 서 있는가? 공간적으로는 새로운 세계의 거점으로 발돋움하고 있는 동북아시아의 중심에 있으며, 시간적으로는 21세기 새로운 밀레니엄을 맞이한 지 5년을 지나고 있다. 시·공간적으로 새로운 역사가 시작되고 있는 것이다. 바로 지금부터 우리는 착실히 50년, 100년 후 대한민국의 새로운 미래를 준비해야 할 시점이다.

벌써부터 50년, 100년 후를 생각하자는 것이 성급하다고 할지 모르지만, 다른 나라보다 앞서가기 위해서는 한 발 먼저 미래 국가비전을 제시하지 않으면 안 된다. 급변하는 세계는 우리에게 머뭇거릴 시간을 주지 않는다. 인류의 역사를 보면, 18세기 후반에 있었던 산업혁명으로 인해 그 전까지 인류가 수만 년에 걸쳐 이룩했던 것보다 큰 발전이 이루어졌으며, 그로부터 200년 남짓 지난 20세기 후반에 이른바 정보통신혁명은 그야말로 시간의 속도조차 느낄 수 없을 정도로 빠르고 많은 변화를 가져왔다. 전통 농경사회에 태어나 산업사회를 거쳐 지식정보화 사회를 살아가고 있다. 앨빈 토플러가 말한 제1, 제2의 물결과 제3의 물결을 한 세기가 채 못 되는 시간 안에 한꺼번에 경험하고 있는 것이다.

이런 상황을 감안한다면 현 시점에서 우리가 50년, 100년 후를 목표로 추진하는 일들이 어쩌면 5년이나 10년 후에 현실화할 수도 있을 것이다. 먼 미래의 공상과학에서나 있을 법한 것들이 곧바로 실현될 수 있다는 말이다. 그런 의미에서 이미 22세기는 시작되었다.

앞으로 우리 민족 구성원 모두가 힘과 지혜를 모아 이런 문제들을 슬기롭게 극복하고 세계 중심국가가 되기 위해서는 어떻게 해야 하는지를 살펴보는 것으로 이 책의 마지막 장을 맺으려 한다.

22세기는 시작되었다

우리나라는 서양 선진국들이 수백 년간에 걸쳐 이룬 경제적 발전과정을 매우 짧은 기간에 압축적으로 달성했다. 그런 성과의 이면에는 그림자도 짙을 수밖에 없었는데, 그동안의 부작용들이 누적되어 나타난 것이 IMF 사태라고 할 수 있다. 뼈를 깎는 고통을 감내하며 과감한 구조조정과 절약을 통해, 다행히도 우리나라는 IMF를 경험했던 다른 나라들에 비해 매우 짧은 기간에 구제금융에서 벗어날 수 있었다.

하지만 최근 일부 학자들 사이에서는 우리도 일본이 겪었던 장기침체로 접어드는 것 아니냐는 우려가 나오고 있다. 실제로 내수 침체와 투자 감소는 좀처럼 극복 기미가 보이지 않으며, 체감경기는 IMF 당시보다

더 어렵다고들 한다. 한국은행과 한국개발연구원을 비롯한 여러 국책기관
들과 사설 경제연구소 등에서는 경기회복을 조심스럽게 전망하면서도
5% 이하의 저성장시대가 불가피할 것으로 예고하고 있다. 또한 성장잠재
력의 한계를 경고하는 목소리도 들린다. 성장잠재력이 높아지기 위해서는
생산요소를 많이 투입하거나 생산요소의 효율성을 높이는 길밖에 없는데,
여기에서 우리 경제는 한계에 봉착해 있다는 것이다. 인구 감소로 인해
노동시간이 계속 줄어들고 있기 때문이다. 이를 상쇄하기 위해서는 투자라
도 증대되어야 하는데, 기업에 돈은 남아돌지만 마땅히 투자할 곳도 찾지
못하고 있는 상황이다. 따라서 장기적으로 한국경제의 목표는 성장잠재력
을 키워나가는 데 맞춰져야 한다.

그동안 우리는 수출 의존형 경제성장을 유지해왔다. 자연자원이 부족하
고 인구는 많은 상황에서 먹고살기 위해서는 그 길밖에 없었다. 하지만
1995년 출범한 WTO체제는 더 이상 무역과 자본에게 국경을 허락하지
않고 있다. 선진 기술과 자본이 틈만 보이면 비집고 들어와 우리의 시장을
점유하고 있다. 또한 전반적으로 중저가 상품을 주요 기반으로 하던 우리
의 매장을 바로 이웃나라 중국이 개혁·개방 이후 엄청난 자원과 싼
노동력을 기반으로 무섭게 잠식해오고 있다. 우리의 주력 수출상품인
정보통신 제품 분야에서도 중국의 기술력은 우리와 불과 3~4년 차이에
불과하다고 한다. 언제 우리를 추월할지 예측할 수 없는 상황이다.

중국뿐 아니라 동남아 신흥 개발국들이 쌀을 비롯한 농산물과 저가
상품으로 물량공세를 펴고 있으며, 칠레를 비롯한 중남미 국가들과 호주,
뉴질랜드 등에서 온 각종 과일과 육류가 싼값에 국내 시장을 점령하고

있다. 우리 농업은 이제 발붙일 공간을 잃어가고 있다.

더구나 국내의 수많은 기업들이 싼 노동력과 좋은 사업여건을 찾아 중국과 동남아 등지로 공장을 옮겨가고, 국내에는 새로운 투자를 기피하는 현상이 벌어진다. 반면 이들 나라들로부터는 수많은 산업연수생이나 불법 이주노동자가 유입되어 국내 노동시장을 잠식하여 내국인의 취업과 구직은 더욱 어려워지고 있다. 그야말로 한 분야도 안심할 수 없는 상황이다.

전 세계가 무한경쟁의 단일체제로 재편되어가는 상황에서, 우리는 경쟁력 있는 산업과 상품을 꾸준히 개발하지 않으면 살아남을 수 없다. 초일류의 기술을 개발하고 새로운 성장동력을 만들어내야 하는 것이다.

1) 최고만이 살아남는다

IT는 1990년대 이후 한국경제의 핵심 키워드이자 현재 우리나라의 경제를 지탱하는 중추 산업이다. 반도체와 휴대폰, 컴퓨터와 전자제품이 우리 수출품목의 근간을 이루고 있으며, 초고속통신망 가설과 인터넷 활용 면에서 우리나라는 세계 최고 수준이다. 또한 CDMA나 유비쿼터스 등 최첨단 정보통신기술 분야에서는 이미 우리의 기술이 세계 표준으로 자리를 잡아가고 있으며, 메모리 반도체 기술과 휴대폰, 초대형 TV 분야는 이미 우리의 기술이 세계를 선도한다고 해도 과언이 아니다.

이러한 정보통신산업이 발전하기 위해서 NT(나노기술)산업의 발달은 필수적이다. 손톱만한 크기의 반도체칩 하나에 수십 년 치의 신문을 저장할 수 있다거나, 휴대폰 하나로 TV 시청이나 인터넷은 물론 수많은 정보를 주고받을 수 있기 위해서는 나노 과학기술이 전제되지 않으면 안 된다.

나는 경상북도 지사로서 포항공대에 나노기술산업지원센터를 건립하여
구미의 IT산업과 포항공대의 NT연구소 간에 유기적인 산학지원체제를
갖추도록 한 바 있다.

BT, 즉 생명공학산업은 가까운 장래에 또 하나의 혁명을 가져올 것으로
예상되는, 최근 가장 눈부신 발전을 이룩한 분야이다. 암, 에이즈, 당뇨병
등 갖가지 난치병을 치유할 수 있는 기술과 신약의 개발은 생명공학분야의
주요 영역이다. 배아줄기세포 연구와 성체줄기세포 연구 등 일부 생명공학
분야에서는 우리 기술이 세계적으로 인정받고 있지만 몇몇 기술적인
문제와 생명윤리 문제 등으로 인해 실용화하기까지는 아직 많은 과제를
안고 있다.

또한 병충해에 강한 농작물 개발, 다수확 품종 개발, 맛있는 과일품종
개발 등은 경제적 수익뿐 아니라 환경문제와도 연관된 것이어서 다양한
이익을 가져다줄 것으로 판단된다. 경상북도에서 경북바이오산업연구원
을 설립한 것이나 경북세계농업포럼, 울진 친환경농업엑스포 등을 개최한
것도 그와 같은 노력의 일환이었다.

이러한 연구성과가 전국적으로 실용화되기 위해서는 국가 차원의 대대
적 투자와 지원이 필요할 것이다. 그런데 우리나라의 첨단기술 분야 전반
의 R&D 투자는 아직도 너무 부족한 형편이다. 지금 우리가 일시적으로
우위를 점하고 있는 분야도 미국이나 일본 등 기존의 경제대국들이 엄청난
기술개발 투자를 하고 있으므로 언제 우리를 추월할지 알 수 없다.

첨단과학기술 분야가 보다 체계적이고 종합적인 발전을 이루기 위해서
는 IT, NT, BT와 RT(로봇 기술) 등 연관 산업과 관련 연구기관들이 산업클

러스터를 이루어 통합적이고 유기적인 시스템을 구축함으로써 시너지효과를 거두어야 할 것이다.

또한 친환경 산업을 발굴·육성해야 한다. 지금 세계는 환경오염으로 인한 온난화와 오존층 파괴, 기상이변 등 수많은 재앙 요소들을 잉태하고 있다. 따라서 유엔을 비롯한 국제기구들과 각 나라는 많은 국제회의와 협약 체결 등을 통해 환경보호를 위한 각종 규제와 제한을 가하고 있다. 현재 국제연합환경계획, 몬트리올의정서, 리우환경회의, 생물다양성보존협약, 기후변화협약, 교토의정서 등 수많은 환경 관련 국제협약이 체결되어 발효되고 있는 실정이다. 이러한 그린라운드(Green Round) 국제협약에 위배되는 상품에 대해서는 무역규제를 가하는 등 국제적 제제가 가해지고 있다. 환경과 관련된 이러한 세계적인 움직임에 발맞추어 선진국형 그린복지공동체 건설에 힘을 모아야 한다.

2) 하이터치의 문화산업이 대안이다

산업혁명 이래 지금까지가 굴뚝산업의 시대였다면, 앞으로의 세계는 문화가 가장 중요한 산업이 되는 CT(문화 테크놀로지)시대가 도래할 것이다. 현재에도 문화의 세계적 교류가 광범위하게 이루어지고 있으며, 문화가 산업화함과 동시에 산업 그 자체가 문화가 되는 현상이 벌어지고 있다. 또한 앞으로의 문화는 국가 간, 지역 간에 큰 차별성을 갖기 어려워질 것이다.

지금도 아프리카 오지에서 맥도널드 햄버거와 코카콜라가 현지인들의 입맛을 변화시키고 있다. 세계의 모든 젊은이들이 청바지를 입고 거리를 활보하고 있다. 피부색이나 얼굴 모습을 보지 않는다면 이곳이 서울인지 뉴욕인지 구분하기가 어렵다. 경제적 파워를 가진 나라의 상품이 후진국들에 유입될 때 상품의 유입과 더불어 그 나라의 문화까지 변화시키고 있다. 경제적으로 예속되는 것은 물론이고 문화적으로도 경제적 선진국에 동화될 수밖에 없는 것이다.

따라서 전통 문화유산을 산업으로 발전시킴으로써 정체성을 유지하는 일이 매우 중요하다고 생각한다. 경주 세계문화엑스포 개최와 문화컨텐츠 수출이 그 사례가 될 수 있을 것이다.

지구상에는 칸영화제를 비롯한 각종 영화제, 도서전, 축제 등 여러 가지 문화 행사와 이벤트가 많이 있다. 10년의 짧은 역사를 가진 부산영화제가 세계적인 영화제로 발돋움하고 있는데, 이로 인해 파생되는 경제적 · 경제외적 이득은 상상하기 어려울 정도로 크다고 평가된다. 나는 경주 세계문화엑스포도 국가 차원에서 체계적으로 시원하여 조금만 발전시키면 질적으로나 양적으로 이에 절대로 뒤지지 않는다고 확신한다.

우리 민족은 유구한 역사와 풍부한 문화적 자산을 보유하고 있다. 이처럼 다양하고 풍부한 유형 · 무형의 문화적 자산을 잘 활용하면 세계적인 문화선진국으로 발돋움할 수 있다는 자신을 갖고 있다. 일반 제조업이나 기술산업의 경우는 모두가 성능 좋은 반도체 · 자동차 · 비행기 · 전자제품 등을 만들기 위해 경쟁하는 반면, 문화는 각 민족 · 나라마다 독특하고 개성이 있기 때문에 획일적인 경쟁을 하지 않는다. 즉 일반 제조업이 레드오션이라면 문화는 이른바 블루오션이라고 할 수 있다.

문화산업의 경우는 환경오염으로부터 자유로울 뿐 아니라 그것이 창출해내는 부가가치효과가 제조업과는 비교가 되지 않는다. 좋은 영화 한 편이 만들어내는 부가가치가 자동차 수십만 대 만드는 효과보다 높다는 통계도 나와 있다. 좋은 문화유산을 가진 그리스나 프랑스 등 이른바 문화선진국의 경우 똑같은 콘텐츠를 문화상품으로 개발하여 수천 년 동안 후손들이 먹고사는 셈이다. 이벤트성 국제행사의 경우만 해도 엄청난 파급효과가 일반제조업과는 비교가 되지 않는다. 88 올림픽과 2002 월드컵 개최로 인해 우리나라가 거둔 직·간접적인 경제적 효과만 해도 가히 천문학적이지 않은가.

우리는 자신이 가지고 있는 문화적 자산이 얼마나 위대한지 모르고 있는 경우가 많다. 무턱대고 서구 문물에 심취하여 국악 대신 팝송이나 서양 클래식을 듣고, 한복은 결혼식 폐백 때나 한 번 입는 것으로 끝이고, 떡이나 식혜 대신 햄버거와 커피가 입맛에 더 익숙하다. 파리나 로마의 유물 유적은 감탄을 하면서 우리의 석굴암이나 불국사, 팔만대장경에는 무덤덤해한다. 이 모든 문화적 유산이 미래에는 우리 민족을 먹여 살릴 귀중한 자산이 되는 것이다. 그러기 위해서는 우리 것의 소중함에 대해 자각하지 않으면 안 된다.

우리는 전통문화유산뿐만 아니라 민족의 문화적 자질도 매우 뛰어난 민족이다. 전통문화유산, 문화적 감수성, 그리고 첨단과학기술이 결합하여 만들어내는 디지털 콘텐츠 분야에서도 우리는 탁월한 성과를 거두고 있다. 영화, 게임, 애니메이션 분야를 비롯한 각종 소프트웨어 산업이 매우 발전하고 수출도 급속히 증대하고 있다. 다가오는 문화산업시대에 매우 고무적인 현상이다.

사람도 한국으로 물류도 한국으로

우리나라는 삼면이 바다로 둘러싸여 있고 태평양 주변국인 중국, 일본, 극동러시아와 동남아 제국, 그리고 미국, 캐나다 등과 바다로 이어져 있어 교역을 위한 지정학적 위치가 매우 유리하다. 우리와 여건이 비슷한 네덜란드는 로테르담항을 세계적 물류 기지로 개발하여 유럽 물류의 중심국가로 성장했고, 홍콩 역시 무역을 통해 국민소득이 세계에서 가장 높은 국가로 성장했다.

앞으로의 물류는 단순히 도로, 철도, 항만, 공항을 통한 고전적 물류만을 의미하지는 않는다. 그 외에 제도와 법이 있고, 산업과 사람이 함께한다. 또한 천문학적인 부가가치와 돈이 흐를 수 있도록 한 차원 높게 승화시켜야 한다. 이는 이른바 운수기능에 관련된 다양한 업종이 확산되어 하나의 유통 및 생산기지(hub)를 이루고, 정보통신 기술을 활용한 통관·하역·보험·택배 등 다양한 경제 서비스가 발생됨으로써 막대한 일자리가 창출되고 엄청난 부가가치가 발생하는 개념이다.

우리에게는 신라시대의 청해진과 고려시대의 벽란도를 통해 동북아의 해상교역을 주도한 소중한 역사가 있다. 뿐만 아니라 우리는 산업, 지식, 문화 인프라에서 유리한 조건을 갖추고 있다. 전자, 자동차, 철강, 조선 등 기간산업 및 관련 R&D 기반이 강할 뿐 아니라, 새로이 부상하는 IT 분야에서 세계적인 경쟁력을 가지고 있다. 초고속 인터넷 보급률 세계 1위는 물론, 세계적으로 유례를 찾기 어려운 높은 교육수준으로 우수한 인적 자원을 보유하고 있다. 게다가 지리학적으로 동북아의 중심지, 국제

적으로 주요한 운송 노선의 중심지에 있으니, 동북아에서 우리나라가
물류 중심지로 성공할 수 있는 가능성은 자못 크다 하겠다.

그러나 이러한 조건만 가지고는 부족하다. 물류의 하드웨어와 소프트웨
어를 연계적으로 구축하는 국가적 차원의 전략이 결합되어야 할 것이다.

먼저, 국제적 물류거점인 중추공항과 항만시설의 처리능력을 획기적으
로 보강해야 한다. 부산항과 광양항은 물론 환동해 시대를 대비한 포항
신항만의 하역시설이 확충되고 유기적으로 역할분담이 이루어져야 한다.
허브공항인 인천국제공항의 시설용량을 대폭 확충하고 영남권 1,300만
인구를 포용할 동남권 국제공항의 신설도 시급한 과제이다. 이들 인프라를
통해, 나아가서는 남과 북의 단절된 교통시설을 복원하고, 남과 북의
통합 물류망 계획을 수립하고, 한반도의 지리적 이점을 살려서 동북아
물류 중심지로서의 위상을 정립할 수 있는 국제육상교통로를 확보해야
한다.

제도적 측면에서는 물류 중심지로서의 역량을 더 강화해야 한다. 최근
정부 일각에서 제주도를 포함한 경제자유구역에서 영어를 공용어로 사용
하자는 구상도 나오고 있는데, 발상의 전환이란 점에서 주목할 만하다.
자유무역지대는 특별법에 의해 독립 행정구로 설정되므로, 이에 준하는
완벽한 경제활동의 자유화가 전제되어야 한다. 국가 물류정책의 효율화를
위해 물류관련 부처의 협조체제를 강화하고, 물류인력의 인센티브제를
통한 전문성을 제고해야 한다. 그리고 문화에 대한 이해, 언어 등에서
국제적인 역량을 갖춘 인력 양성이 필요하다. 싱가포르, 홍콩, 네덜란드
등 물류 중심 국가의 공통점은 국민 대다수가 외국어 소통능력이 탁월하다

는 점을 타산지석으로 삼아야 할 것이다. 현재 OECD 국가 중 우리나라의 담세율은 GDP 20%로 최저 수준이다. 선진적 복지정책과 SOC 확충을 동시 추구하기 위해서 세수 증대는 불가피하다. 또한 국제적 규모의 물류 자본을 적극적으로 유치해야 한다. 대만의 '아태지역 지역운영센터(APROC)', 중국의 '상해시 외국투자촉진중심'과 같은 기구들이 앞 다투어 외국기업의 지역본부를 유치하고 있는 사례를 비추어 봐도 우리도 민·산·학·관의 전문가로 구성된 '물류산업기획단'을 설치, 운영할 필요가 있다.

국내 물류시스템의 대대적 정비도 필요하다. 지역별로 부족한 물류거점 시설을 확보하여 자전거 바퀴의 허브와 바퀴살(Hub & Spoke) 같은 시스템적 물류 네트워크를 구축하여 다양한 교통수단이 단절 없이 연계될 수 있는 운송체계를 만들어야 한다. 또한 물류산업의 자유로운 시장진입을 보장하기 위해 각종 규제를 완화하는 등 물류산입의 성장기반 조성을 위한 각종 지원체계를 정립해야 한다.

동북아 물류 중심 국가의 건설은 단순한 서비스산업 육성과는 차원이 다르다. 이를 위해 요구되는 일련의 개혁조치들은 우리나라 경제운영 전반을 혁신하는 거대과제들이다. 동북아 지역이 가지고 있는 상징성, 역사적 지정학적 조건에서 볼 때, 이 분야는 우리나라의 미래 성장동력의 핵심 축이 될 수밖에 없다.

현재의 국제정세로 볼 때 물류 선진국 나아가 동북아 지역의 물류 허브가 되기 위해서는 주어진 시간이 그렇게 많지 않다. '잃어버린 10년'의 일본경제가 회복 중에 있다. 중국이 아직은 허약한 시장경제 체제를 더욱 강화하게 된다면 우리의 입지는 점점 좁아질 것이다. 이들 나라의 경제변화 속도를 감안할 때 향후 5년 내에 우리가 동북아지역에서 물류 중심지로서 확고한 선점 우위를 갖추지 못하면 우리 경제는 생존에 위협을 받을지도 모른다.

따라서 정부는 투명하고 일관된 정책으로 최적의 투자환경을 조성해나가야 한다. 무엇보다 정치적 안정과 함께 국민들의 합의에 의해 정부의 강력한 리더십이 뒷받침되어야 동북아 물류 중심국이라는 국가적 미래 전략과제는 성공할 수 있을 것이다.

다음으로는 지역공동체 건설을 통한 협력체제 구성이다. 교통과 정보통신기술의 급속한 발달로 인해 이제 그야말로 세계는 지구촌으로 변했다. 그만큼 세계가 좁아진 것이다. 거대한 유럽대륙이 유럽연합(EU)이라는 하나의 체제로 통합되어 단일한 화폐를 사용하게 되었고, 북중미 여러 나라들이 나프타(NAFTA)로 통합되는 등 세계 각 나라와 지역이 공동 협력체제를 구축하고 있다. 우리나라도 칠레와 자유무역협정을 체결했으며, 미국, 싱가포르 등 여러 국가들과 논의를 거듭하고 있다.

그런데 보다 중요한 것은 동북아 국가연합을 만드는 것이다. 동북아시아의 경우 한국의 기술력, 일본의 기술 및 자본, 중국의 노동력 등이 어우러지고, 거기에다 러시아 극동의 자원까지 가세한다면 가히 막강한 연합체가 될 것이라고 확신한다. 그야말로 세계의 중심축이 미국과 유럽에서 동북아시아로 급속히 이동할 것이다. 그러한 비전이 실현되기 위해서는 남북간의 긴장관계가 완전 해소되거나 통일이 이루어지고, 한일 · 중일 · 한중 간 현안문제들의 해결이 필요하다.

나는 이미 경상북도 지사로서 '동북아 자치단체연합(NEAR)'을 결성하고 상설사무국을 유치하여 지역간의 활발한 교류와 협력을 추진하고 있다. 이를 통해 회원으로 가입한 각국 자치단체들은 많은 경제적·경제외적 효과를 거두고 있기도 하다. 그러나 외교·안보 등 다른 선결요건들은 자치단체 차원에서 해결하기 어려운 부분도 있다. 국가적 차원에서의 주력이 요구된다 하겠다.

우리나라가 물류 중심지로 성장하려는 야심 찬 계획은 우리가 새로운 100년을 향한 국가비전을 선포하는 일이기도 하다. 또한 이를 뒷받침할 동북아 협력기구의 역할도 매우 중요하다. 정부에서부터 국민 한 사람까지 이것이 22세기 우리나라의 사활이 걸린 문제임을 인식해야 할 것이다.

갈등 해소 없이 미래는 없다

22세기에 우리가 세계를 주도하기 위한 하나의 과제는 국민대통합과 신뢰자본(trust capital)의 형성이다. 우리 사회는 수많은 갈등과 분열의 요인이 산재해 있다. 지역 간, 계층 간, 도농 간, 세대 간에는 물론이고 냉전의 유산인 남북간의 분단상태가 반세기 이상 지속되고 있다. 미래의 새로운 사회로 나아가기 위해서는 이런 요인들을 치유하여 국민 역량을 최대화하여 결집해내지 않으면 안 된다.

대학 시절 심리학개론을 강의하신 교수님이 갈등의 정의를 설명하신 것이 아직도 생생하게 기억난다. 갈등이란 a와 b의 두 지점에서 둘 중

하나를 선택하지 못하고 중간에서 고민하는 과정이라는 것이다. 즉 갈등이란 마무리되지 않은 행동이자 새로운 선택의 과정이기도 하다는 의미이다.

갈등의 의미를 이렇게 해석하면 우리는 갈등 자체를 굳이 부정적으로 볼 필요는 없을 것 같다. 갈등은 우리 사회의 역동성을 의미하는 것이자 발전과 진보를 향해 움직이는 과정이기 때문이다. 오랜 공직생활을 회고해 보면 나도 그처럼 수많은 선택의 과정에서 갈등해왔고, 최종적으로 한쪽을 선택했을 때 그것은 결단이 되어 새로운 출발의 밑거름이 된 경우도 적지 않았다.

특히 경쟁이 생활의 기본원리인 자본주의 사회에서 갈등은 극히 자연스런 현상일지도 모른다. 사회가 변화하고 다원화되어감에 따라 개인과 개인, 집단과 집단, 개인과 집단 사이의 갈등은 점점 더 다양해지고 첨예화되어간다. 의견이나 이익이 다르고 사상과 이념이 다르며, 전통과 문화가 다른 많은 사람들이 함께 모여 살기에 갈등은 불거질 수밖에 없다. 그러나 우리가 잊지 말아야 할 것은 경쟁의 규칙이 합리적으로 잘 정착되어서 공정한 게임이 진행된다면 갈등이 일어나도 그 양상은 매우 온건해진다는 점이다. 상대적으로 민주주의가 낙후된 사회, 이념이나 가치 대립이 극심하거나 사회적 자원이 희소한 경우에 갈등의 양상은 과격해져 심각한 사회갈등으로 악화된다는 사실이다. 갈등의 경제학이란 말이 정당한지 모르지만, 공정한 게임의 룰이 작용할 때 갈등해소를 위한 사회적 비용은 최소화된다는 의미일 것이다.

요즘 우리 사회는 알게 모르게 나와 남의 경계가 점점 더 뚜렷해지고 고착화되면서 서로 간에 넘지 못할 벽을 만들고 있다. 지역주의, 노사갈등,

빈부격차, 집단간·세대간·도농간·남녀간 갈등을 비롯해 직장인과 자영업자, 의사와 약사, 정부와 민간, 중앙정부와 자치단체, 그리고 님비(NIMBY)와 핌피(PIMFY)의 이기적 갈등 등 수많은 갈등 앞에서 우리 사회의 피로는 엄청나게 누적되었다. 하지만 한국사회의 제반 갈등이 한꺼번에 분출된 지금이야말로 우리 사회가 진정한 발전의 전환기, 새로운 비전을 향한 출발선상에 들어섰음을 의미하는지도 모른다.

역사를 보면 사회적 갈등이 심각한 사회가 선진국으로 나아간 예는 없다. 강대국의 흥망성쇠를 좌우한 가장 큰 요인은 사회 내부의 분열이었다. 내부 분열의 적은 차별과 부패다. 고통도 나누고 행복도 나누며, 깨끗한 사회를 만드는 노력이 없으면 그 사회는 쇠퇴하고 몰락의 길을 갈 수밖에 없다. 더구나 생존을 위한 무한경쟁이 벌어지고 있는 현대 국제사회에서 선진국으로 나아가기 어려울 것이다.

우리 사회의 가장 심각한 갈등요소는 지역주의일 것이다. 어느 나라나 소지역주의는 있게 마련이다. 미국의 경우도 남부와 북부의 갈등이 분명히 존재한다. 영국, 프랑스, 이탈리아, 캐나다 등 선진국은 물론이고 중국, 아랍 제국 등도 지역 간, 종족 간 갈등이 가장 큰 사회문제로 작용하고 있다. 이러한 지역주의를 완화하기 위해 필요한 것은 무엇보다 서로 교류하는 것이다.

옛날부터 영남과 호남, 충청의 경계에는 지형적으로 백두대간의 험준한 지맥들이 가로막고 있어 물리적 교류가 원천적으로 어려운 상황이었다. 지역주의 극복을 위해서는 교통망을 더 확충하고 사회 간접자본 투자 확대를 통해 교류의 조건을 더 많이 만드는 것이 필요하다. 여기에는 서로 산업적·문화적 연계를 강화할 수 있는 체계적이고 계획적인 개발이 전제되어야 한다. 이는 곧 지역 균형발전과도 맥을 같이한다. 영남, 호남, 충청 간에 광역 산업 클러스터를 형성한다든가, 합동 문화행사를 정기적으로 개최한다든가 함으로써 구조적이고 지속적으로 인적 교류가 이루어질 수 있도록 해야 할 것이다.

이러한 선행조치와 더불어 정치적 제도를 정비한다면 훨씬 효과적일 수 있다. 그 중에서도 가장 중요한 것은 명실상부한 지방자치제가 이루어지는 것이라고 생각한다. 현재의 지방자치제는 매우 취약하다. 우선 재정자립도가 너무 낮아 대부분의 자치단체 재정을 중앙정부에 의존하고 있는 실정이다. 이처럼 취약한 재정을 확충해야만 참여자치가 활성화될 수 있고, 주민여론의 민주적인 수렴이 용이해지고, 중앙정부의 편파적 정책집행을 원천적으로 예방할 수 있게 되어 불합리한 지역주의를 완화할 수 있는 가능성이 훨씬 넓어질 수 있다.

21세기 우리 민족에게는 민족통일이라는 과업이 주어져 있는데, 지역 간 통합도 이루지 못한 상태에서 남북간에 영토적 통일이 이루어진다고 생각해보라. 동서, 남북으로 민족이 사분오열되어 그야말로 민족의 에너지는 산산조각 나고 갈등은 증폭될 터인데 어떻게 지금보다도 더 큰 공동체를 발전적으로 유지해나갈 수 있겠는가. 민족통일보다 지역 통합이 우선이다.

그 다음에 요구되는 것은 빈부격차 해소와 삶의 질 향상이다. 지금의 세계를 보면 부의 편중이 심각한 나라치고 선진 국가는 없다. 전체 국가의 부가 아무리 많은 나라라도 그 사회 내부의 부의 편중이 심하면 극소수의 상류층을 제외하고 대부분의 국민은 빈곤한 생활을 면할 수 없다. 그런 사회는 항상 내부 갈등이 심하고 범죄와 분쟁이 끊이지 않아 사회가 불안정할 수밖에 없다. 최상류층과 최하류층보다는 중산층이 튼튼하고 두터워야 그 사회가 건강하게 된다.

우리나라의 경우도 부의 편중 현상이 일본, 미국, 영국 등에 비해 상대적으로 심한 편이다. 지식 정보화 사회를 맞이하여 부문간, 계층간의 사회적 양극화는 더욱 심화되고 있다. 국민의 4할 정도가 남의 집에 세 들어 살고 있는데, 전체 인구의 5%도 안 되는 최상류층 사람들 가운데는 여러 채의 집을 가지고 있는 사람도 있다. 어린 나이에 조기유학의 길을 떠나는 초등학생이 있는가 하면, 과외비가 없어 혼자서 학습지로 공부하는 초등학생과 심지어는 공부는 뒷전이고 고사리 손으로 생활전선에 뛰어드는 초등학생도 있다. 이들의 출발선은 너무나 다르다.

부모의 가난이 대물림되는 사회가 더 이상 지속되어서는 곤란하다. 설대빈곤을 탈출하는 과정에서 우리는 선성장·후분배의 경제논리에 밀려 개개인의 삶의 질 개선은 유보당해왔다. 그 결과 계층 간 엄청난 격차도 감수해야 했다. 이제 '개천에서 용 난다'는 속담은 더 이상 유효한 속담이 아니다. 가난한 집 자식이 열심히 공부해서 '출세'할 수 있는 가능성이 매우 낮다. 오히려 '강남에서 용 난다', '고액과외로 용 되자'는 말이 어울리는 세상이 되었다.

지난 1998년 1월에 1만 1천 명이던 결식아동의 수는 2000년 3월에 16만 4천 명으로 급증했다. 교육인적자원부 통계에 따르면 2004년도 점심급식비 지원 학생수가 30만 5천 명에 달해 그 수가 배 가까이 늘었다. IMF 구제금융 이후 많은 학부모들이 실직했고, 가정은 해체되었으며 그 여파가 아이들의 결식으로 이어진 것이다.

사교육비가 공교육비의 몇 배를 넘는 상황에서는 이런 악순환의 고리를 끊을 수 없다. 먹고살기조차 빠듯한 상황에서 서민들이 어떻게 자녀교육을 감당할 수 있겠는가. 능력 있는 사람은 누구나 교육을 받을 수 있어야 한다. 그러기 위해서는 공교육이 강화되어야 한다. 누구나 노력한 만큼 보상받고, 능력만큼 대우받는 사회가 되어야 한다. 불법과 탈법으로 부를 축적하는 것이 원천적으로 불가능하도록 제도를 보완하고 법 집행을 공평하게 함으로써 사회정의가 살아 있다는 것을 국민 모두가 느낄 수 있도록 해야 한다. 어느 사회나 어느 정도의 불평등은 존재할 수밖에 없지만 문제는 상대적 박탈감이다. 상대적 박탈감이 사회통합을 저해하는 가장 큰 요인이다.

우리 사회에서 빈부의 격차를 악화시키는 가장 큰 요인이 부동산 투기이다. 현 정부에서도 강력한 투기방지대책을 강구하고 있지만, 항구적이고 원천적으로 이를 방지할 수 있는 대책이 강구되어야 한다. 토지 공개념은 더욱 강화되어야 하고 부동산 보유세는 인상되어야 한다. 이와 더불어 사회보장제도를 더욱 강화하여 최하층민의 기본생활이 보장되는 선진 복지공동체를 만드는 정책이 지속적으로 개발되어야 할 것이다.

현대 자본주의 사회는 다원주의 사회이다. 이해를 달리하는 수많은 집단 사이에서 끊임없이 발생하는 갈등과 충돌을 조정하고 해결하는 것이 현대 민주주의 정부의 가장 중요한 역할이다. 즉 정부와 정치권은 화해와 조정자의 역할을 잘 해야 한다. 그런데 우리 사회는 매년 5~6월이면 노동쟁의로 온 나라가 시끄럽다. 매년 장기파업과 시위가 그치질 않고,

시위현장에서는 노동자들의 분신과 자해행위가 어김없이 뒤따른다. 이런 홍역으로 인해 파생되는 직접적인 경제적 손실은 말할 것도 없고 국가 신용도나 이미지 실추 등 보이지 않는 손실은 가히 화폐금액으로 환산하기 어려울 정도이다.

왜 이런 악순환이 반복되는가. 물론 근본적인 원인은 임금 인상이나 근로조건 개선 등이지만, 그 이면에는 서로에 대한 이해와 대화의 부족이 자리 잡고 있다고 본다. 이를 개선하기 위해서는 우선 기업경영이 민주화되고 회계가 투명해져야 한다. 또 사용자와 노동자의 관계가 일방적 관계가 아니라 쌍방 의사소통을 원활하게 함으로써 서로에 대한 이해를 높이고, 투명한 회사 경영을 통해 신뢰를 쌓아 나가면 과격한 노동쟁의는 크게 줄어들 것이다. 노사 관계는 공존공영의 상호보완적 관계이지 적대적 투쟁의 관계가 아니라는 인식의 전환이 쌍방 모두에게 전제되어야 한다.

성규직과 비정규직 간의 갈등도 중요한 사회문세로 부각되고 있다. 이는 참으로 어려운 문제이다. 국가가 적극 개입하면 기업의 자율성을 침해한다는 비판을 받을 수도 있고, 방치하면 인권문제가 제기될 수밖에 없는 미묘한 문제이므로 정부와 기업 그리고 노동자가 함께 풀지 않으면 안 된다. 기업이 고용탄력성을 확보하기 위한 편법으로 비정규직을 필요 이상으로 확대하는 경우에는 제재가 가해져야 하며, 노동조합을 비롯한 노동자측에서도 합리적으로 공존의 방안을 모색해야 한다.

남녀 간 성차별의 문제도 우리 사회의 발전을 가로막는 중요한 요인이다. 인류의 절반은 여성이다. 그럼에도 불구하고 우리 사회는 아직 여성들의 사회적 진출이 매우 저조한 형편이다. 이는 곧 엄청난 사회적 에너지를 사장시키거나 낭비하는 것과 다름없다. 한 개인을 대학교육까지 시켜 배출하는 데 드는 사회적 비용만을 감안하더라도 엄청난 낭비일 뿐 아니라, 그가 정상적으로 사회적 생산활동을 했을 때의 기회비용을 감안하면 더 큰 손실이 아닐 수 없다.

최근에는 여성계에서 적극적으로 여성의 사회적 진출을 권장하고 스스로 권익을 확보하기 위해 노력하고 있는데, 이는 단지 여성만의 문제가 아니라 남녀를 불문하고 우리 사회 공동체 구성원 모두의 문제라는 인식을 가지고 함께 협력해야 할 문제라고 생각된다.

도시와 농촌 간의 갈등도 해결해야 할 과제이다. 요즘은 도시와 농촌의 경제력 편차가 상대적으로 좁혀졌지만, 아직도 생활수준이나 여러 가지 복지시설 등의 면에서 농촌이 도시에 비해 많이 부족한 상황이다. 특히 WTO에 따른 쌀을 비롯한 농축산물 개방의 여파로 농어촌의 위기의식이 팽배해 있는 것이 현실이다. 첨단과학영농을 촉진한다거나, 지역 특화작물 지정 및 개발, 정예 농수축산 인력을 육성함으로써 영농 방식을 근본적으로 개선해나가지 않으면 안 된다. 농어촌이 죽으면 도시도 함께 죽는다는 위기의식을 도시민들도 공유해야 한다. 좀 값이 비싸더라도 우리 농산물을 믿고 애용하는 도농상생의 정신이 필요하며 중간상인만 살찌우는 유통구조도 획기적으로 개선되어야 한다.

세대간의 갈등도 매우 심각한 문제이다. 어느 나라나 세대간 갈등이 있게 마련이지만, 우리나라가 서구 사회에 비해 짧은 기간 내에 압축적으로 발전해왔기 때문에 세대간의 사고방식이나 문화의 차이가 당연히 클 수밖에 없다. 거기에다 처절한 동족상잔의 전쟁을 치르고 반세기 이상 분단된 상태로 살아왔기에, 그 참극을 직접 겪은 세대와 그렇지 않은 세대 간에는 심각한 이데올로기적 단절까지 생기는 것이다. 따라서 세대 갈등이 보혁논쟁과 맥을 같이할 수밖에 없는 이유이다. 대선국면이 되면 진보적 후보와 보수적 후보의 지지자 간에 극명하게 전선이 형성된다. 미국 문제, 북한 관련 문제 등이 이슈화되면 어김없이 나라 전체가 극단적으로 양분되어 엄청난 국력을 낭비하는 악순환이 반복되고 있다. 문민정부 이래 권위주의가 많이 사라진 상황에서도 이데올로기적으로 극한 대립을 한 사례는 수없이 많다. 최근 송두율 교수 사건이 그랬고, 강정구 교수 사건이 그랬다. 검찰총장이 사퇴하고 여야가 극한적 대치를 하게 되고, 국민 여론도 극단적으로 갈려 엄청난 홍역을 앓고 있다.

이 문제를 해결하기 위한 뚜렷하고 명확한 대안을 제시하기가 쉽지 않다고 본다. 그러나 세대간 문화적 공감대를 형성할 수 있는 조건을 소성해나감과 동시에, 남북산에 긴장 상태가 해소되고 한반도에 항구적 평화가 정착될 수 있도록 노력해야 할 것이다. 한두 사람의 일탈된 행동에 정치권이나 언론, 국민 모두가 일희일비하고 큰 문제가 발생한 것처럼 동요될 필요는 없다고 생각한다. 이제 우리 사회는 좌우를 막론하고 극단적인 주장에 흔들릴 정도로 허약한 사회가 아니다. 모두가 성숙된 자세로 문제를 대하는 노력이 필요할 때다.

그리고 노령화 문제는 미래 한국 사회의 가장 심각한 문제이다. 현대 의학의 획기적인 발달과 식생활 개선 등으로 영양상태가 호전됨에 따라 인간의 평균수명이 급속히 늘어나고 있다. 우리나라의 경우도 평균 수명이 약 80세에 이른다. 그런데 직장에서 일할 수 있는 시간은 60세를 넘기기 힘든 것이 현실이다. '젊은 노인'이 넘쳐나고 있다. OECD 분석에 따르면 우리나라의 노령화 속도가 가장 빨라 조만간 일본을 제치고 세계 최고의 고령화 사회가 될 것이라고 한다. 일할 수 있고 경험이 많은 노인들이 소일을 하거나 공원 벤치에서 아까운 시간을 낭비하고 있다. 효율적이고 질 높은 사회복지체제를 확보하는 것도 중요하지만 근본적으로는 이들의 지식과 능력을 사회체제에 흡수할 수 있는 장치를 만드는 것이 더 중요하다고 생각한다. 생산적 복지의 확립이 그것이다. 노인들이 참여할 수 있는 일자리를 창출하여 사회적 생산력도 높이고 동시에 이들에게 삶의 보람을 느낄 수 있도록 해야 한다.

마지막으로 신뢰사회의 형성을 들고 싶다. 신뢰는 사회의 가장 중요한 자산이다. 특히 공직자와 국민 간의 신뢰는 말할 나위가 없다. 그러기 위해서는 공무원이 청렴해야 한다. 2005년 국제투명성기구의 조사에 의하면 우리나라의 국가청렴도는 10점 만점에 고작 5점에 지나지 않고 있다. 조사대상국 120개국 중 40위를 차지했다. 싱가포르, 홍콩, 일본, 대만, 말레이시아보다 밑도는 점수이다. 국민이 정부를 믿지 않으면 엄청난 사회비용을 지불해야 한다. 우리사회의 고질적인 병폐로 여겨지는 고비용 저효율구조가 이와 깊이 관련이 있다. 세계 일류국가로 도달하기 위해서는 신뢰사회가 먼저 구현되어야 한다. 정부의 끊임없는 자정노력, 꾸준한 교육, 함께 명예를 가장 소중하게 생각하는 공무원의 의식 함양과 더불어 처우 개선도 필요하다.

이외에도 수많은 사회적 갈등 요인이 산적해 있는 것이 오늘날 다양화된 사회의 특징이지만, 한 걸음 물러나 우리 사회의 갖가지 갈등의 의미를 차분히 되새겨볼 필요가 있다. 갈등의 해소가 경쟁에서 탈락한 개인이나 단체에 대한 국가의 일방적 보상행위로 비춰져서는 안 된다. 그런 방식의 갈등해소는 오히려 건전한 경쟁을 위축시키고, 사회발전의 동력을 약화시킬 수 있다. 폭포수를 잘 관리하면 전력을 생산하는 소중한 수자원이 되듯이 우리 사회의 각종 갈등들도 제도적으로 잘 관리하면 사회발전의 에너지로 활용할 수 있을 것이다.

갈등은 반드시 해결해야 될 과제이기에 그만큼 고민도 크고, 지도자의 고독한 리더십, 탁월한 결단력도 요구된다. 그러므로 유능한 지도자는 갈등이 사회적 진보와 지속가능한 발전의 기회가 되도록 갈등을 슬기롭게 해소할 수 있는 전략적 테크닉을 갖추어야 한다.

갈등을 해결하기 위해서는 무엇보다 사회적 신뢰가 확립되어야 한다고 생각한다. 상호불신의 상태에서 당사자들이 협상테이블에 마주앉아 공동작업을 하는 것은 불가능하다. 공정한 제도의 확립, 투명한 경쟁이 보장되는 예측 가능한 사회시스템이 구축될 때 우리는 민주주의의 발전, 경제적 성장, 교육과 복지의 실현, 지역사회의 발전과 같은 다양한 현안과제들을 무리 없이 해결하는 높은 신뢰사회를 만들 수 있다.

각종 사회적 갈등이 표면화된 지금, 갈등 관리를 위한 정부의 역할은 대폭 확대되어야 한다고 생각한다. 모든 사회갈등을 조정하는 기본 축은 사회적 약자층에 대한 정책적 배려에서 출발해야 한다. 또 사회적 갈등은 사회적 통합시스템에 의해 제도적으로 조정되고 흡수되어야 한다.

선진국은 오래 전부터 자국의 현실에 맞는 다양한 사회통합의 개념을 설정하여 대처해오고 있다. 그들의 사회통합 과정은 상대방에 대한 이해와 자기 것에 대한 포기, 양보의 미덕이 발휘될 때 성공할 수 있었음을 보여준다. 네덜란드는 2차 오일쇼크 이후의 경제위기를 임금인상 억제와 노사안정에 합의한 '바세나협약(Wassenar Agreement)'으로 극복했다. 멕시코는 노사갈등, 과도한 임금인상, 경상수지 적자 등 1994년의 경제위기를 고용과 임금 조정을 위한 사회적 협의인 '경제연대협약(PACTO)'으로 대처했으며, 미국은 1980년대 초반의 경제위기를 강력한 리더십으로 돌파했다. 1976년 IMF 구제금융을 받은 영국은 영국병 치유를 위한 대대적인 노동시장 개혁으로 헤쳐 나왔으며, 싱가포르는 청렴한 지도자의 리더십과 인종간 화합정책으로 경제위기를 극복할 수 있었다.

그렇지만 국가든 사회든 모든 일이 결국은 사람이 하는 일이다. 따라서 당사자들과 정부, 시민단체 등이 마음을 열고 진솔하게 접근하면 풀지 못할 문제가 없다고 생각한다. 나는 일선 시장과 도지사로 오랜 기간 근무하면서 농민회, 노조, 사고유족, 종교단체, 지역민원 등 수많은 갈등과 마주쳤지만 원칙을 갖고 성심성의껏 대화에 임할 때 아무리 어려운 문제도 해결이 되는 것을 경험한 바 있다. 사람을 진심으로 대하면 풀지 못할 문제가 없다.

남북이 하나로, 세계가 하나로

지구상에서 유일하게 분단이라는 냉전체제의 유산을 안고 있는 한반도에서는 6. 15 남북공동선언 이후 남북한 간에 화해 협력 무드가 고조되고,

정부 차원의 교류뿐 아니라 민간 차원의 경제, 예술, 스포츠 교류도 유례가 없을 정도로 활성화되고 있다.

금강산 관광객을 제외하고 2000년부터 북한을 다녀온 남쪽 사람은 2004년 6월 현재 5만 514명이나 되었다. 지난 1989년부터 1987년까지의 방북자 2,405명의 21배에 달했다. 북한 주민의 남한 방문도 크게 늘었다. 2000년 이후 4년간 남한을 다녀간 북한 사람은 3,089명으로 1990년부터 1997년까지 8년간에 비해 5배 이상 증가했다. 대북포용정책의 산실로 평가받고 있는 금강산 관광은 동해선 육로가 이어지면서 2005년 6월 100만 명을 돌파하는 등 손익분기점을 넘어섰고, 남북간 철도·도로 연결 사업도 빠르게 진행되고 있다. 남북간의 교역규모도 2000년 6. 15 정상회담 이후 4억 달러를 넘어선 이래 2002년에는 6억 달러, 2005년에는 10억 달러를 웃돌면서 중국에 이어 남한이 북한의 최대 교역국으로 떠올랐다. 이산가족 문제만 해도 만세기 만에 총 9,020명이 가족싱봉의 꿈을 이루었고, 남측은 이산가족 상봉단에 국군포로와 전후 납북자를 포함시켜 특수이산가족문제를 단계적으로 풀어가는 노력을 더하고 있다.

특히 다양한 대화채널이 마련되면서 남북 현안에 대한 논의가 제도화의 단계로 진전되고 있는 점은 매우 고무적이다. 아직 '북핵'이라는 민감한 변수가 남아 있기는 하지만 남북간에는 큰 흐름에서 대화와 협력이라는 기조에 변화가 없을 듯하다.

그러나 국제사회의 역학관계에서는 여전히 불안정한 요인이 남아 있다. 북한이 계속 핵을 무기로 외교적 줄타기를 할 경우 미국이 대화로 해결하기를 포기하는 최악의 경우도 상정할 수 있다. 만에 하나 한반도에 전쟁

상황이 벌어질 경우 이는 곧 우리 민족의 파멸이다. 우리에게는 미국과 북한을 설득하여 대화의 틀이 깨지 않도록 해야 하는 지혜가 요구되고 있다. 중국이나 러시아와의 협조도 긴밀히 유지해야 하며, 일본이 강경기조로 선회하지 않도록 외교적 역량을 발휘해야 하는 힘겨운 과제가 주어져 있다.

통일의 한쪽 당사자인 북한은 이데올로기적으로는 반세기 이상 적대적 관계를 유지해왔지만, 어쨌든 우리와 피를 나눈 형제임을 부인할 수 없다. 언젠가는 통일된 조국에서 함께 살아가야 할 운명이다. 따라서 우리의 모든 행보는 통일을 향한 방향에 맞추어져야 한다. 독일의 통일과 그 이후의 과정에서 보듯이 반세기 이상 분단 상황을 유지해오다 통일이 된다는 게 생각처럼 단순하지 않다. 정치, 경제, 문화, 이데올로기적으로 전혀 다른 체제에서 살던 수천만의 사람들이 하나의 체제로 통합되는 데는 엄청난 비용이 소요된다. 예상치 못한 사회적 갈등이 표출됨으로써 혼란스러운 상태가 올 수밖에 없다. 그동안 완전한 단절 상태에 있던 우리보다는 훨씬 유리한 조건에서 통일을 맞이한 독일의 경우를 보아도 그 정도를 짐작할 수 있을 것이다.

혹자는 통일비용이 워낙 엄청나게 들기 때문에 가급적 통일을 늦추어야 한다고 주장하기도 하나 통일비용이 아무리 많아도 분단체제를 유지하는 데 드는 비용보다는 적게 들 것이다. 통일비용은 어차피 국민의 세금으로 충당하거나 공공부문의 지출 가운데서 일정분을 전용해야 한다. 따라서 통일비용 부담에 소극적인 태도를 드러낼 수 있는 국민들에게 통일비용이 단순히 소모성 비용이 아니라 민족발전을 위한 미래투자로 인식시키는 노력이 필요하다. 동시에 통일비용을 절감할 수 있는 방안이 있다면 적극 검토해야 한다. 남북한 경제협력을 강화하고 민족의 동질성 회복에 노력하며 남북 관계를 지속적으로 개선하는 일이 바로 그것이다.

그러므로 우리는 장기적인 계획을 가지고 대북관계를 풀어가야 한다. 자유왕래를 포함한 인적, 물적 교류의 활성화를 통해 상호 이해를 높이고, 충격을 최소화할 수 있는 여건을 만들어야 한다. 완전한 통일이 이루어지기 위해서는 통일 후 정치·경제적 융합뿐 아니라 사회적 통합이라는 과정을 반드시 거쳐야 한다. 그리고 점차 정치적 접점을 찾는 노력을 통해 남북한 대다수의 인구가 동의할 수 있는 조건이 조성된 뒤에 통일이 이루어져야 한다고 본다. 통일은 조급하게 서둘러서 될 일도 아니지만, 또 언제 어떻게 돌발적으로 통일 상황이 전개될지도 알 수 없다. 따라서 차분하면서도 내실 있게 준비해가지 않으면 안 될 것이다.

통일은 직간접적으로 관계가 있는 주변국들과의 관계가 매우 중요하다. 통일은 곧 우리의 외교 그 자체라고도 할 수 있다. 현재의 한반도 정세는 구한말의 국제정세와 비슷하다. 당시의 한반도가 열강들의 이권 다툼의 각축장이었다면, 지금의 한반도는 핵문제를 둘러싼 안보문제로 강대국들의 영향력 확대가 충돌하는 곳이다. 전 세계에서 강대국의 이해관계가 가장 첨예하게 얽혀 있는 곳이 바로 한반도인 것이다. '미·중·러·일'이라는 세계의 초강대국들이 지정학적으로 배치된 그 한가운데에 우리의 위치가 있다. 과거는 이를 숙명적 불행이라 여겼지만 이제는 우리의 강점으로 활용하는 지혜를 발휘해야 한다. 강대국들의 힘의 역학을 이용한 국가 생존전략을 수립해야 하고, 그러한 차원에서 남북관계를 복원시켜 나가지 않으면 안 된다.

우선 미국은 누구도 부정할 수 없는 가장 중요한 우방이다. 한미관계가 어떤가에 따라 우리 민족의 운명이 상당히 영향을 받을 수밖에 없다. 따라서 우리 외교역량의 가장 중요한 부분이 우호적인 한미관계를 유지하는 데 투입되어야 함은 두말할 나위가 없다. 현실적으로 한미 간에는 해결해야 할 과제들도 있다. 외교적 역량을 최대한 발휘하여 우방으로서의 관계에 금이 가서는 안 될 것이다.

일본은 참으로 가깝고도 먼 이웃이다. 일본의 과거 제국주의 침략의 역사가 양국 관계에 끊임없이 발목을 잡고 있다. 이러한 문제들은 워낙 미묘하고 뿌리가 깊기 때문에 상시적으로 분쟁의 불씨가 살아 있다. 과거사, 군위안부, 역사교과서 왜곡 문제는 맥을 서로 같이하는 문제이며 주변 국들과 공동으로 대처할 수 있는 사안이지만, 독도 문제는 철저히 한일 양국의 문제이다. 우리는 어떠한 일이 있어도 독도 문제만큼은 확실하게 결말을 짓지 않으면 안 되며, 이에 모든 외교적 노력을 다해야 할 것이다.

이런 부정적인 요인들에도 불구하고 양국은 상호 보완적일 수밖에 없는 국제정치적, 경제적, 지정학적 운명을 가지고 있다. 우선 지리적으로 근접해 있어 협력이 불가피하다. 해양자원, 어업권, 안보의 연관성, 자연재해에 대한 대처 등은 불가피하게 공동으로 대응해야 하는 사안들이다. 또한 경제적으로나 문화적으로도 협력과 선의의 경쟁을 병행하지 않을 수 없는 것이 현실이다.

우리는 일본 문화의 원류로서의 자부심이 있다. 이를 활용하면 우리에게 많은 유형·무형의 이익을 가져다 줄 것이다. 현재 일본을 휩쓸고 있는 한류도 이런 현상의 하나라고 본다. 이런 한류를 잘 발전시켜 항구적이고 지속적인 흐름으로 이어나가야 할 것이다.

다음으로 중국 역시 우리 외교에서 어느 나라 못지않게 중요한 위치를 차지하고 있다. 우선 엄청난 영토와 인구가 우리에게는 매우 중요한 의미를 가진다. 개혁·개방 이후 중국의 경제발전 속도는 가히 무서운 지경이다. 우리나라의 고속성장시대를 방불케 하고 있다. 2030년대가 되면 미국을 제치고 세계 최대의 경제대국이 되리라는 예측이 나오고 있다. 지금도 경제적으로는 우리를 위협하고 있다. 기술수준도 우리와 불과 몇 년 차이밖에 나지 않는 상황이다. 외환보유고는 세계 2~3위를 차지하고 있다.

중국은 우리의 경쟁자임과 동시에 우리에게는 엄청난 잠재적 시장이 될 수 있다. 기업과 정부가 협력하여 꾸준히 첨단 기술의 우위를 유지해나간다면 우리 상품의 엄청난 소비시장으로 역할을 할 것이며, 그렇지 못하고 현재의 비교우위 분야마저 추월당한다면 우리는 영원히 중국의 변방 역할밖에 못 할지도 모른다는 경각심을 또한 놓아서는 안 된다.

국제정치 면에서나 안보 면에서도 마찬가지로 동반자이자 경쟁자일 수밖에 없다. 북핵문제의 결정적 주도권을 쥐고 있는 나라가 중국이며, 초강대국 미국의 독주를 견제할 수 있는 나라 또한 중국이다. 일본의 군사대국화를 견제할 수 있는 나라도 중국이다. 한·중 간에도 고대사 왜곡문제를 비롯하여 외교적으로 껄끄러운 문제가 있다. 그럼에도 불구하고 중국은 우리 외교에서 매우 중요한 변수이다. 우리는 지혜를 결집하여 이를 잘 활용해야 할 것이다.

우리 주변의 강대국 중 러시아는 최근 국제정치나 군사적으로뿐 아니라 경제적으로도 급속히 협력의 필요성이 증대되고 있는 나라이다. 러시아는 페레스트로이카 이후 미국과 함께 양대 초강국의 위상에 약간의 변화가 있긴 하지만 여전히 막강한 군사력과 국제적 영향력을 가진 나라이며, 중국과 함께 북한에 대해 강한 영향력을 가진 나라이다. 북핵문제의 평화적 해결을 위해서는 러시아와의 협력과 공조가 절대적으로 필요하다.

또한 러시아는 시베리아를 포함한 엄청난 영토를 가진 나라답게 무한정한 천연자원을 보유하고 있다. 광활한 시베리아의 목재와 천연가스, 석유 매장량은 추정이 불가능할 정도라고 한다. 천연자원이 거의 없는 우리나라로서는 엄청난 매력 포인트가 아닐 수 없다. 북한을 관통하는 가스관을 통해 싼 값의 천연가스를 직접 공급받고, 풍부한 목재와 광물을 들여오는 대신 우리의 첨단 기술제품을 비롯하여 생활용품 등 공산품을 수출하는 교역 대국으로 발전할 잠재적 가능성이 매우 크다.

그리고 대륙으로 뻗어가기 위해서는 시베리아 횡단철도를 사용하지 않을 수 없는 상황이다. 나는 그동안 끊어진 동해선 철로를 부설하기 위해 노력해왔는데, 이 동해선 철로가 북한을 거쳐 시베리아 횡단철도와 연결되면 유럽과 동북아시아의 대동맥이 될 것이라 꿈꾸고 있다. 이렇게 되면 포항이나 부산이 시발점이 될 것이며, 그야말로 아시아와 유럽을 연결하는 새로운 실크로드가 될 것이다.

민족의 분단이 국제정치의 역학관계의 산물이므로 이를 극복하기 위해서는 당사자인 남북한은 물론이려니와, 관련국들과의 외교적 관계설정은 매우 중요하다고 생각된다. 자체적인 통일 노력과 함께 주변 4강 외교에 우리의 지혜가 모아져야 하지 않을까 한다.

주변국 못지않게 중요한 것이 EU와의 관계이다. 유럽 제국이 하나의 정치·경제 공동체로 통합됨으로써 국제사회에서 막강한 영향력을 행사할 수 있게 되었다. 따라서 남북문제의 평화적 해결을 위해서도 UN 등 국제무대에서 우리에게 우호적인 입장을 취하게 하는 것은 매우 중요하다. 경제적으로도 막대한 소비 잠재력을 가지고 있음과 동시에 투자자본을 확보하고 있기 때문에 미·일 중심으로 편중된 무역구조를 개선하는 데에 중요한 대안이 될 수 있다.

또한 동남아시아, 중남미, 아프리카 등 제3세계 국가들과의 관계를 돈독히 함으로써 경제적 동반자 관계를 확대하고 국제정치 무대에서의 우군을 확보해야 한다. 특히 아프리카 제국과의 관계 강화가 미래의 수출 시장과 자원 확보를 위해 매우 중요하다고 생각한다.

겨울이 오면 봄은 멀리 있지 않다

우리는 20세기 중반에 일본 제국주의로부터 국권을 회복한 뒤 비로소 근대적인 사회의 첫 발을 내딛었다. 이후 서구 여러 나라가 200여 년이 넘는 기간에 걸쳐 이루었던 변화와 발전의 과정을 반세기 남짓 동안에 이루어냈다. 6. 25 동란의 폐허 속에서 허리띠를 졸라매고 경제발전에 매진한 결과 현재 세계 제11위의 경제대국으로 성장한 것이다.

앞으로 10년, 50년, 100년 후의 우리의 모습은 어떠해야 하며, 그러기 위해서 지금 우리는 무엇을 해야 할 것인가를 냉철하게 고민하고 연구해야 할 때이다. 우리 민족 개개인에게는 엄청난 자질과 잠재력이 있다. 정부는 이 무한한 에너지를 가장 효율적으로 한데 모으고 조직해낼 수 있는 국가시스템을 만들어야 할 것이다. 기업은 이런 에너지를 결집하여 가장 질 좋은 유·무형의 상품과 서비스를 만들어 세계시장에 내놓아야 한다. 국민 개개인은 자신의 행복을 극대화하면서 국가공동체, 나아가 세계 공동체가 함께 더불어 살고 있다는 의식을 가지고 맡은 일에 최선을 다해야 할 것이다.

앞으로의 세계는 일국만의 선진복지국가 건설이 불가능하다고 생각한다. 세계가 그만큼 좁아졌기 때문이다. 인터넷을 비롯한 정보통신 기술과 첨단 교통의 발달로 인해 세계의 모든 정보와 현상이 지구촌 구석구석에 실시간으로 생생하게 전해진다. 말 그대로 지구촌이다. 이웃이 가난과 질병에 허덕이고 불행하게 산다면 자신만이 행복하고 즐겁게 생활할 수 있겠는가. 이제는 전 인류가 함께 행복하고 함께 풍족하고 함께 건강하지 않으면 안 되는 세상이다. 그것이 곧 세계 평화를 유지할 수 있는 길이다. 우리는 자신의 행복을 추구해야 하지만 이제는 이웃과 세계의 평화에도 눈을 돌릴 수 있는 마인드를 가져야 한다. 그래야 22세기 진정한 선진국가로 발돋움할 수 있을 것이다.

21세기 내에 남북한이 평화적인 통일을 이룰 수 있는 비전과 프로그램을 가지고 차근차근 실행해 나아가면, 다음 세기 이내에 작지만 강한 나라 강소국(强小國)의 꿈을 이루고 세계의 중심 국가로 도약할 수 있으리라고 확신한다.

봄이 겨울 속에 묻혀 오듯이 우리에게 이미 22세기는 시작되었다.

내가 본 이의근 지사

이어령 (전 문화부 장관)

내가 이의근 지사를 안 지는 오래되었지만 특별한 개인적 인연을 맺은 것은 경주 세계문화엑스포를 통해서였다. 하루는 오랜만에 전화를 받았는데 '문화'를 주제로 세계 박람회를 해보고 싶으니 도와달라는 것이었다. 지역마다 새천년을 앞두고 새로운 비전을 엮어내기에 분주할 때 이의근 지사는 일반인들에게는 다소 생소하게 비쳐지는 '문화'라는 아이템에 착안하여 승부를 건 것이었다. 이 얼마나 참신한 발상인가? 바야흐로 '문화의 세기'가 열리고 있는 시점에서 시대의 트랜드를 정확하게 짚어낸 그의 식견이 놀라웠다.

대화를 나누어보니 겉만 번지레한 일회성 국제행사 하나 치르려는 것이 아니었다. 우리나라를 대표하는 역사도시 경주를 무대로 한국의 문화를 세계에 알리고 산업화하는 문화도지사가 되어보겠다는 각오와 집념이 여간 대단한 것이 아니었다. 나 자신이 평생 문화전도사를 자임하며 살아온 사람이 아닌가? 문화관광부 장관을 할 때부터 한국을 대표하는 멋진 문화예술 축제 하나쯤은 있었으면 좋겠다고 늘 생각해왔는데 이 지사가 똑같은 구상을 제안해왔으니 신바람이 날 수밖에. 그 덕분에 나는 지난 1998년 경주 서라벌에서 벌어진 첫 문화엑스포부터 지난 2003년

제3회 엑스포를 개최하기까지 줄곧 자문위원장을 맡아 문화의 삽질을 거들게 되었다. 문화를 통해 맺어진 인연이 여기까지 온 것이다.

이의근 지사는 민선자치의 출발에서 지금까지 10여 년을 한결같이 자치시대를 이끌어온 전국에서 손꼽히는 행정의 달인이다. 그를 대할 때면 항상 잔잔한 미소가 마주하는 사람의 마음을 편안하게 한다. 그리고 역사문화에서부터 종교철학에 이르기까지 전문가 이상의 해박한 지식과 교양, 여기다 설득력 있는 화술까지 지니고 있어 대화를 나누는 사람을 즐겁게 해준다. 갖가지 사정을 가진 참으로 많은 유형의 사람들을 만나야 하는 사람으로서는 타고난 재산이자 성품이라 할 것이다.

그런 이의근 지사가 이제 경북 도지사로서의 소임을 얼마 남겨놓지 않은 시점에서 회고록을 펴냈다. 세 차례의 경주 문화엑스포를 치르면서 어려운 시기마다 보여준 그의 신념과 추진력을 통해 행정가로서의 탁월한 역량을 익히 알고 있었지만, 이 책을 읽으면서 이 지사의 성장기는 물론 반평생 공직생활 동안 참으로 다양한 분야에서 적지 않은 치적을 쌓았음을 확인하게 된다. 그런 힘이 어디에서 나왔을까? 도지사이기 이전에 한 사람의 신앙인으로서 중요한 결단의 순간마다 사람이 할 수 있는 최선을 다하고 그 결과를 겸허하게 기다린 '믿음의 지사'라고 불러주고 싶다.

내가 경주 세계문화엑스포를 "영원한 아름다움과 진실을 추구하는 세계의 모든 인류에게 바치는 꽃"으로, "새천년을 열어가는 한국 역사의 화살표"로, 그리고 "세계를 창조하는 꿈을 전시하는 박람회"로 극찬하게 된 것은 이의근 지사의 문화엑스포에 대한 철학을 확인했기 때문이다. 문화는 인류를 위한 향연이자 새로운 질서의 창도자로, 그 길을 그가 열어놓았다.

하지만 회고록을 통해 나는 다시 이 지사가 문화를 넘어, 혹은 문화적 역량을 기반으로 과학 도지사로, 결단의 도지사로, IMF의 파고를 슬기롭게 극복한 경제 도지사로 거듭났음을 이해하게 되었다.

최근 디지로그 시대의 도래를 전망하는 글을 쓰면서 나는 미래사회는 단순히 하나의 카테고리로만 존재할 수 없다고 생각한다. 디지털이 아날로그와 섞여야 하고, 과거가 미래로 이어져야 하며, 이들이 수많은 네트워크로 뻗어나가야 함을 느낀다.

어쩌면 이의근 지사는 디지로그의 품성을 가장 조화롭게 만들어가는 사람일지 모른다. 새마을운동을 인터넷으로 연결시키고, 촌스런 경북이 과학기술상을 받은 것이나, 농심(農心)으로 농민을 대하는 탁월한 순발력이나, 장로와 스님의 만남을 엮어내는 조화, 그리고 여성과 장애인, 그들이 함께 엮이네는 히모니를 세상의 또 다른 절반으로 보는 식견 등은 참으로 디지로그의 비전이 없었다면 불가능하였을 것이다. 그가 늘 강조하는 '하이테크'와 '하이터치'의 조화, 모든 것을 아우르고 엮어내는 거버넌스적 리더십을 그에게서 발견한다.

나는 해석을 즐기는 사람이다. 그와 내가 맺은 문화의 프리즘, 문화의 연결고리를 통해 뿜어져 나오는 다양한 스펙트럼이 이 회고록이라고 해석하고 싶다. 사람이 진실하면 마주앉아 이야기하는 시간이 재미있듯 이 지사의 회고록을 앞에 두고 그와 다시 한 번 마주하고 싶다.

이의근의 목민실서(牧民實書)

히말라야시다의 證言을 들으리라

© 이의근, 2006

지은이 : 이의근
펴낸이 : 김종수
펴낸곳 : 도서출판 한울

편집 : 김경아

초판 1쇄 발행 : 2006년 2월 10일
초판 7쇄 발행 : 2006년 3월 31일

주소 : 413-832 경기도 파주시 교하읍 문발리 507-2 (본사)
　　　121-801 서울 마포구 공덕1동 105-90 (서울사무소)

전화 : 영업 (02) 326-0095 편집 (02) 336-6183
팩스 : (02) 333-7543
홈페이지 : www.hanulbooks.co.kr
등록 : 1980년 3월 13일 제406-2003-051호

ISBN 89-460-3458-0　03810

* 값 12,000원